PICK ME *up*

Image de couverture :
© Getty Images : Hirurg
© Shutterstock : Evannovostro
Couverture : Marion Rosiere

34-36, rue La Pérouse
75116 Paris
Collection dirigée par Franck Spengler
Ouvrage dirigé par Karen Maury

Dépôt légal : septembre 2022
ISBN : 9782755697728
Imprimé en Espagne par CPI Black Print

FANFAN DEKDES

PICK ME UP

1. SLAVE OF ONE NIGHT

Hugo Poche

NEW ROMANCE®

My Love,
Pour tout l'amour que j'ai pour toi...
Pour tout l'amour que tu as pour moi...
Our love is strong,
pure and unbreakable.

Tous les handicaps
et toutes les souffrances
ne sont pas toujours visibles.
Acceptons la différence.

« Pour critiquer les gens,
il faut les connaître,
et pour les connaître, il faut les aimer. »
Coluche

PLAYLIST

Parce que mes goûts sont éclectiques…

Sur Spotify :

https://open.spotify.com/playlist/1Hy5YhTzjf2vBITWiFxDdz?si=0bb23ce00b274baf

Sur YouTube :

https://www.youtube.com/playlist?list=PLAncIGAYNuLt-dnfKfnzXb4PrituhQakX

Sur AppleMusic :

https://music.apple.com/fr/playlist/book-pick-me-up-playlist-officielle/pl.u-JPAZbJVFDqlgez2

PROLOGUE

Douze ans plus tôt…

– Oui, vas-y, bébé ! Continue comme ça…

Un putain de concert, ouais !

Assourdissant, le vacarme sensationnel qui accompagnait notre musique résonne encore dans mes oreilles.

Les pieds qui tambourinent, les mains qui frappent en l'air et les clameurs du public ont eu l'effet d'un vrai shoot d'adrénaline. Ce soir, pour la première fois, je me suis senti comme un dieu de la scène grâce à nos milliers de fans qui ont repris avec nous les paroles de nos chansons.

Un putain de dieu vivant !

La pression retombe doucement.

Les nerfs détendus, je suis complètement stone. Ajoutez à ça le rail que je viens de m'enfiler et la bière à moitié vide dans ma main et le tableau est complet.

Même après avoir retiré mon t-shirt trempé de sueur, mon torse nu suinte encore. Les cheveux emmêlés qui se sont échappés de mon catogan me balaient les épaules. Je dois ressembler à la serpillière de ma mère après le décrassage hebdomadaire des sols.

Le début d'une descente aux Enfers programmée.

Mon piercing à la lèvre tinte sur le goulot de ma bouteille.

Alors qu'une nouvelle gorgée me réhydrate doucement, mon estomac émet un grondement, signe qu'il va bientôt falloir que je lève mes fesses pour aller manger un morceau.

Je laisse glisser la bouteille vide qui s'échoue contre mes Doc Martens.

– Encore, ouais. Mmh...

Une voix féminine me parvient, assourdie par le brouillard présent entre mes deux oreilles.

Ça ne peut pas être Sophie, puisque nous avons rompu depuis six mois. Elle m'a proprement viré, certainement à raison.

Dos collé et enfoncé dans le canapé en cuir des loges, le jean baissé aux chevilles et une tête blonde qui s'agite entre mes jambes, je profite de mon succès.

Je caresse d'un doigt mon dernier tatouage en date sur mes tablettes abdominales : une femme soumise, agenouillée et attachée par des cordes. À la signature de notre nouveau contrat, nous sommes allés tous les quatre nous faire tatouer une femme auréolée du nom du groupe.

Symbolique.

Ce soir, Slave Of One Night a mis le feu dans l'une des plus grandes salles de concert de Paris. Un défi de taille que nous avons relevé haut la main. Le rêve de quatre gamins qui s'est réalisé.

Les chacals de la maison de prod' vont enfin être contents.

À travers mes yeux mi-clos, je distingue d'ailleurs l'un d'eux en pleine discussion avec Noah. Les grands sourires et les tapes dans le dos qu'ils échangent doivent être de bon augure pour le groupe.

– Tu peux nous jouer quelque chose ? demande une rouquine en serrant le bras de Soul.

Au milieu d'une séance de dédicace avec ses copines, sa guitare à la main, il se fait un plaisir de leur en mettre plein les yeux et fredonne le refrain de notre plus grand tube.

Alors que les conversations se taisent, je ferme les yeux et laisse les notes me parvenir. Le son acoustique de son instrument résonne entre les murs de la loge, seulement perturbé par les verres qui s'entrechoquent au buffet et les bruits que la blonde laisse échapper.

J'attrape ma propre guitare posée sur le canapé et la plaque contre moi. La nana ne ralentit même pas la cadence.

Alors que mes bourses se contractent, je resserre mes doigts sur le manche.

– On a tout notre temps, bébé, lui intimé-je.

Après une grande inspiration pour me concentrer, je gratte les cordes et entame le dernier couplet en me calant sur mon pote.

Ma voix est cassée. Après plusieurs heures sur scène, la tonalité sonne plus grave, mais aussi plus ténébreuse et voilée.

Désespérée.

Chanter la mort du diable n'en nécessite pas moins.

Exhalation of Darkness est album de platine depuis plus d'un mois et nous ne sommes toujours pas redescendus de notre piédestal.

Jouer de la musique et en vivre semblait inespéré. Pourtant, à presque vingt ans, nous sommes les rois du monde.

J'ai appris le piano en faisant mes gammes sur un vieux synthé d'occasion que mon paternel avait chiné à la braderie de Lille, mais l'année de mes quinze ans, à force de petits boulots, je me suis payé une guitare, jaloux de Soul qui faisait tomber les filles en grattant quelques cordes.

D'ailleurs, il n'y a qu'à voir les groupies qui se pâment à ses côtés.

Alors que la dernière note retentit, je laisse retomber ma tête en arrière, les paupières closes, mon instrument toujours dans les mains.

– Tu peux y aller ! Plus vite.

La fille accélère et, de ses doigts, enserre la base en accentuant la pression de ses lèvres. L'orgasme monte petit à petit.

Les dents serrées, le souffle court, je sens un courant électrique prendre naissance au creux de mes reins et remonter ma colonne. J'agrippe les cheveux brillants de la nana dont je ne connais même pas le prénom et l'incite à conserver le rythme.

Soudain, la porte de la loge claque et la silhouette de Sophie apparaît.

Je vois flou, mais il me semble bien que son visage se tord, alors qu'elle ne bouge pas de l'encadrement. Une main sur le ventre, elle souffle et se plie.

Ses yeux me foudroient.

– Tray ! m'interpelle une voix masculine.

Je tourne la tête avec toute la force qu'il me reste et accroche le regard de Soul.

Perdu dans mon monde de paillettes et d'éléphants roses, au seuil de la jouissance, je ne comprends rien à ce qu'il se passe.

– Tray, putain !

Cette fois, c'est la voix de Colas. Lorsque je me retourne vers Sophie, ce sont les yeux de mon pote que j'intercepte. Il vient d'entrer dans la loge comme un ouragan.

Sa main se pose sur l'épaule de mon ex-petite amie.

– Ça ne va pas, Soph' ? demande la voix de Soul.

– J'ai perdu les eaux, grogne-t-elle en soufflant.

Je ricane.

– Elle a pissé dans son froc.

– Tray, ta gueule ! m'intime Colas.

– Il est complètement inutile de toute façon, là.

Mon ricanement nerveux reprend et s'éteint rapidement quand ma queue se tend de plus belle sous la succion énergique de la nana.

– Noah ! Appelle les pompiers ! Elle doit aller à l'hôpital !

Des éclairs explosent derrière mes paupières que je peine à laisser ouvertes. Je jouis bruyamment sur la langue de la blonde pendant que tout le monde s'active autour de Sophie.

Je ferme les yeux de nouveau, quand j'entends une voix familière souffler près de moi :

– Et dire que c'est ça qui va être père…

CHAPITRE 1

@tterriss@ge Forcé

TRAY

– Monsieur Tray ?

– Mmh ?

– Nous sommes à l'approche de *Laïlle*.

– Merci, Janyce, mais c'est « Lille », grogné-je.

– D'accord, monsieur Tray, minaude-t-elle.

Alors que l'hôtesse retourne à l'avant du jet, je jette un regard par le hublot.

Des champs s'étendent à perte de vue. Délimités tel un patchwork géant, les carrés aux couleurs printanières défilent lentement, laissant apparaître de temps à autre des habitations regroupées en village autour d'un clocher. Quelques nuages viennent parfois jeter une ombre sur le sol et en modifient un court instant la nuance.

Deux ans que je n'ai pas remis les pieds ici. Au dernier Noël, Léa a insisté pour prendre l'avion afin de me rejoindre à L.A. Je brûle d'impatience de la revoir.

Je retire l'élastique de mes cheveux et me recoiffe rapidement d'un bun, avant de passer les doigts dans ma barbe. Ce look savamment travaillé m'attire toujours plus de groupies. Lorsqu'en plus, je dévoile les nombreux tatouages qui encrent ma peau, c'est l'émeute assurée à chaque sortie. Pas facile, donc, de passer sous le radar des paparazzi ! Outre un retour aux sources, mon voyage signifie aussi un retour au calme.

Posé sur la tablette près de moi, mon portable vibre pour signaler l'arrivée d'un nouveau message. Le centième depuis que je me suis envolé. Certain que c'est Nicolle, je souffle sans répondre.

Elle ne comprend pas le mot « rupture ».

Janyce revient vers moi, un sourire avenant figé sur son visage. Il ne faut pas aller chercher très loin pour comprendre pourquoi Noah a choisi de l'engager, c'est tout à fait son genre : blonde, grande et une bouche pulpeuse. Néanmoins, même si sa voix de crécelle me tape sur les nerfs, elle reste toujours très professionnelle et se montre disponible malgré nos déplacements souvent inopinés. En clair, elle nous est fidèle. Elle.

– Monsieur Tray, nous allons atterrir. Le pilote demande que nous attachions nos ceintures, annonce-t-elle avec son sourire aguicheur.

– Très bien, merci.

Je détourne les yeux aussitôt, boucle ma ceinture et reprends ma contemplation du paysage.

Je soupire de dépit. Dire que je devrais être sur une scène en train de chanter et que je me retrouve ici.

Tout ça pour Soul.

Notre guitariste nous a fait un mauvais trip à Las Vegas, alors qu'on s'apprêtait à monter sur scène. Encore. L'aller-retour aux urgences a finalement été l'élément déclencheur salvateur. Décidé à prendre son problème de drogue à bras-le-corps, il s'est fait admettre en cure de désintoxication. Personne n'a osé s'opposer à son départ. De tous, je suis d'ailleurs le plus à même de le comprendre.

Par conséquent, le groupe est à l'arrêt depuis trois semaines et probablement pour encore plusieurs autres.

Bip, bip !

Je cède.

Allez Tray, je t'aime. ♡
Je ferai tout ce que tu voudras.
Je passerai demain ! 😘

Je ne suis pas chez moi.
Et nous avons déjà parlé de tout ça.

À force de tourner en rond à Los Angeles, sans mes potes pour jouer de la musique, je me suis senti abandonné, même avec Nicolle dans les parages. Drôle de sensation.

Noah s'est envolé je ne sais où en vacances avec sa dernière conquête, Soul fait sa cure, et comme moi, Colas s'est réfugié en France depuis deux semaines.

La trentaine dépassée, nous avons vécu de belles années de débauche et d'excès. Cependant, en faisant le bilan de ma vie, je me rends compte que je suis seul, malgré tous ces gens qui gravitent autour de moi et les liens fraternels avec mes potes.

Bip, bip !

T'es où bébé ?
Tu rentres quand ?

Ça ne te regarde pas.
Arrête de me harceler s'il te plaît.
Nicolle, toi et moi, c'est terminé.

Aucune des femmes avec lesquelles j'ai vécu n'a fait battre mon cœur assez fort pour que je m'y attache. Elles étaient pourtant toutes là, à ma disposition. Elles tournaient autour de moi, avides de faire partie de mon cercle à défaut de faire partie de ma vie.

L'inconvénient de la Californie c'est qu'il est difficile de trouver une nana naturelle, sans une partie du corps refaite à coup de bistouri. Ce sera à celle qui sera la plus blonde, la plus mince ou la plus bronzée. Elles se ressemblent toutes. Je ne supporte plus les faux-semblants et j'ai décidé de mettre un terme à tout ça.

Bip, bip !

Tu ne trouveras personne
qui t'aime comme je t'aime.
Toi et moi, on forme un couple idéal
sur les photos. ♡
Reviens.

Stop ou je te bloque définitivement.
Bonne journée, Nicolle.
Et bonne continuation.

Alors que je m'enfonce dans mon siège en grognant, le train d'atterrissage se déploie, signe que le pilote a reçu l'autorisation de se poser à Lesquin.

À la sortie du jet, Janyce me souhaite une bonne journée et un bon séjour à « Laïlle ». Si j'étais moins poli, j'aurais levé les yeux au ciel. Mouais, en toute honnêteté, je l'ai fait derrière mes lunettes de soleil.

La température au sol, bien qu'un peu plus fraîche que chez moi, ne me dérange pas. Au contraire, elle finit de me réveiller complètement.

La voiture avec chauffeur m'attend, mes bagages déjà dans le coffre. L'homme m'adresse un signe de tête en m'ouvrant la portière. Je m'installe à l'arrière, sur la banquette en cuir, et demande à Siri d'envoyer un SMS à Léa pour la prévenir de mon arrivée. Quelques minutes plus tard, la réponse laconique de mon ado préférée arrive :

J suis en cour Dad !

OK. J'en déduis qu'elle n'est pas en cours de français...

Le point d'exclamation me dissuade d'envoyer une excuse, de peur qu'elle ne se fasse confisquer son portable.

Le chauffeur connaît mon itinéraire, ce qui m'évite d'entamer la conversation. Tout en faisant tourner les bagues autour de mes doigts, je regarde par la vitre et ne découvre rien de nouveau. Alors que la voiture s'insère sur l'autoroute, les camions, toujours plus nombreux, m'empêchent de voir quoi que ce soit.

Vingt minutes suffisent pour qu'on arrive chez moi. Le chauffeur se gare au milieu des pavés de la rue de la Monnaie, face à un immeuble à la façade ancienne situé au cœur du Vieux-Lille. J'ai acheté ce bâtiment dès que j'en ai eu les moyens.

Outre le bar qui occupe le rez-de-chaussée, trois appartements sont répartis dans les étages. Mon pied-à-terre se trouve sous les toits, avec une belle vue sur l'architecture flamande. Ma mère en gère l'entretien une fois par semaine. En effet, mes parents ont vendu leur petit logement de la rue de Douai pour s'installer au deuxième, et enfin, juste en dessous, habitent Léa et Sophie.

À l'heure où j'arrive, le One Night est encore fermé. Il n'ouvrira qu'en début de soirée.

La porte d'entrée qui dessert les appartements s'entrebâille alors que je n'ai pas encore tapé le code. Pensant que ma mère m'attend de pied ferme, je suis surpris de voir apparaître Sophie dans l'encadrement.

– Oh ! Bonjour, Tray, me salue-t-elle en avisant mes affaires.

– Bonjour, Sophie.

Malgré le temps qui passe, la mère de ma fille est restée très belle. Sa crinière brune indomptable ramenée dans un pseudo-chignon s'agite alors qu'elle recule de deux pas. Tandis qu'elle remonte le col de son manteau noir qui protège son tailleur pantalon, je devine qu'elle part travailler.

– Je t'en prie, entre, m'invite-t-elle. T'as l'air encombré.

Je me faufile dans le hall avec mon sac, ma guitare et ma valise. Je soupire de bonheur à la bouffée du parfum familier de la cire dont ma mère enduit les marches étroites de l'escalier centenaire chaque semaine. Après avoir échangé nos places, je suis maintenant dans la semi-pénombre tandis que Sophie rayonne sous le soleil.

Ses yeux verts lumineux me détaillent sans me gratifier du moindre sourire.

Ce temps-là est révolu depuis bien longtemps.

– Merci. Comment vas-tu ?

– Bien. Tu n'as pas été emmerdé ?

Mes fans sont moins omniprésents en France qu'aux États-Unis, mais je suis quand même obligé de me couvrir lorsque je passe dans des lieux très fréquentés comme les aéroports. Néanmoins, en plus de dix ans de pratique, j'ai fini par trouver les bonnes techniques pour me fondre dans la foule.

En revanche, je n'ai jamais su passer sous le radar de Sophie. Elle faisait partie de ces jeunes femmes qui me vénéraient, alors que je ne la considérais que comme une amie avec avantages. Un déséquilibre qui a tué notre relation dans l'œuf.

Aujourd'hui, elle me tolère. Aujourd'hui, je suis seulement le père de sa fille.

– Pas du tout. Le chauffeur m'attendait sur le tarmac.

– Tant mieux. Bon, je pars travailler, là. Je ne sais pas ce qu'a prévu Marianne, mais Léa va certainement te demander de dîner avec toi ce soir. Dis-lui non si tu te sens trop fatigué par le voyage.

– Ça ira. T'inquiète, je vais gérer.

– OK. Comme tu veux. Allez, je file, j'ai une cliente à seize heures. À plus, conclut-elle alors qu'elle a déjà franchi la porte.

– Bonne journée, Sophie !

Ma réponse se perd dans l'écho de la cage d'escalier.

Bien que ce ne soit pas extrêmement flagrant, nous parvenons tout de même à entretenir de bonnes relations. En même temps, je ne m'immisce pas dans sa vie, je n'exige rien et je lui ai cédé la garde exclusive de Léa. Je lui verse une pension alimentaire considérable pour l'éducation de ma fille et elles sont logées gratuitement dans mon immeuble. En contrepartie, Léa peut prendre l'avion pendant les vacances scolaires dès qu'elle a envie de me rejoindre et elle porte mon nom.

Jusqu'ici, nous avons toujours bien fonctionné. Je ne peux pas prétendre à plus, compte tenu de mon comportement exécrable pendant sa grossesse et lors de la naissance de ma fille. Je me souviens encore de la gifle monumentale, amplement méritée, de mon paternel à mon arrivée honteuse à la maternité, le lendemain matin.

Je m'en mords les doigts chaque jour qui passe sans pouvoir revenir en arrière. Je me suis donc promis d'assumer mon rôle de père du mieux que je peux et dans la limite de ce que Sophie m'autorise à faire.

Ne pas voir Léa grandir est ma pénitence. Je l'accepte.

Cependant, je sais qu'elle est choyée par Sophie.

À peine ai-je commencé à monter les marches que la voix de ma mère résonne dans la cage d'escalier, à travers la porte qu'elle vient d'entrouvrir.

Son palier atteint, j'entre dans l'appartement de mes parents, souffle un bon coup et avance dans le couloir après avoir frotté plusieurs fois mes boots sur le paillasson. Les habitudes de l'enfance ont la vie dure.

– Bonjour, mon garçon ! s'écrie ma mère, les bras grands ouverts.

– Bonjour, Mam's, dis-je en soupirant d'aise dans son étreinte.

Petit bout de femme énergique, elle n'attend pas que le câlin s'éternise et se précipite dans la cuisine. Je referme la porte et abandonne mes affaires au sol.

Le parfum du café fraîchement passé embaume dès l'entrée et le gaufrier chauffe déjà. Alors que je respire ces odeurs familières, mon estomac gronde en réponse. L'antique pot de cassonade attend patiemment sur la table à côté d'une assiette en faïence bleue.

– Ton père est encore au garage, Thibault.

– Je me doute.

Mes parents continuent de m'appeler par mon prénom de naissance, ne manquant jamais de me rappeler que ce sont eux mes géniteurs.

Lors de la formation des Slave Of One Night, nous avons tous choisi nos noms de scène. Thibault Macray ne sonnant pas très rock'n'roll, je me suis rebaptisé Tray. Nicolas Durieux a choisi la simplicité avec Colas, Soul s'appelle en réalité Louis Vanderhaeghen, et Noah, Nathanaël Kazarian.

Avec les années et à force de jouer un rôle, nous finissons presque par oublier nos propres identités, sauf quand nous avons l'opportunité de rentrer à la maison.

CHAPITRE 2

G@ufres, C@fé & C@rbonn@de

TRAY

– Assieds-toi, mon garçon. Tu vas manger et me raconter ce qu'il se passe exactement.

Bien que prononcé avec douceur, cet ordre n'amène aucune objection. Je prends donc place à table en attendant la gaufre qui ne tarde pas à atterrir dans mon assiette. Après nous avoir versé une tasse de café, ma mère s'installe face à moi et me dévisage de son œil de lynx.

– Comment vas-tu ? Tu m'as l'air fatigué.

– C'est parce que je le suis. J'ai quelques heures de vol dans les pattes, quand même.

– Le groupe ?

– En pause.

– Comment va Louis ? me demande-t-elle avec inquiétude. Je n'ose pas prendre de nouvelles auprès de Sophie, elle est assez soucieuse comme ça.

Je hausse les épaules.

– Je ne sais pas vraiment. Pour l'instant, il a interdiction de communiquer avec l'extérieur, soufflé-je. Mais cette fois-ci, je pense que c'est la bonne.

– Tu as déjà dit ça, la dernière fois.

– Ouais, je sais, grogné-je en me frottant la barbe. Mais il s'est fait peur ce coup-ci. Et à nous aussi.

Au nom de notre amitié, je conserve à double tour les secrets que Soul a bien voulu me confier et qui le bouffent de l'intérieur. S'il essaie aujourd'hui de les éviter en se noyant dans la drogue et l'alcool, j'ai peur qu'un jour il ne cherche à oublier toute cette merde pour toujours.

Alors que je me crispe à cette pensée morbide, la main de ma mère se pose délicatement sur la mienne.

– Est-ce que toi aussi… Enfin, tu me le dirais ? murmure-t-elle.

– Mam's ! Je ne prends plus ces saloperies depuis longtemps. Je sais que j'ai beaucoup déconné, mais fais-moi confiance, je ne me drogue plus.

Huit ans que j'ai décroché de la coke, de la marijuana et autres paradis artificiels. L'alcool et quelques clopes à l'occasion sont mes derniers plaisirs. Néanmoins, après la cure, j'ai appris à me montrer raisonnable pour ne pas remplacer une addiction par une autre.

Aujourd'hui, j'en ai terminé avec les excès. Je veux rester lucide, en toutes circonstances, et ne plus inquiéter mes parents inutilement.

– Très bien, mon garçon, je te fais confiance, me dit-elle en m'adressant un sourire chaleureux. Tu es en vacances, alors ?

Je lui souris en retour.

– Oui, ça faisait longtemps que je n'en avais plus eu, soupiré-je de bonheur.

– Tu restes jusqu'à quand ?

– Je ne sais pas encore, mais dès que Soul est sur pied, je retourne à Los Angeles. On a un album à préparer et des concerts à honorer. Si tu savais comme j'ai hâte !

– Tu es en vacances, Thibault, glousse-t-elle. Profite d'être ici pour prendre du temps pour toi, mon garçon !

Pendant une heure, je l'écoute religieusement m'informer de tout ce que j'ai raté depuis deux ans et qu'elle n'a pas osé me raconter au téléphone, jusqu'au diabète de tante Micheline qui ne va pas en s'améliorant. Malgré ma fatigue et le décalage horaire, je tiens bon et sirote un troisième café dans l'espoir de rester éveillé. Enfin, à la quatrième gaufre, je l'abandonne, repu.

Alors que j'embrasse sa joue, elle me soutire la promesse de redescendre pour le dîner. À son regard malicieux, je devine qu'une partie de la famille sera là. Je n'ose pas lui demander de repousser de peur de la froisser, mais je redoute de ne pas être de bonne compagnie.

Une fois passé le seuil de mon appartement, je pose mon barda à l'entrée, me débarrasse de mes boots et m'allonge sur mon canapé tout en me recouvrant d'un plaid au doux parfum de lavande.

Mes yeux se ferment avant que j'aie fini de compter jusqu'à dix.

***

Des coups violents frappés à ma porte me réveillent en sursaut.

Le cœur battant, je m'assieds en frottant mon visage.

– Papa ! Papa ! C'est moi !

De bonne grâce, je déplie mon mètre quatre-vingt-dix et ouvre à ma fille qui se jette contre moi pour un câlin. Je l'embrasse dans les cheveux, respirant son parfum de fleurs fraîches, heureux de la revoir. Ma princesse. Mon trésor.

Chaque jour, le manque se fait ressentir.

Après quelques minutes d'étreinte, je me détache d'elle pour la regarder attentivement. La gamine a grandi, c'est évident.

Pas un matin je ne me lève sans penser à elle. Pas un soir je ne me couche sans penser à elle.

– En même temps, je n'ai que toi, donc pas la peine de crier « c'est moiiiiii ! », dis-je en lui délivrant une pichenette sur le nez.

Je la laisse avancer dans l'entrée et la prends par les épaules pour l'emmener dans le salon.

– T'en es sûr ? me taquine-t-elle en s'agrippant à ma taille.

– Pardon ?

– T'es sûr que je n'ai pas de frères et sœurs quelque part aux États-Unis ? me demande-t-elle en s'éloignant de moi.

Non.

Les bras ballants, j'hésite un instant, mais j'assure :

– Oui, j'en suis certain. La mère serait déjà venue me réclamer une pension alimentaire.

Les mains sur les hanches, Léa fait volte-face.

– Pfff… J'en ai marre, je veux devenir grande sœur !

– Bah, demande à ta mère.

Elle lève les yeux au ciel et laisse retomber ses bras, exaspérée.

– Pas demain la veille. Faudrait déjà qu'elle se trouve un copain. Mais toi, tu peux. D'ailleurs, t'as pas ramené Kimberley avec toi ?

– Kimberley qui ?

– Ben, ta copine. Tu sais, grande, blonde avec des grains de beauté partout, celle qui ne mettait jamais de haut de maillot de bain pour nager dans la piscine, précise-t-elle en mimant une paire de seins.

Je n'ai pas besoin de fouiller profondément dans ma mémoire pour me souvenir de cette somptueuse mannequin qui m'a poignardé dans le dos.

– T'as un train de retard, ma fille. Celle-là, y'a longtemps qu'elle est partie. Pas intéressante.

– Ah ? Mouais, t'as raison. Elle n'était pas gentille avec moi, de toute façon, grimace-t-elle.

– Hum, hum.

Ça, je l'ignorais ! Néanmoins, Léa n'a pas besoin que je m'étende sur les raisons de notre rupture.

Il y a quelques mois, en revenant d'une répétition en studio, j'ai surpris Kimberley dans le *poolhouse* avec l'homme embauché pour nettoyer la piscine.

Ce soir-là, j'ai fait d'une pierre deux coups, j'ai viré Kim et l'employé, sans perte, mais avec beaucoup de fracas.

– Et pas d'autres copines ? s'enquiert-elle, pleine d'espoir.

Bien évidemment que si. Après cet événement, il y a eu Vanessa, Callie et Nicolle… Ce défilé permanent me lasse. Si je peux épargner à ma fille le tableau de ma vie amoureuse chaotique, je ne vais pas m'en priver !

– Y'a eu, y'a plus, soupiré-je, laconiquement.

Léa semble comprendre que je ne veux pas m'étendre sur le sujet et hausse simplement les épaules.

– OK, bah tant pis alors. Bon, mamie m'envoie te chercher pour le dîner. Elle n'a pas voulu que je vienne avant pour te laisser te reposer, se plaint-elle.

– Ouais, attends. Je me rafraîchis un coup et on y va, dis-je en lui adressant un clin d'œil complice.

Tandis que je pars à la salle de bain, elle s'assied dans le canapé après avoir replié le plaid.

Je me lave les dents, passe un peu d'eau sur mon visage avant de m'essuyer avec une serviette douce au parfum de lessive au savon de Marseille, toujours la même. Ma mère est la meilleure.

– Tu vas chercher une copine française ? crie Léa depuis le salon.

– Mais qu'est-ce que c'est que cette obsession pour mes relations ? Depuis quand tu t'y intéresses, d'ailleurs ?

– Toi, tu as bien demandé à maman si j'avais un petit copain !

Je pouffe devant le sérieux de son ton.

Une fois mes cheveux recoiffés et attachés, je reviens dans le salon et m'installe à côté de Léa. Enfoncée dans le canapé, les bras croisés, elle se renfrogne.

– Que se passe-t-il, ma puce ?

– Rien.

Le chagrin que je vois sur son visage me pousse à insister. Silencieusement, je lui donne un léger coup de coude.

– Rien, répète-t-elle. Seulement, j'aimerais bien vous voir heureux maman et toi.

– Qu'est-ce qui te fait penser que nous ne le sommes pas ? Tu sais, nous n'avons pas besoin d'être ensemble pour…

– Non, non, j'ai bien compris que vous ne serez jamais ensemble, affirme-t-elle en soufflant de frustration.

Elle se redresse sur le canapé, glisse ses pieds sous ses fesses et se tourne vers moi, la mine plus sérieuse que jamais.

– Tu sais, maman ne sourit presque jamais, et toi, tu es toujours loin de moi. Pfff... Je ne sais pas, papa, je crois que je suis jalouse de Manon, grogne-t-elle.

Je suis désolé d'apprendre de la bouche de ma fille que sa mère est malheureuse, même si j'avais déjà aperçu quelques indices. Au cours des années, j'ai appris à comprendre les émotions de Sophie, et lors de nos conversations vidéo, je surprends parfois un voile de tristesse dans ses yeux. De peur d'en connaître les raisons profondes, je ne prends pas la peine de l'interroger sur ce qui ne va pas et me contente de rester focalisé sur Léa.

– Ah ? Et qu'a-t-elle cette Manon ?

– Une famille normale. Tu sais : un papa, une maman, un petit frère, une maison.

– OK. Alors, tu as déjà une maman, un papa...

Léa me donne un coup de poing sur l'épaule en riant.

– Arrête ! Tu m'as très bien comprise !

– Ouais, bah... Notre vie est comme ça. Je ne sais pas si ta mère et moi sommes « normaux », juste... c'est comme ça. Toutes les familles sont différentes. Il n'y a pas de normalité, il n'y a que de l'amour. Nous t'aimons et c'est l'essentiel. Et si tu as peur que nous ne trouvions pas le bonheur, rassure-toi. Un jour, peut-être que je rencontrerai quelqu'un avec qui je serai heureux. Un jour, peut-être que ta mère rencontrera quelqu'un avec qui ce sera sérieux. Je l'espère, même.

– Tu parles ! Je comprends ce que tu veux dire, mais maman ne sort quasiment jamais, ou alors avec ses amies. Je ne vois pas comment elle pourrait *rencontrer* quelqu'un. Le seul mec, à part toi et tonton Louis, qui vient de temps en temps, c'est tonton Nicolas.

– Ah ? Colas passe chez vous ? m'étonné-je.

– Ouais. Maman et lui s'aiment bien, j'crois. Il est là, d'ailleurs. Mamie l'a invité avec tes cousins. Ah, et maman est là aussi, explique-t-elle en haussant les épaules.

– OK. On sera combien ?

– Euh… Une vingtaine, je pense, dit-elle en comptant vaguement sur ses doigts.

– Bah, go alors !

Je me lève, Léa dans mon sillage, et attrape ma guitare au passage. Sans elle, je me sens nu.

Après le calme relatif de mon appartement, le brouhaha enthousiaste des conversations qui s'échappe de chez mes parents nous submerge dès ma porte franchie. Alors que j'entame la descente de l'escalier, ma fille me retient par le bras.

– Tu sais, papa, je suis peut-être jeune, mais je vois bien que toi non plus, tu n'es pas très heureux en ce moment.

Je frotte ma barbe en regrettant sa perspicacité. Bien que nous nous appelions souvent, je ne lui dévoile jamais mes états d'âme et j'estime qu'elle n'a pas à s'inquiéter pour moi. Je veux qu'elle pense que son père nage dans le bonheur. Mais bien entendu, cette chipie voit au-delà de nos conversations parfois superficielles.

– Tu as raison. Je ne sais pas… Ces derniers temps, je remets tout en question. Je pense que je vieillis. Le groupe est à l'arrêt, ma dernière copine me piquait mon fric, l'avant-dernière me traînait sur tous les tapis rouges… Bref, je crois juste que j'en ai ma claque de tout ça, soupiré-je de lassitude.

Une main pressée sur son cœur, Léa écarquille les yeux avant de s'écrier :

– Quoi ?! La musique aussi ?

– Non, tu rigoles ! La musique, c'est la seule chose que je sais faire. Je me plains plutôt de tout ce qui tourne autour, tu vois ? Enfin non, tu ne vois pas et c'est tant mieux d'ailleurs, mais je crois que j'ai envie d'un truc plus soft, plus cool, moins trash, quoi.

– Euh… Ouais, je te confirme que tu vieillis, papa. On ne dit plus « cool », c'est ringard, me chuchote-t-elle malicieuse.

– OK, je le note. Ne plus dire « cool ».

Son petit rire cristallin est un son unique qui me provoque toujours un plaisir immense.

Ma fille, ma fierté.

Que ne donnerais-je pas pour avoir le bonheur d'entendre des rires joyeux d'enfants tous les jours…

– Qu'est-ce que tu veux vraiment, papa ? me demande-t-elle en descendant une marche, le visage plus sérieux.

– Pfff… Une personne fidèle qui ne serait pas avec moi pour l'argent ou pour se pavaner à mon bras, quelqu'un qui serait heureux de me retrouver le soir quand je rentre de répet'. Le bonus, ce serait une fille qui sache cuisiner, ajouté-je avec un clin d'œil en plaisantant.

– Bah, ça doit bien exister des femmes comme ça.

– Je ne sais pas. J'en doute fort.

– Bon, dans un premier temps, il faudrait déjà que tu cherches. Les filles, ça ne tombe pas des arbres ! Ensuite, apprends à cuisiner. Il doit bien y avoir des cours quelque part. Ce n'est pas en restant en tête-à-tête avec ta guitare que t'arriveras à faire ces deux trucs-là !

J'éclate de rire et la prends par les épaules pour déposer un baiser sur sa crinière brune indomptable, héritage de sa mère.

C'est dans cette position que nous franchissons le seuil de l'appartement de mes parents où un énorme brouhaha nous accueille. Après des embrassades et des accolades dignes de trop rares retrouvailles, nous nous asseyons tous autour d'une table dressée pour exactement vingt-deux couverts.

Presque un mariage.

Trois tables ont été nécessaires pour n'en former qu'une seule. Pour caser tous mes cousins, mes oncles et mes tantes, le canapé et les fauteuils ont disparu.

Après les plateaux de crudités et de charcuterie, mon père amène la marmite de carbonnade, suivi de près par ma mère et ses deux saladiers de frites. Aux parfums qui se dégagent, j'en ai l'eau à la bouche.

Deux assiettes pleines plus tard, je suis rassasié. Dans cette ambiance détendue et bon enfant, je retrouve ces instants familiers et rassurants qui me manquaient.

Au moment du dessert, je sors ma guitare et entame avec Colas quelques-uns de nos tubes à la demande de Léa, ma plus grande fan. Nous enchaînons les morceaux. Ma fatigue oubliée, je reviens à mes premiers amours, jouer et chanter pour le plaisir.

Ma famille, ma fille, la musique, de la carbonnade…

Ne reste plus que la femme idéale, et ma vie sera merveilleuse.

CHAPITRE 3
T@rtelettes & @mitié

LISA

– Oh mon Dieu ! Hiiiiiiiii !

Surprise par le cri horriblement aigu d'Angélique, je lâche l'œuf, qui se brise à mes pieds et arrose mes sabots jusque-là immaculés.

Génial, je suis bonne pour un nettoyage ! Ça et aller tuer l'araignée machiavélique qui a dû l'effrayer. En soupirant, j'attrape une feuille de papier absorbant et m'accroupis pour ramasser les morceaux de coquille. Tandis que je finis de passer la serpillière, la sonnette de l'entrée de Pic'Assiette tinte.

Une voix enjouée salue Angélique et me fait sourire. Méline vient d'arriver, et avec elle, une nouvelle excuse improbable pour son retard. Elle n'est pas vraiment du matin…

– C'est génial ! résonne sa voix guillerette. J'ai tellement hâte qu'on commence !

Intriguée, je pousse la porte du laboratoire, un torchon à la main, et pénètre dans l'accueil des locaux.

Adossée dans son fauteuil de bureau, Angélique brandit son poing en l'air tandis que Méline sautille sur place. Elles sont bien trop enthousiastes pour une araignée mangeuse de rousses et un retard de presque six heures.

Mais qu'est-ce qu'il leur prend ?

– Je-je p-p-p… peux savoir ?

Dans un bel ensemble, elles se retournent vers moi, sourire extatique aux lèvres.

– Lisa, tu tombes bien ! J'ai une grande nouvelle, chantonne Angélique.

– Ah ?

– Tu te souviens de l'annonce à laquelle j'avais répondu pour un nouveau contrat ?

Je hausse les épaules et dégonfle mes joues pour lui faire comprendre que, non, je ne sais pas de quoi elle me parle.

Rien à faire, les clients et moi, ça fait deux.

Installez-moi dans une cuisine équipée d'un four, d'un grand plan de travail, d'un robot ménager et d'un fouet, je suis votre homme… ou plutôt votre cuisinière. Mais mettez-moi un livre de compta, un ordinateur, un téléphone et des factures entre les mains, c'est la crise de panique assurée.

– Mais siiiii, tu sais, pour les ateliers !

– On-on en f-f-f… fait d-d-dé… déjà, commencé-je à m'agacer en haussant les épaules.

Non seulement je suis inapte à la gestion, mais en plus, j'ai une grande tendance à ne pas écouter dès que le sujet est évoqué.

Heureusement, après avoir obtenu notre diplôme dans un lycée hôtelier suisse, Méline et moi avons eu la bonne idée de nous associer avec Angélique, issue d'une grande école de commerce.

Les deux cousines m'ont ainsi offert la meilleure opportunité de toute ma vie. Ensemble, nous avons fondé notre entreprise de traiteur et de cours de cuisine à domicile à Lille. Angélique s'occupe de l'administratif, Méline des cours, et moi, dans tout ça ? Je me planque dans ma cuisine pour assurer les commandes. Mes difficultés de communication sont un fardeau que je me traîne depuis mes six ans, mais grâce à mes meilleures amies, elles ne m'empêchent absolument pas de m'épanouir dans mon travail. Pas besoin de parler quand je pétris, étale, fouette, émulsionne ou mélange ; ni les œufs ni la farine ne me répondraient de toute façon.

– Bon, je te la fais courte. Pic'Assiette a été retenue pour organiser des ateliers pour Pick Me. Nous allons être leur partenaire !

Fronçant les sourcils, je continue de fixer Angélique et penche la tête sur le côté pour marquer mon incompréhension.

– L'application de rencontre, voyons !

Je me tape le front en souriant.

– M-m-mais b-b-b… bien sûr !

Jamais entendu parler ! Néanmoins, elle a l'air tellement heureuse d'avoir décroché ce contrat que je n'en rajoute pas.

– T'inquiète, Lisa, c'est moi qui les dirigerai, souligne Méline.

D'un regard, je lui fais comprendre que je n'avais jamais envisagé qu'il en soit autrement.

Exprime-toi, bon sang !

– Et quand penses-tu recevoir le contrat ? ajoute-t-elle à l'intention d'Angélique.

– Dans la journée, c'est ce qui est indiqué dans le mail.

– Excellent. Ce soir, on va chez Jacky, mes belettes. On doit fêter ça !

– Ouiiiii !

Tandis qu'elles se réjouissent de ce nouveau projet, je réintègre ma cuisine pour reprendre la préparation de ma pâte sablée. Je dois encore confectionner trente tartelettes aux poireaux et aux oignons caramélisés.

J'aime créer des plats sucrés-salés qui sortent un peu de l'ordinaire. Ce soir, ces tartelettes rejoindront un buffet organisé chez un couple pour l'annonce des fiançailles.

Après avoir passé mes mains sous l'eau très froide et les avoir séchées, je pétris la pâte rapidement en y incorporant mon beurre encore dur, coupé en petits morceaux. La farine et le sucre s'effritent sous mes doigts. Quand le beurre et l'œuf viennent lier le tout et s'amalgament, je forme ma boule, prête à être travaillée.

En fond sonore, la radio passe la version de *The Sound Of Silence* du groupe Disturbed. Je chantonne pendant que je farine mon plan de travail et me saisis de mon rouleau à pâtisserie.

Alors que je termine mes fonds de tarte, la porte de la cuisine s'ouvre violemment, me faisant sursauter. Méline et son pas énergique s'invitent sans délicatesse dans mon espace de sérénité.

– Alors, dis-moi. Qu'est-ce que tu veux que je fasse ? Oh, tu es déjà sur les tartelettes ? Génial ! Je vais m'occuper des feuilletés, alors. La pâte doit déjà être dans la chambre froide. Tiens ! À propos de chambre froide, tu ne sais pas qui j'ai revu hier soir ?

Sans attendre de réponse de ma part, elle se dirige vers son casier, y glisse sa veste et enfile son tablier.

– Tu ne vas jamais me croire… Sébastien ! Tu te souviens ? Le croque-mort, celui qui bosse à La Centrale des obsèques…

Je secoue la tête, ignorant de qui elle parle malgré un effort de mémoire. Devant le miroir, elle attache ses cheveux bruns en vague chignon et les emprisonne dans une charlotte jetable.

– Brrr, il est toujours aussi flippant, grimace-t-elle à son reflet.

Quand elle se retourne vers moi, elle n'a pas encore repris sa respiration. Son bagou est proportionnel à mon mutisme. D'un doigt, je lui désigne la pâte feuilletée posée sur le plan de travail.

– T-t-tu… tu f-f-f… fais d-des ca-carrés cette f-f-f… fois-ci.

– Pfff, les triangles c'était rigolo, au moins, et puis ça changeait. Mais oui, ce sera des carrés, cheffe ! Tu as déjà préparé la garniture ?

– Oui. El-elle est p-p-pr… prête.

– Très bien, alors go !

***

Après la livraison de la trentaine de tartelettes, de la centaine de feuilletés, des trois douzaines de verrines et des trois plateaux de mignardises chez monsieur Deroy et sa future épouse, nous retournons à la boutique à bord de notre superbe Kangoo aux couleurs de Pic'Assiette. C'est Angélique qui s'est occupée du logo. Nous sommes donc les heureuses conductrices d'un véhicule rose bonbon et vert citron, repérable sans difficulté à travers la grisaille de ce début de printemps.

Je me gare sur notre place réservée et sors de la voiture alors que Méline est encore au téléphone. Si je me fie à ses yeux qui se lèvent fréquemment et à son ton cassant, elle tente de se débarrasser d'un prétendant insistant. Sa joie de vivre couplée à un joli physique font d'elle une femme-trophée que bien des mecs espèrent avoir, si ce n'est dans leurs bras, au moins dans leur lit. Néanmoins, cette belle demoiselle n'en garde aucun au-delà d'une semaine. Une date de péremption est collée par avance sur leur front dès qu'ils osent l'aborder. Déçue par celui qu'elle croyait être l'homme de sa vie, il y a longtemps qu'elle ne cherche plus le prince charmant…

Alors que je l'attends pour pouvoir fermer la voiture, elle met bien deux minutes avant de descendre, non sans m'adresser une grimace exaspérée.

– Alors, Adam… Ah, Alain, pardon. Comme je te le disais, je ne suis pas une adepte des caleçons avec des personnages de dessins animés… Hein ? Non, non, ne change surtout pas pour moi ! Reste tel que tu es ! Mais on va s'arrêter là, d'accord ?

Elle lève encore une fois les yeux au ciel en faisant une moue qui me fait sourire. Son dernier amant en date semble plaider de nouveau sa cause, pendant qu'elle claque la portière si fort que la carrosserie en tremble. J'appuie sur le bouton de la fermeture centralisée avant d'entrer dans la boutique, l'abandonnant sur le trottoir.

Lorsque je passe le seuil, Angélique, assise à son bureau, relève la tête.

– Coucou Lisa. Ça a été ?

– T-t-tr… très b-b-b… bien.

– Tant mieux. Méline n'est pas avec toi ? s'étonne-t-elle.

Je lui désigne la porte d'un doigt et imite le signe avec mon pouce et mon auriculaire qu'elle est au téléphone.

– Elle est en train de jeter le p'tit brun à lunettes ?

Je hoche la tête.

– OK. On va devoir l'attendre, parce que j'ai un petit quelque chose à vous dire à propos du contrat de ce matin, annonce-t-elle en esquissant un sourire malicieux. Bref ! Demain, tu vas t'en sortir avec les commandes ?

– Ou-oui. P-p-pou… pourquoi ? m'inquiété-je.

– Parce que Méline a un atelier de quatorze à seize heures avec un groupe de la maison de retraite.

– Oh ! L-l-laisse-m-m-moi v-vé-vérifier.

Je m'approche du bureau et lui montre l'agenda qu'elle me tend aussitôt.

Quatre commandes, dont une pour cinquante personnes. Le samedi est propice aux apéritifs dînatoires et nous devons souvent refuser de nouveaux clients. Ayant imposé de ne pas engager un autre cuisinier, je dois mettre les bouchées doubles ces jours-là. Je sais que les filles voudraient bien prendre des jeunes, même en stage, pour m'épauler, mais elles respectent ma décision.

Tous les mauvais souvenirs associés à ma scolarité et aux multiples moqueries dont j'ai été l'objet me dissuadent de demander une aide qui me serait pourtant précieuse. Plus qu'un frein, c'est un véritable blocage.

Ne te fais pas remarquer !

Je revois ces adolescents rire de moi, m'imiter, m'appeler le « disque rayé », la « b-b-b… bègue » ou s'amuser à écorcher mon nom de famille. Lisa

Bartoli devenait alors Lisa Bafouillis, Lisa B-b-b… Bart-t-t… oli ou même Lisa Bonne-au-lit. Je frémis. Ces railleries cruelles ont grignoté insidieusement ma confiance en moi. Morceau par morceau. Jour après jour.

Que de merveilleux moments…

Heureusement, lors de ma rentrée au lycée, j'ai rencontré Méline. Grâce à elle, j'ai survécu jusqu'à notre diplôme. Elle a été mon garde-fou, mon garde du corps, et surtout, elle est devenue ma meilleure amie. Sa cousine, Angélique, âgée de deux ans de plus que nous, est venue naturellement se greffer à notre duo et nous a transformées en trio inséparable. Ensemble, elles m'ont empêchée de sombrer dans ma solitude.

Bon, en arrivant vers quatre heures du matin, je m'en sortirai ! Je repose donc sereinement l'agenda sur le bureau.

– P-p-pa… pas tard, c-c-c… ce soir.

– T'inquiète.

Méline ouvre alors violemment la porte, pénètre dans la boutique d'un pas rageur et claque son portable sur le bureau.

CHAPITRE 4

Plus Qu'Un Contr@t

LISA

– Purée ! Il était lourd, celui-là. J'ai vraiment bien fait de le jeter. Non, mais pour qui il se prend ? Vous vous rendez compte ? Il était prêt à mettre des slips. Des slips, quoi ! C'est comme si, d'un seul coup, je me mettais à enfiler des culottes de grand-mère pour faire plaisir à un mec. N'importe quoi !

Ni Angélique ni moi n'osons la contredire, et encore moins l'interrompre dans sa diatribe. Elle n'attend d'ailleurs aucun commentaire. Je sursaute quand elle stoppe soudainement ses récriminations envers la gent masculine et frappe sur le bureau.

– Bon ! On va boire un coup ?

– Euh… hésite Angélique en regardant la pendule au mur. Il n'est que dix-sept heures trente, ma belle.

– Et alors ? Il est toujours l'heure de l'apéro quelque part dans le monde !

Sa phrase préférée…

Le pire, c'est qu'elle la fait marcher avec à peu près tout : le p'tit dej', le goûter… Cependant, il y a plus urgent que l'apéro.

– Une m-m-mi… minute ! l'arrêté-je dans son élan en levant un index. D-d-de… demain, il f-f-f… faudrait q-q-q… que tu a-arrives t-t… tôt.

– On a beaucoup de commandes ?

– Quatre, exactement. Il y a les deux buffets dînatoires, dont celui pour l'anniversaire de mariage des Delcourt, les dix plateaux de petits fours pour la Mairie de Lille et le gâteau d'anniversaire. Malheureusement, tu as un atelier à quatorze heures, je te rappelle, avec les gens de la Résidence du Bel-Âge. Il faudrait donc avoir fait le maximum avant midi et Lisa ne pourra pas tout préparer toute seule.

Son sourire disparaît, alors qu'elle arbore son air sérieux et professionnel.

– C'est noté. Mais, les filles, vous savez qu'on pourrait embaucher…

Alors que je gronde en réponse, elle lève les mains, paumes en avant.

– Je sais, je sais. Bon, maintenant que le problème du planning est réglé et que Lisa a rugi, on va le boire ce verre ?

– Oui, soufflé-je en lui tirant la langue.

Angélique sort son portable et commence à pianoter dessus.

– Je préviens Fabien et nous sommes parties, dit-elle en contournant le bureau.

Alors qu'elle passe son coup de fil, Méline me suit jusqu'aux casiers où elle détache ses cheveux et les brosse, avant d'attraper son sac à main.

Sois impeccable !

– Tu sais, Lisa, il faudrait vraiment que nous y pensions sérieusement.

– À q-q-q… quoi ?

– Prendre quelqu'un pour nous filer un coup de main. Surtout là, avec ce nouveau contrat qui nous tombe dessus. Je serai moins disponible et tu vas te retrouver de plus en plus souvent toute seule. Tu ne pourras pas tout gérer, même si tu es une grande bosseuse.

À son sourire qui se fane, je comprends que mon visage reflète mon état d'esprit. Mes doigts se resserrent sur la lanière de mon sac pendant que je triture mon écharpe en laine de mon autre main.

– Penses-y, d'accord ? dit-elle d'une voix douce.

Je hoche la tête en signe d'assentiment en évitant son regard perçant. Je soupire pour masquer le fait que c'est tout réfléchi. Pas question d'embaucher ! Devinant que c'est peine perdue, Méline m'agrippe par les épaules et me guide jusqu'à l'entrée de la boutique.

– Bon, les girls ! C'est pas tout, ça, mais je vous rappelle qu'on a un rendez-vous avec Leffe et Kriek.

***

Quelques minutes plus tard, la chaleur qui règne chez Jacky me happe dès les portes franchies. Notre arrivée ne passe jamais inaperçue.

– Hey, bien le bonjour, les Drôles de Dames !

– Bonjour, Jacky, chantonnons-nous en chœur.

Quelques clients ricanent, mais les habitués ne nous calculent même pas. Assises à notre table, nous attendons Sandra, qui ne tarde pas à venir prendre nos commandes.

– Salut, les filles ! Qu'est-ce que je vous sers ? Comme d'hab' ?

Je hoche la tête tandis qu'Angélique demande un café.

– Quoi ?! Un café ? Mais t'es pas sérieuse ! Sandra, mets-nous une bouteille de pinot gris et trois verres, s'il te plaît. On fête quelque chose, aujourd'hui.

– Très bien, dit la serveuse en tournant les talons aussitôt.

– Ah ? T'avais pas dit « Leffe et Kriek » ? Et puis, je pouvais bien prendre un café ! se rebelle Angélique.

– Pour ça, on aurait très bien pu rester à la boutique, chérie, rétorque Méline en la fixant d'un regard noir. Bon, explique-nous un peu les détails du contrat, plutôt.

Abandonnant le débat sur le café face à sa cousine, Angélique s'avance sur sa chaise et pose les coudes sur la table.

– Les filles, nous allons organiser et animer des ateliers cuisine pour des groupes de célibataires qui se sont inscrits sur Pick Me. Nous serons informées à l'avance du nombre de participants, mais la femme que j'ai eue par mail m'a précisé qu'il s'agirait de groupes d'une douzaine de personnes au grand maximum. A priori, on est parties pour une ou deux fois par mois.

Méline pousse un soupir de soulagement en s'affalant contre son dossier.

– Oh, bah ça va. Je vais gérer.

– C'est bien payé, donc j'aimerais bien qu'on conserve ce contrat. C'est une superbe opportunité pour la société.

Ravie qu'aucune des deux ne se soucie de moi, j'en profite pour extraire mon portable de mon sac et découvre, sans surprise, un SMS de mon père :

Je te rappelle que nous t'attendons
dimanche pour midi.

Pas de « bonjour ». Pas de « bonne journée, ma chérie ». Jamais de « je t'aime ». Concis et précis, il ordonne et je dois obéir. À vingt-huit ans, je suis toujours malmenée par ce père que je ne parviens pas à appeler « papa ».

Le cœur serré, je fixe mon écran encore quelques secondes, espérant sans trop y croire que le message se transformera en un petit mot gentil et bienveillant. Un petit mot d'un père à sa fille chérie…

Sois parfaite !

Au claquement de la bouteille sur la table, je relève la tête et croise le regard compatissant d'Angélique. Pas besoin de lancer un coup d'œil à ma gauche pour savoir que ma voisine doit afficher le même.

Je pose le téléphone sur la table, face cachée, et me saisis d'un verre vide en le tendant à Méline.

– Ouais, dit-elle simplement en le remplissant de vin blanc.

Lorsque nous sommes toutes servies, nous trinquons à notre nouveau contrat.

Après la troisième tournée ou à la deuxième bouteille, je ne sais plus, Fabien nous rejoint. Face à moi, Angélique ne peut pas le voir. Aussi, lorsqu'il pose les mains sur ses yeux, elle sursaute et renverse du vin sur son chemisier. Méline et moi éclatons d'un rire aviné et je dois me tenir à la table pour ne pas basculer en arrière.

– Merde, Fabien !

– Bah alors, les filles, on fait la fête sans moi ?

– M… ouais, bredouillé-je d'un ton pâteux.

– Et tu te rappelles que tu ne dois plus boire d'alcool ? demande-t-il à sa future épouse en s'asseyant à côté d'elle.

– Ben, dis donc ! Tu nous avais caché que vous aviez des rapports maître-soumise, s'exclame Méline d'une voix qui n'a plus rien de discrète.

Choquée, Angélique en recrache sa gorgée et quelques gouttes atterrissent sur mon visage. Pendant que je m'essuie avec une serviette en papier, j'observe Fabien poser son bras autour des épaules de sa fiancée pour la rapprocher de lui et l'embrasser sur la tempe tout en riant. Ils forment un joli couple tous les deux.

J'ai un petit pincement au cœur à la vue de ce que je ne pourrai certainement jamais avoir : le bonheur de trouver sa moitié.

– Ça va, Lisa ? me demande-t-il, soucieux.

Je hoche la tête avant de prendre une inspiration, mais Méline me coupe dans mon élan en reposant brusquement son verre sur la table.

– Naaaan, elle ne va pas bien. Elle se crève le cul au boulot, son père persiste à lui dicter sa vie par SMS et elle n'a pas vu le loup depuis looooong-temps ! s'esclaffe-t-elle.

Je pique un fard. Les trois quarts des clients se tournent vers notre table avant que j'aie le temps de poser ma main sur sa bouche pour la faire taire. Malgré tout, mon regard assassin finit par la dissuader d'aller plus loin.

– Désolée, ma chérie, s'excuse-t-elle un ton plus bas. Quand je bois, je deviens complètement idiote.

Alors que l'agitation reprend autour de nous, Méline vient me faire un câlin en posant sa tête sur mon épaule, puis m'embrasse bruyamment sur la joue.

Après avoir demandé à Sandra de lui apporter un verre vide, Fabien termine la bouteille de vin et trinque avec ce qu'il reste dans les nôtres.

– Bah, justement les amies, reprend Angélique en levant son verre. J'ai une solution à votre célibat, qu'il soit volontaire… ou pas, termine-t-elle en me fixant.

Tu finiras seule, ma pauvre fille !

– Ah ? Tu vas nous trouver des hommes ? Tu t'es reconvertie en entremetteuse ? s'écrie Méline.

– Chut ! Moins fort ! la rabroue sa cousine en riant.

– D'aaaccooord, chuchote-t-elle en allongeant chaque syllabe exagérément.

Curieuse, je prends une grande inspiration.

– Tu p-p-p… peux n-nous d-d-di… dire t-t-t… ta so-solution ? demandé-je à Angélique.

– Eh bien, le contrat avec Pick Me comporte un bonus. Nous avons une connexion offerte chacune.

– Ah ah. Très drôle, s'esclaffe Fabien.

– Non, non, c'est vrai, chéri. Ils nous ont offert trois abonnements de six mois à l'application avec l'option premium. C'est sympa, je trouve.

Fabien la regarde en levant un sourcil.

– Oui, enfin, je ne vais pas utiliser le mien, se rattrape-t-elle devant l'œil devenu meurtrier de son fiancé. Mais pour les filles, c'est génial, non ?

C'est une blague ?

J'écarquille les yeux quand je réalise où elle veut en venir. Elle semble convaincue que nous allons nous inscrire sur un site de rencontre.

Pas question !

Avec mon bégaiement exacerbé par ma timidité, je repousse naturellement la population masculine. Les quelques mecs qui ont traversé ma vie ne sont jamais restés et je ne cherche plus depuis longtemps.

J'ai fait mon deuil de toute forme d'interactions avec le sexe opposé. Ma psy dirait que les rapports complexes que j'entretiens avec mon père en sont la cause, je pense, moi, que mes déceptions m'ont juste vaccinée. Je n'attends plus rien des hommes. Toutes mes tentatives pour construire une relation sérieuse se sont soldées par un échec. Même le sexe est devenu terne et sans intérêt. À quoi bon persévérer dans une voie qui ne m'apporte rien ?

J'ai tout ce dont j'ai besoin : un boulot que j'adore, des amies sincères, un toit sur la tête. Pourquoi m'encombrer de complications quand la vie est aussi simple que ça ?

– D'accord, on va le faire ! Youhou ! hurle Méline en se jetant de nouveau dans mes bras. On va se trouver des mecs, hein, ma Lili ?

Hein ? Mais dans quoi cherche-t-elle encore à m'embarquer ?

CHAPITRE 5
Soirée Improvis@tion

TRAY

Assis en tailleur sur mon canapé, ma guitare sèche sur les genoux, je joue quelques accords à la recherche d'une inspiration qui tarde à venir. Mon cahier de partition ouvert devant moi ne se remplit pas aussi vite que je le souhaiterais. Les mots ne me viennent pas. Les phrases manquent de fluidité, et finalement, sonnent creux.

Par la fenêtre ouverte, un timide rayon de soleil traverse le salon et éclaire la photo encadrée de ma fille qui trône sur le piano. Je souris. Ce soir, Léa passe la soirée chez moi pour une pyjama-party père-fille.

Ces moments simples de la vie quotidienne me manquent lorsque je suis à l'autre bout du monde. Tandis que sa mère l'éduque chaque jour et profite de sa présence, je me contente de faire en sorte qu'elle ne m'oublie pas. Entre le décalage horaire, son emploi du temps et ma vie de bohème, je dois parfois mettre une alarme pour être sûr de la voir et de l'entendre. Jusqu'ici, nos conversations tournent autour de ses copines, de l'école et des loisirs, mais bientôt – et je redoute ce moment –, elle me parlera des petits merdeux qui lui tournent autour. Je serai alors trop loin pour leur botter le cul s'ils déconnent.

Malgré la distance physique, nous avons tissé des liens très forts. Même si elle se plaint parfois de mes trop rares retours en France, Léa accepte que la musique m'éloigne d'elle. Un jour, elle a suggéré l'idée de venir vivre avec moi. Le rythme soutenu que nous imposent les tournées, les enregistrements d'émissions et les nombreuses sessions dans les studios m'oblige à ne même pas envisager cette possibilité. Et puis, malgré le fait qu'elle s'en défende, sa mère lui manquerait trop.

Alors que mes doigts courent sur les cordes, la sonnette de l'entrée m'interrompt. Après avoir posé ma guitare, je me lève et appuie sur l'interphone.

– C'est Colas. Tu m'ouvres ?

– Bien sûr, monte !

J'entrouvre la porte avant d'aller allumer la machine à expresso pour cet accro à l'or noir. La cafetière est justement prête à cracher sa drogue lorsque Colas frappe contre le battant.

– Salut, mec ! lance-t-il en entrant, sans attendre de réponse.

Il referme la porte et pénètre chez moi de son pas lourd. Après avoir retiré ses bottes de moto, il pose son casque au sol, puis il accroche son blouson à la patère de l'entrée.

– Assieds-toi au salon, dis-je. J'arrive avec le café.

– Oh, tu composes ? entends-je alors qu'il s'installe dans le canapé.

Lorsque je le rejoins avec nos tasses, il tient le cahier dans les mains et le déchiffre en fronçant les sourcils.

– Mouais, enfin j'essaie. Pour l'instant, rien de terrible.

– C'est un tempo lent. Une ballade ?

– Peut-être. J'ai… envie d'essayer, hésité-je.

– Pourquoi pas ? dit-il en reposant le cahier sur la table basse.

Il sort son paquet de cigarettes de la poche de sa chemise et en allume une. Je touille mon café, alors que Colas s'adosse au fond du canapé, sa tasse à la main, sa clope dans l'autre. Dans ma tête, les paroles de cette nouvelle chanson défilent alors que je cherche des idées pour l'améliorer. Frustré et concentré, je ne remarque pas immédiatement que mon pote s'adresse à moi.

– Tout va bien, Tray ?

– Hein ? Oui, oui. Et toi ? réponds-je distraitement.

– Non, en fait, pas trop.

Sa réponse réussit à me faire relever la tête. Je le scrute alors vraiment. Dans ses yeux, je reconnais les mêmes tourments que ceux qui me hantent lorsque je me regarde dans le miroir. Jusqu'à maintenant, je croyais que notre situation ne perturbait que moi. Me serais-je fourvoyé ?

– Le groupe, hein ?

Colas grimace avant de se redresser pour caler ses avant-bras sur ses cuisses. Il tourne sa tête vers moi avant de répondre :

– Oui. Entre autres choses. Je m'inquiète pour Soul, pour Noah, pour toi… Pour Sophie aussi. J'ai l'impression d'être inutile. En bref, je m'ennuie, donc je réfléchis beaucoup. Trop, sans doute. À nous. À notre avenir.

– Le groupe reviendra plus fort, Colas. Cette pause est sans doute une bonne chose. Je profite de ma fille. Tu profites de ta famille. Noah profite de sa nana. Et Soul profite enfin d'une cure sérieuse. Tout le monde est gagnant, tenté-je de le convaincre.

Et de me convaincre aussi par la même occasion…

– Tu as sans doute raison…

Bien entendu que j'ai raison ! En revanche, Léa ayant vendu la mèche, je compte bien creuser son intérêt pour la mère de ma fille, même s'il a le droit de ne pas me répondre.

– Et pourquoi tu t'inquiètes pour Sophie ? demandé-je, curieux.

– Je… Je suis là pour en discuter avec toi, justement, dit-il en effilochant nerveusement un trou dans son jean.

Je devine ses intentions, mais je me délecte de le voir patauger.

– Je t'écoute, dis-je en masquant mon amusement avec le plus grand sérieux.

– J'apprécie beaucoup Sophie. Elle est seule depuis longtemps et, pour avoir parlé un peu avec elle, je sais qu'elle est malheureuse. Je voudrais tenter quelque chose et je voulais savoir si tu étais d'accord avec ça.

Nous formons un groupe soudé malgré toutes nos erreurs de parcours et de jugement. Depuis la naissance chaotique de Léa, Sophie et lui ont toujours été proches et je ne suis pas idiot : lors du dîner de la semaine dernière chez mes parents, il la couvait d'un regard sans équivoque. Et si ces deux-là trouvent le bonheur ensemble, qui suis-je pour les juger ? Au contraire, je connais parfaitement Colas et je suis certain qu'il ne ferait aucun mal à Sophie.

– Je suis très mal placé pour t'empêcher de faire quoi que ce soit avec elle, Colas. Sophie est libre, du moins d'après Léa. Elle est majeure et vaccinée.

– Tu n'as plus de sentiments pour elle ?

Il tapote sa clope au-dessus du cendrier avant de me harponner de son regard dans l'attente de ma réponse. Je n'ai aucune raison de lui mentir.

– J'ai de l'amitié pour elle, beaucoup. C'est la sœur de Soul, et plus important encore, c'est la mère de ma fille. Mais de mon point de vue, il n'a jamais été question d'amour. J'ai énormément déconné par le passé et je ne l'ai pas respectée. Je ne regrette pas d'avoir eu Léa, mais je m'en veux toujours d'avoir fait souffrir Sophie.

C'est même certainement mon plus gros regret. Regarder la douleur dans les yeux de Sophie se transformer petit à petit en colère, puis en déception, m'a fait douter de ma capacité à savoir aimer. Est-ce pour ça que je me suis cantonné à des relations courtes et sans saveur ? Quand je repense à cette période de ma vie, je me dégoûte. Je ne sais toujours pas ce qui a retenu Soul de me mettre une violente branlée pour avoir traité sa sœur de cette façon.

– Enfin, tout ça pour dire qu'elle mérite d'être heureuse avec quelqu'un. Si tu crois que tu peux être ce mec, alors vas-y. Je n'ai même pas à te donner mon accord. Juste une chose, je te demanderai de faire attention à elle, et à Léa, terminé-je en lui souriant franchement.

Il souffle de soulagement. Alors qu'il passe une main sur son visage, ses épaules se détendent.

– Merci, murmure-t-il derrière sa paume.

– Tu croyais sincèrement que j'allais dire « non » ?

Il laisse retomber ses mains sur ses genoux.

– Je ne sais pas. Tu as pris l'habitude de veiller sur elles. Tu les loges, tu t'en occupes. Tu ne peux pas nier que tu joues un rôle particulier dans la vie de Sophie.

– C'est juste ma façon de réparer mes torts, expliqué-je en haussant les épaules.

Alors que ses lèvres se retroussent pour former un sourire en coin, nous échangeons un regard complice.

– Sophie, hein ? le taquiné-je.

– Ouais, souffle-t-il en passant les doigts dans ses cheveux hirsutes. Depuis un moment, mec. En revanche, je crois que ça va être le parcours du combattant.

Synchronisés, nous terminons nos cafés avant que Colas écrase son mégot dans le cendrier. Après quelques minutes de réflexion, il se redresse, soudain animé par une énergie nouvelle.

– On joue ? demande-t-il en se saisissant de ma guitare.

J'acquiesce et me lève du canapé pour m'asseoir devant le piano, dont je relève le pupitre.

À L.A., nous avons l'habitude de nous retrouver les uns chez les autres pour jouer ensemble. Nous nous connaissons tellement bien que c'est comme une seconde nature, instinctif. Bien souvent, les bassistes sont sous-estimés et Colas ne fait pas exception. Pourtant, il a démarré sa formation musicale bien avant moi et c'est un guitariste hors pair. Seulement, il aime la discrétion et la basse lui permet de ne pas trop se mettre en avant. Tout le monde est gagnant.

Colas ajuste la position du manche, cale la guitare sur ses genoux, puis tend les cordes, avant de faire sonner un premier accord. Je sais alors immédiatement quel morceau il veut jouer. Tandis que mes doigts courent sur les touches, je commence à chanter. Colas me suit dans le rôle du choriste au moment des refrains. Malgré l'absence d'échauffement, les quelques chansons que nous entonnons font vibrer quelque chose en moi : l'excitation de la création, le plaisir de partager la même passion, le désir de faire passer des émotions à travers des notes et des paroles. Nous improvisons même quelques mélodies sur lesquelles je pose des mots. Rien de probant, mais c'est un début.

La musique est une partie essentielle de notre vie. Nous ne pouvons pas en rester là, nous rebondirons. Je me promets de tout faire pour que le groupe revienne comme si nous n'avions jamais quitté la scène.

Dès que le soleil décroît derrière les toits des édifices lillois, Colas prend congé et m'assure qu'il repassera s'il a des nouvelles de Soul.

– Puisque Léa dort chez toi ce soir, je vais en profiter pour passer du temps avec Sophie. Elle broie du noir, en ce moment, et je n'aime pas la voir comme ça.

Je la connais bien et je sais que la situation de son frère la mine. Alors quand Colas s'éclipse, je l'encourage mentalement à faire oublier à Sophie ses soucis et qu'elle pense enfin à son bien-être avant celui des autres.

CHAPITRE 6

Un @mour De G@mine

TRAY

Alors que je rince la laitue dans l'évier, Léa frappe à la porte. J'attrape un torchon et m'empresse d'aller lui ouvrir tout en m'essuyant les mains.

– Coucou, papa ! me lance gaiement ma fille.

Sa queue-de-cheval se balance et fouette son dos tandis qu'elle avance d'un pas sautillant.

– Bonjour, ma chérie. Va poser ton sac dans la chambre et viens m'aider en cuisine, s'il te plaît.

– T'as toujours pas pris de cours ? me demande-t-elle après m'avoir embrassé.

J'essuie machinalement la trace de gloss que ses lèvres ont laissée sur ma peau.

– De cuisine ?

– Ouais.

– Non.

Son éclat de rire la suit dans le couloir.

Lumière de ma vie.

– Alors, j'arrive ! Je ne voudrais pas que tu m'empoisonnes ! s'écrie-t-elle.

Fille ingrate !

La salade essorée, je sors une planche à découper. Lorsque Léa s'approche de moi, je lui désigne le plan de travail.

– Tu peux couper les tomates en dés, s'il te plaît ?

– Pas de souci, s'enthousiasme-t-elle, les yeux pétillants.

Pendant que Léa se concentre sur sa tâche, je prends le temps de l'observer. Outre ses lèvres brillantes, la voir dans une robe me file le bourdon. Elle qui ne jure habituellement que par les vêtements simples et confortables s'habille désormais comme une jeune fille.

Elle grandit tellement vite.

La gorge serrée, je choisis de ne pas lui parler de sa tenue et de rester sur un sujet terre à terre.

– Alors, comment ça se passe à l'école ? lui demandé-je en préparant de petits morceaux de comté.

– Ça va. Maman est allée à la réunion parents-profs la semaine dernière, tu te rappelles ?

Effectivement, Sophie m'en a parlé, mais j'aime lorsque c'est elle qui me raconte ces petites choses anodines. Mon cœur de père s'enorgueillit d'avoir une fille dont il peut être fier.

– Qu'est-ce qu'ils ont dit ?

– Comme d'habitude : « Léa est une bonne élève, sérieuse, et les professeurs sont très contents de son travail, mais elle ne participe pas assez en classe », récite-t-elle.

D'un caractère plutôt enjoué et extraverti avec nous, elle a appris très tôt à se faire discrète en public à cause de ma notoriété. De fait, elle ne clame pas qu'elle est ma fille, voire elle s'en cache. Elle a compris les avantages à différencier la rock star du papa. Si elle parle du leader des Slave Of One Night comme une groupie avec ses copines, elle refuse de partager son père.

– C'est parfait, ma puce.

Elle me sourit, satisfaite.

Pendant que je mets à cuire les spaghetti et la sauce, elle me parle de ses amies avec lesquelles elle est allée au cinéma.

– Vous êtes allées voir quoi ?

– *Cinquante Nuances de Grey*.

Je me fige, puis je me retourne vers elle et ses yeux scintillants de malice.

– Pardon ?

– Ah ah, si tu voyais ta tête ! Attends, ne bouge pas ! m'intime-t-elle, son téléphone déjà dirigé vers moi.

Au déclenchement du flash, je tire la langue par réflexe. Quand elle me montre la photo, nous éclatons de rire. M'immerger dans le quotidien de mon ado de douze ans est finalement assez facile.

Alors que Léa sort la vaisselle du placard pour mettre la table, j'imagine quelle serait ma vie avec une femme dont je serais amoureux à mes côtés. Partager un repas préparé avec ma moitié. Profiter d'une soirée à la maison, vautrés sur un canapé à regarder une série. Partir en balade en forêt main dans la main. Voilà ce à quoi j'aspire : des instants simples à la saveur douce.

Si on m'avait dit, il y a quelques années, que ce genre de chose me ferait rêver, j'aurais ri. Aujourd'hui, je n'ai plus peur de l'avouer, mieux, je souhaite concrétiser cette envie. Nicolle et consorts n'ont jamais recherché ma compagnie pour moi, Thibault Macray, mais pour se pavaner aux côtés de Tray dans les restaurants, les clubs et les soirées privées de la jet-set.

Tout en remuant la sauce qui frémit, je soupire.

Jusqu'ici, je n'ai jamais eu besoin de chercher, les femmes me sont toujours tombées toutes cuites dans les bras. Nous avons partagé de bons moments. Certaines pour quelques heures, pour une nuit, d'autres pour quelques semaines, mais jamais je n'ai envisagé l'avenir avec elles. Se sont-elles seulement vues vieillir avec moi ? Assises près de moi au creux d'une balancelle, les cheveux blancs, à rire des bêtises de nos petits-enfants ? Non. Pas de cette manière. Seul mon statut importait. Et mon fric. Aucune n'était la « bonne ».

Elles se sont servies de moi comme je me suis servi d'elles.

Et si le problème venait justement du fait que je n'ai jamais eu à me battre ?

Je suis interrompu dans la progression de ma morosité par la voix fluette de Léa.

– Mmm, ça sent bon.

– Normal, j'ai ouvert le bocal avec amour.

– Pfff… Mamie aurait dû te donner des leçons, franchement.

– Ouais ben, pour ça, il aurait fallu que je passe plus de temps à la maison qu'à vadrouiller avec mes potes, dis-je dans un éclat de rire.

– Maman n'aime toujours pas faire la cuisine non plus. Par contre, elle est devenue la reine de la commande de pizzas par téléphone. Elle connaît le numéro par cœur. J'te jure, je suis mal barrée avec vous deux.

– Tu es un peu ingrate avec ta mère. Elle travaille beaucoup. Et grâce à ça, tu ne manques de rien.

– Oui, je sais, consent-elle. J'aime bien aider mamie quand elle cuisine. Je voudrais faire la même chose à la maison, mais maman a toujours peur que je me brûle ou que je me coupe.

Du haut de son mètre quarante, elle soupire, puis lève les yeux au ciel.

– Elle croit encore que j'ai quatre ans, p'pa !

Je me retiens de sourire, car le sujet me semble important pour Léa. Je pourrais sans doute l'aborder avec Sophie à l'occasion. Mère célibataire depuis toujours, ses propres parents hors course, elle a dû se débrouiller seule, terminer ses études et trouver du travail tout en élevant notre fille. Je l'admire.

***

Après un bon dîner en tête-à-tête, je propose à Léa de choisir le programme de la soirée. Sans surprise, car je la connais par cœur, elle opte pour des jeux de société.

Installés dans le salon, nous enchaînons les parties de dominos, de petits chevaux et de batailles navales ponctuées de rires et d'exclamations de joie ou de défaite. Dois-je lui dire qu'elle est mauvaise perdante ?

Alors qu'elle bâille pour la troisième fois au point que j'arrive à apercevoir ses molaires, je jette un œil à mon téléphone.

– Il est l'heure d'aller se coucher, ma puce.

– Mais il est même pas minuit, geint-elle.

– Je sais que demain tu n'as pas école, mais si tu veux qu'on aille faire un tour à vélo, tu ferais mieux d'être en forme.

– Mmh… cède-t-elle sans conviction.

Tandis que je range les dominos dans la boîte en bois, elle se lève et se dirige, obéissante, vers la salle de bain pour se laver les dents.

Je rapporte nos tasses dans la cuisine, les pose dans l'évier, puis j'attrape mon paquet de clopes planqué dans un tiroir de la cuisine. La fenêtre ouverte, j'allume une cigarette avant de m'accouder sur le rebord.

Je profite de ce moment de solitude pour me remémorer ma jeunesse dans cette ville. Nos virées entre potes dans les bars de Lille et de Mouscron, en Belgique. Nos premières cuites. Nos balades à vélo. Les baisers volés dans les couloirs du lycée. Nos répets' dans le garage de mon paternel. Nos premières clopes. Nos premiers joints. Nos feux de camp sauvages au bord du canal avec nos guitares pour emballer les nanas. Complices depuis le début et jusqu'au bout.

Atténués par la hauteur, les bruits de la rue me parviennent. Quelques jeunes rigolent, une voiture klaxonne, de la musique techno s'échappe d'un bar dont la porte vient de s'ouvrir. *Lille by Night* se réveille.

– Papa ?

Léa se tient devant moi dans un pyjama rose pâle qui fait ressortir sa chevelure très brune et ses yeux verts identiques aux miens.

Parfait mélange de ses parents.

Parfait rappel de mon unique relation « sérieuse ».

Parfait souvenir de ma maladresse, de notre inexpérience, de cette amourette de jeunesse sans avenir.

– Oui, ma chérie ?

– Tu m'apporteras un verre de lait chaud ? demande-t-elle, une moue enfantine accrochée aux lèvres.

– Est-ce bien raisonnable ?

– Allez, supplie-t-elle. Comme quand j'étais petite.

Je m'esclaffe et tire sur ma clope. L'ambivalence de l'adolescence est perturbante. Encore des enfants, bientôt des adultes. Je rejette la fumée par la fenêtre avant d'écraser le mégot dans le cendrier.

– D'accord.

– Merci. Je t'aime, papa.

Une délicieuse flèche se plante dans mon cœur. Cette petite phrase de rien du tout peut signifier tant de choses : « je compte sur toi » comme « tu comptes pour moi ». Voilà la raison de mon sevrage aux drogues. Le tout premier « je t'aime, papa » que Léa a prononcé a fait apparaître une lueur dans mon monde obscur. Ce qui m'a motivé à en sortir. Ce qui m'a poussé à devenir un meilleur père.

***

Le dimanche matin, sous la grisaille changeante, Léa et moi partons à vélo vers la Citadelle. Sans forcer, nous roulons tranquillement l'un derrière l'autre, dépassant parfois des familles et croisant le chemin des sportifs pressés.

Mon casque et mes lunettes de soleil me rendent méconnaissable et me permettent de traverser Lille incognito. Je retrouve enfin un anonymat qui me plaît.

À la limite du zoo, nous mettons pied à terre et trouvons un banc pour faire une pause. Alléchée par le parfum de friture qui émane d'une cahute tenue par un homme rougeaud, Léa me réclame de l'argent pour s'offrir des croustillons. Alors que je sors un billet de cent, elle grimace.

– Papa, cinq euros suffisent. T'es pas au Ritz, là, lève-t-elle les yeux au ciel avec une petite moue moqueuse.

– Rhooo, ça va, hein.

Je fouille au fond de mon sac et trouve quelques pièces.

– Merci !

Lorsqu'elle revient, un sourire gourmand s'étale sur ses lèvres blanches de sucre glace. Nous partageons donc le paquet, tout en observant l'agitation du parc. Après avoir mis les papiers gras et les mini-fourchettes à la poubelle, nous buvons une gorgée d'eau avant de rentrer. Une fois les vélos rangés au fond du corridor, je l'abandonne sur le seuil de chez elle avec un bisou sur sa joue couverte de sueur.

Finalement, élever Léa semble facile.

En montant les escaliers, je hume un savoureux parfum de poulet rôti et de frites qui se dégage de chez mes parents et me met en appétit. Quand je les rejoins dans le salon, un verre de vin m'attend en guise d'apéritif. On ne va pas se mentir, les repas de ma mère me changent de la bouffe dégueulasse engloutie en quelques minutes pendant nos tournées ou entre deux enregistrements. À ce rythme-là, dans quinze jours, j'aurai pris cinq kilos…

J'apprécie à leur juste valeur toutes ces tranches de vie. Je me régale de cette normalité, de cette parenthèse dans le tumulte de mon existence et de mes contraintes en tant que leader du groupe.

Je soupire de contentement.

Je laisse Tray s'effacer devant Thibault et, bon Dieu, ça fait du bien.

CHAPITRE 7
Mét@morphose

TRAY

Assis sur le tapis du salon, je chante ma solitude de ma voix grave et rocailleuse. Mon esprit carbure, mais après quelques essais décevants et par manque de concentration, j'abandonne ma guitare.

Mon téléphone dans les mains, je fais défiler mes applications. Je me souviens m'être inscrit pour plaisanter sur un site de rencontre. Ça pourrait être la solution à mon problème. Je peux prendre mon temps pour choisir quelqu'un qui correspond à mes attentes. Ah ! Voilà : *Pick Me* ! Parfait. Je n'ai plus qu'à mettre à jour mon profil… et une photo récente. Je suis bon pour un rendez-vous chez le coiffeur et une séance de rasage.

***

Mardi, quinze heures vingt-cinq, je me tiens devant la porte du collège Saint-Sauveur.

Les réminiscences de mon passage entre ces murs ocre me hantent encore. Rétif à toutes les formes d'enseignement et d'autorité, j'ai fait les beaux jours du proviseur et de son adjoint qui ont pu, grâce à moi, justifier leur salaire. Je me sentais tellement bien avec eux que j'ai redoublé ma sixième. Malheureux coup du sort qui m'a permis de faire une heureuse rencontre : Soul.

Au son de la cloche qui sonne, mon estomac virevolte. Curieusement, un trac m'envahit, sensiblement similaire à celui qui me gagne avant d'entrer en scène. Seulement là, je ne joue pas un rôle. Je ne suis plus Tray, rock star déjantée, turbulent leader des SOON, prônant le sempiternel – mais néanmoins réaliste – « *Sex, Drugs & Rock'n'Roll* ». Non. Je suis moi, Thibault Macray, trente et un ans, père célibataire d'une adolescente de douze ans. Désormais, j'apparais aussi sur l'application Pick Me sous le pseudo de Music_Man, un musicien qui cherche une femme sérieuse pour partager une belle histoire.

Rasé de près, cheveux coupés court, je me fonds parmi les parents qui attendent leur progéniture.

Les gamins franchissent en courant la porte grande ouverte. Un groupe de jeunes filles plus âgées que Léa sort en piaillant et me dépasse en me lançant des regards à la dérobée. Alors que je me retourne discrètement vers elles, je serre les poings dans les poches de mon blouson qui me permet de dissimuler mes nombreux tatouages. Néanmoins, à l'instant précis où je doute de mon subterfuge et prépare ma fuite pour rentrer à l'appartement, Léa, accompagnée de ses deux amies, apparaît devant moi. Elle me croise sans me voir et continue à bavarder.

– Léa ? Ma puce ?

Ma fille tourne la tête avant de lancer un regard interrogateur au-dessus de son épaule. Ses yeux verts s'éclairent alors d'une lueur à la fois surprise et moqueuse.

– Papa ? Hiiiiiiii ! Tu es venu me chercher ?!

– Surprise !

Alors que la plupart des gamins ont l'air de fuir ou de bouder leurs parents qui font le pied de grue depuis un quart d'heure devant l'établissement, ma fille se jette dans mes bras avec un enthousiasme digne de celui de mes plus grandes fans.

– Comme tu es beau ! s'extasie-t-elle en posant une main sur ma joue. Tu fais vachement plus jeune.

– Bah merci, je ne sais pas comment je dois le prendre, ricané-je.

Elle balaie ma réflexion d'un geste de main et me saute de nouveau dans les bras.

– C'est trop cool de te voir ici !

– Je croyais qu'on ne disait plus « cool » ?

– Attends, tu veux que je te parle comme les jeunes de maintenant ? Alors, écoute bien ! T'es BG, le daron, et t'es swag. Tu vas pouvoir choper une gow. C'est carré ! dit-elle d'un air canaille.

J'ouvre grand les yeux, complètement largué, alors que ses copines s'esclaffent.

– Traduction ?

– T'es beau gosse, papa, et t'es super bien habillé. Tu vas pouvoir draguer une nana, c'est génial ! explique-t-elle fièrement.

– La vache !

– Ouais hein, éclate-t-elle de rire à son tour. Bon, bah salut, les filles !

Alors que nous leur faisons un petit signe de la main, le groupe de jeunes filles qui me dévisageaient nous barre le passage.

– C'est ton père ? demande une petite blonde à lunettes à Léa.

Ma fille me lance un coup d'œil en coin avant de répliquer :

– Qu'est-ce que ça peut te faire ?

– Oh bah, on se demandait, c'est tout. Il ressemble vachement au chanteur des SOON, tu ne trouves pas ? s'enquiert une jeune fille brune au teint mat.

À côté de moi, Léa se tend. Je préfère intervenir avant que ça ne dégénère.

– Non, désolé de vous décevoir, mesdemoiselles. On y va, ma puce ?

Elle hoche la tête avant de les contourner et de filer en trottinant. Je peine à la suivre, mais je finis par me mettre à sa hauteur.

– Excuse-moi, Léa. Je pensais te faire plaisir.

– Mais ça m'a fait plaisir. Très plaisir, même ! s'écrie-t-elle. Et puis c'est pas ta faute, c'est ces pét…, ces filles, quoi ! J’veux pas qu’elles me harcèlent à cause de toi. C’est pas grave, papa, achève-t-elle d’une voix adoucie.

– T’as vu ? Je suis même allé chez le coiffeur. On me reconnaîtra moins dans la rue comme ça, tenté-je de la rassurer.

– T’es encore plus beau qu’avant, soupire-t-elle.

– Je le suis toujours, ironisé-je. C’est d’ailleurs ce que tu m’as dit, tout à l’heure.

Léa soupire, exaspérée, et tire sur ma main.

– Allez, papa, rentrons à la maison avant que tes chevilles ne gonflent trop et que tu ne puisses plus marcher…

CHAPITRE 8
Soupe À L@ Grim@ce

LISA

Le dimanche midi, le quartier Brigode, à Villeneuve-d'Ascq, ne voit passer que des amateurs guindés de la petite balle blanche et des familles impeccablement vêtues qui vont déjeuner au Restaurant du Golf. Les lieux doivent leur tranquillité au prix du mètre carré du terrain.

Après avoir descendu ma vitre, je tape le code permettant d'ouvrir la grille en fer forgé puis remonte l'allée qui mène au manoir des Bartoli. De la rue, on ne peut apercevoir que l'extrémité des toits. En effet, au-devant de l'immense demeure, une tourelle fait office d'entrée. Cette ancienne maison de maître, de style Art déco, a été restaurée et modernisée à l'image de mon père.

Imposante.

Intimidante.

Ostentatoire.

Un terrain arboré, une piscine couverte ou non selon la saison, un point d'eau accueillant canards et poissons, au-dessus duquel passe un petit pont de bois, tout cela sublime le manoir des Bartoli. C'est ici que j'ai grandi, dans ce magnifique endroit. Vu de l'extérieur, un château pour une princesse.

Et je l'ai été, une princesse, une princesse heureuse et choyée. Pendant exactement six ans. Ensuite… Ensuite, j'ai enchaîné nounous, précepteurs, et pensionnats en Suisse dès que j'en ai eu l'âge, ne revenant ici qu'à de très rares occasions.

Une fois garée, je ne sors pas immédiatement. Je tente quelques exercices de respiration dans l'espoir d'atténuer ma nervosité, à défaut de la faire disparaître.

Dans mon rétroviseur central, j'aperçois le mouvement de la porte d'entrée en bois sombre. Deux petites têtes blondes apparaissent entre les deux battants. J'ai à peine claqué ma portière que Romuald et Sacha se jettent sur moi. J'ai juste le temps d'ouvrir mes bras pour les accueillir.

– Lisa, Lisa !

Leurs cris de joie sont un baume sur mon cœur. D'eux, j'en suis sûre, je suis aimée. Alors que je les embrasse et les chatouille en même temps, leur mère patiente dans l'encadrement de la porte, souriante et bienveillante.

Blonde, comme ma mère.

Belle, comme ma mère.

Les yeux bleus, comme ma mère.

Seulement, Cassandre n'est pas ma mère.

– Il p-p-pa… paraît q-q-q… que c'est v-v-vo… vo-tre a-a-a… anniv-v-v… versaire ? plaisanté-je avec mes demi-frères.

– Ouiiiiiii ! s'écrient-ils.

– Tu nous as fait un gâteau ? me demande Sacha avec une moue suppliante.

– P-p-peu… peut-être…

– Je suis sûr que oui ! affirme Romuald avec assurance.

Suivie par les jumeaux, je passe de l'autre côté de ma voiture avant d'en sortir la boîte qui était calée sur le siège passager et dont la vue provoque les sautillements d'enthousiasme des deux boules d'énergie.

Mon sac à main d'un côté, le gâteau de l'autre, c'est pétrie d'appréhension que je rejoins la maison, accompagnée par les deux terreurs. Cassandre m'embrasse tendrement sur la joue, un bras passé dans mon dos.

– Bonjour, Lisa. Je suis heureuse que tu sois venue. Les garçons étaient impatients.

Je hoche la tête avec un entrain feint.

– Comment vas-tu ?

Je hausse les épaules, mais je garde un sourire figé sur mes lèvres, alors que nous pénétrons dans le vestibule. Lorsqu'elle me débarrasse de la boîte pour que je puisse retirer ma veste, une voix grave nous parvient de la salle à manger.

– Il était temps ! Un peu plus et nous commencions sans toi.

Instinctivement, je me raidis et ma gorge se serre. Cassandre pose sa main sur mon bras en signe d'apaisement.

– Ne fais pas attention à lui, ma jolie, tempère-t-elle. Nous n'aurions jamais commencé sans toi.

Comme d'habitude, elle fait des efforts pour rendre mes visites le moins désagréables possible. Alors que nous nous dirigeons vers mon père, mes frères nous dépassent en cavalant dans le couloir.

Ne cours pas !

Lorsque nous pénétrons dans la salle à manger, Paul Bartoli préside déjà la table, drapé dans son rôle de chef de famille. Un verre de whisky – très certainement hors d'âge – à la main, il me toise. Sous son regard inquisiteur, j'ai envie de me cacher dans un trou de souris.

Sa voix froide et sévère fouette l'air.

– Tu es en retard, Lisa.

– D-d-dé… désolée, m'excusé-je.

Pourtant, je sais pertinemment que je ne le suis pas. En retard. Ni désolée, d'ailleurs. Il est à peine midi et demi.

Sois ponctuelle !

Cassandre tend le gâteau à la domestique qui patiente sagement à la porte, tandis que mes frères et moi nous asseyons à table. Par réflexe, je pose ma serviette immédiatement sur mes cuisses. Forgée par l'habitude, je ne relève même pas que je n'ai pas eu le droit à un « bonjour ». Tête baissée vers mon assiette, j'attends une autre remarque qui n'arrive pas. Je sursaute presque lorsque ma belle-mère prend place à côté de moi, à la droite de son mari.

Il y a trente ans, Paul Bartoli, fils d'immigrés italiens, est tombé amoureux d'une étudiante d'origine polonaise. Alors qu'il fondait sa première société de transports internationaux, sa femme donna naissance à ce qui semble être aujourd'hui sa plus grande déception : une petite fille. *Moi.* Durant mon enfance, mon père s'est plongé à corps perdu dans le travail pour développer sa société. Au fil des années, il en a racheté d'autres pour finalement se retrouver à la tête de la plus grosse entreprise de transport de la région. Seuls les dimanches m'étaient réservés. Je me souviens de balades en forêt, de balançoires et de toboggans. Des souvenirs comme des flashs, des images en sépia aux bords rongés par le temps et cachées dans de vieilles boîtes rouillées. Des souvenirs vagues d'une époque révolue.

Pendant ce temps-là, un cancer dévorait ma mère petit à petit, jusqu'à la rendre stérile. Pas d'héritier à l'horizon pour cet acharné du travail. J'avais six ans lorsque ma mère s'est éteinte, et avec elle, la dernière étincelle qui brillait encore au fond des yeux de mon père.

– Séverine, vous pouvez servir !

Je tressaille. Tiens, il lui parle sur le même ton qu'à moi. Je ne suis donc pas la seule à agacer le maître des lieux. Tandis que Séverine officie en déposant les assiettes, mes petits frères s'agitent d'impatience.

Il y a dix ans déjà que Cassandre est apparue dans la vie de mon père. Héritière d'un magnat du tourisme, je suppose qu'ils se sont trouvés par le biais de leur rang social. Alors que Paul Bartoli frise la soixantaine, elle n'a que trente-deux ans, soit seulement quatre ans de plus que moi. On pourrait presque nous prendre pour des sœurs ! Malgré la très grande gentillesse de ma belle-mère et sa bienveillance à mon égard, je soupçonne un rapprochement par intérêt des deux familles. Qu'importe.

Le seul point positif fut sans aucun doute la naissance des jumeaux. Sacha et Romuald ont enfin comblé l'absence d'héritiers mâles Bartoli. Cerise sur le gâteau, ils sont en bonne santé et ne possèdent aucune tare. *Eux*. Dire que je me suis réjouie de cette naissance est un doux euphémisme. Mon père allait enfin se satisfaire de quelque chose et ne plus être constamment sur mon dos !

Les fourchettes tintent contre la porcelaine et perturbent le silence pesant qui règne dans l'immense salle à manger. Alors qu'un rayon de soleil vient illuminer le buffet Louis-je-ne-sais-plus-combien, j'observe le ballet de la jeune domestique pendant qu'elle dessert nos assiettes de saumon fumé pour les remplacer par de plus grandes. Elle dépose les plats et la mélodie des couverts reprend. Tandis que Romuald regarde les haricots avec dégoût, Sacha les dévore avec un appétit manifeste.

Je prends la carafe et me sers un verre d'eau lorsqu'un raclement de gorge familier me coupe dans mon élan. Je relève la tête et surprends le regard contrarié de mon père.

– Q-q-q…

– Quoi ? Tu ne sauras donc jamais quel verre il faut utiliser ? cingle-t-il.

– Ce n'est pas grave, Paul chéri, temporise Cassandre. De toute façon, elle ne va pas boire de vin, elle reprend la route.

Il y a effectivement trois verres devant moi, dont un à moitié rempli d'eau maintenant. Quelle importance ? Je repose la carafe d'une main tremblante et m'efforce de me calmer avant de boire. Il ne manquerait plus que je renverse le tout sur la nappe brodée.

Je déteste redevenir cette petite fille intimidée et tétanisée devant son père.

Indifférents à la tension qui règne autour de la table, les garçons terminent leur assiette, espérant sans doute que l'heure du gâteau et des cadeaux arrive plus rapidement. Au moment du dessert, Romuald et Sacha ne tiennent plus en place. Leur sourire gourmand à la vue du framboisier couvert de bougies est ma plus belle récompense.

– Je constate que tu t'amuses toujours à jouer les pâtissières, me fustige mon père.

Je rougis de colère. S'il savait les efforts nécessaires pour en arriver là, il ne penserait pas ça. Ou sans doute que si ? Quelle que soit la voie que j'aurais choisie, il l'aurait réprouvée. C'est dans ces moments-là que je regrette que ma mère ne soit plus de ce monde. Que dirait-elle ?

– Toujours avec les deux autres ? continue-t-il.

Je hoche la tête mais lui lance un regard assassin qu'il me renvoie au centuple. Le cœur au bord des lèvres, je baisse les yeux sur le reste de ma part de gâteau dont je ne peux plus avaler une seule bouchée.

– Et toujours pas d'homme dans ta vie, bien sûr ? persiste-t-il, enfonçant le clou.

CHAPITRE 9
Cour@ge, Fuyons !

LISA

Ce matin, ma nuit agitée se reflète sur mon visage. Les lendemains de visite au manoir Bartoli sont toujours éprouvants. Heureusement, Pic'Assiette est fermé le lundi, ce qui me laisse le temps de me remettre de ce pénible dimanche.

J'ai fini la soirée comme une zombie. À mon retour à Lille, je me suis glissée dans un legging et un long t-shirt usé pour finir affalée dans mon canapé, sous un plaid, avec mes amis Netflix et Oreo.

Toute la nuit, ce repas interminable a hanté mes rêves. La pique sur mon célibat a été la goutte d'eau… Paul Bartoli estime qu'aucun homme ne serait assez fou pour s'encombrer de moi. Mon métier, mon manque de communication, ma timidité sont autant de facteurs rédhibitoires. Et souvent, il finit par me convaincre. Mais parfois…

La photo encadrée de ma mère accrochée au mur me redonne du courage. Je veux montrer à mon père que je ne suis pas une pauvre petite chose fragile, cassée et incompétente ! Je ne suis pas un mannequin, je ne suis pas ingénieure en aéronautique non plus, mais j'ai le droit de goûter au bonheur. Non pas que je sois malheureuse, au contraire, j'ai tout ce dont j'ai besoin. Il me manque simplement quelqu'un qui m'accompagne dans la vie. Quelqu'un sur qui je pourrais compter, un homme qui m'aimerait et que j'aimerais en retour, quelqu'un qui me respecterait et qui m'accepterait telle que je suis. C'est vrai que je n'espère plus, mais qui sait s'il n'y a pas quelqu'un pour moi, quelque part…

J'envie parfois mes amies : Angélique pour l'amour qu'elle reçoit de Fabien, et Méline pour son aisance à faire de nouvelles rencontres. Elles se constituent une palette de souvenirs que je me refuse. Elles profitent de leur jeunesse, voient d'autres amis et sortent souvent. Il m'est arrivé de me joindre à elles quelques fois, mais je vis toujours mal le moment où les étrangers remarquent mon bégaiement. Tenir une longue conversation reste pénible, fatigant, frustrant, voire impossible, malgré des années de tentatives.

Résolue, je sors de mon sac à main la carte de notre nouveau client qu'Angélique nous a donnée. Au dos, je trouve le code promo qui me fera bénéficier de l'abonnement gratuit. Je pose mes fesses au bord du canapé et ouvre le clapet de mon MacBook.

À nous deux, Pick Me !

Après tout, les échanges virtuels devraient bien se passer avant d'envisager une hypothétique rencontre physique. L'application promet un grand choix de célibataires près de chez moi et la possibilité de rencontrer celui ou ceux avec lesquels on se sent le plus à l'aise. Au pire, je peux toujours couper court, si je ne le sens pas. À l'abri derrière un écran, c'est tellement plus facile.

Mon pseudo choisi et l'intégralité de mon profil complété, je patiente le temps que l'application se mette à jour. J'en profite pour la télécharger également sur mon téléphone. Pour ma photo de profil, j'ai choisi celle du week-end à la mer avec Angélique. Assise sur un rocher, je souris à l'objectif. Le blanc éclatant de ma tunique en dentelle et la luminosité font d'ailleurs particulièrement ressortir le bleu de mes yeux.

Dès l'instant où tout est validé, des dizaines de profils s'affichent à l'écran. Soudain, le trombinoscope de tous ces visages inconnus qui me regardent droit dans les yeux me file la frousse. Je referme violemment le clapet de mon ordinateur et le repose sur la table basse d'une main tremblante. Merde !

Qu'ai-je fait ?

La sonnette de mon interphone me fait sursauter. Elle résonne plusieurs fois, jusqu'à couvrir la radio mise en fond sonore depuis mon réveil. Je me lève d'un bond et me précipite vers le téléphone de l'entrée.

– Oui ?

– Ouvre, bichette ! J'ai apporté des rouleaux de printemps et des nouilles sautées aux crevettes !

Je ne devrais pas être étonnée, Méline a toujours eu un don pour débarquer quand je ne vais pas bien. Les filles savaient qu'hier je déjeunais au manoir, et donc qu'aujourd'hui j'allais être à ramasser à la petite cuillère.

J'ouvre la porte quand le bruit de ses talons hauts résonne plus fort sur le carrelage de mon palier. Ma brune au sourire étincelant déboule, chargée d'un sac rempli de merveilles asiatiques qui parfument toute la cage d'escalier. Mon estomac émet alors un grondement peu élégant.

– J'vois que je débarque au bon moment, s'exclame-t-elle en pénétrant dans mon appartement comme une tornade.

Au passage, elle me fait une bise sur la joue.

– Hum, j-j-j… j'ai faim.

– J'entends bien !

Je referme la porte avant d'aller chercher deux sodas pour accompagner notre repas et de rejoindre Méline, déjà installée en tailleur sur le tapis. Tandis qu'elle déballe les boîtes, je pose nos boissons sur la table basse et sors les baguettes.

– Alors ? Lucifer t'a encore fait vivre un enfer ?

Je hausse les épaules et, sans la regarder, m'empare d'un rouleau de printemps que je trempe dans la sauce avant de mordre rageusement dedans.

– Tes frères étaient contents ?

Je hoche la tête et lui souris.

– Franchement, il n'y aurait pas Romu et Sacha, je t'interdirais d'y aller, soupire-t-elle. Bon, et sinon, quoi de neuf ?

À ce moment précis, mon téléphone émet plusieurs tintements caractéristiques de notifications. J'engouffre ce qu'il reste du rouleau de printemps, m'essuie les mains et me saisis de mon portable. Alors que je le déverrouille, Méline se penche au-dessus de mon épaule.

– Oh la vache ! Tu l'as fait, tu t'es inscrite !

CHAPITRE 10

F@ux Dép@rt

TRAY

T BG toi !
Si tu veux, je suis open ce soir… 😉

OK… ChouchoutteDeLille.

Heureusement que tous les messages ne sont pas comme celui-là, sinon j'aurais annulé mon inscription depuis longtemps.

Quinze jours que je reçois des sollicitations, mais aucune des femmes avec lesquelles j'ai échangé n'a provoqué de petite étincelle. Je vais finir par croire que je suis trop exigeant. Un coaching m'a même été suggéré, mais j'ai décliné, un peu vexé dans mon amour-propre. Moi, le queutard insouciant, recherche mon âme sœur à l'aide d'une application de rencontre et ne trouve pas le succès attendu, un comble !

Et pourtant, ce n'est pas faute d'essayer. Sandriiiine, maman divorcée de trois enfants, paraissait très gentille, mais n'envisage pas du tout de quitter le nord de la France, alors l'emmener vivre à Los Angeles paraît compromis. Je suis déçu car elle était vive et très drôle. Ensuite, Béné59, vingt-cinq ans, étudiante vivant encore chez ses parents, était très jolie, mais elle ne supporte pas les cris des enfants… ou les enfants tout court. Outre mon désir d'avoir encore un « mini-moi », Léa fait partie du package « adopteunTray.com », une relation avec Béné59 est donc impossible. Dommage, j'aimais sa repartie et son intelligence. Enfin, PetitOiseaudesÎles, trente-trois ans, très belle métisse, fonctionnaire, a fini par m'avouer qu'elle était encore mariée quand j'ai vu passer un homme derrière elle lors de notre conversation vidéo.

Je suis désormais revenu au point de départ, mais je ne désespère pas. Je préfère prendre mon temps pour faire « la » rencontre. Je veux avoir le coup de cœur !

Alors que je suis assis au comptoir de la cuisine à naviguer sur le site, des coups résonnent contre ma porte.

– Papa, t'es là ?

– Entre, ma puce, c'est ouvert.

Avant que Léa passe le seuil, je quitte l'application et pose mon téléphone.

– Qu'est-ce que tu fais ?

Le ton de sa question est au diapason de sa démarche : nonchalant. Si je ne la connaissais pas aussi bien, je dirais même innocent. Sauf que, malgré son jeune âge, Léa est moins subtile qu'il n'y paraît.

– Rien de spécial. Tu voulais quelque chose ?

Elle avance vers moi et je remarque qu'elle porte le pantalon rouge qu'elle a acheté en me traînant malgré moi à une séance de shopping. Je souris pourtant à la vue du vieux t-shirt avec lequel elle l'a assorti. Le tissu de cette relique que je lui avais offerte pour ses dix ans n'est plus aussi noir qu'à l'origine et l'inscription « Kiss » se devine plus qu'elle n'apparaît. Je suis étonné qu'il lui aille encore.

– J'ai terminé mes devoirs, et là, je m'ennuie.

Le drame des adolescents d'aujourd'hui...

Alors que la multitude d'appareils électroniques a envahi leur quotidien, qu'ils sont sollicités de toutes parts, que consoles de jeux et autres gadgets pullulent, ils s'ennuient. En revanche, je suis surpris de l'entendre dans la bouche de Léa. Quand elle n'est pas en compagnie de sa meilleure amie, elle fait du sport, de la danse ou assemble un puzzle.

– Tu veux qu'on fasse quelque chose tous les deux ?

Le haussement d'épaules et la petite moue qu'elle m'adresse ne m'aident pas. Je dois donc trouver par moi-même une occupation père-fille qui lui redonne le sourire. Facile. La seule activité avec laquelle je suis certain de lui faire plaisir et que nous avons en commun tombe sous le sens : la musique.

– Un p'tit bœuf, ça te dit ?

– Oui !

Satisfait, je la prends par les épaules avant de l'embrasser sur la tempe.

– Va t'asseoir.

Pendant qu'elle s'installe au piano, je retire ma guitare de sa housse et m'assieds sur le canapé.

– Je choisis ! s'exclame-t-elle, les yeux pétillants.

Devant son sourire qui fait apparaître ses fossettes, je l'invite d'un hochement de tête à me montrer de quoi elle est capable.

– Vas-y, je t'écoute.

Durant presque deux heures, nous revisitons des tubes français et étrangers. Le répertoire musical de ma fille s'est bien étoffé en quelques mois. Je suis soufflé par son talent et ne manque pas de lui dire combien je suis fier d'elle. Elle rougit sous le compliment et m'avoue qu'elle vient souvent jouer sur le piano au lieu de s'entraîner sur le synthétiseur que je lui avais offert pour ses huit ans. Malgré l'aisance avec laquelle elle s'approprie chaque morceau, les cours qu'elle suit font leur effet.

Un bâillement sonore sort de la bouche de ma princesse qui se redresse sur le canapé.

– Allez, Léa. Il faut rentrer chez ta mère, maintenant. Demain, tu as école.

– Hum, hum. C'était chouette hein ?

– Oui, très sympa.

Alors que je range les partitions, mon téléphone resté sur la table basse tinte, annonçant une notification. Je n'ai pas le temps de le récupérer que ma fille s'en empare et allume l'écran.

– Oh ! Tu t'es inscrit sur ce truc-là, Pick Me ?

Merde !

– Euh… Non, ça doit être de la publicité.

– Hey Pinocchio, quand le message dit : « Déjà deux semaines que vous êtes parmi nous », ce n'est pas de la pub ! Je sais lire, hein, papa.

J'avais presque oublié combien elle pouvait être indiscrète. Seulement, pour l'instant, elle n'a pas besoin de savoir que son père s'est inscrit sur une application de rencontre. Même si elle connaît la plupart de mes secrets, dont certains ont été dévoilés par la presse, je ne veux pas qu'elle extrapole sur une potentielle future relation. Tant qu'il n'y a rien de concret, je n'ai pas l'intention de la mettre au parfum.

– Hum, ouais. Mais c'est ma vie très privée, là, déclaré-je en revenant au salon, la main tendue. Et depuis quand tu regardes le téléphone des autres ?

– Ah, grimace-t-elle en le déposant dans ma paume. Désolée, papa. Mais t'en as rencontré en vrai ?

Je soupire d'exaspération. J'avais également oublié sa ténacité. Curieuse comme une *maguette*[1], elle jette un coup d'œil furtif à mon iPhone.

1. Dans le Nord, on dit « curieux comme eun' maguette », c'est-à-dire une chèvre.

– Non, pas encore. Allez, jeune fille, c'est l'heure ! écourté-je la conversation en lui ébouriffant les cheveux.

Après un câlin et un bisou, elle court dans les escaliers pour rejoindre son étage. Je referme ma porte au moment où la sienne claque. La parade a fonctionné aujourd'hui, mais demain ? La connaissant, elle ne me lâchera pas aussi facilement.

J'ai à peine le temps de souffler que mon téléphone sonne. Je jette un œil avant de décrocher. Spencer Bates, l'agent du groupe.

– Salut !

– Bonjour, Tray ! Comment vas-tu ?

– Bien, merci, et toi ?

– J'ai eu des nouvelles de Soul, ce matin.

Direct, comme toujours.

Je passe une main dans mes cheveux, désormais rasés de près sur les côtés, ce qui me perturbe encore.

– Oh, alors tu es en avance sur moi.

– Sa sœur m'a envoyé un mail. La cure se passe bien, mais il a encore besoin d'un peu de temps. Donc, maintenant, j'ai besoin de savoir ce qu'on fait avec le label. On a déjà demandé le report des trois prochains concerts, mais nous ne sommes plus certains de tenir les nouvelles dates, ou même de finir la tournée. Certaines salles ne vont pas suivre le nouvel agenda, surtout si on les avertit trop tard. Voulez-vous qu'on annule ?

– Je ne sais pas, Spencer. Tu me prends un peu de court, là. Je vais en discuter avec les gars et on te recontacte.

J'entends clairement son soupir de frustration à l'autre bout du fil. Même si ce contretemps lui complique la vie, son rôle est avant tout de nous protéger, et notre agent semble parfois oublier cet aspect-là de son métier.

– OK, mais ne traîne pas. On dirait des chiens aux abois.

Après quelques amabilités d'usage, je raccroche en soufflant. Avant de faire un tour sur Pick Me, je lance un Skype avec mes potes.

Il y a des choses plus importantes que de trouver l'amour.

CHAPITRE 11
Même P@s M@l

TRAY

Seulement vêtu d'un caleçon, j'ouvre la fenêtre de la cuisine avant d'allumer la machine à expresso. La charmante mamie d'en face, coiffée de ses bigoudis roses, est déjà à son poste. À croire qu'elle guette mon apparition tous les matins ! Son petit coucou de la main assorti d'un sourire me semble effectivement suspect. Par réflexe, je lui réponds d'un geste avant de me faire couler une tasse. Accoudé sur le rebord, je profite de la douceur printanière qui s'est installée depuis quelques jours. Rien à voir avec la chaleur de Los Angeles.

Hier soir, le groupe a fait le point sur l'état de santé de Soul qui n'a encore rien de rassurant. Nous ne pouvons être certains qu'il sera apte à reprendre son rôle dans l'immédiat. Nous avons donc pris la décision d'annuler les concerts des deux prochains mois. Spencer, notre agent, doit maintenant voir directement avec le label pour les questions juridiques et la communication. Étonnamment, même si je sais que les conséquences ne seront pas agréables, j'ai passé une bonne nuit, soulagé par cette décision unanime.

Dans quelques jours, les réseaux sociaux vont pulluler de messages haineux. Annuler des représentations n'est pas anodin et nos fans sont parmi les plus virulents. Il va falloir garder la tête froide pour surmonter ce déchaînement médiatique, une perspective qui ne me réjouit pas.

Sur la table basse du salon, mon téléphone clignote en rouge. Tasse à la main, je me laisse tomber dans le canapé avant de déverrouiller l'application Pick Me. Plusieurs photos de femmes apparaissent sur mon écran, triées selon les affinités que nous aurions ensemble. La dernière de la liste attire immédiatement mon regard. Bingo !

Une jolie blonde, aux yeux bleus si lumineux et si expressifs que mon cœur manque un battement, me sourit. Mon estomac exécute plusieurs loopings devant ce regard transperçant. C'est à ça que ressemble le coup de foudre ? Putain, je n'ai plus quinze ans, tout de même !

Au moment où je pose mes doigts sur l'écran pour en savoir plus sur elle, il s'éteint brusquement.

Noooooooon !

J'appuie une fois. Deux fois. Plus rien. Mon portable est complètement déchargé.

– Merde, merde, merde !

Je cherche mon chargeur, qu'évidemment je ne trouve pas. Pas sur la table. Pas *sous* la table. Pas entre les coussins du canapé. Dans la cuisine ? Non plus. Merde ! Il a décidé de disparaître au moment où j'en ai absolument besoin.

Je cours dans le couloir et manque de me prendre les pieds dans le tapis. Par contre, mon petit orteil ne rate pas le chambranle de la porte de ma chambre.

– Oh putain de putain de merde !

J'en ai les larmes aux yeux. Clopinant jusqu'à mon lit, je me laisse tomber sur la couette tout en jetant un regard à ma table de chevet. Pas de chargeur.

– Mais ce n'est pas possible ! hurlé-je en tapant du poing sur le lit.

Trois coups frappés à ma porte d'entrée retentissent.

– Thibault ? lance la voix inquiète de ma mère.

– Mam's ?

– Tout va bien ?

– Ouais, ouais. Attends, j'arrive !

C'est boitillant et la larme à l'œil que j'ouvre à ma mère.

– Qu'est-ce qu'il se passe ?

– Rien, je me suis cogné.

– Ah, je croyais que tu faisais du bricolage.

– Pas vraiment, pouffé-je. T'es marrante de bon matin, Mam's.

Pas doué pour faire le moindre travail manuel, je ne me risque jamais à utiliser un marteau ou un tournevis. Il y a des ouvriers bien mieux qualifiés que moi.

Abandonnant ma quête pour quelques instants, j'applique les bonnes manières que m'ont inculquées mes parents.

– Tu veux un café ?

– Je n'accepte que si tu t'habilles, ricane-t-elle.

– Ouais, allume la machine, s'il te plaît, j'arrive.

La démarche hésitante, je boite jusqu'à ma chambre avant de revenir en jean et t-shirt alors que le café coule déjà.

– Tu t'es blessé au pied ? me demande ma mère.

– C'est rien. Je me suis juste cogné un orteil, dis-je entre mes dents.

– Mets de la glace pour éviter que ça gonfle.

– Après.

– Non, maintenant. Après, c'est trop tard. Et je te remonterai le tube d'arnica.

Avant que j'aie esquissé le moindre geste, elle a déjà sorti un torchon du placard et enroulé des glaçons dedans.

– Allez mon petit, va dans le canapé et mets ça sur ton pied. J'apporte les tasses.

Chouchouté comme un bon petit garçon à sa maman, je me laisse faire et obéis. Dès qu'elle pose nos cafés sur la table et s'assied confortablement, je comprends immédiatement qu'elle a envie de discuter.

– Alors ? Qu'est-ce qui te fait courir comme ça ?

– Je cherchais mon chargeur, avoué-je, penaud.

– Et c'était si urgent ? s'esclaffe-t-elle.

– Eh bah oui, figure-toi.

Ses yeux verts dont j'ai hérité me fixent et se plissent.

– Vous les jeunes ne savez plus rien faire sans votre téléphone.

– Mam's… soupiré-je.

– Oui, je sais, les temps changent, bla bla bla… se moque-t-elle. Pour parler d'autre chose, as-tu des nouvelles de Louis ?

– Justement, hier soir. On annule les trois concerts prévus qui avaient déjà été repoussés à cet été. Il a encore besoin de temps et je ne veux pas précipiter les choses.

– C'est bien, mon garçon, affirme-t-elle en sirotant son café.

– Oui, enfin, il y aura des conséquences financières quand même.

– Oh, tu as besoin d'argent ? s'inquiète-t-elle.

– Mais non, voyons ! J'en ai plus qu'assez pour plusieurs vies. Mais va falloir qu'on trouve un arrangement avec les producteurs, ils ne vont pas nous lâcher comme ça, tu penses bien. On a une réunion en visio dans quelques jours.

– Je n'y comprends pas grand-chose à tout ça, mais je sais que vous vous débrouillerez au mieux. Je te fais confiance.

Je tente de lui expliquer les démarches que nous devrons effectuer avec Spencer, mais elle préfère me parler de Léa et de ses innombrables facéties.

Après avoir épuisé le sujet, elle repose sa tasse et se lève.

– Bon, je ne te dérange pas plus longtemps. J'étais en train de faire le ménage et je dois préparer mon repas.

– Mam's, tu sais bien que tu ne m'embêtes jamais, protesté-je.

Son regard sceptique me rappelle qu'elle a autant connu le petit garçon aimant que l'ado rebelle qui lui en a fait voir de toutes les couleurs.

– Je te déposerai le tube de crème, précise-t-elle, sans relever. Bonne journée, mon chéri !

Alors qu'elle s'apprête à passer la porte, elle revient dans l'embrasure du salon avec un sourire malicieux aux lèvres.

– Au fait, ton chargeur est branché à droite de ton canapé…

Alors que le rire de ma traîtresse de mère se perd dans la cage d'escalier, je me contorsionne pour vérifier.

Effectivement, il est bien là, qui attend sagement. En grognant, je récupère le fil qui traîne au sol et branche ce maudit téléphone. Je poireaute quelques interminables minutes qu'il daigne s'allumer avec le chouïa d'énergie rechargée. Quand l'écran s'éclaire enfin, je rentre mon mot de passe à toute vitesse et patiente.

Évidemment, l'application a disparu. Je me reconnecte à Pick Me et me retrouve avec une proposition de visages différents.

La mystérieuse fille aux yeux bleus s'est envolée.

– Mais merde ! C'est pas vrai ! Où es-tu, ma belle ?

Anxieux et impatient, je cherche en naviguant entre les différents profils. Je recharge la page plusieurs fois. Je clique sur les pages précédentes en espérant toujours tomber sur elle.

– Merde !

Les yeux fermés, je tente de me calmer et inspire profondément. Tant pis pour moi.

Mon téléphone vibre à l'annonce d'une nouvelle notification. J'expire et ouvre les yeux. Mon sourire s'étend lentement pendant que mon cœur accélère sa cadence.

Une suggestion.

Là, devant moi, deux yeux bleus perçants me fixent. J'arrête de respirer.

Mon inconnue. Plus pour longtemps. Sous son visage, un pseudonyme.

Peach_Melba.

Enchanté, moi, c'est Music_Man.

CHAPITRE 12
Premier Cont@ct

LISA

Ding !

Oh surprise, une notification…

Je grimace. Depuis que mon inscription est validée, j'ai reçu pas moins de deux cents visites sur mon profil, ainsi qu'une centaine de messages, la plupart gentils, il faut le dire. J'ai quand même signalé deux hommes aux administrateurs en raison de propos disons… déplacés. Franchement, qui a besoin de savoir ma taille de bonnet ou si j'aime le sexe anal ? Qui demande ça à une inconnue ? J'en ai éliminé d'autres et bloqué certains. Je ne suis pas à l'aise avec les hommes qui envoient un message toutes les heures. Qui aime le harcèlement ? Même si je me suis forcée à accepter des invitations, je n'ai jamais osé répondre à ces hommes qui m'ont pourtant l'air sympathiques.

J'ai tellement peur… Peur de me lancer. Peur de l'inconnu. Peur de me tromper.

Je suis pitoyable.

Assise dans ma cuisine devant une assiette de crêpes, je lance l'application sur mon téléphone et retombe sur le charmant message de Music_Man qui date de quelques jours.

Bonjour Peach_Melba,
J'ai vu que nous avions deux choses
essentielles en commun :
la musique, parce que je suis musicien
et que vous en écoutez beaucoup,
et la pâtisserie, parce que ma fille
me tanne pour que j'apprenne
à cuisiner. 😉 J'aimerais beaucoup
faire connaissance avec vous
et votre beau sourire. Je suis persuadé
que nous nous entendrions bien.
J'attends de vos nouvelles
avec impatience.
Bonne soirée, Music_Man.

Les deux photos disponibles sur son profil n'en montrent pas trop. Cependant, j'ai tout de suite noté ses magnifiques yeux vert très clair. Brun, les cheveux un peu plus longs au-dessus, rasé de près, son anneau au sourcil lui donne un côté rebelle, adouci par son air malicieux. Oh, il a un grain de beauté sur la mâchoire ! Il a vraiment un beau visage. Est-ce que sa peau est aussi douce qu'elle en a l'air ? D'un doigt sur l'écran, je dessine ses traits avant de me rendre compte de ma stupidité.

Je swipe sur sa photo en pied. Purée, il est à tomber ! Je me demande ce qu'il y a sous son blouson de cuir… Est-il poilu ou imberbe ? A-t-il d'autres piercings ? A-t-il des tatouages ?

Je soupire. Qu'est-ce qu'il me prend de penser à ça ? Je deviens cinglée.

Cependant, il ressemble carrément à ces mecs qui posent pour les couvertures des magazines. Involontairement, des images de moi nichée contre son torse s'imposent à mon esprit. J'imagine ses bras se refermer sur moi et son sourire s'agrandir, ses lèvres gourmandes mourant d'envie de m'embrasser…

Arrête de baver, ma fille ! Ce n'est pas un mec pour toi ! Stop le fantasme !

Bon… On a bien le droit de rêver, non ?

Je ricane toute seule en saupoudrant ma crêpe de cassonade. Si ça se trouve, cet homme n'est pas réel et il est là pour appâter. Un canon pareil… Et si, pour vérifier ma théorie, j'osais enfin envoyer un message ? Rien de trop audacieux, une simple invitation à mieux se connaître. C'est bien, ça…

Bonjour Music_Man,
Si tu le souhaites toujours,
je serais ravie de mieux te connaître.

Réponse envoyée, j'attends. J'attends encore. Je m'assure que mon message est bien parti, mais je ne reçois aucune notification en retour.

Qu'est-ce qu'il m'a pris, bon sang ?! Pourquoi ai-je répondu à Music_Man ? *Parce que c'est le seul qui ne t'ait pas harcelée ou demandé quelle couleur de string tu portes*, me susurre la petite voix de ma conscience.

Pfff, tout ça pour ça…

Je pose mon téléphone pour me servir un verre. Alors que je suis en train de boire, la sonnerie de l'interphone me fait sursauter. Tout en essuyant le jus d'orange qui dégouline de mon menton, je me rends dans l'entrée.

– Ou-Oui ?

– C'est Méline, je te rapporte tes moules !

Après lui avoir ouvert, j'entrebâille la porte et retourne dans la cuisine pour nettoyer les traces de ma maladresse. Quelques minutes plus tard, la porte claque, et avec elle, les talons de mon amie sur le parquet ancien.

– Coucou, ma belette ! Tiens, annonce-t-elle en posant les moules à tartelettes que je lui avais prêtés sur la table.

– Merci.

– C'est moi qui te remercie. Ces deux-là n'avaient aucun matériel chez elles. Je te jure, faire des ateliers pâtisserie avec une vieille spatule en bois et un bol à céréales au nom de Josette, très peu pour moi. C'était Koh-Lanta chez les bourgeois, aujourd'hui. J'espère qu'Angélique leur a facturé le prix fort. Non mais t'aurais vu…

Pendant qu'elle me raconte les détails de sa journée que j'écoute d'une oreille distraite, mon portable tinte. Je profite de l'attention détournée de Méline qui va chercher un verre dans le placard pour regarder le message.

Bonjour, Peach !
Je suis très heureux
que tu reprennes contact avec moi.
J'avais peur de ne jamais recevoir
de réponse et je t'avoue
que je désespérais un peu.
J'ai trouvé ta photo très belle,
où est-ce qu'elle a été prise ?

Le cœur battant, je repose mon téléphone à l'envers avant qu'elle ne se rasseye en face de moi.

– La prochaine fois, je prévoirai du matos dans mon coffre, au cas… poursuit-elle avant de s'interrompre brusquement.

Ses yeux pétillants alternent entre moi et mon portable. Je tente de feindre l'indifférence, mais de toute évidence, j'échoue lamentablement.

– Un admirateur secret ?

Mais comment fait-elle ?

– Je… je… commencé-je.

Devrais-je lui confier que je viens d'avoir un coup de cœur pour la photo d'un homme sur Internet ? Bon, un super beau mec, soyons honnête ! Quand même, ça semble pathétique, dit comme ça. Je me pince le nez avant de prendre une inspiration.

– J'atten-d-d-dais une ré-rép-p-p… ponse.

C'est la stricte vérité.

– Eh ben, ça doit être important pour que tu évites mon regard et que tu rougisses jusqu'aux oreilles !

Sous son air inquisiteur, j'ai soudain très chaud.

– Je… je d-d-dois faire p-p-pipi ! annoncé-je en me levant brusquement.

Ma chaise tangue quelques secondes pendant que je m'enfuis.

Alors que j'essaie de retrouver une respiration normale dans les toilettes, mon téléphone bipe plusieurs fois de suite.

Dieu du ciel ! Pourquoi je ne l'ai pas pris avec moi ?

Je me passe rapidement de l'eau sur le visage avant de rejoindre la cuisine en trottinant.

Trop tard ! Au sourire moqueur de Méline, je sais déjà qu'elle a fait une connerie. Au ralenti, je pose mes fesses sur la chaise puis, sans la quitter du regard, je saisis mon téléphone et le retourne lentement.

L'écran s'allume sur l'échange de messages.

Je serais très heureuse
de te raconter cette histoire
de vive voix.
Tu es libre dimanche ?

Carrément ! Si tu veux,
on peut se rencontrer
au parc de la Citadelle,
si ce n'est pas trop loin de chez toi,
ou ailleurs ?

Non ! Elle n'a pas osé ? Je relis le dernier message pour m'assurer que je n'ai pas rêvé. Comme si j'allais le rencontrer dimanche… N'importe quoi !

Je passe une main tremblante sur mon front tandis que l'autre serre tellement fort mon téléphone que mes doigts blanchissent.

– Aaaah ! M-m-mé… Méline ! râlé-je en relevant les yeux.

Son air angélique en convaincrait plus d'un, mais je ne me laisse pas berner aussi facilement et lui lance un regard furieux qu'elle ignore. Plissant les paupières, elle se redresse avant d'allonger le bras pour tapoter l'écran de mon portable.

– Bah quoi ? Le beau gosse veut te voir en vrai. Tu ne vas pas passer à côté de cette occasion en or ? Regarde-le, bon sang !

Le contact de son doigt provoque l'agrandissement de la photo de profil de mon prétendant qui apparaît maintenant en gros plan. Carrément sexy, le beau gosse… Sous son regard fixe, ma panique redouble et une montée d'angoisse me submerge à l'idée de le rencontrer. Mon ventre se noue. Fébrile, je cherche comment refuser l'invitation de Music_Man sans passer pour une gourde.

– Allez ! Aucune nana ne résisterait, Lisa ! insiste Méline.

Je la fusille du regard et m'oblige à inspirer et expirer plusieurs fois pour me calmer.

– Si, moi, assené-je fermement.

Vaincue, Méline se réinstalle au fond de sa chaise, les bras croisés et un air renfrogné collé au visage.

Alors que je réponds à Music_Man, je réfléchis à un supplice à infliger à mon amie.

Désolée, mon amie m'a piqué mon portable.

La chatouiller ? Trop gentil.

Lui couper les cheveux dans son sommeil ? Elle serait capable d'être encore plus belle.

Découper ses fringues de marque ? Elle irait dire que c'est un nouveau style.

Mettre du sel à la place du sucre ? On perdrait des clients.

Alors, pas de rencontre ?

Je grimace face à mon écran. Évidemment, il est déçu. Je peux le comprendre. Je ne serais pas surprise s'il ne veut plus me contacter. À sa place, je me sentirais flouée. Cependant, notre lien, même fragile, n'est pas complètement coupé tant qu'il ne me dit pas « Ciao ! ». Je tente l'apaisement en lui laissant espérer que je n'exclus pas la possibilité dans un avenir plus ou moins proche. En réalité, un avenir plutôt lointain, mais ça, il n'est pas obligé de le savoir dans l'immédiat.

On peut attendre un peu ? On ne se connaît pas encore.

Fière de ma réponse, je souris et me redresse, sous les yeux écarquillés de Méline.

– Alors ? Vous allez quand même vous rencontrer ? s'écrie-t-elle, en battant des mains, excitée comme une gamine.

– Non, M-m-mé… Méline, dis-je tout en secouant la tête. Tu-tu-tu n'aurais pa-pa-pas d-d-dû f-f-f… faire ça.

– Mais pourquoi ? demande-t-elle d'un ton dépité. Je voulais te filer un coup de main.

Je suis consciente qu'elle souhaitait simplement me secouer, m'aider à sortir de ma coquille. Je ne peux pas en vouloir à Méline, si elle n'a pas les mêmes blocages que moi. Depuis toujours, elle m'encourage à m'ouvrir aux autres, à provoquer des rencontres. Avec sa tentative, elle n'a fait que me rappeler que je ne serai jamais comme elle.

Je hausse les épaules et baisse les yeux sur mes mains avec un sourire triste.

– Tu sais, Lisa, il a l'air d'être sympa, en plus d'être mignon ! J'en ferais bien mon quatre heures…

Mon regard noir la dissuade de continuer.

– B-b-bo… bonne nuit.

Bouche bée, elle écarquille les yeux.

– Tu me mets dehors ?

Je hoche la tête et abandonne son air stupéfait pour m'intéresser à mon portable qui vient de recevoir un nouveau message. Méline éclate de rire.

– Hin, hin, c'est pour rester toute seule avec ton beau gosse, hein ? Très bien…

Soupirant, je tends mon bras pour lui montrer la sortie. Alors qu'elle passe près de moi, je me lève et lui emboîte le pas.

– Vous allez vous envoyer des sextos ?

Elle ouvre la porte, sort, et tandis qu'elle se tient encore sur le palier, se retourne.

– Oh je sais, tu vas faire une vidéo cochonne !

Je claque la porte sur son visage illuminé d'un sourire coquin et écoute son rire retentir dans le couloir. Amusée par ses simagrées, je récupère mon téléphone avant de m'installer sur mon divan.

Couverte d'un plaid, je lance une playlist de chansons de rock en acoustique avant de lire le message de mon correspondant aux yeux verts.

La rencontre n'est pas pressée.

Soulagée qu'il cède aussi vite, je me détends. Finalement, je ne regrette pas d'avoir refusé ce rendez-vous. Je me masse la nuque avant d'étirer les muscles de mon cou.

Et si tu commençais par me parler
un peu de toi ?

Il a raison, il faut bien un début. En revanche, comment procède-t-on ? Il a déjà lu mon profil qui mentionne les informations basiques.

Que dire ? Je n'ai pas trop l'habitude de ça.

J'espère qu'il comprendra que je suis novice. À l'inverse de lui. Je suppose que, compte tenu de sa photo, il a déjà pu converser avec de nombreuses femmes inscrites sur Pick Me.

De contacter des hommes,
tu veux dire ?

Oui. Tu es le premier à qui je réponds.

Va-t-il se moquer de moi ? Les yeux fixés sur mon écran, je ronge le coin de mon ongle en patientant fébrilement jusqu'à ce que sa réponse s'affiche.

Je suis flatté alors !

Je pousse un « ouf » de soulagement et ne peux retenir un sourire d'étirer mes lèvres. Le nœud qui subsistait dans mon estomac se délite. Si l'honnêteté paie, je continue sur ma lancée !

😊
Je suis assez timide en fait.

…

Avant de lire son message suivant, je me lève et trottine jusqu'à la cuisine pour prendre des biscuits. Je sens que la discussion va s'éterniser…

CHAPITRE 13

Mess@ges Nocturnes

Jeudi 21 h 34

Music_Man

Coucou, toi !
Tu es là ?

Peach_Melba

Bonsoir, Music_Man. 😀
Comment vas-tu ?

Music_Man

Très bien, j'ai composé aujourd'hui !
Je cherche encore les paroles
d'un couplet, mais ça prend forme.
La musique est terminée.
Je pense qu'il faudrait
des percussions assez douces.

Peach_Melba

Tu me feras écouter
quand elle sera finie ?

Music_Man

Le mieux serait de le faire en live.
Tu chanterais avec moi ?

Peach_Melba

Peut-être un jour…

Music_Man

Oui, un jour ! 😘

Samedi 21 h 56

Peach_Melba

Music_Man ?

Music_Man

Oui ?

Peach_Melba

Est-ce que tu préfères le rhum ambré ou la fleur d'oranger dans les crêpes ?

Music_Man

La cassonade.

Peach_Melba

Pfff… 😅 Nan, dans la pâte !

Music_Man

Ah ! À vrai dire, je ne me suis jamais posé la question.
Je demanderai à ma mère pour savoir ce qu'elle met dans la sienne.

Peach_Melba

Ma collègue soutient qu'il faut mettre de la fleur d'oranger.
Perso, j'ai toujours préféré le rhum !

Music_Man

Je t'avoue que le rhum ambré,
j'en bois avec du Coca…
mais c'est tout. 😃

Peach_Melba

😛

Mardi 23 h 03

Music_Man

Ma fille m'a tué.

Peach_Melba

Fantôme de Music_Man,
sors de ce corps ! 😱

Music_Man

MDR

Peach_Melba

Raconte-moi.

Music_Man

Léa m'a encore traîné à son club
d'escalade pour que j'essaie.

Peach_Melba

Et ce n'était pas bien ?

Music_Man

Si, très bien, mais j'ai mal partout.
J'ai besoin d'un massage, je crois.

Peach_Melba
Et pas de masseuse sous le coude ?

Music_Man
Non.

Peach_Melba
Dommage…

Music_Man
Tu te dévoues ?

Peach_Melba
Bien tenté ! :P

Mercredi 21 h 45

Peach_Melba
Y'a Apollon_du_Losc qui vient de m'envoyer un message.

Music_Man
Et tu lui as répondu ?

Peach_Melba
Oui, il a l'air sympa.
On part à l'île Maurice, demain.
Du coup, je vais devoir aller faire ma valise.
Désolée, Music_Man :D
Bonne soirée !

Music_Man
MDR

Peach_Melba
Ah non, je me suis trompée.
Il veut m'emmener chez
Maurice à Lille… :P

Music_Man
PTDR

Jeudi 22 h 13

Peach_Melba
T'as fini ta chanson ?

Music_Man
Oui. Faudra voir à l'enregistrement.
Elle me semble pas mal.

Peach_Melba
Génial.

Music_Man
Et toi, tu fais quoi ?

Peach_Melba
Je lis.

Music_Man
Tu lis quoi ?

Peach_Melba
De la romance.

Music_Man
Un truc de nana, quoi…

Peach_Melba

J'ai un secret pour toi.
T'es prêt ?

Music_Man

Oui.

Peach_Melba

JE SUIS UNE NANA !

Music_Man

LOL

Samedi 00 h 17

Music_Man

Peach_Melba ?
Peach_Melba ?
T'es là ?
Non ?
Peach ? Je suis inquiet.

Peach_Melba

Je suis là !
Mes amis viennent de partir.

Music_Man

Désolé, j'avais oublié ton repas.

Peach_Melba

C'est pas grave.
Ça va ?

Music_Man

Non, je déprime.

Peach_Melba

Pourquoi ?

Music_Man

J'ai envie de te parler.
De te voir.
Peach ?
Petite pêche…

Peach_Melba

Je ne suis pas prête.
Désolée.

Music_Man

Je serai patient.
Alors comment s'est passé ton dîner ?

Dimanche 22 h 06

Music_Man

Comment tu prends ton café le matin ?

Peach_Melba

Avec deux sucres et du lait.
Pourquoi ?

Music_Man

Pour savoir ce que je t'apporterai
au lit quand l'occasion se présentera.
En réalité, tu bois un café au lait,
pas un café. 😛

Peach_Melba

C'est un café sucré avec du lait !
Et toi ?

Music_Man

Donc pas un VRAI café.
Moi, café noir sans sucre
à la machine à expresso. 😁

Peach_Melba

Ah non, moi c'est une cafetière.

Music_Man

Malheureuse !

Peach_Melba

Mais euh…

Music_Man

Oh t'as vu ? C'est mignon,
on a notre première dispute.

Peach_Melba

C'est pas une dispute ! 🤣

Mardi 20 h 54

Music_Man

Salut, beauté !

Peach_Melba

Comment peux-tu dire ça ?
Tu ne m'as jamais vue. O_o

Music_Man

En vrai, peut-être, mais il y a les
photos quand même sur ton profil.

Peach_Melba

Elles datent de l'été dernier.
J'ai peut-être beaucoup changé.
J'ai une grosse verrue sur le nez,
je me suis teint les cheveux en bleu
et j'ai épilé entièrement mes sourcils.
En fait, t'en sais rien !

Music_Man

Pas faux.
Donc pour prouver que j'ai tort,
tu dois m'envoyer une nouvelle photo
de toi. 😁

Peach_Melba

Je n'aime pas faire des selfies.
Je trouve qu'on a l'air bête.
Et puis je te confirme
que je n'ai pas changé.

Music_Man

Donc, on recommence : Salut, beauté !

Mercredi 22 h 37

Music_Man

Qu'est-ce que tu portes ?

Peach_Melba

Un vieux bas de pyjama et un t-shirt.

Music_Man

Ça doit être sexy.

Peach_Melba

Euh… T'as de drôles
de notions de sexy, toi…

Music_Man

Je suis certain que quoi
que tu portes tu es sexy.

Peach_Melba

Ça marche habituellement
ce genre de truc pour draguer ?

Music_Man

Je sais pas.
Je lis des articles sur Internet
pour prendre des leçons.
Pourquoi ? Ça marche pas ?
On m'aurait menti ?

Peach_Melba

MDR

Jeudi 21 h 34

Music_Man

Est-ce que je peux mettre du liquide
vaisselle à la framboise dans le
lave-vaisselle tu crois ?

Peach_Melba

NON ! NE FAIS PAS ÇA !
Music_Man ?
Tu l'as fait, pas vrai ?

Music_Man

Euh… Ça mousse.
Beaucoup. De partout.
Oh la vache !
Je reviens dans une heure…
J'ai une serpillière qui m'attend.

Jeudi 22 h 58

Music_Man

J'ai vaincu le monstre !

Peach_Melba

Et t'es fier de toi ? 😂

Music_Man

Très. Il n'y a pas de petites victoires…

Vendredi 22 h 54

Music_Man

Tu écoutes quoi comme musique ?

Peach_Melba

Disturbed, The Civil Wars,
Dropkick Murphys, Ruelle,
Slave Of One Night, Band Of Skulls,
The Rumjacks et d'autres.

Music_Man

Ah ouais, quand même.

Peach_Melba

De temps en temps, j'ai besoin
de chansons qui pulsent. 😉

Music_Man

Je vois ça… J'aime bien.
Ah au fait, ma mère met de la bière et du sucre vanillé dans la pâte à crêpes. Pas de fleur d'orange, ni de rhum.

Peach_Melba

Abadakor 😜 Et c'est de la fleur d'oranger, pas d'orange.

Music_Man

Faudra que tu me fasses goûter les tiennes, un jour.

Peach_Melba

Oui. Un jour, peut-être.

Dimanche 21 h 01

Music_Man

Tu veux faire une conversation vidéo avec moi ?

Peach_Melba

Non.

Music_Man

Y'a eu un bug.
C'était quoi ma question ?

Peach_Melba

Tu veux faire une conversation vidéo avec moi ?

Music_Man

Oui ! Je veux bien !
Merci de le proposer. 😁

Peach_Melba

MDR
Mais c'est toujours non.

Mardi 9 h 23

Music_Man

Peach_Melba,
Je me dois d'être honnête avec toi.
J'aimerais beaucoup qu'on avance dans notre relation, et ainsi, qu'on puisse enfin se rencontrer.
Je ne sais pas si tout cela est un jeu pour toi ou si tu as vraiment peur, mais sache qu'on peut se voir simplement pour boire un verre dans un café ou participer à un des ateliers de cuisine de Pick Me, par exemple. Une sortie en public, si ça te va. Je t'assure que je ne mords que si on me le demande. 😉
Si vraiment tu ne le souhaites pas du tout, alors je ne sais pas si nous pourrons continuer nos échanges. Où est-ce qu'ils nous mènent ?
Bon courage pour ta journée de travail.
Je pense à toi.
Music_Man

CHAPITRE 14
C@p Ou P@s C@p ?

LISA

C'est l'effervescence dans ma cuisine. J'essuie mon front, trempé de sueur, avec la manche de ma veste. Les trois fours tournent à plein régime depuis très tôt ce matin. J'ai déjà sorti quatre cakes, deux aux pommes caramélisées, un au citron et un à la vanille, plus deux marbrés chocolat noir et chocolat blanc, puis trois génoises pour confectionner des fraisiers. Pour finir, je suis en train de garnir une centaine de macarons de ganache à la barbe à papa.

Deux commandes à honorer pour quatorze heures et Méline qui n'est toujours pas là alors qu'elle anime un atelier cet après-midi. Malgré nos nombreuses tentatives, impossible de la joindre sur son téléphone. Même Angélique est remontée contre elle, à tel point qu'elle est venue me donner un coup de main. Elle range les macarons au fur et mesure dans de jolies boîtes rose bonbon qui partiront avec les fraisiers pour la *baby shower* de madame Dupret.

Je souris à l'air pensif d'Angélique qui prend un soin tout particulier à aligner chaque gourmandise et à mettre un joli ruban autour des boîtes. Les indices s'accumulent.

Au dernier macaron rangé, elle relève la tête vers moi, contrariée.

– Est-ce que nous allons devoir annuler l'atelier ? Mince ! C'est le premier avec Pick Me, en plus. Pour l'image de qualité et de sérieux de Pic'Assiette, c'est foutu ! Grrr, je vais tuer Méline. Ensuite, je la réanime. Et après, je la tue à nouveau.

Alors qu'Angélique se lave les mains, la sonnerie du téléphone de la boutique interrompt sa diatribe meurtrière. Elle sort précipitamment de la cuisine, le torchon à la main. Depuis mon plan de travail, je perçois que le ton monte, sans pour autant comprendre la teneur exacte de la conversation. J'essaie donc de me décaler pour satisfaire ma curiosité, juste au moment où la porte battante du laboratoire s'ouvre sur le visage grave d'Angélique. Je m'inquiète aussitôt.

– Lisa, tu peux venir, s'il te plaît ?

Je hoche la tête, m'essuie les mains rapidement et la suis jusqu'à son bureau. Le combiné du téléphone repose sur le plateau. Angélique appuie sur le haut-parleur.

– Lisa est là. Vas-y, répète-lui ce que tu viens de me dire.

Confuse, je fronce les sourcils. La petite voix de Méline résonne à l'autre bout du fil :

– Oh Lisa, je suis désolée, je suis malade. Saleté de gastro ! Je suis au bout de ma viiiiiiie, geint-elle.

– Oh. T-t-t… t'as v-v-v… vu le d-d-do… doc-teur ?

– J'en viens. Je suis arrêtée jusqu'à mercredi. Je vais me soigner, prendre des tas d'infusions pour être sur pied et…

– Viens-en au fait, s'il te plaît, la coupe Angélique en me fixant du regard.

– Euh… Lisa, ma chérie, comme tu le sais, ce contrat avec Pick Me est important pour nous et on risque de le perdre si on ne le respecte pas. Tu le sais ça, hein ? Donc, exceptionnellement, je pensais que tu pourrais animer celui-là. Tu…

Je n'écoute plus. Je secoue la tête à l'intention d'Angélique alors que Méline continue son plaidoyer. La crise de panique commence déjà à prendre racine au creux de ma poitrine.

Impossible pour moi de m'occuper d'un atelier !

Mon amie fait ses yeux de cocker et je lis sur ses lèvres un « Allez » suppliant, suivie d'un « S'il te plaît » assorti de ses mains jointes en prière. Une angoisse sourde remonte dans mes entrailles ; je crois que je vais vomir. Les mains tremblantes, j'agrippe la charlotte qui recouvre mes cheveux et l'arrache en grognant. La gorge serrée, je tourne sur moi-même, incapable de sortir le moindre mot.

– Stop, Méline ! ordonne Angélique.

Tandis que le silence s'installe dans la boutique, seul le bruit de mes sabots martelant le sol couvre les sons étouffés de la rue. Mon va-et-vient dure plusieurs minutes pendant lesquelles cette petite voix scande une litanie qui m'enfonce un peu plus dans mon marasme émotionnel.

Écoute-toi, tu es incapable de parler en public !

Je me fige, ferme les yeux et inspire profondément. Il va falloir leur parler, expliquer une recette, pas à pas. Je ne peux pas ! Je ne peux pas ! Je vais forcément paraître idiote ! Ils riront de moi.

Tu vas te ridiculiser !

Je lève la tête vers le plafond en implorant une aide quelconque. M'imaginer devant un groupe d'inconnus qui braquent leurs yeux sur moi me donne des sueurs froides. Je serre un peu plus ma charlotte entre mes doigts avant de m'essuyer le front avec.

Le logo de Pic'Assiette cousu dessus, celui que je suis fière d'arborer tous les jours, me rappelle pourtant mes engagements. Je suis une professionnelle, bon sang ! Je suis une excellente cheffe !

Quand je relâche mon souffle doucement, je regrette déjà ma décision avant de la formuler.

– D-d-da… d'ac-cord.

Statufiée, Angélique me regarde avec des yeux ronds, tandis qu'au travers du haut-parleur le bruit d'une chute retentit, suivi d'un bris de verre.

– Merde ! jure Méline.

Angélique s'anime enfin et reprend le combiné dans sa main.

– Tout va bien ? s'inquiète-t-elle.

– Oui, oui. J'ai été surprise, c'est tout.

– Moi aussi, murmure Angélique, des questions plein les yeux.

– Ça-ça v-v-v… va, la rassuré-je en lui souriant timidement avant que Méline ne reprenne la parole.

– Super ! Tu vas y arriver, j'en suis sûre. Ma fiche est prête dans le classeur. Tu as presque tous les ingrédients, il ne manque que les asperges. Elles sont déjà réservées chez Brahim. Je devais les prendre avant de venir, m'explique Méline avec enthousiasme.

Une main devant les yeux, j'écoute attentivement ce qu'elle a prévu comme menu, sous le regard toujours aussi surpris d'Angélique. Intérieurement, je tente de reprendre un rythme cardiaque normal.

Va te faire foutre, papa ! Je peux le faire !

Après nous avoir donné les explications nécessaires, Méline est prise d'un haut-le-cœur. Sur un charmant « Merde, je vais vomir », Angélique raccroche donc d'un air dégoûté.

Figées, nous nous fixons alors que la tension alourdit l'air ambiant. Je me crispe tandis que mon amie m'observe, pensive. Je suis certaine que ce qui tourne dans son esprit va du « En est-elle seulement capable ? » au « Faut qu'on trouve autre chose ! ».

– Je sais que tu ne veux pas faire ça, mais si j'avais une autre solution, tu… commence-t-elle.

Je mets les mains en avant pour lui faire comprendre de se taire.

– J-j-j… je vais le f-f-f… faire. La-la f-f-fi… fiche, dis-je en montrant son bureau d'un doigt tremblant.

– Attends. Je fais les photocopies et je te donne ça, OK ?

Je hoche la tête avant de faire demi-tour. J'ai des fraisiers qui m'attendent !

Juste avant de passer les portes, je stoppe et me retourne sur elle.

– T-t-tu m'aid-d-d-de-deras ?

Elle grimace avant de me répondre.

– Désolée, ma belle, mais je dois impérativement terminer les facturations, ce soir.

Traîtresse…

***

Heureusement pour nous, nos deux commandes sont prêtes à l'heure.

Tandis qu'Angélique gère les livraisons, je me prépare pour ma seconde mission de la journée. Je retire ma tenue de travail puis me rafraîchis au-dessus du lavabo. Après avoir pris ma veste en jean et mon sac à main au vestiaire, je file chez notre petit maraîcher préféré pour récupérer les asperges.

À mon retour à la boutique, je regarde l'horloge, l'estomac en vrac. Il me reste seulement deux heures pour tout mettre en place.

Dix personnes, cinq hommes et cinq femmes, vont venir ici pour apprendre à se connaître tout en préparant un bon repas afin de le déguster ensemble. Un concept sympa et original qui change du rendez-vous autour d'un verre !

Quand je pense que Music_Man m'a proposé d'y participer pour que nous nous rencontrions physiquement… Je trouve ça particulièrement ironique. J'ai refusé, mais sans lui avouer que mon entreprise est derrière ces ateliers. En même temps, comment j'aurais pu imaginer devoir en animer un jour ? Quelle poisse !

De toute manière, notre relation a abouti à une impasse. Pétrifiée par la peur, je reste incapable de faire ne serait-ce qu'un seul pas dans sa direction. Rien qu'à l'idée de devoir aligner deux mots devant lui, mes intestins font des loopings. Que penserait-il de moi ? Je préfère ne pas le savoir. Est-ce qu'une histoire aurait pu naître entre nous ? Était-il seulement réel ? Bien trop parfait pour être vrai ! Néanmoins, je me demande encore si ses compétences domestiques s'améliorent ou s'il parviendra au bout de sa chanson. Le soir, j'espère encore recevoir ses messages. En vain.

Game over.

Tout en écoutant de la musique pop, je prépare les cinq îlots de cuisine. J'ai un trac d'enfer ! Je m'oblige à me concentrer sur la musique qui s'échappe des enceintes. Envoûtante, la voix de Nelly Furtado rythme mes gestes qui s'enchaînent dans une chorégraphie improvisée. Je sors les dos de cabillaud et en pose deux sur chaque plan de travail avec une botte d'asperges. Je répartis ensuite les ustensiles que je trouve dans les tiroirs réservés aux ateliers. Malgré son exubérance, Méline se montre toujours extrêmement maniaque avec le matériel et je trouve sans difficulté tout ce dont j'ai besoin.

Alors que je tiens le sac de farine au-dessus d'un plat, la porte battante s'ouvre sur un homme maigre à lunettes talonné de près par Angélique.

– Voici donc notre chef du jour ! s'exclame-t-il d'un ton enjoué en tendant la main vers moi. Bonjour, je suis Matthias, de chez Pick Me, je vous épaulerai pendant ces trois heures.

Crispée, je glisse ma main dans la sienne et lui souris.

– Nous sommes ravies de ce partenariat, Matthias, reprend Angélique. Les participants arrivent dans quelques minutes, c'est ça ?

– Oui, tout à fait. Cet établissement est vraiment charmant, palabre-t-il tout en repassant les portes, suivi par mon amie. Je suis bien content que le patron vous ait…

Ses derniers mots se perdent dans le bruit du claquement des battants. Alors que je termine l'installation, la clochette de l'entrée retentit plusieurs fois, annonçant l'arrivée progressive des apprentis cuisiniers. Le cœur palpitant et les mains moites, j'expire lentement, alors que mon angoisse grimpe en flèche.

Je peux le faire ! Je peux le faire !

Peut-être qu'en le répétant assez souvent, je finirai par m'en convaincre.

Je me réfugie derrière mon grand plan de travail et patiente, les poings serrés dans le dos, prête à officier.

D'abord, les voix s'élèvent, puis s'intensifient, et brusquement, les portes s'ouvrent sur plusieurs personnes qui s'introduisent dans mon antre, sur mon territoire. Alors que Matthias et Angélique ferment la marche, l'invasion me coupe le souffle. Je tente de contrôler les tremblements qui s'invitent dans la bataille que je livre contre moi-même. Je prends les devants et me saisis de plusieurs tabliers que je distribue aux arrivants. Ils me saluent les uns après les autres. Je réponds d'un hochement de tête agrémenté d'un sourire figé à chaque « bonjour ».

Lorsque tout le monde est servi, je me retrouve avec un dernier tablier dans les mains que j'agite en direction d'Angélique qui vient de se placer à ma gauche.

– Il nous en manque un, mais il ne devrait plus tarder, me souffle-t-elle. Alors, bonjour à tous ! Bienvenue chez Pic'Assiette. Je vous présente Lisa, votre cheffe cuisinière pour cet atelier. Elle ne parle pas beaucoup, mais elle est très douée dans son domaine et ne manquera pas de vous guider tout au long de la recette, annonce-t-elle avec une assurance que je regrette ne pas détenir. Matthias va former les couples, je sens qu'il en meurt d'envie.

L'animateur de chez Pick Me remet des badges à chaque participant sur lesquels est inscrit leur prénom, puis il constitue des duos. À la fin, il reste logiquement une personne. Mathilde, selon la jolie broche que Matthias vient de lui donner, regarde autour d'elle, dépitée.

– Je crois que vous allez devoir commencer avec cette jeune femme, Matthias, suggère immédiatement Angélique, sans se démonter une seule seconde.

Le représentant de Pick Me accepte immédiatement sa proposition et adresse un sourire encourageant à sa nouvelle partenaire. Il doit avoir l'habitude de ce genre de situation.

L'heure est venue. Dans une dernière tentative désespérée, je supplie Angélique du regard de me seconder. Elle s'approche, se penche vers moi avant de murmurer fermement, ses yeux plantés dans les miens :

– Lisa, pour cette fois, sois forte. Je suis convaincue que tu vas y arriver. C'est l'occasion de nous prouver, à Méline et à moi, que tu n'es pas qu'une pâtissière de talent, mais aussi une associée du tonnerre.

Mon sang ne fait qu'un tour. Piquée dans ma fierté, je recule d'un pas avant de lui faire signe que ça ira en levant le pouce.

– P-p-pr… prenez p-p-p… place, invité-je le groupe d'un geste de la main vers les îlots.

Tous les regards se braquent sur moi. La panique afflue et je rougis sous cette soudaine attention.

Angélique frappe dans ses mains, ce qui les détourne de ma petite personne.

– Allez ! C'est le moment de nous préparer de bons petits plats !

Dans un grand brouhaha, chaque duo se dirige vers un plan de travail, y compris Matthias et Mathilde. Angélique distribue la recette à chaque couple ; seul un homme grimace à la vue du poisson. Ma belle rousse le rassure en lui promettant qu'il ne sera pas obligé de le manger. Après tout, le but de l'atelier est avant tout de faire connaissance avec la personne attribuée par Matthias.

– Bonne découverte à tous ! scande-t-elle alors avant de disparaître, me laissant… seule.

Lorsque tout le monde est installé, je prends un couteau et le fais tinter contre un bocal pour attirer leur attention. Je tiens la recette en l'air et pointe le premier point.

– R-r… rincer les-les asp-p-p… perges, et ép-p-p… plucher.

Étonnamment, personne ne fait de remarque désobligeante, même si le rictus moqueur de Mathilde, joli brin de femme en jean slim et Converse, me fait frissonner. J'ai l'habitude de ce genre d'attitude, je m'efforce donc de passer outre. Je m'en contrefiche. Je ne reverrai jamais ces gens. Ce n'est qu'un mauvais moment à passer.

Allez !

Les conversations reprennent, et devant le mini-évier mis à leur disposition, tous effectuent le nettoyage des légumes en même temps que moi. Au bout d'une demi-heure, alors que nous suivons la recette étape par étape, nous avons bien avancé. Les asperges blanchies à l'eau s'égouttent, le poisson est dans une poêle et rissole à feu doux. J'allume le feu sous la deuxième poêle et y mets un peu de beurre quand la porte du laboratoire s'ouvre.

– Voilà votre dernier participant ! Je vous présente Thibault, tonne la voix d'Angélique.

– Désolé, résonne une voix chaude, j'ai dû conduire ma fille à son cours. Ce n'était pas prévu.

Je relève les yeux de mon beurre qui chante et reconnaît immédiatement l'homme qui vient d'entrer. Le même que sur la photo de profil.

Music_Man.

Ses yeux verts bordés de longs cils noirs, reconnaissables entre tous, scrutent la cuisine et finissent par se poser sur moi. Je m'empourpre sous son attention minutieuse. La réalité est cent fois plus belle que ce que j'avais imaginé. Il est magnifique et dégage un charisme qui me réduit à une pauvre petite chose bouillonnante et ruisselante. Tétanisée, je n'ose plus faire un geste.

Le parfum du beurre chaud chatouille mes narines et m'extrait brusquement de ma transe. Sans attendre, je pose les asperges, sale, poivre et baisse le feu.

– Heureuse que tu sois enfin là, Thibault, minaude une Mathilde aguicheuse.

– Je ne vais pas laisser ma place maintenant que nous avons presque fini, geint Matthias alors qu'il éponge ses asperges.

Avant que Mathilde ait eu le temps de protester, Music_Man prend la parole :

– Vous avez absolument raison, je ne voudrais pas déranger. Puis-je me mettre avec vous pour la fin de la recette ? me demande-t-il en me fixant d'un regard rieur.

Est-ce qu'il m'a réellement reconnue ?

Je hoche néanmoins la tête et m'accroupis pour prendre le tablier rangé sous le plan de travail, ce qui m'offre un répit de quelques secondes pour me reprendre.

Lorsque je me relève, il est là. À côté de moi.

Très près. Trop près.

Mon cœur s'emballe. Son image gravée sur mes rétines, je ferme les yeux une seconde et inspire. Son parfum très masculin aux notes boisées envoûte alors mes sens.

Cette première rencontre, je m'en souviendrai éternellement. J'en ai rêvé en secret, sans jamais oser la provoquer, tel un fantasme rangé dans un recoin de mon esprit. En revanche, dans mon fantasme, je n'étais pas dans mes vêtements de travail, les cheveux cachés par ma charlotte et le visage luisant de sueur. Non. Dans mon fantasme, j'étais bien coiffée, maquillée et vêtue d'une jolie robe rouge. Et lui… lui était exactement comme il est devant moi : charismatique. Dans mon fantasme, nos regards s'accrochaient malgré la foule qui nous entourait. Il me souriait et s'approchait. Il me tendait la main…

D'un geste lent, Music_Man attrape le tablier et le tire vers lui, m'obligeant à desserrer mes doigts crispés. Sous mon regard admirateur, il le déplie pour le nouer autour de sa taille. J'observe ses doigts habiles former le nœud puis lisser le tablier devant lui avant de poser ses mains sur ses hanches. Que ressentirais-je s'il les posait sur les miennes ? Je retiens un gémissement inapproprié.

– Tes asperges vont brûler… Peach_Melba, me susurre-t-il avec un clin d'œil.

CHAPITRE 15
In@ttendues @sperges

TRAY

Rougissante, Peach_Melba reporte son attention sur sa poêle et retourne avec délicatesse quelques asperges dont l'odeur subtile me donne faim.

Quelle chance insolente, Thibault !

Elle travaille ici. Serait-ce la raison de son refus à mon invitation ? Cependant, je n'oublie pas qu'elle n'a pas répondu à mon dernier message, me laissant dans une attente insupportable. La balle était dans son camp, et après plusieurs jours sans nouvelles d'elle, j'étais décidé à passer à autre chose. On ne m'a jamais ignoré et j'ai trouvé ça… désagréable. Est-ce que si elle savait qu'elle a snobé le fameux Tray des Slave Of One Night, elle s'excuserait en hurlant hystériquement ? Mon instinct me souffle que ce n'est pas son genre.

Malgré ses cheveux blonds cachés sous une charlotte et ses habits de cuisine, Peach_Melba est encore plus jolie que sa photo de profil ne le laissait deviner. Elle semble si douce que mes doigts fourmillent d'envie de caresser sa joue.

– Nous discuterons après, d'accord ? proposé-je.

Semblant ne pas m'avoir entendu, tête baissée, elle continue de fixer le fond de la poêle.

M'ignore-t-elle toujours ?

– Lisa ?

Son prénom lui va à ravir. J'ai envie de le répéter, de le faire rouler sous ma langue. Encore. De la faire rougir. Encore.

Elle sursaute, s'empourpre, puis me dévisage enfin en fronçant les sourcils.

– La femme rousse à l'accueil t'a appelée comme ça, dis-je en pointant mon pouce vers les portes.

Elle hoche la tête en esquissant un léger sourire. J'aime être à l'origine de son trouble.

– Ange… hésite-t-elle.

– Lisa ? Que doit-on faire une fois les asperges cuites ? s'enquiert une petite femme rondelette au sourire étincelant.

– On va les manger, pardi ! lui répond son compagnon d'un jour en lui donnant un petit coup de hanche.

Appuyé sur le plan de travail, j'observe les cinq couples qui semblent s'amuser, sauf peut-être Mathilde, celle qui devait être ma partenaire. Bien que je sois désolé pour elle, je ne regrette pas une seule seconde d'être en retard puisque je me retrouve avec l'objet de mes pensées.

Lisa prend une grande inspiration avant de s'adresser au groupe :

– On-on… on v-v-v… va d-d-dr… dresser.

Elle expire et me jette un coup d'œil humide alors que son visage vire au carmin. Elle s'empresse ensuite de saisir deux grandes assiettes violettes qu'elle dispose devant moi.

Je comprends immédiatement son mal-être, ses multiples refus de conversation vidéo et de rencontre physique. Je comprends enfin. La peur.

Pourtant, qui ne voudrait pas rencontrer une fille comme elle ? Intelligente, drôle, gentille… Qu'a-t-elle vécu pour manquer autant de confiance en elle ?

Avant qu'elle ne retire sa main, je la recouvre un court instant de la mienne.

– Tout va bien, Lisa.

Lisa hoche la tête, mais fuit mon contact. Elle prend la poêle, la maintient au-dessus des assiettes et attrape une fourchette.

– Les asp-p-p… perges au-au f-f-f… fond. On… on met les a-a-am… andes d-d-d…

– Demain, on y est encore, souffle tout bas Mathilde.

Je me retourne vivement et la fusille du regard.

– La perfidie est intolérable. Le manque de respect aussi. Donc, taisez-vous, dis-je sèchement.

J'entends alors un petit gémissement étouffé provenant de Lisa. J'y suis sans doute allé un peu fort, mais je ne supporte pas la méchanceté gratuite.

N'osant répliquer à mon air sans aucun doute menaçant, Mathilde finit par baisser les yeux.

– Je-je n-n-ne t-t-t'ai rien d-d-de… demandé ! s'agace tout bas Lisa à côté de moi, manifestement furieuse. On t-t… termine de-de dr-dresser, reprend-elle plus fermement.

Ça m'apprendra à vouloir jouer les preux chevaliers…

CHAPITRE 16
Bon @ppétit !

LISA

Mes apprentis cuisiniers exécutent mes instructions comme de bons petits soldats. À travers eux, je me revois à l'école, obéissant au doigt et à l'œil du professeur. Travailler dans une cuisine, c'est se plier à un enseignement presque militaire, aux horaires et aux supérieurs. Ce n'est pas pour rien qu'on parle de brigade…

Dans un silence de cathédrale, les mains légèrement tremblantes, je m'active à garnir les deux assiettes. Le poisson et la sauce froide aux herbes reposent maintenant sur les asperges. C'est tellement appétissant que j'en ai l'estomac qui gargouille.

– T-t-t… tout le monde a-a… a f-f-f… fini ? demandé-je, redevenant maîtresse de moi-même.

– Presque…

Pendant que les retardataires achèvent leur présentation, mon commis s'empare de la fourchette, les yeux gourmands. Ses bagues reflètent la lumière crue des néons, attirant mon regard sur les tatouages qui courent sur ses poignets et ses mains. Je voudrais soudain remonter ses manches pour en découvrir plus. Cependant, je ne me laisse pas distraire et anticipe son prochain geste. Music_Man n'a pas le temps de piocher dans le cabillaud que je lui assène une claque sur le bras. À sa question muette, je secoue la tête en signe de négation.

– Tu-tu ne le m-m… mérites p-pas.

– Excuse-moi pour ça. Je suis impulsif, se justifie-t-il.

– Je-je n-n-n'ai p-p-p-pa-pas b-b-besoin d-d-d'un ch-ch-chev-v-va… valier servant. J'ai-j'ai l'hab-bi-bi… tude.

Sombre et immense, Thibault en impose par sa simple présence. Et pourtant, je n'ai pas peur de lui parler, de lui dire ce que je pense. Je n'ai pas peur de lui. Je n'ai pas besoin de sa pitié non plus. J'en ai vu d'autres, et des bien plus horribles que Mathilde.

D'ailleurs, pas question qu'elle me gâche ma première tentative de montrer mes talents. Pas question de décevoir Angélique.

– Ça y est, terminé ! s'exclame l'homme du couple à la traîne en levant les mains.

– On peut manger, maintenant ? demande un autre, impatient.

D'un geste de la main, je les invite à passer à l'étape la plus intéressante : la dégustation !

– Bon appétit ! lance mon binôme avec enthousiasme.

Ornés de fines pattes d'oie, ses yeux rieurs pétillent. Il coupe un bout de poisson, puis ses lèvres se referment doucement sur les dents de la fourchette et mon imagination s'emballe. Totalement en roue libre. Le bout de sa langue vient rattraper une miette qui s'accroche au coin de sa bouche. Même le mouvement de sa mâchoire est hypnotique. Mais c'est quand, les yeux fermés, il pousse un petit gémissement de satisfaction que je perds pied. L'érotisme de la scène est si intense que je dois resserrer les cuisses. Je déglutis avant de secouer la tête pour me remettre les idées en place pendant qu'il termine sa bouchée.

Lorsque j'approche à mon tour la fourchette de l'assiette, nos doigts se frôlent. Je retiens mon souffle, le cœur battant. Je relève les yeux vers lui avant de me rendre compte qu'il me fixe en souriant franchement.

– Toi, d'abord, murmure-t-il de sa voix grave.

Oh purée ! Pourquoi n'y a-t-il pas de climatisation dans cette cuisine ?!

Mes joues s'échauffent. J'échoue lamentablement à dissimuler mon trouble.

– M… merci.

Ma voix n'est qu'un souffle quasi inaudible dans le brouhaha qui accompagne la dégustation.

Je pique un morceau d'asperge et mords dedans en prenant garde d'éviter son regard. Je serais capable de m'étouffer avec un légume à cause d'une surcharge d'émotions. Tiens ! Je devrais lui demander s'il connaît les gestes de premiers secours…

– C'est délicieux, Lisa, me félicite-t-il après avoir goûté une asperge.

Je me liquéfie. Je n'ai jamais reçu un compliment prononcé avec autant de sous-entendus.

Debout, nous partageons ce repas avec gourmandise jusqu'à ce qu'il prenne un air sérieux.

– Je voulais te demander de m'excuser encore une fois pour tout à l'heure, dit-il en reposant sa fourchette au bord de l'assiette presque vide. Je suis sûr que tu sais te défendre, c'est juste que je ne supporte pas ce genre d'attitude. Tu me pardonnes ?

Son ton sincère est convaincant. Les traits tendus, il attend ma réponse. Je prolonge son supplice quelques secondes avant de lui apporter la délivrance.

– Exc… cuses a-a-accept-t-tées.

Nous échangeons un sourire complice avant que j'éclate franchement de rire lorsqu'il se précipite pour subtiliser le dernier morceau de poisson avec les doigts.

***

Le cours d'initiation est terminé. Alors que les participants rapatrient poêles et ustensiles près de l'évier, je nettoie les plans de travail. Au loin, je remarque que deux couples conviennent de finir la soirée ailleurs, sous l'œil réjoui de Matthias.

Tandis que Thibault m'aide en s'attelant à la vaisselle, Mathilde le rejoint, une assiette sale à la main. Serait-elle de bonne volonté ?

– Alors Thibault, on va boire un verre pour faire connaissance ? On peut la laisser finir, tu sais, murmure-t-elle près de son oreille.

Ah bah, non.

Je suis atteinte de bégaiement, pas de surdité. Je la soupçonne de parler juste assez fort pour que je ne puisse pas en rater une miette. Elle n'est même pas gênée de lui demander ça après la remarque acerbe qu'il lui a adressée. Certes, elle ne doit pas croiser des hommes aussi séduisants tous les jours, mais un peu de fierté !

– Non, j'ai déjà quelque chose de prévu ce soir, répond-il d'un ton sec.

– Oh, dommage. Tiens, mon numéro, au cas où…

Je les observe malgré moi et grimace lorsqu'elle glisse une petite carte dans la poche arrière de son jean. Comment arrive-t-elle à faire ça ? Cet aplomb, cette assurance, j'en suis complètement dépourvue. Me voilà donc en train de jalouser cette jolie blonde qui sait sauter sur une occasion sans se poser de questions… Cependant, les traits de Thibault se crispent sous la caresse déplacée. Tandis que Mathilde s'enfuit en balançant exagérément les hanches, je ne retiens pas mon ricanement. Rien à redire, elle sait y faire ! Mon regard s'accroche ensuite à celui du beau brun qui m'adresse une moue d'excuse. Je ne vois pas pourquoi, il aurait raison d'en profiter. Après tout, elle a l'air partante pour un petit tour avec lui. Et plus si affinités…

Notre échange silencieux est interrompu par les remerciements de Matthias qui revient dans la cuisine.

– C'était parfait ! Simple, accessible et convivial ! Tout ce que Pick Me adore, s'extasie-t-il.

– M-m… merci.

Je me redresse, étonnée et flattée.

– C'est moi qui vous remercie. Je suis impatient d'organiser le prochain. D'ailleurs, je ne serais pas contre de la pâtisserie, ajoute-t-il sur le ton de la confidence. Quand on voit les photos de vos créations, ça donne envie !

– P-p-pou… pourquoi p-p-pas.

– Bonne soirée, cheffe Lisa ! À bientôt ! me salue-t-il.

– À b-b-bientôt.

Je lui souris franchement, fière d'être parvenue au bout de ces deux heures d'atelier sans flancher. Cette bouffée de confiance fait du bien au moral.

Après le départ de Matthias, Thibault et moi nous retrouvons seuls dans la cuisine. Pourquoi est-il encore là ? Mon soulagement que ce cours soit terminé est de courte durée lorsqu'il tourne la tête et me jette un regard perçant au-dessus de son épaule. Je rougis. Encore. J'agrippe fermement ma lavette et fuis son attention en me concentrant sur le nettoyage. Je l'entends pousser un soupir alors que mon stress remonte en flèche. Les clapotis de l'eau cessent. Peut-il désormais entendre les battements erratiques de mon cœur ?

– C'était chouette, cette recette. Dommage que j'en aie raté la moitié, regrette Thibault, les mains plongées dans l'évier.

– Hum, hum.

– N'aie pas peur de me parler, Lisa, marmonne-t-il comme pour lui-même.

Je relève la tête de mon plan de travail qui brille déjà sous les nombreux passages de la lavette et prends une inspiration courte. J'admire son dos large alors qu'il s'appuie des deux mains sur le rebord de l'évier. Quand les muscles de ses avant-bras roulent sous sa peau, ses tatouages semblent prendre vie.

Je m'oblige à reporter mon attention sur sa nuque, je n'aurai certainement jamais l'occasion d'en voir plus. Autant retirer le pansement d'un coup sec. Il paraît que ça fait moins mal.

– Je-je n'ai p-p-pa… pas peur. T-t-tu p-p-p… peux pa-partir. C'est f-f-f… fini.

Son visage perplexe se tourne vivement vers moi.

– Tu me mets dehors ? me demande-t-il d'un ton surpris, les yeux écarquillés.

Sous la lumière artificielle, ses iris paraissent plus foncés. De la mousse tapissant les sous-bois.

Je hoche la tête lentement sans cesser de le fixer. Est-ce nécessaire de lui préciser que maintenant qu'il a pu constater mon handicap, il peut partir en courant ? Je ne lui en voudrais pas, cette rencontre représente déjà un grand pas pour moi. Vraiment. Mais de toute évidence, nous sommes incompatibles.

Il arque les sourcils et secoue la tête d'un air incrédule. Serais-je la première à le foutre à la porte ? C'est sûr que, vu le spécimen, les femmes ne doivent rien lui refuser. J'imagine que c'est le genre d'homme à obtenir ce qu'il désire d'un simple claquement de doigts. Et voilà que la bégayante « ose » le rejeter… Personne ne lui a donc jamais dit « non » ?

Si j'étais un peu plus Mathilde et un peu moins Lisa, peut-être que, moi aussi, je me serais précipitée à ses côtés et lui aurais glissé mes coordonnées dans la poche arrière de son pantalon d'une manière sensuelle, tout en reluquant ses fesses rondes. Mais voilà, je ne suis pas une Mathilde, jolie et sûre d'elle, je ne suis que moi, quelconque et réservée. Thibault incarne un fantasme pour toutes les Lisa du monde et il le restera.

Résignée, je reprends l'astiquage de mon plan de travail – si je continue, je vais finir par passer à travers –, quand brusquement, un gros *plouf* me sort de mon ménage. Thibault vient de lâcher la poêle dans l'évier rempli de mousse. Étonnamment, il ignore l'eau qui éclabousse le bas de son pantalon et ruisselle sur le carrelage, son attention dirigée complètement vers moi.

Alors qu'il pénètre dans mon espace vital, je coupe ma respiration. Il m'emprisonne en posant ses mains sur le plan de travail de part et d'autre de mes hanches. Lorsque je reprends péniblement une goulée d'air, son parfum boisé et légèrement musqué m'enivre. Je ferme les yeux à l'approche de ses lèvres contre mon oreille et frissonne sous l'intensité de ce moment surréaliste. Son souffle caresse ainsi ma peau sensible :

– Lisa… Toi et moi, nous voulons la même chose.

Ah bon ?

Je sens ses doigts récupérer une mèche de mes cheveux échappée de ma charlotte qu'il replace derrière mon oreille avec une lenteur infinie. J'ouvre les yeux dès qu'il rompt le contact pour me retrouver face à son regard ardent.

– Tu n'as aucune raison d'avoir peur, il te suffit de mieux me connaître. Dans la vraie vie.

C'est une idée…

Il accompagne ses paroles susurrées d'un petit claquement de langue qui me fait tressaillir.

– Tu veux y aller doucement ? On va y aller doucement.

Doucement. J'aime bien « doucement ».

Alors que le feu me monte aux joues, j'amorce un hochement de tête pour lui signifier mon accord lorsqu'il me coupe dans mon élan.

– Mais pour ça, tu ne dois pas me repousser, d'accord ?

What ? C'est moi qui le repousse ? Bon, oui, un peu...

Qu'est-ce que tout ça signifie ? Il se moque de moi, non ? Il a pourtant entendu mon bégaiement et compris où se situait le problème majeur. Serait-il complètement idiot ?

– Hum, hum.

Le raclement de gorge peu discret qui provient de l'entrée de la cuisine le fait reculer. Au ralenti. Cependant, au couinement des gonds de la porte qui se referme, nous nous retournons vers le trouble-fête qui avance de quelques pas.

– An-Angélique.

– Euh… Lisa ? Tout va bien ? Ça s'est bien passé, hein ? En tout cas, Matthias est reparti ravi. Tu as assuré, ma belette !

Même si je sais pertinemment que son apparition est destinée à voir ce que nous fabriquions, son compliment me fait chaud au cœur.

– M… merci.

– T'as fini ou tu as besoin d'aide ?

Fronçant les sourcils, son regard inquiet passe de Thibault à moi avant de balayer la cuisine.

– Je vais l'aider à terminer, affirme Thibault d'une voix autoritaire.

– C'est à Lisa que je m'adressais, rétorque mon amie sur le même ton.

OK...

Ou comment se faire remettre à sa place en moins de trois secondes. J'ai une furieuse envie de rire. À la place, je choisis de rassurer Angélique.

– T-t-t… tout va b-b-b… bien.

Un combat de regards se joue alors devant moi. L'imperturbable rousse, au contraire de moi, n'est pas du tout impressionnée et hausse un sourcil moqueur à l'intention du beau charmeur avant de se résigner :

– Très bien, je termine une commande en vous attendant. Je serai à mon bureau. Juste là, insiste-t-elle en pointant son pouce derrière elle sans le lâcher du regard. Et Fabien passe me chercher.

Voilà, voilà… Il est prévenu.

Lorsqu'elle repasse les portes battantes en sens inverse, je relâche mon souffle. Je m'autorise un sourire amusé devant l'absence ouverte de subtilité de mon amie.

– Bon, Lisa, reprend alors Thibault en se tournant vers moi. Après la vaisselle, j'aimerais aller boire un verre quelque part avec toi. Qu'en penses-tu ?

Tu es incapable de tenir une conversation !

Face à son apparente sincérité, je réfléchis quelques secondes. En suis-je seulement capable ? Ne vais-je pas me ridiculiser ? Et si c'était l'occasion d'être fixée sur ses réelles intentions ? J'ai tellement envie de le savoir que ma curiosité supplante mes appréhensions. Intérieurement, j'exécute une petite danse de la joie en agitant les pompons.

Finalement, je me contente de hocher la tête avant de me diriger vers le lave-vaisselle. Ça ne me coûte rien de boire un verre avec lui afin de comprendre son intérêt pour ma petite personne malgré mon bégaiement.

Au bout d'une demi-heure de rangement, nous retirons nos tabliers. Je demande à Thibault de m'attendre à l'accueil pendant que je vais chercher mes affaires.

L'envoyer dans la gueule du loup est ma petite vengeance personnelle.

Puérile, moi ? Assurément.

CHAPITRE 17

Un Renc@rd ?

TRAY

J'ai eu si peur que Lisa me jette comme une vieille chaussette. À croire que mon charme légendaire ne fonctionne plus. Pourtant, je refuse de laisser tomber. Pas avant de comprendre mon attirance pour elle. Pas avant de savoir si c'est réciproque. Pas avant d'avoir découvert ce qui la retient. Pas avant d'avoir exploré toutes les possibilités.

Extatique à l'idée de poursuivre la soirée avec elle, je pousse les portes de la cuisine, un sourire éclatant aux lèvres, et rejoins l'accueil.

Alors que je décroche mon blouson du porte-manteau, l'amie de Lisa, Angélique, relève les yeux de son ordinateur et me jauge le plus sérieusement du monde.

– Que voulez-vous à Lisa ? m'apostrophe-t-elle.

– Que du bien.

– Mouais, je n'en suis pas si sûre.

Comment pourrais-je lui prouver ?

– Nous nous connaissons déjà, Peach_Melba et moi.

– « Pêche Melba » ? C'est quoi ce surnom ?

Moi qui pensais qu'elles étaient amies… Ça ne se raconte pas tout, les amies ?

– Son pseudo sur l'application, en fait.

Dans le doute, je fais exprès de rester vague. Elle se fige avant d'écarquiller les yeux.

– Oh merde ! Vous êtes le mec avec qui elle discute depuis des semaines sur Pick Me ?

Lisa lui a bien parlé de moi. Je hoche la tête, incertain quant à savoir si c'est une bonne ou une mauvaise nouvelle.

– OK, je vois, ricane-t-elle.

Elle reprend rapidement son sérieux.

– Bon alors, Don Juan, je vais être claire avec toi : si jamais tu lui fais du mal, de quelque manière que ce soit, Méline et moi, on te retrouve et on te fait vivre le pire cauchemar de toute ta vie. Ma cousine manie très bien les couteaux… C'est compris ?

Elle paraît si déterminée que je n'ose pas épiloguer. Au moins, je suis prévenu : ses amies la protègent farouchement.

– Compris, M'dame, obtempéré-je avec deux doigts sur la tempe, raide comme un piquet.

La porte tinte, laissant passer un grand homme blond en costume-cravate. Il se fige en me jaugeant de bas en haut.

« *T'inquiète, man, je ne suis pas là pour elle* », ai-je envie de lui dire.

– Chérie ? C'est qui ? demande-t-il à Angélique en avisant notre position.

– Pour l'instant, personne, répond-elle en se levant.

Elle attrape son manteau et s'approche du mec avant de l'embrasser sur les lèvres. Il se détend instantanément.

– Allons-y !

Main dans la main, ils s'engagent vers la sortie, mais alors que je n'ai pas encore bougé, Angélique se retourne.

– J'ai oublié de te dire, la pêche Melba est le dessert préféré de Lisa, précise-t-elle avec un clin d'œil.

Quelques minutes après notre échange, la principale intéressée me rejoint et nous sortons afin qu'elle ferme les bureaux. Nous nous retrouvons donc sur le trottoir pavé alors qu'une bruine très fine tourne dans l'air doux de cette fin de journée. Lisa est magnifique dans sa tenue de ville, ses cheveux détachés tombant sur ses épaules. Elle rabat la capuche de son blouson pour se protéger et me jette un œil hésitant à travers ses cils.

– J'habite dans le quartier et je connais un bar sympa tout près d'ici, dis-je en lui indiquant le bout de la rue d'un geste vague. On peut y aller à pied. Ne t'inquiète pas, ton amie a prévu de me faire vivre un enfer s'il t'arrive quelque chose. Un truc en rapport avec des couteaux… Enfin, tu peux encore dire non.

– C’est… C’est bon.

Son petit rire cristallin me touche en plein cœur. J’approche alors lentement ma main de la sienne et effleure ses doigts. Elle se laisse faire.

– Je peux ?

Elle baisse les yeux en rougissant mais hoche imperceptiblement la tête. J’entremêle alors nos doigts et colle ma paume contre la sienne. Sa peau est chaude et, alors que je pensais essuyer un refus, son accord spontané me rend fou de bonheur. Elle resserre sa prise comme si elle testait notre compatibilité et relève son visage en m’adressant un regard étincelant.

Sans lui laisser l’occasion de changer d’avis, je l’entraîne vers le One Night, le bar situé au rez-de-chaussée de mon immeuble. Malgré la pluie, j’adopte un pas tranquille pour profiter le plus longtemps possible de sa présence tout contre moi. Lorsque nous arrivons, je lui ouvre la porte.

– Après toi, l’invité-je à entrer.

Nous sommes accueillis par un brouhaha sur fond de musique pop. Les deux barmans sont déjà au taquet, alors qu’une file de clients, prêts à passer commande, se forme le long du comptoir. Je salue mes employés alors que nous longeons le bar qui s’étend sur toute la longueur de l’établissement, ma main toujours nouée à celle de Lisa. Je repère rapidement une alcôve encore libre. Juste une petite table au fond de la salle et deux assises en bois recouvertes de coussins en tissu pourpre de chaque côté. Lorsqu'elle retire sa main avant de s'asseoir, une sensation de manque m'envahit. Sans le laisser paraître, je prends place face à elle et fais glisser mon blouson de cuir pour le suspendre à la patère vissée au mur. Lisa fait tomber sa capuche et enlève sa veste qu'elle replie sur son sac à main posé près d'elle.

– C'est j-j-jo… joli ici. J-j-j… je n'ét-t-t… tais j-j… Grrr, s'énerve-t-elle en serrant les poings sur la table.

– Prends ton temps, Lisa. Tout va bien, tenté-je de la rassurer. Tu n'étais jamais entrée ici, c'est ça ?

Elle inspire bruyamment puis secoue la tête.

– Non.

– Il faut que je t'avoue quelque chose. L'immeuble et ce bar m'appartiennent. Je loge quelques étages au-dessus, dis-je en pointant mon index vers le plafond.

Nous aurions sûrement été plus tranquilles en allant directement dans mon appartement, mais c'est bien trop prématuré, même pour moi. Dire qu'il y a quelque temps, je ne me serais même pas posé la question…

– Oh ! C'est c-c-c… cool !

– Ah non ! Il paraît qu'on ne dit plus cool. Ma fille m'a appris que c'était ringard.

La fin de son éclat de rire est couverte par la voix d'Antoine, derrière son comptoir, qui nous demande ce qu'on veut boire.

– Une b-b-b… bière, s'il t-t-te p-p-p… plaît, annonce-t-elle tout bas en me regardant.

– Une Guinness, ça te va ?

Elle hoche la tête. Une femme selon mon cœur.

– Tu nous mettras deux Guinness pression, s'il te plaît, Antoine.

– C'est parti ! Tu veux autre chose ?

– Mets-nous aussi deux ou trois bricoles à grignoter.

– Ça marche !

J'aime l'ambiance geek et détendue que j'ai donnée au One Night. On a l'impression d'être entre potes, même quand on ne connaît pas son voisin de table. Les yeux ébahis, Lisa observe l'environnement et je l'imite en essayant de voir la salle avec un œil neuf. C'est vrai que c'est coloré, surchargé et hétéroclite. Un univers de jeux vidéo, de musique avec une pointe de retour en enfance. Les deux gérants, Antoine et Christophe, que j'ai mis à la tête de l'établissement ont carte blanche et ne déméritent pas. Personne n'est capable de déterminer la couleur d'origine des murs, ni même la nature du revêtement qui se trouve sous les affiches, posters, masques de carnaval et guirlandes en papier. Parmi les décorations les plus précieuses, on retrouve des cadres avec des photos signées de plusieurs grands groupes de musique, mais également une vieille guitare de Soul ou encore la flûte de pan que Noah a rapportée du Chili. Épinglée au-dessus du bar, une poupée style Barbie habillée et coiffée en punk nargue la clientèle.

Enfin, les peluches à l'effigie de héros de jeux vidéo suspendues au plafond achèvent cette déco psychédélique. Toutes ces couleurs mélangées agressent les pupilles mais créent une atmosphère dynamique, pétillante et joyeuse. C'est un bar… original.

– C'est j-j-jeu… jeune i-ici.

– Non, il y a quelques années déjà qu'il est ouvert. Presque six ans, je crois.

Elle secoue la tête.

– N-non. Les c-c-c… clients.

– Oh ! Oui, c'est vrai que c'est assez jeune, mais y'a aussi des vieux comme nous qui ont encore quinze ans là-dedans, plaisanté-je en pointant ma tempe, ce qui la fait rire. Et puis, ils n'ont qu'une dizaine d'années de moins que nous !

Antoine dépose les bières et deux assiettes sur la table.

– Merci. Comment ça se passe ici ? lui demandé-je.

– Tout roule, Tray. On dépasse nos objectifs, et le week-end, on a deux serveuses qui nous filent un coup de main tellement il y a de monde, sourit-il. Et toi, avec les…

Merde, ce con m'a appelé par mon nom de scène !

– Ça va, ça va, le coupé-je avant de me faire griller. Et avec Christophe ?

Rien de tel que de lui parler de son amoureux pour qu'il oublie sa question.

– Toujours le bonheur, mec, tu devrais essayer, s'esclaffe-t-il. Allez, j'te laisse, y'en a qui bossent. Bonne dégustation !

– Merci.

Ouf ! Rien ne me prouve qu'elle ne m'a pas reconnu, mais ses réactions sont tellement spontanées et naturelles que je veux faire durer mon plaisir le plus longtemps possible.

Je trinque avec Lisa, qui boit une longue gorgée. Lorsqu'elle repose son verre, elle laisse échapper un petit soupir de contentement et arbore une petite moustache de mousse. Avant que j'aie le temps de le lui dire, le bout de sa langue vient la nettoyer. Subitement, je deviens à l'étroit dans mon jean. D'autant plus lorsqu'un sourire malicieux s'invite sur ses lèvres. *Coquine ?*

– Dé-dé… désolée. J-j-j… j'a-v-vais soif.

– Je vois… ça.

Elle rougit sous mon simple regard et plaque son dos contre la banquette. *Merde ! Elle est vraiment timide.* Aurait-elle vu dans mes yeux la pointe d'excitation ? Est-ce ça qui l'a effrayée ?

– Alors, Lisa… Tu m'avais dit que tu faisais un peu de cuisine, pas que c'était ton véritable métier, désamorcé-je le léger malaise.

– Ou-oui. P-p-Pic'Assiette. C'est à n-n-n… nous.

– Angélique et toi ?

– Et M-m-m… Méline. Pfff… se renfrogne-t-elle.

Elle tourne la tête et j'entends qu'elle marmonne avant d'agripper son verre.

– Qu'est-ce qu'il se passe ?

– P-p-pou… pour-quoi ? m'interroge-t-elle en fixant mon regard sans sourciller.

– Pourquoi ? Pourquoi quoi ?

Elle nous désigne tour à tour et montre le bar de sa main avant de poser ses coudes sur la table.

– Ça !

– Pourquoi t'ai-je invitée, tu veux dire ?

Elle hoche la tête et attend la réponse, suspendue à mes lèvres.

– Parce que j'ai adoré chacun de tes messages, parce que j'adore t'en envoyer, parce que je suis curieux de savoir où tout ça va nous mener. Parce que tu me plais, Lisa. Beaucoup.

Ses yeux plongés dans les miens se plissent en même temps que son nez. Elle prend une grande inspiration et crispe ses doigts autour du verre qui glissent sur la buée.

– T-t-tu m-mens. T-t-t… tu n-n-ne p-p-peux pas v-v-vou… vouloir d-d-de moi. É-écoute-m-m-moi. Reg-g-garde-t-t-toi ! s'exclame-t-elle en s'énervant.

Elle ne cesse de me surprendre. Nos échanges de messages étaient piquants et addictifs, la contempler à l'œuvre en cuisine m'a épaté ; elle transmet sa passion avec tellement de talent. C'est pourquoi, malgré son bégaiement, son manque d'estime d'elle est incompréhensible.

Est-ce une façon subtile de me repousser ?

Je n'ai jamais été confronté à ce genre de réaction, c'est moi qui instaure une distance, d'habitude. Une petite pointe d'amertume tapisse mon esprit. Et si elle jouait avec moi ? Curieusement, je ne l'en crois pas capable.

– J'ai plutôt l'impression que c'est toi qui ne veux pas de moi ! Je te rappelle que c'est toi qui refuses de me voir depuis le début, c'est toi qui n'as pas répondu à mon dernier message. Comment peux-tu savoir ce dont j'ai envie ou pas ? Si tu pensais que ton bégaiement me rebuterait, tu te trompes sur toute la ligne, Lisa. Contrairement à toi, moi, je t'écoute. J'ai envie de tout connaître de toi.

Interdite, elle recule au fond de son siège et soupire en évitant mon regard. Je ne sais pas si j'ai été bien inspiré de la provoquer. Plus elle me fuit, plus j'ai envie de la rattraper. Karma de merde.

Je déplie mon bras sur la table et tends la main, paume ouverte en guise d'invitation.

– Essayons.

Après un temps qui me semble infini, alors qu'elle semble en pleine réflexion, ses doigts frais aux ongles courts se glissent doucement sur les miens. Je referme ma prise, amène ses phalanges jusqu'à mes lèvres et embrasse le dos de sa main sans la quitter des yeux.

– D-d-da… d'accord, répond-elle en souriant timidement.

À partir de maintenant, je crierai victoire au moindre « d'accord »…

***

Lorsque nous sortons du One Night, la nuit est tombée, et avec elle la fraîcheur qui accompagne les soirées printanières. Je savoure cette soirée comme un grand cru. Tel le gentleman que j'ai envie d'être avec Lisa, je la raccompagne jusque chez elle. Sur le chemin, nous repassons devant Pic'Assiette dont la devanture rose et vert se remarque de loin. Lisa s'arrête une vingtaine de mètres plus loin et lève la main vers la façade vieillotte de l'immeuble en direction du premier étage.

– Ici.

– Oh, mais nous sommes presque voisins, alors. Et tu es juste à côté de ton boulot, constaté-je en pivotant la tête vers la boutique du traiteur.

Elle acquiesce, tente un coucou maladroit de la main et esquisse un pas vers son entrée en sortant un énorme trousseau de clés de son sac. Elle m'abandonne comme une vieille chaussette. Comme si nous ne venions pas de passer une soirée sympa.

Pense-t-elle réellement que je vais me contenter de ça ?

CHAPITRE 18
Des H@uts & Déb@t

LISA

– Hep, hep, hep ! Pas si vite, m'interpelle-t-il.

Je me fige avant de me retourner vers lui. Il s'avance au point que l'extrémité de ses bottes et celle de mes escarpins se touchent. Son parfum masculin, mélange de cuir et de santal, submerge mes sens. Encore. Je devrais mettre son odeur en bouteille pour la sniffer, en souvenir…

Thibault attrape avec douceur mon visage entre ses mains brûlantes. Mes joues s'embrasent aussitôt. Mon cœur bat la chamade, mon ventre se contracte. Je ferme les yeux devant l'intensité de son regard. Je n'ose plus bouger, mes clés dans une main et mon sac dans l'autre.

– Ouvre les yeux, petite pêche.

Ses mots susurrés d'une voix chaude et rauque vibrent dans l'infime espace encore disponible entre nous. Son pouce caresse d'abord ma lèvre supérieure pour passer ensuite sur ma lèvre inférieure, la dessinant avec une précision chirurgicale. Je relève doucement les paupières.

– Est-ce que je peux ?

À la seconde où j'acquiesce, il pose sa bouche au coin de la mienne. C'est juste un effleurement, doux et aérien. Un baiser de papillon. Il se détache et recule lentement sans cesser de me fixer.

– Bonne nuit, Lisa, me sourit-il, charmeur, avant de tourner les talons.

Il me laisse là, devant chez moi. Seule. Pantelante. Le corps émoustillé et une chaleur naissante dans les reins. Je devrais être heureuse et soulagée qu'il n'ait rien tenté de plus après une première rencontre déjà explosive. Alors, pourquoi je me sens abandonnée et déçue ? Je ne sais décidément pas ce que je veux.

Je relâche ma prise sur mes clés incrustées dans ma paume.

À peine rentrée dans mon appartement, je me déchausse, enlève ma veste et file dans la salle de bain avec l'espoir qu'une douche bien chaude me remettra les idées en place. C'est sans compter sur mon esprit qui tourne à mille à l'heure et me rejoue le film de cette journée si forte en émotions.

Un détail me chiffonne.

Lorsque Music_Man et moi étions au One Night, bizarrement, le serveur l'a appelé « Tray » alors que son badge indiquait clairement « Thibault ». Serait-ce un surnom ? Je note de le lui demander si jamais il me recontacte.

En effet, je ne me fais aucune illusion.

Quand il rentrera chez lui, il repensera à cette soirée et réfléchira à la meilleure manière de m'annoncer qu'il a apprécié notre sortie au bar, que je suis bien sympathique, mignonne et amusante, mais que le mieux serait d'en rester là.

Ils font tous ça. Ils semblent passer un bon moment, puis ils s'échappent aussi vite qu'ils le peuvent. Je les comprends. Qui voudrait se trimballer un boulet comme moi ? Surtout qu'un beau mec comme Music_Man doit faire craquer toutes les femmes autour de lui ! Il m'a suffi de voir la manière dont la jolie Mathilde lui a fait du rentre-dedans.

Une fois propre et habillée, j'attends fébrilement son habituel message de fin de soirée, enfouie sous mon plaid tout doux, en grignotant des guimauves devant un épisode de *Friends*. Là où tout le monde est beau et gentil. Là où tout le monde s'aime.

Quand à vingt-trois heures j'éteins la télévision, comme prévu, ni mon téléphone ni mon ordinateur n'ont affiché le nom de Music_Man. Même si je ne suis pas surprise, je suis déçue. Oh, j'ai bien vu les visages de Dylan92, Chriiistopher et Papayou s'afficher pour une invitation à discuter, mais pas mon musicien aux yeux verts particulièrement troublants.

Seule sous la couette, dans mon grand lit froid, je cogite et peine à trouver le sommeil. Je finis par m'endormir en souriant. Finalement, ma journée a été riche : j'ai réussi à vaincre ma peur de l'inconnu, à animer un atelier, et j'ai rencontré mon correspondant sur Pick Me.

Parfait.

***

– Lisa ! Attention !

Depuis ce matin, j'ai l'esprit ailleurs et provoque des catastrophes à répétition. Je me suis brûlé le bras avec le four, je me suis trompée dans les doses pour ma crème anglaise qui ressemble maintenant à une crème pâtissière. Et là, devant ma casserole, je regarde, sans le voir, le lait qui déborde et les blancs en neige qui naviguent à vue dans cet océan lacté aromatisé à la vanille Bourbon.

En soufflant d'exaspération, je coupe le gaz et recule avant d'ajouter une nouvelle brûlure à ma collection.

– Qu'est-ce qu'il se passe, ma belette ? T'es pas dans ton assiette aujourd'hui. T'es malade ?

Je secoue la tête à l'attention de Méline.

– Non.

– Bah heureusement que tu n'en étais pas à l'étape du caramel…

Une semaine s'est écoulée et je n'ai toujours pas de nouvelles de Music_Man depuis un message laconique m'annonçant que sa fille était malade, qu'il était de corvée d'essuyage de vomi et absolument désolé de ne pas pouvoir me voir. Mouais… Même si je m'y attendais, je suis contrariée et déçue. J'avais envie de croire qu'il était différent des autres. Je le pensais franc et honnête, je me suis trompée.

Il m'a pourtant semblé que le courant passait bien entre nous. Thibault m'a quand même embrassée ! Quoique, ça ne signifiait sans doute rien pour lui. Comme d'habitude, j'ai mis beaucoup d'espoir dans une chimère. Je suis vraiment une nouille ! Bien sûr qu'il n'a pas répondu ! Il doit déjà être passé à autre chose ou à… quelqu'un d'autre. Un mec comme lui n'a pas besoin d'une nana comme moi. Je l'imagine très bien avec une grande brune filiforme, sûre d'elle et moins compliquée que moi. Il doit bien rire, maintenant, en se disant qu'il a roulé la cuisinière bégayante et naïve dans la farine.

Je me pince l'arête du nez et ferme les paupières pour me reprendre quand je sens mes yeux s'humidifier.

Je boude un peu le site. De fait, quelques prétendants s'affolent de mes non-réponses. Au contraire du musicien, je n'ai même pas d'excuse bidon à leur servir.

– Tu veux bien me dire ce qu'il t'arrive ? Je ne te reconnais pas depuis quelques jours. C'est l'atelier culinaire qui te reste en travers de la gorge, c'est ça ? insiste Méline.

Je ne peux pas lui avouer que je me suis fait avoir par mon correspondant sur Pick Me. Je n'ai aucune envie de me ridiculiser plus que je ne l'ai déjà été par Thibault. Angélique et elle seraient capables de mettre leurs menaces à exécution. Méline peut être effrayante avec des couteaux…

– N-non. Ça v-v-v… va, lui dis-je en souriant timidement, une main sur le front.

Je regarde l'heure sur la pendule. Onze heures. Les aiguilles se sont liguées contre moi en ralentissant leur course, j'en suis certaine !

Je vide la casserole de lait dans l'évier et soupire en anticipant le récurage de ce qui a attaché au fond.

– Laisse, je vais le faire. Rentre chez toi. Je vais terminer la commande, m'intime Méline.

– N-non. Je-je reste.

Je l'entends marmonner un « tête de mule » et reprendre la confection des mini-chaussons. Alors que je fais la vaisselle, Angélique entre dans la cuisine, annoncée par le bruit de ses bracelets métalliques qui tintent sous son pas déterminé.

– Lisa, y'a quelqu'un pour toi ! lance-t-elle joyeusement.

Sûrement un client qui souhaite commander une pâtisserie particulière. Je lâche ma casserole dans l'évier, essuie mes mains et passe les portes battantes dont les gonds n'ont toujours pas été graissés. Curieusement, Angélique ne me suit pas.

Quand les portes claquent derrière moi, mes yeux accrochent deux billes vertes. Leur propriétaire se tient devant moi, tout sourire. Tiens, il tombe bien, lui !

– Je ne pouvais pas attendre ce soir pour te parler, dit-il d'une voix rauque.

En deux pas, Thibault s'approche de moi. Je tends la main entre nous et la pose sur sa poitrine sans le quitter du regard.

– S-s-stop !

Il s'immobilise et ses bras retombent mollement le long de son corps.

– Lisa ? Tout va bien ?

– N-n-on. P-p-p… pas de m-m-mess… message et v-v… voilà ! m'énervé-je en le montrant avec ma main libre. Je-je n-n-ne suis p-p-pas un b-b-bouche-t-t-trou qu'on ap-p-pelle qu-qu-quand on a env-v-v-vie et qu-qu'on oub-b-b… blie ensuite !

Ça aussi, j'ai déjà subi. Philippe ne voulait pas m'emmener avec lui lorsqu'il sortait avec ses copains ou qu'il partait en virée. Il trouvait toujours une excuse quand je l'invitais à une soirée avec mes amies. En revanche, régulièrement, on se voyait chez moi ou chez lui. Jamais en extérieur. C'est lors d'un baiser en bas de son immeuble que j'ai compris. Ce jour-là, son meilleur ami nous a surpris. Dès que j'ai ouvert la bouche pour me présenter, j'ai vu au visage gêné de mon futur ex-copain que le glas de notre relation avait sonné. Un baiser devenu un adieu, en somme.

Je les ai vraiment collectionnés…

– Tu veux bien me laisser m'expliquer avant de me foutre dehors ? me demande Thibault d'une voix douce.

Est-ce que je veux le laisser me baratiner encore un peu plus ? Que pourrait-il me dire que je ne sache pas déjà ?

Je secoue la tête.

– Non ?

– Non, confirmé-je en haussant les épaules devant son air ébahi.

Il recule d'un pas et se passe la main sur le visage avant de froncer les sourcils.

– Pourquoi ? Parce que tu crois que je te mens, c'est ça ?

– P-p-peut-être… Je ne-ne sais p-p-pas.

Son corps se détend instantanément. J'ai déjà été blessée par le passé. Je connais ce sentiment et son attitude m'a fait revivre ces moments désagréables. M'ignorer est le meilleur moyen de me faire douter.

Les mains sur les hanches, il se poste face à moi.

– Tu te méfies de moi et tu en as tout à fait le droit. Après tout, on ne se connaît pas. Mais sur ce coup-là, je te demande de m'accorder ta confiance et de me laisser t'expliquer pourquoi je ne t'ai pas contactée. Et ça n'a rien à voir avec… nous.

Dans ses yeux, une supplique.

J'accède à sa requête en hochant la tête.

CHAPITRE 19
Midinette & Cie

LISA

– Alors, déjà, tu n'es pas un bouche-trou. Et je ne t'avais absolument pas oubliée, Lisa, précise-t-il d'une voix tendre.

Il me sourit et je ne peux m'empêcher d'y répondre.

– Pour ma défense, continue-t-il, Léa a contracté une grippe intestinale carabinée, à tel point que nous avons dû l'emmener à l'hôpital pour que les médecins puissent la réhydrater.

– Oh…

Ça, c'est de l'excuse de compétition.

– Co-co-co-mmment e-e-elle v-v-va ?

– Elle est sortie hier de l'hôpital. Ça va mieux, mais elle doit encore se reposer quelques jours, soupire-t-il de soulagement.

– D-d-dé… désolée. M-m-mais, t-t-u aurais p-p-p-pu m'ap-p-p… peler !

– Faudrait-il déjà que j'aie ton numéro…

Effectivement. Un point pour lui.

– P-pa… pas faux, concédé-je en rougissant.

J'ai presque honte de m'être emportée.

– Si je l'avais eu, je t'aurais inondée de SMS. Mais la maladie de ma fille, plus quelques soucis de boulot et je n'ai pas trouvé assez de temps pour me connecter et surtout je ne voulais pas t'ennuyer avec mes soucis, dit-il d'un ton sincère.

– T-t-tu-tu aurais p-p-pu. J'aime b-b-bien les SMS. J-j-j'aime b-b-bien nos m-m-m… messages.

– Moi aussi, si tu savais…

– J-j-j'aurais pu t-t-te d-d-d… distraire. T-t-tu m'aurais p-p-pa… parlé de-de t-t-ta m-m-m… musique.

– J'y penserai la prochaine fois, me taquine-t-il en ponctuant sa phrase d'un clin d'œil complice.

– D-d-d'accord.

Alors qu'il semble en pleine réflexion, ses yeux plongés dans les miens, je penche la tête sur le côté et l'étudie. Je le crois. Il semble réellement fatigué. Des cernes foncés, une barbe de quelques jours et les cheveux à peine disciplinés. Ça change son visage, qui du coup me fait penser à quelqu'un, sans doute un acteur connu. Un genre un peu mauvais garçon, mais très craquant.

– Vu ta réaction quand je suis arrivé, j'ai peur maintenant que tu sois retournée sur le site pour trouver un autre partenaire. Est-ce que tu as eu d'autres rendez-vous ? demande-t-il, les yeux suppliants.

Je pouffe en levant les yeux au ciel. Il se fout de moi, n'est-ce pas ? *N'est-ce pas ?* A priori, non. À la mine qu'il affiche, je crains même qu'il ne soit extrêmement sérieux. Moi qui ai déjà eu un mal fou à me lancer sur cette application ne serait-ce que pour lui répondre… Je retiens un rire devant son air de chien battu et tente de retrouver un visage grave.

– P-p-pou… pour-q-q-quoi p-p… pas ? répliqué-je en feintant l'air le plus sérieux possible.

– Tu as raison, accepte-t-il en reculant.

Mince ! Je ne m'attendais pas à cette réaction. Avec mes bêtises, je vais le faire fuir.

– Tu as parfaitement le droit de voir d'autres hommes, mais laisse-moi une chance. Laisse-nous une chance.

Je souffle de soulagement et savoure sa persévérance. Il me donne l'impression d'être importante, de compter à ses yeux. Je soupire intérieurement, fidèle à la midinette qui sommeille en moi. Alors que je m'apprête à acquiescer, il ne me laisse pas le temps de lui répondre.

– Je dois t'avouer quelque chose, reprend-il, face à mon silence.

– Q-q-quoi ?

– Tu m'attires, Lisa, confesse-t-il. Depuis que j'ai vu ta photo sur Pick Me, tu hantes mes pensées. Je ne me l'explique pas, c'est comme ça.

La boule qui s'était logée dans mon ventre depuis quelques jours se dégonfle pour se transformer en une envolée de fourmillements. J'ai l'impression de nager à contre-courant, de tourner dans un film à l'eau de rose. Je suis à la fois complètement larguée et flattée. Ses yeux m'interrogent. La balle est dans mon camp. Je sais que si je dis « non », ce sera définitivement terminé.

Une relation pas vraiment entamée peut-elle s'éteindre ? Pouf ! Comme ça ?

Avant de me décider, je dois éclaircir un point.

– U-une q-q-q… question.

– Tout ce que tu voudras.

– T-tr… Tray ?

Il lâche subitement ma main et fronce les sourcils, le visage soudain fermé. *J'ai mis le doigt sur quelque chose ?* Alors qu'il blanchit à vue d'œil, je précise :

– Au b-b-b… bar, le s-s-serveur t-t-t'a a-appelé c-c-c… comme ça.

Il tente un sourire qui n'atteint pas ses yeux et se frotte la nuque, gêné.

– Ah ! Oui, c'est mon nom pour mon boulot dans la musique. La première lettre de mon prénom et la fin de mon nom de famille, ricane-t-il. Pas très original en fin de compte.

– Oh ! Un-un n-nom d-d-de… de scène ?

Les traits de son visage se détendent alors qu'il reprend son attitude enjôleuse.

– Appelle-moi Thibault, je préfère, d'accord ? Bon, qu'est-ce que tu dirais de partager un repas ensemble ce soir ? Ou demain ? Juste un dîner. Tous les deux.

Ça a l'air d'être un sujet sensible, mais je peux comprendre qu'il veuille faire la part entre son travail et sa vie privée. Et s'il veut que je l'appelle Thibault, alors Thibault ce sera. Il pourrait bien s'appeler Hector ou Tartempion que je serais toujours sous le charme de ses yeux verts et de sa voix grave.

Sans hésiter, je hoche la tête pour accepter son invitation et il me sourit en retour.

– Ce s-s-soir. C'est p-p-pa… parfait.

– Génial, j'ai hâte. On dit dix-neuf heures chez moi ?

– Oh, ch-chez t-t-t… toi ? demandé-je, confuse.

– Oui… Ça te pose un problème ? Parce que si tu préfères, on va au resto. Mais je trouvais qu'à l'appart' ce serait plus… détendu, hésite-t-il. Et puis, tu n'habites pas loin. Si tu veux rentrer, tu n'es qu'à deux rues.

C'est le roi de l'argumentaire. Il en devient attendrissant dans son insistance.

– OK, ris-je.

Le bruit des portes du laboratoire interrompt notre conversation.

– Alors, Don Juan, toujours en vie ? ricane Angélique dans mon dos.

– On dirait bien, rétorque Thibault, amusé.

– Ouais, ben j'espère que Lisa aura les idées plus claires maintenant, précise Méline. Un vrai danger public depuis quelques jours !

En réponse au regard interrogateur de Thibault, je secoue la tête en grimaçant, légèrement gênée. Ses lèvres s'incurvent dans un sourire tendre.

– Tu sais où j'habite. La porte d'entrée est à gauche de la devanture du One Night. Sonne et je t'ouvrirai. Je vais te laisser mon numéro de téléphone au cas où, dit-il en sortant son portable de la poche intérieure de sa veste.

N'ayant pas le mien sur moi, je file en trottinant jusqu'au bureau d'Angélique et lui vole un Post-it rose en forme de papillon et un stylo à paillettes avec une petite licorne qui pendouille au bout. Tandis que je présente mes trouvailles à Thibault, il range son téléphone. Alors qu'il prend appuie sur le bureau, j'observe les mouvements de sa grande main.

– J'ai également écrit mon adresse avant que tes amies ne te le demandent, me murmure-t-il en me rendant le tout.

Alors que je récupère le Post-it pour le conserver précieusement, Thibault se penche tout près de mon visage et pose un baiser sur ma joue.

– À ce soir, petite pêche, chuchote-t-il.

Au moment où il se relève, je chancelle tandis qu'une vague de chaleur remonte le long de ma colonne sous son regard gourmand. Le feu se propage jusqu'à mes joues comme une adolescente enamourée.

Décidément, ma pauvre fille, pathétique...

– Bonne journée, mesdames ! salue-t-il avant de sortir de la boutique.

– Bonne journée ! lancent mes deux espionnes.

Quand la porte vitrée se referme avec son tintement habituel, j'avance et observe, à travers la vitrine, son dos disparaître dans la rue. Même sur ce trottoir quelconque de ma belle ville de Lille où traînent quelques passants, son charisme resplendit, jusque dans sa démarche assurée.

Un soupir exagérément dramatique s'élève à ma droite.

– Mazette, t'as tiré le gros lot, ma belette ! Il est vraiment à croquer ce mec. Mmh…

– Il ne vous rappelle pas quelqu'un ? demande Angélique à ma gauche en fronçant les sourcils.

– Il ressemble à un acteur, non ? s'extasie Méline.

– Ou-oui, acquiescé-je.

– Ouais, ça doit être un truc comme ça. En tout cas, il semble accro à notre petite Lisa.

Je souris et agrippe plus fort le petit morceau de papier. Comme si c'était un morceau de lui.

– Bon, c'est pas tout, ça, mais les îles flottantes ne vont pas se faire toutes seules, clame Méline en tapant dans ses mains.

Nous réintégrons la cuisine où, après avoir glissé le Post-it dans mon sac à main, je reprends le nettoyage de ma casserole, le cœur léger et les idées plus claires. Méline allume la radio sur Oüi FM et c'est accompagnées d'une ambiance plutôt rock que nous terminons les trois petites commandes que les clients doivent venir chercher directement ici.

Au moment de quitter Pic'Assiette, Angélique me demande l'adresse de Thibault. Je lui montre le petit papillon rose qu'elle photographie avec son portable.

– Garantie, énonce-t-elle en secouant son téléphone devant mon nez. Je le fais toujours avec Méline quand elle repart avec des mecs louches.

– T-t-thi… Thibault n'est p-p-pa… pas lou-louche ! m'insurgé-je.

– Peut-être pas, mais presque trop beau pour être honnête.

Une exclamation surprise s'échappe de mes lèvres. Je ne suis pas étonnée, mais un peu vexée qu'elle puisse penser, elle aussi, que je ne suis pas à la hauteur. Dois-je lui avouer que je me suis moi-même fait cette réflexion plusieurs fois ? Je suis tellement transparente que je n'arrive pas à endiguer l'humidité qui perle au bord de mes cils.

Thibault est tellement… trop. Trop sexy. Trop attirant. Trop captivant. Trop rentre-dedans. Il joue avec mes émotions et met mon hypersensibilité à rude épreuve. Jamais je n'ai été aussi secouée. Il me pousse dans mes retranchements sans que je sache où tout ça va me mener. Et ne pas savoir m'effraie plus que tout. Je suis partagée entre annuler ce rendez-vous et… annuler ce rendez-vous.

Dépitée mais résolue, je secoue la tête et essuie du revers de ma main tremblante la larme qui s'est échappée malgré moi.

– Non, non, attends, Lisa ! s'exclame-t-elle en avisant mes yeux tristes. Pas dans ce sens-là. Tu es beaucoup trop bien pour n'importe quel mec, mais je trouve curieux qu'un homme comme lui ait besoin de s'inscrire sur un site de rencontre. Tu sais que j'ai tendance à être méfiante.

J'assimile ses paroles. Peut-être n'a-t-elle pas complètement tort. Même si sa réflexion ressemble à un compliment, ses doutes font écho aux miens, avant que je me souvienne de nos messages nocturnes. Ces petits bouts de lui, de sa vie, qu'il a partagés avec moi, une inconnue. Son attention pendant le cours de cuisine. Son désir de mieux me connaître après cette soirée au bar. Et enfin, ce baiser troublant…

Finalement, je me reprends, et juste avant de sortir, lui lance d'un ton décidé :

– J-j-je lui d-d-d… demand-derai ce s-soir.

CHAPITRE 20

@pp@rtement Témoin

LISA

Assise dans mon canapé et emmitouflée dans mon peignoir en éponge, j'envoie un SMS à Thibault :

Coucou.
Dois-je apporter quelque chose
pour ce soir ?

Sans attendre sa réponse, je file devant ma penderie pour choisir une tenue. J'enfile une robe fleurie à manches courtes et un gilet léger par-dessus avant de sortir une paire d'escarpins rouges. Pour seuls bijoux, j'ajoute deux petits anneaux en or aux oreilles.

Mon portable tinte.

Juste ton sourire. 😉

Quand je sors de chez moi, le carillon du beffroi de la Nouvelle Bourse chante *Le P'tit Quinquin*[2],

2. Hymne officieux et populaire de la ville de Lille.

signe que je ne suis pas en avance. Je marche donc d'un bon pas jusqu'au One Night. Sur le trottoir, devant la porte grise, je suis perplexe. Comment fait le facteur pour distribuer le courrier ici ? Il n'y a pas de boîtes aux lettres, mais seulement trois sonnettes et des initiales. J'élimine celle du bas automatiquement qui indique « SV & LM » et espère juste que la deuxième étiquette, « M & Mme M. », ne soit pas un mauvais présage. Néanmoins, « TM » ne peut vouloir signifier que Thibault M-quelque chose, non ? Je n'ai même pas son patronyme.

La sensation de me jeter dans la gueule du loup m'obsède. Et s'il ne s'agissait que d'une farce ? D'une vaste plaisanterie ? *D'un psychopathe ?* Angélique a vraiment fini par semer le trouble dans mon esprit déjà bancal niveau confiance en moi. On lit tellement de faits-divers terrifiants.

Et puis, merde !

Si je n'y vais pas, je ne saurai jamais.

Un peu de courage, Lisa, bon sang !

Après avoir vérifié la présence de la bombe au poivre dans mon sac, j'inspire un grand coup et appuie sur le bouton du haut au moment même où la porte s'ouvre sur une femme très brune accompagnée d'une jeune fille à la ressemblance frappante. Elles se figent toutes les deux sur le seuil avant de me scruter sans aucune gêne. Tandis que l'adolescente esquisse un sourire lumineux, sa probable mère fronce les sourcils.

Seule la couleur de leurs yeux diffère, vert clair et vert émeraude. Fascinant.

– Qui êtes-vous ?

– Li… sa.

– Oui, entre ! Dernier étage ! s'écrie la voix de Thibault par l'interphone, nous faisant légèrement sursauter toutes les trois.

La jeune fille prend alors la main de sa mère dans la sienne, ce qui détourne son attention de ma petite personne et m'évite une réponse à une probable deuxième question.

– Tu viens, maman ? J'ai faim. Je te rappelle que je n'ai pas beaucoup mangé depuis quelques jours, continue-t-elle tout en la tirant derrière elle.

Elles finissent par s'avancer et ainsi me libérer l'entrée que je franchis, tout en leur adressant un signe de tête pour les remercier. J'entends un « Bonne soirée, Lisa et papa ! » assorti d'un joli petit rire, avant que la porte ne se referme dans mon dos dans un claquement sourd et me condamne à aller jusqu'au bout. *Sa fille*…

Je me retrouve dans un vestibule, face à un escalier en bois qui a l'air ancien et très bien entretenu. La forte odeur de cire d'abeille embaume. Je souffle, mais je sens mon cœur battre à cent à l'heure dans ma poitrine. Je viens de rencontrer la fameuse Léa, la fille de Thibault, ainsi que sa mère, donc, par déduction, l'ex de l'homme qui m'attend en haut. Est-ce qu'elles sortaient de chez lui, alors ? Un peu contrariée et ébranlée, j'entame la montée, hésitant à l'interroger pour dissiper mes doutes. Est-ce que je peux me permettre d'être aussi curieuse dès notre deuxième rendez-vous ?

Au dernier étage, j'arrive devant une porte noire. Après avoir constaté qu'elle est entrebâillée, je frappe trois coups secs sur le battant, n'osant m'imposer sans y être invitée.

– Entre !

Avec prudence, je pousse la porte, la referme derrière moi et me retrouve dans un grand espace ouvert, très haut de plafond, aux poutres apparentes, et très lumineux. Après le caractère ancien et sombre de la cage d'escalier, le contraste est saisissant.

Je retire mes escarpins pour ne pas abîmer le parquet en bois clair qui luit et les garde à la main. Le parfum de Thibault est partout dans l'air. J'inspire à fond ces notes de santal qui accentuent mon appréhension de le voir. J'avance prudemment vers le bruit et découvre à gauche un épais comptoir gris anthracite qui me sépare de l'espace de la cuisine. Thibault est de dos, manifestement en train de remuer quelque chose dans une casserole.

– Bienvenue chez moi, Lisa ! m'accueille-t-il en tournant la tête vers moi.

– Sa-salut.

– Installe-toi dans le salon, j'arrive.

Obéissant au maître des lieux, je fais demi-tour et rejoins le canapé noir sur lequel gisent des plaids et de grands coussins gris au parfum de la lavande.

Je m'assieds, toujours encombrée de mes chaussures et de mon sac à main que je finis par poser à mes pieds, sur le tapis clair, épais et moelleux. Je recroqueville les orteils pour en apprécier la douceur et gémis de bonheur.

Sur la table basse, un MacBook et son portable sont posés entre des bougies déjà bien entamées.

Il y a aussi des crayons, plusieurs médiators et, à la clé de sol dessinée sur la couverture, je reconnais des partitions. L'un des cahiers est ouvert et griffonné de notes et de mots en anglais, certains raturés. Une guitare sèche repose contre le canapé, son étui sur l'accoudoir.

De toute évidence, il a composé cet après-midi.

Le volume du salon est atypique pour un immeuble du Vieux-Lille où on a plutôt l'habitude d'avoir de petites pièces. La décoration très épurée fait penser à un hôtel cinq étoiles plus qu'à un chez-soi douillet. On dirait qu'il n'est que de passage. C'est troublant et en totale opposition avec la déco surchargée du bar du rez-de-chaussée. Les murs crème, le parquet, le canapé, tout est uni.

La folie du One Night n'a apparemment pas atteint le troisième étage.

Une unique photo encadrée de sa fille, que je reconnais, trône sur un piano étincelant. Sur celle-ci, elle rit aux éclats. Léa est magnifique. On devine déjà dans ses traits la sublime jeune femme qu'elle deviendra.

Perdue dans mes pensées, je n'entends pas Thibault revenir au salon.

Je frémis lorsqu'il s'assied à côté de moi. Il est pieds nus, tout comme moi.

– C'est bien, tu t'es mise à l'aise. Donne-moi tes affaires, je vais les mettre dans l'entrée, dit-il en tendant les mains.

Faisant fi de ma défiance, je lui confie mon sac et mes escarpins. Si je veux m'enfuir, il me faudra donc les attraper au passage… Je ne suis toujours pas à l'abri d'être tombée sur un psychopathe ! J'admire la silhouette de l'homme qui se dirige d'un pas nonchalant vers l'entrée et soupire. Impossible qu'il en soit un ! Et puis Angélique a ses coordonnées… Rassurée, je me détends et continue de contempler le dos de Thibault moulé dans un t-shirt blanc tout simple et usé qui laisse entrevoir ses tatouages sombres.

Angélique a raison, il est trop mignon pour moi ce mec ! Quand il revient, j'ai le loisir de l'étudier entièrement et conviens qu'il n'a rien à envier aux mannequins des publicités pour les parfums masculins. Il s'est rasé récemment et je suis presque tentée de toucher sa joue pour en apprécier la douceur.

– Tu me mates, me prend-il en flagrant délit.

Son rire velouté vole jusqu'à moi et échauffe mes sens. Ce n'est pas un rire moqueur, c'est un rire chaud et franc. Je rougis sous son regard ardent et hoche la tête en mordillant ma lèvre de nervosité.

– Je suis flatté, Lisa, dit-il en s'asseyant.

Il est si proche que je distingue une petite cicatrice au niveau de sa lèvre, le rendant moins lisse et pourtant pas moins beau.

– D-d-dé… désolée.

– Ne le sois pas. Moi aussi, je te regarde et je te trouve très jolie.

CHAPITRE 21
Tête À Tête

TRAY

Je souris largement et me penche vers elle. Lisa n'a aucun mouvement de recul. Elle ne m'arrête pas, ne proteste pas. Alors je l'embrasse sur la joue en inspirant son parfum printanier et en lui susurrant un « bonsoir ».

J'apprécie sa beauté dans cette robe à fleurs, ses cheveux blonds lâchés sur les épaules, les lèvres brillantes et les ongles de ses orteils peints en rouge. Les derniers rayons de soleil qui passent entre les toits des immeubles éclairent son visage et enveloppent sa silhouette d'une aura fascinante.

– Que veux-tu boire ? lui demandé-je en me détachant, légèrement envoûté.

Les pommettes rosies, elle hausse les épaules sans répondre.

– J'ai de la bière, du whisky, du vin blanc, des sodas, du jus de fruits… commencé-je.

Elle m'interrompt en me tapotant le genou.

– D-du v-v-vin.

– Je reviens.

Deux minutes plus tard, je réapparais avec un plateau sur lequel trônent la bouteille de vin blanc et des coupelles colorées pleines de bricoles pour l'apéritif. Avant de m'asseoir, j'ouvre le buffet et en sors une bouteille de whisky et des verres que je pose sur la table basse. J'allume la lampe halogène et règle l'intensité au plus bas pour une ambiance douce, plus intime. Ce soir, j'ai l'âme d'un tacticien à l'aube d'une bataille décisive et je mets toutes les chances de mon côté.

Nos cuisses se frôlent. Je la sens troublée par ma proximité. Elle n'est pas indifférente et je mentirais si je disais que ça ne me réjouit pas.

– J-j'ai v-v-vu t-t… ta f-fille, me dit-elle en montrant le cadre photo.

– Oh, Léa, quand ? En montant ?

Elle hoche la tête et se saisit du verre de vin que je lui tends.

– El-elle ét-t-tait a-a-avec une f-f-f… femme.

– Sophie, sa mère, acquiescé-je. Elles habitent au premier étage.

– Ah.

– Et au deuxième, ce sont mes parents, dis-je en me versant un doigt de Jack.

– I-il n-n-n'y a p-p-pas d-d-de b-b-boî… boîte aux lettres, constate-t-elle après avoir pris une inspiration.

– Non. Nous avons des boîtes postales. C'est plus pratique, éludé-je.

J'ai l'impression de subir un interrogatoire subtil. Je lui tais que cela nous permet surtout l'anonymat.

– Ça sent-t-t… tait b-b-bon d-d-de-devant la p-p-porte rou-rouge.

– Ah oui, chez ma mère, il y a toujours quelque chose qui mijote sur le feu ou qui cuit dans le four. D'ailleurs, pour le repas de ce soir, je n'ai aucun mérite. La bolognaise vient de ses casseroles. Je suis une bille en cuisine.

Elle s'esclaffe pendant que nous trinquons et prend une inspiration.

– M-m-moi, j-ja-j'ad-d-d… dore cuisiner.

– Tu t'entendrais bien avec ma fille. Elle déplore que ni Sophie ni moi ne sachions préparer quoi que ce soit de mangeable.

À la mention du prénom de la mère de Léa, son visage se ferme.

– T-t-tu tu… commence-t-elle.

Elle secoue la tête.

– R-r-rien.

– Si. Ce n'est pas rien. C'est Sophie, c'est ça ? demandé-je, pressentant son interrogation.

Elle hoche la tête timidement.

– Alors, oui, ça peut paraître curieux d'habiter tout près de la mère de ma fille, mais il n'y a plus rien depuis très *très* longtemps entre elle et moi. C'était terminé avant la naissance de Léa. Et puis je ne vis pas vraiment là, et savoir qu'elles ont toutes les deux un chouette toit au-dessus de leur tête et qu'elles sont à proximité de mes parents en cas de problème, c'est rassurant.

– T-t-tu ha-ha-bites où ? demande-t-elle en fronçant des sourcils.

– Aux États-Unis, à Los Angeles, avoué-je.

– Oh, loin, j-j-je cr-croyais qu-que t-t-t… ton p-pro-profil c'était u-une b-blague ou un-un p-pro-projet, s'étonne-t-elle.

– En réalité, je travaille essentiellement là-bas. Je reviens rarement en France. J'ai un peu moins de boulot en ce moment, mais c'est exceptionnel, raison pour laquelle je suis ici depuis quelques semaines.

– OK, dit-elle avant de boire une gorgée le regard fuyant.

– Et puis, je suis heureux de revoir ma fille. Et de t'avoir enfin rencontrée, ajouté-je en lui prenant la main.

Un timide sourire ourle ses lèvres tentatrices. Elle repose son verre, dégage sa main et pique une olive.

Son contact me manque déjà. Elle m'observe du coin de l'œil.

– P-p-p… pour-quoi t-t-tu t'es in-inscrit sur P-P… Pick Me ? s'enquiert-elle, avant de croquer dans le fruit.

– Parce que je cherche quelque chose de permanent, appuyé-je en la fixant du regard. Une histoire d'amour sérieuse, sans superficialité.

La rougeur de ses joues descend lentement le long de son cou pendant qu'elle déglutit. Je suis curieux de savoir jusqu'où ça s'étend. Mon imagination prend un tour érotique en un millième de seconde.

– I-ici ? En F-f… France ? interrompt-elle mes fantasmes.

– Oui. Pourquoi pas ?

À son air dubitatif, elle ne semble pas convaincue de mon explication. Comprenant son hésitation, je pose les coudes sur les cuisses et tente d'argumenter.

– Dans mes relations précédentes, je n'ai pas été un ange, loin de là, même. Mais, je ne sais pas… Je suis à un tournant de ma vie, je pense, et j'ai envie de beaucoup plus que ce que j'ai pu vivre jusqu'ici. Ne dit-on pas que l'amour n'a pas de frontière ? Et puis les Françaises sont les plus jolies !

Elle soulève la commissure de ses lèvres. La laissant digérer mes paroles, j'attrape mon ordinateur et lance une de mes applications préférées.

– Choisis la musique, je dois remuer la sauce et mettre les tagliatelles dans l'eau.

Tandis que je suis penché au-dessus de mes casseroles, je reconnais instantanément les premières notes qui se diffusent dans mon salon.

Exhalation of Darkness.

Ce titre a plus de douze ans et, aussi incroyable que cela puisse paraître, c'est grâce à l'album dont il est issu que la carrière internationale des Slave Of One Night a été lancée. Cet album fabriqué avec trois bouts de ficelle dans un studio pourri de La Courneuve nous a propulsés sur le devant de la scène avant qu'une pluie de contrats ne s'abatte sur nous. Quand nous avons signé avec le label américain Metal Fusion, jamais nous n'aurions pensé en arriver là aujourd'hui. Nous, les petits Nordistes, avec nos guitares rafistolées et une batterie d'occasion, avons fait exploser les compteurs. Puis ce fut le début d'une aventure incroyable.

Un sourire naît sur mes lèvres, Lisa m'a déjà dit qu'elle écoutait des chansons du groupe. Je suis heureux que ni ses copines ni elle ne m'aient reconnu. Il sera toujours temps de révéler mon autre identité quand elle sera prête. Pour l'instant, je considère que je ne lui mens pas, au contraire, puisqu'elle connaît mon véritable nom.

J'espère juste qu'elle ne fera pas de recherches sur Internet. On peut encore trouver notre état civil complet dans quelques vieilles interviews qui datent de nos débuts. Tout cela remonte à avant notre départ pour les États-Unis et avant d'avoir un tel succès. Depuis, tout le monde a oublié. Pour le monde entier, je suis Tray, chanteur et guitariste des SOON.

Malheureusement, Internet n'oublie rien… On y trouve sûrement des photos de moi avec mes multiples conquêtes d'une nuit ou de quelques heures, les frasques de Soul dans les boîtes de nuit de Los Angeles ou pendant les festivals, les courses clandestines de moto de Colas, et même, avec un peu de persévérance, des sextapes de Noah…

Un joyeux bordel, quoi !

Les gars et moi tentons souvent de passer à travers les radars, mais ce n'est pas toujours facile et ces rapaces de paparazzi sont bien aidés par les réseaux sociaux. Heureusement, notre agent et l'attaché de presse que nous payons grassement s'occupent de tout ça.

J'enclenche le minuteur et retourne au salon.

– Alors, dis-moi, demandé-je en m'asseyant à côté de Lisa. Qu'est-ce que tu as fait cette semaine pendant que j'étais au chevet de ma fille ?

Elle repose son verre sur la table et m'adresse un sourire en me montrant fièrement ses mains. Un de ses pouces est orné d'un pansement presque invisible tandis que sur le dos de l'autre main une plaque rouge et boursouflée se dessine.

– Je-je m-m-me suis b-b-b… brûlée, cou-cou… p-p-pée. Un p-p-peu p-p-p-plus et M-Mé… Méline m-m-m… m'em-m-m-menait aux urgences !

– La cuisine est un métier très dangereux ! Finalement, je suis bien content de rester éloigné des fourneaux ! plaisanté-je, une main sur le cœur, en feignant d'être effrayé.

Pour mon plus grand plaisir, son éclat de rire surplombe la musique qui sort des enceintes.

– J-j-j'aime t-t-trop ça p-p-pou… pour a-a-avoir p-p-peur des b-b-b… blessures.

Enfin un peu plus détendue, Lisa me raconte sa passion pour la pâtisserie et les facéties de ses amies. Quand elle semble avoir épuisé le sujet, elle boit une gorgée de son vin avant de désigner le salon avec son verre.

– Il est v-v-vraiment b-b-b… beau cet a-a-appartement.

– Merci. L'immeuble est très ancien. Il a abrité un atelier de couture au XIXe siècle. Les ouvrières fabriquaient de la dentelle aux fuseaux. Elle était très fine, faite de petits points et n'était pas de très grande qualité, c'est pourquoi elle n'était pas très chère. Par contre, elle permettait de faire vivre plusieurs familles du quartier.

Suspendue à mes lèvres, Lisa m'écoute réciter le laïus que m'avait servi l'agent immobilier. Moi qui n'ai jamais su retenir une seule leçon à l'école, je suis particulièrement fier de ma prouesse.

Je m'arrache à la contemplation de son visage et bois une gorgée de whisky. Son regard tombe alors sur mes partitions.

– J-j-j'aime b-b-b… beaucoup la m-m-mu-musique.

– Tu en écoutes aussi souvent que tu me l'as dit ?

– T-t-tout le temps !

– Alors, on est faits pour être ensemble !

Ses joues rosissent avant qu'elle ne plonge la main dans le bol de cacahuètes pour cacher son trouble.

– J'écoute beaucoup de musique, je compose, j'en joue. Bref, la musique fait partie de ma vie comme la pâtisserie de la tienne.

Elle acquiesce.

– Tu n'écoutes que du rock ?

– Non, d-d-de tout. J-j-j'aime aussi la n-n-nou… nouveauté. J-j-j'aime la p-p-pop, le j-ja-jazz, le b-b-blues, précise-t-elle en haussant les épaules. Et t-t-toi ?

– Pareil, du classique au rap, mais j'avoue avoir un faible pour le rock, le métal et le hard rock. J'aime créer dans ce genre-là particulièrement.

Ses yeux pétillent d'intérêt et je me rends compte subitement que je joue avec le feu. Alors qu'elle ouvre la bouche, la sonnerie du minuteur retentit.

Sauvé par le gong !

– Je vais chercher notre repas. J'arrive, la coupé-je dans son élan.

Je trottine presque jusqu'à la cuisine et reviens les mains chargées. Je l'invite à s'asseoir sur le tapis pour manger. Alors qu'elle s'installe en tailleur, sa robe remonte. D'un geste rapide, elle la replace sur ses genoux, mais j'ai eu le temps de voir sa peau laiteuse à la naissance de ses cuisses. Souffrant d'un petit coup de chaud, je remonte les manches longues de mon t-shirt jusqu'à mes coudes. Je lui dévoile ainsi mes tatouages, ce qui attire son attention et lui arrache un sourire.

– Tu-tu en as b-b-beaucoup ? me demande-t-elle, l'œil malicieux en désignant mon bras de sa fourchette pleine de pâtes.

– Oui, mais il faudrait que nous soyons beaucoup plus intimes pour que tu puisses tous les voir, la taquiné-je.

Lisa secoue la tête en gloussant mais ne rougit pas. Elle est beaucoup plus à l'aise avec moi et j'ai complètement occulté son bégaiement. J'ai la sensation d'avoir fait un pas de géant avec elle. Au fur et à mesure de notre conversation, je la sens moins réservée. Me ferait-elle un peu confiance ? Sent-elle comme moi un lien qui se tisse entre nous ?

Malheureusement, lorsque je me hasarde à l'interroger sur sa famille, sa fragile décontraction s'évapore et la tristesse apparaît sur son visage.

– M-m-ma mè-mère est m-m-morte.

– Oh, je suis désolé.

Mortifié, je ne sais pas comment poursuivre.

– T-t-tu ne p-pou-pouvais p-pas sav-voir, m'excuse-t-elle avec un sourire qui n'atteint pas ses yeux.

– Tu veux en parler ?

Elle dodeline de la tête, bouleversée, ce qui m'incite à passer mon bras autour de ses épaules. Je dépose un baiser sur sa joue en espérant de tout mon cœur ne pas avoir plombé la soirée. Pas franchement réputé pour être quelqu'un de sensible, je le deviens à son contact, réceptif à ses humeurs comme à ses états d'âme. Troublant.

Pendant le repas, elle m'explique pourtant que sa mère a succombé à un cancer quand elle était petite fille, puis que son père s'est remarié. Elle déchire nerveusement la serviette en papier dont elle jette les petits morceaux dans son assiette vide.

– Je-je ne m-m-m-m'entends p-p-pa… pas b-b-bien a-avec lui, grimace-t-elle sans cesser de fixer la pauvre serviette martyrisée.

Sentant le sujet sensible, je ne sais pas trop jusqu'où je peux aller sans m'immiscer dans sa vie privée.

– Tu as des frères et sœurs ?

– J-j-j'ai d-d-deux p-p-p… petits f-f-f… frères qu-que j-j-ja… j'adore. Ro-Romuald et Sa… Sacha. D-d-des… des amours.

L'éclat de tendresse dans ses yeux me dit tout ce dont j'ai besoin de savoir quant à ses rapports avec eux. Elle les aime énormément.

C'est rassurant de la savoir bien entourée, surtout si on ajoute ses deux amies dont elle semble très proche. Trouvant le courage d'aborder le sujet, je lui pose la question qui me turlupine.

– Et ton bégaiement ? C'est depuis toujours ?

CHAPITRE 22
Douces Profiteroles

TRAY

Elle secoue la tête et prend une grande inspiration. Après avoir hésité quelques secondes, elle se lance sans me lâcher du regard.

– C'est-c'est un b-bé-bégaie-ment to-to… tonico-co-clonique dû à-à un t-t-trau-matisme é-é-émotionnel. De-de… depuis ma-ma-maman.

Elle grimace, puis souffle avant de boire une gorgée de vin. Je comprends que ça lui a coûté de me dévoiler cette facette d'elle. En même temps, je me sens honoré qu'elle me donne la vérité toute crue sans l'enrober, ni se trouver d'excuse. Je suppose qu'on ne doit pas souvent lui poser la question.

– Merci de me l'avoir dit.

– Je-je vis a-a-avec. Ça-ça f-f-f… fait p-p-pa… partie d-d-d-de moi, m'explique-t-elle avec un haussement d'épaules.

– Ça fait de toi quelqu'un d'unique et de spécial à mes yeux.

Le sourire qu'elle m'adresse est si éblouissant que je rassemble toute ma retenue pour ne pas me jeter sur ses lèvres. Décidant de ne pas la submerger d'émotions, je préfère poursuivre sur un ton plus léger :

– Moi, je suis fils unique. Une maman surprotectrice et un père sévère, mais juste. J'étais mauvais élève, toujours dans les mauvais coups et je traînais beaucoup avec mes amis. J'ai eu une enfance et une adolescence toujours plus heureuses. Mes quelques excès ont ensuite terni ce joli parcours, mais c'est surtout mon attitude avec Sophie que je regrette.

– Oh…

– Je n'en suis pas fier. Depuis, j'essaie de me rattraper, argumenté-je sans rentrer dans les détails.

– C'est b-b-bien, ça.

Déstabilisé par son ton neutre et ses yeux fuyants, je me lève et rapporte deux assiettes de profiteroles.

– Su-surgelées ? me demande-t-elle avec un rictus.

– Je plaide coupable, soupiré-je une main sur le cœur.

– Je t-t-t'ap-p-p… prendrai un-un jour.

La cuillère plantée dans un chou, elle se tourne vers moi.

– C'est-c'est qu… quoi, les excès ?

Je soupire en comprenant qu'il va falloir que je sois franc. Elle a le droit d'en apprendre plus sur mon passé peu reluisant. Je soutiens son regard perçant et croise mentalement les doigts pour que ma réponse ne la fasse pas fuir en courant.

– Drogue, alcool. Tout ce que tu peux imaginer.

– S-sexe ?

Empourprée, elle replonge dans son assiette.

– Oui, aussi, ricané-je.

– Dé-dé-dé… solée, dit-elle, confuse.

– Ne t'excuse pas. Je ne suis pas particulièrement fier de cette partie de ma vie, mais c'est du passé.

– Et So-so… Sophie ?

– Je l'ai rejetée alors qu'elle était amoureuse de moi. Un béguin d'adolescente. Elle est à la fois une ex-petite amie, la sœur de mon meilleur pote et désormais une amie. Du moins, j'espère qu'elle me considère comme un ami. Mais c'est aussi la mère de ce que j'ai de plus précieux dans ce monde, terminé-je avec une pointe d'émotion.

– Léa.

J'acquiesce et reçois son sourire sincère comme un bon signe.

– J'adore ma fille, c'est mon rayon de soleil.

– M-m-mais c'est p-p-pa… pas t-trop d-d-du-dur a-avec la di-di-di… distance ? s'enquiert-elle avant de terminer son assiette.

– Si. Terriblement. Mais on fait comme tous les parents séparés, on s'adapte. Enfin, surtout moi, avec les con… le boulot, me rattrapé-je in extremis.

Compréhensive, elle hoche la tête. Je débarrasse la table et en profite pour me remettre les idées en place avant de dire une connerie. En revenant au salon, je nous rapporte deux mugs de café.

– Un-un sou-souvenir d-d-de-de v-v-va… vacances ? me demande-t-elle en désignant l'effigie du *Rebel Rock Festival*[3] d'Orlando imprimée sur la tasse.

– Oh oui ! C'était un concert génial ! On s'est éclatés avec les mecs, mais on a dû maquiller l'œil au beurre noir de Noah après, ricané-je.

Ce festival est un souvenir mitigé, entre plaisir de se produire devant des milliers de fans et bagarres entre membres des groupes. Noah n'avait pas supporté de se faire traiter de « mignonne petite rockeuse ».

– P-p-pou… pourquoi ?

Merde.

– Pourquoi ? répété-je en gagnant du temps.

Réfléchis, réfléchis.

– Ben, parce qu'un mec l'avait bousculé un peu fort et que son coude a atterri dans son œil.

– Oh, grimace-t-elle en imaginant sa douleur.

Soulagé, je l'observe verser du lait et sucrer son café avant de le boire. Malgré la lumière tamisée, elle resplendit. Alors que j'imagine sa peau contre la mienne, un frisson remonte le long de mon échine jusqu'aux cheveux courts de ma nuque.

Après avoir bu notre café, j'allume des bougies pour une ambiance plus cosy sous le regard curieux

---

3. Célèbre festival de la scène Metalcore et Hard Rock qui se déroule à Orlando (Floride).

de Lisa et saisis ma guitare. Dans le mouvement, ma main frôle sa poitrine et je l'entends hoqueter tandis que je me fige, électrisé par le contact involontaire. Nos yeux s'aimantent avant que mon regard ne soit attiré par le mouvement de sa lèvre inférieure qu'elle attrape avec ses dents. Quand elle la relâche, je retiens un gémissement. J'ai soudain envie de l'embrasser sauvagement, de coller son corps contre le mien.

Je m'éclaircis donc la gorge et place ma guitare sur mes cuisses pour dissimuler le résultat de mon excitation soudaine.

– T-t-tu v-v-vas me j-jou-jouer qu-qu… quelque chose ? me demande-t-elle, une lueur d'émerveillement dans le regard.

– Évidemment. Je suis musicien, tu ne pensais pas y échapper ?

Rauque et enrouée, ma voix est méconnaissable, même à mes propres oreilles.

– J'adore !

Je ne relève pas qu'elle n'a pas bégayé tant son cri du cœur était spontané.

Tandis que je m'assieds en tailleur au fond du canapé, Lisa se tourne vers moi et replie ses jambes sous ses cuisses. Les yeux brillants d'impatience, elle attend. Le cœur battant, j'entame les premiers accords de *Send Me An Angel* de Scorpions et ferme un court instant les yeux en imaginant le tempo de la batterie de Noah et un son plus électrique.

Les premiers mots s'échappent d'entre mes lèvres, accompagnant les notes.

Le visage de Lisa s'illumine. Au bout de quelques secondes, sa main bat la mesure sur son genou. Quand je joue le dernier accord, son sourire assorti d'un « encore » soufflé m'inspire la prochaine reprise.

Je me lance sur *Every Breath You Take* de The Police sur un rythme volontairement lent, puis je poursuis avec l'un de nos titres : *Stronger*.

À la fin de la chanson, je suis à deux doigts de lui avouer que j'en suis l'auteur et l'interprète. Qu'il a fallu la rejouer au moins une vingtaine de fois avant d'enregistrer la version finale. Que lorsque nous la jouons sur scène, les fans s'égosillent pour monter dans les aigus. Que Noah a déjà cassé deux paires de baguettes à cause du rythme endiablé du dernier refrain. Et que lorsque Colas et Soul sifflent avec moi sur l'intro, cette chanson me donne encore la chair de poule, même cinq ans après sa création. Pourtant, un seul regard vers son visage en admiration devant moi et je me dégonfle lâchement. Qu'elle admire le musicien en moi, je m'en réjouis, mais je ne veux pas qu'elle change, qu'elle me regarde autrement qu'avec douceur.

Enfin, j'enchaîne avec *Demons* d'Imagine Dragons. Lorsqu'elle chantonne doucement sur les refrains, je n'ose pas m'interrompre et profite de la magie de l'instant. Sa voix de velours caresse mon âme, aussi sûrement que son regard caresse les tatouages de mes bras.

La chanson à peine terminée, de grands coups frappés contre la porte brisent notre moment de grâce et l'éclat de désir apparu dans ses iris bleutés s'éteint aussitôt.

Je compte bien fracasser ma guitare contre la tête de celui qui vient nous déranger !

– Papaaaa !

Ah oui, mais non. *Sauf sur la tête de ma fille…*

Après un coup d'œil contrit vers une Lisa compréhensive, je me lève en soupirant, abandonne ma guitare sur le canapé et ouvre à ma furie adolescente.

– Tout va bien, Léa ?

Souriant exagérément de toutes ses dents, ma fille se tient sur le seuil vêtue d'un pyjama rose floqué d'un panda.

– Bah oui, pourquoi ça n'irait pas ?

Ses yeux étincelants de malice se déplacent frénétiquement des miens à ma main qui tient encore la poignée.

– Tu ne devrais pas être en train de dormir ?

Léa se tortille devant mes sourcils froncés.

– Euh… Je ne vais pas tarder, hésite-t-elle tout en se penchant pour mieux voir l'intérieur de l'appartement. Je voulais juste te faire un bisou avant d'y aller.

Je note : lui apprendre la discrétion… ou à trouver de meilleures excuses.

– Je reçois, ce soir, Léa.

– Je sais, chantonne-t-elle. Alleeeeez, juste une minute.

– T'es infernale, ma puce. Je te présenterai quelqu'un quand ce sera l'heure, pas avant, dis-je d'un ton plus ferme.

– Rhooo, se renfrogne-t-elle en grimaçant.

Pensant avoir gagné le combat, je suis en train de refermer la porte lorsque Lisa arrive près de moi et s'empare de ses chaussures qu'elle enfile. Le temps de me retourner complètement pour lui dire de rester, elle a déjà ramassé son sac à main qu'elle passe autour de son épaule.

– J-j-je d-d-d… dois… commence-t-elle, son doigt désignant le palier.

– Oh bonsoir ! s'exclame ma fille joyeusement dans l'entrebâillement, sans se douter un seul instant qu'elle vient d'écourter un pur moment de bonheur.

Souriante, Lisa lui fait un petit signe de la main.

– M-m-merci p-pou-pour t-t-t… tout, murmure-t-elle en s'approchant de moi.

– Reste encore, supplié-je tout bas.

– U-une autre f-f-fois, dit-elle en jetant un coup d'œil à Léa.

Je suis surpris lorsqu'elle se met sur la pointe de ses escarpins et dépose un baiser léger sur ma joue. Ne voulant pas passer pour un mec trop lourd, j'ouvre plus grand le battant et la laisse s'échapper, complètement dépité.

Figé, les yeux rivés sur son dos qui disparaît dans la cage d'escalier, je m'aperçois trop tard que mon petit furet vient de pénétrer dans mon appartement. Je ferme la porte, contrarié par son attitude intrusive, malgré tout l'amour que je lui porte.

– Bon, Léa ! tonné-je en me retournant.

Elle sursaute à mon ton autoritaire, sans perdre son sourire.

– Oui, papa ? me répond-elle d'une voix guillerette.

– Ne fais pas semblant de ne pas comprendre, jeune fille.

Elle grimace et baisse les yeux en jouant avec le bord de son haut de pyjama, ce qui déforme son expression de pauvre panda innocent.

– Léa, regarde-moi, insisté-je en m'approchant d'elle.

Elle relève son visage rougissant tandis que je m'arrête devant elle, les poings sur les hanches.

– Mais…

– Y'a pas de « mais ». Je vais être clair. J'estime être plutôt *cool* avec toi…

Léa m'adresse un petit rictus au mot « cool », qu'elle perd dès que je reprends.

– Mais par contre, je veux que tu respectes mon intimité. Quand je te dis quelque chose, j'attends que tu m'obéisses. Si je te dis « non », c'est « non ». Cette soirée était importante pour Lisa et moi. Je ne m'immisce pas dans tes relations avec tes copines, je te demande donc de ne pas le faire avec moi. Ni avec ta mère d'ailleurs. C'est compris ?

Elle acquiesce d'un hochement de tête, la mine boudeuse.

– C'est compris ? insisté-je.

– Oui, papa.

– Bien. Allez ! Au lit, maintenant.

– J'peux quand même te faire un câlin ? marmonne-t-elle en me suppliant du regard.

– Bien sûr.

Je lui ouvre les bras, dans lesquels elle se réfugie immédiatement. Tandis qu'elle m'enserre la taille, je caresse ses cheveux et respire son odeur de savon en fermant les yeux.

– Excuse-moi, papa, chuchote-t-elle. Je t'aime.

– Je t'aime, ma puce.

Je l'embrasse sur le front avant de la raccompagner à la porte.

Un dernier et bref câlin en guise de trêve et elle redescend l'escalier jusqu'au premier étage où l'attend sa chambre d'adolescente « incomprise ».

Installé dans le canapé, j'attrape mon iPhone pour envoyer un SMS à Lisa. Je me sers un verre d'eau et sors mon paquet de clopes. La cire des bougies continue de fondre doucement sous la chaleur des flammes tandis que je pianote sur mon clavier.

CHAPITRE 23
Rendez-vous M@nqué

TRAY

Ma peau brûle encore
du souvenir de tes lèvres.
Merci pour cette soirée.
Excuse-moi pour l'intrusion
de ma fille.
C'était trop court.
Bonne nuit. 😘

Sans surprise, aucune réponse immédiate.

Pour tuer l'ennui, j'ouvre ma boîte mail qui affiche une multitude de messages. Après avoir supprimé tous ceux qui me promettent un meilleur rendement de mon compte bancaire ou des abdominaux d'enfer en seulement quatre jours, je consulte celui de notre agent. Spencer me tient au courant sur la situation aux États-Unis et termine en espérant que le groupe revienne vite. Moi aussi. *Quoique…* Pas trop rapidement, c'est bien aussi. Je me suis trouvé une très jolie occupation.

Alors que j'allais refermer mon ordinateur, le nom de Soul attire mon attention. Ce n'est pas dans ses habitudes d'envoyer des mails, et il n'est pas supposé avoir accès à sa messagerie dans son établissement.

De : louis.vanderhaeghen@metalfusion.soon.com
À : thibault.macray@metalfusion.soon.com
Objet : La grande évasion

« Salut mon pote,
Juste un petit mot pour te dire que j'ai quitté cette putain de prison qui me rendait fou. »

Je ferme les yeux une seconde et grogne d'exaspération. Cette cure est sa dernière chance. Je le sais. Il le sait. Et il est en train de tout foutre en l'air ? Mes doigts se crispent et je retiens mon envie de frapper dans quelque chose.

– Merde ! Mais qu'est-ce que t'as foutu, Soul ?!

« Je te vois d'ici serrer les poings et jurer, mais tout va bien. Je vais aussi bien que possible. M'abrutir de médocs et raconter ma vie face à des gens qui n'en ont rien à foutre, ça ne va pas être possible. Je me connais, Tray, je vais péter un plomb. »

Et on dit que je suis l'impulsif du groupe ?

« J'ai besoin d'air, de respirer, de changer de décor, alors j'ai pris la tangente. N'en veux pas au directeur du centre, j'ai signé une décharge. En contrepartie, je me suis engagé à suivre des séances de psy une fois par semaine. »

Est-ce que ce sera suffisant ?

« N'en parle pas tout de suite à Sophie, je l'appellerai plus tard. Je te promets d'être bientôt opérationnel.
Bonnes vacances,
Soul »

Ma lecture sitôt terminée, je vérifie l'existence du ranch qu'il m'indique sur Internet, puis j'appelle Colas.

– Ouais ?

– Désolé de te déranger à… vingt-trois heures, dis-je après avoir jeté un œil à l'horloge de mon MacBook.

– Pas grave, je ne dormais pas de toute façon, répond-il alors que j'entends des bruits de tissu froissé. Tu as besoin de quelque chose, mec ?

– Non, mais j'ai reçu un mail de Soul.

– Ah bon ?

– Ouais. Ce con est parti s'enterrer dans le trou du cul du monde.

– Ah ? Il a quitté sa cure et il est parti élever des chèvres en Lozère ?

– Pas plus exotique que la Lozère, mais c'est tout comme : l'Idaho.

– Eh bien !

– Comme tu dis.

– Et tu m'appelais pour ?

– Je serais bien allé faire un tour là-bas pour me rendre compte moi-même de son état… d'esprit.

– Bien, je t'accompagne. On en parle à Noah ?

– C'est mon prochain coup de fil.

– OK, appelle-moi quand t'as le programme. Je m'organise de mon côté.

Je raccroche et, ne voulant pas que Spencer soit au courant, enchaîne les appels et les confirmations par mail. Il serait capable de se faire de fausses idées et de croire que nous sommes de retour pour honorer nos engagements plus tôt que prévu.

Je pars me coucher vers une heure du matin, lessivé, et malgré cela, Lisa s'invite dans mon esprit dès que ma tête touche l'oreiller. Cette femme m'intrigue et me désarçonne. Tout en elle est fascinant, attachant et attirant. J'ai tellement envie de vivre quelque chose avec elle, de découvrir ce qui se cache sous son apparente fragilité. La découverte de l'autre est d'ailleurs le moment le plus excitant. Une étape que j'ai allègrement sautée depuis bien longtemps. Je ne sais même plus comment faire. D'habitude si direct, je m'oblige à garder pour moi ce qu'elle m'inspire et tout ce que j'aimerais lui faire.

Je ferme les yeux et laisse mon imagination s'emballer.

Toucher sa peau. L'embrasser. L'étreindre. La caresser. La frôler. Empaumer ses seins. Pétrir ses fesses. Sentir ses muscles se contracter sous le plaisir. Sentir sa peau frissonner sous le désir. L'entendre gémir. Agripper sa masse de cheveux blonds. Plonger dans ses grands yeux azur. Et l'écouter crier mon nom, encore et encore. Et recommencer.

J'empoigne mon sexe qui s'est tendu aux images qui défilent dans mon cerveau.

Son corps fantasmé me semble si réel. Je me caresse durement jusqu'à ce qu'une jouissance à la fois salvatrice et frustrante libère la tension qui m'habite. Je n'ai jamais tenu aussi longtemps sans relation.

Je sais désormais ce que je veux avec certitude. Et ce que je veux, c'est elle. Chez moi, avec moi et dans mon lit. Clair et simple. C'est aussi apprendre à la connaître, et je veux surtout qu'elle m'apprécie. Même si pour ça je vais devoir apprendre la patience…

***

Ce matin est dévolu aux points à régler pour organiser notre voyage de dernière minute.

Avant de faire mes bagages, je trouve un SMS qui m'attend. Envoyé à quatre heures et demie du matin :

Coucou. Désolée, je viens de me lever.
Ne t'inquiète pas pour hier soir.
Ta fille a l'air adorable.
J'ai passé une très bonne soirée. ♡

Merci encore pour le repas
et la musique.
Je serais heureuse de t'inviter
à manger aussi.
Si tu veux, lundi, je suis libre.
Bisous. 😘
Lisa

Surpris, je bloque quelques secondes devant mon écran, hypnotisé par ses mots si doux. Ses mots qui me rassurent et me désolent à la fois. Surexcité qu'elle fasse un pas vers moi, je lui réponds dans la foulée.

Salut, toi !
Content de savoir que je ne t'ai
pas empoisonnée avec mes
profiteroles. 😛
Je te rejoue de la musique
quand tu veux.
Par contre, je ne suis pas dispo lundi.
Je dois partir en déplacement
pour quelques jours.
Je ne connais pas encore
la date de mon retour.
On reste en contact. OK ?
Je penserai à toi tous les jours.
Tu vas me manquer.

Je sais que je n'aurai pas de réponse, elle est partie au travail. Elle m'a expliqué qu'elle commençait très tôt, car certaines de ses recettes demandent plusieurs heures de préparation.

– Papaaaaa !

Tiens, ça faisait longtemps !

Attendri, je lève mes fesses du canapé, déplie ma carcasse et déverrouille la porte qui subit les petits coups frénétiques de ma fille.

– Coucou, ma puce ! la salué-je en ouvrant.

Je découvre que Sophie se tient derrière Léa, le visage fermé. Je perds immédiatement mon sourire. Sentant qu'une discussion tout sauf légère se profile, je les invite à entrer et à s'installer au salon pendant que je m'empresse d'aller faire couler deux cafés. Je les apporte sur la table avec un verre d'eau pour Léa, puis je m'assieds sur le tapis.

– Qu'est-ce qu'il se passe ?

– Qu'est-ce qu'il se passe ?! hurle presque Sophie. Tu me demandes à moi ce qu'il se passe ? Sérieusement ?

Surpris par sa véhémence, je jette un œil vers Léa avant de répondre.

– Moui…

– Léa sait ce qu'il en est. Nicolas est passé nous dire au revoir ce matin, figure-toi !

– Ah, ça, soufflé-je.

Je respire mieux. Je craignais qu'il n'y ait un problème avec notre fille. En revanche, pour la mise en garde de Soul de ne pas inquiéter Sophie, c'est raté.

– Comment se fait-il qu'il soit sorti ? Son séjour n'est pas censé se terminer avant plusieurs semaines. Je ne suis pas tranquille, murmure-t-elle les derniers mots en saisissant sa tasse d'une main tremblante.

– C'est pour ça qu'on s'envole tout à l'heure. Je suis comme toi, inquiet.

– Louis n'est pas encore prêt. Et je ne comprends pas ce qu'il compte faire dans l'Idaho. L'Idaho ! C'est quoi encore cette nouvelle lubie ?

– Je… Je ne sais pas. Écoute, Soph, on y va tous les trois pour voir s'il a besoin de nous. Et s'il est dans un bon jour, peut-être qu'on en reviendra vivants. Il n'est même pas au courant qu'on débarque, alors t'imagines…

– Ouais, je sais. J'ai essayé de le joindre tout à l'heure, mais impossible. Il ne répond pas ou ça ne capte pas. Et je ne peux pas vous accompagner, déplore-t-elle. Mais promets-moi de me donner des nouvelles quand tu l'auras vu. S'il te plaît, Tray.

– Oui, bien sûr.

– Alors c'est vrai ? Tu t'en vas déjà ? intervient une petite voix.

– Mais je vais revenir, Léa. C'est juste l'histoire de quelques jours. Enfin… tu sais qu'à terme je repartirai, hein ? Là, c'est seulement des vacances. Ma maison est à Los Angeles. Mon travail. Ma vie.

– Et moi alors ? Je ne fais pas partie de ta vie ? geint-elle.

En riant à sa moue faussement boudeuse, je l'attrape par la main et la ramène sur mes genoux pour l'étreindre. Elle se laisse faire et se love contre moi, sa petite tête nichée au creux de ma poitrine et ses bras qui m'enlacent.

Jamais un accident de parcours n'a été aussi adorable.

– Toi, ma puce, tu es toute ma vie. Tu es la plus belle chose qui me soit arrivée. N'en doute jamais. Seulement, ta vie à toi est ici avec ta maman, près de papy et mamie, tes copines, ton école. C'est important. Moi, la mienne est aux États-Unis. Et tu sais que tu peux venir dès que possible.

– C'est pas assez, grimace-t-elle. Et puis tu as Lisa, maintenant.

– Ah ? Et ?

– Bah, comme elle habite ici, tu finiras peut-être par vivre en France, lance-t-elle sur un ton plein d'espoir.

Surpris par sa réplique, je relève la tête et tombe sur le petit sourire en coin de Sophie qui hausse les épaules et souffle un « elle tente ».

Crispé, je souris en réponse.

Je n'aime pas lui faire de la peine et opte pour un demi-mensonge en restant évasif. Un vrai truc de parent rodé à l'entourloupe sans en avoir l'air.

– Ouais bah, on verra. Mais en tout cas, je reviens dès que j'ai vu tonton Louis. OK ?

– OK, papa. Je t'aime, tu sais.

– Moi aussi, je t'aime, ma chérie.

CHAPITRE 24
Choux À L@ Crème

LISA

– Tiens ! Tu es bien guillerette aujourd'hui, toi ! s'exclame Méline en revenant de la chambre froide chargée de trois barquettes de cerises.

Au-dessus de la table de cuisson, je sèche ma pâte à choux à feu doux, en chantonnant *Marcia Baïla* en chœur avec Catherine Ringer. Un sourire vissé aux lèvres depuis que je me suis levée ce matin, je suis sur un petit nuage.

– La soirée a dû être bonne.

À l'aide de la pointe de son couteau d'office, elle s'attaque au dénoyautage des cerises destinées à ses mini-clafoutis.

– Ou-oui. Très.

– Oh ! À ce point-là ?

– Mmh.

– Vous avez… ? Tu sais… crac-crac ? s'enquiert-elle en mimant un joli coup de reins.

J'éclate de rire en sentant une chaleur me monter aux joues. Je secoue la tête alors que les petits noyaux tombent en rythme avec la radio dans un bol en inox.

– Non. Pa-pas au-au p-p… premier ren-rendez-vous !

– Ah bon ? On m'aurait menti ? plaisante-t-elle. Enfin, techniquement, c'est votre deuxième rendez-vous, hein. Non, mais tu as raison. C'est moi qui suis trop…

Son geste vague de la main balaie l'air et s'accompagne d'une grimace qui peut tout signifier. Malgré tout, je devine ce qu'elle veut dire. Méline est tout mon opposé. Extravertie. Libérée. Décomplexée. Elle croque la vie à pleines dents pendant que je me renferme sur moi-même, acceptant ma situation de fille solitaire ultra-timide. Mais peut-on modifier, en un claquement de doigts, des années de manque de confiance en soi ?

Je retire ma casserole du feu et verse ma pâte dans le bol du batteur en raclant à l'aide de ma corne.

– Bon, et si vous n'avez pas batifolé, vous avez fait quoi alors ?

– Di-di-discuté. M-m-man-mangé. Et i-i-il a j-j… joué.

– Joué ? Quel genre de jeu ? Dis-m'en plus, demande-t-elle en faisant danser ses sourcils bruns épilés à la perfection.

– G-gui-guitare, rétorqué-je, avant qu'elle ne s'emballe.

– Ah, la déception ! Il joue bien au moins ?

– Oui. Il est m-m-mu-mu… sicien. C'ét-t-tait m-m-ma… magique !

– Je suis jalouse, souffle-t-elle.

Étonnée, je relève la tête sur son visage radieux. Elle gobe une cerise et me lance la queue qui rebondit sur ma main.

– Je plaisante. Pour tout te dire, si ce mec arrive à te faire sortir de ta zone de confort et à te donner un sourire idiot, je suis heureuse. Je ne sais pas comment il fait ça, mais c'est un exploit ! se moque-t-elle en mâchouillant.

C'est vrai que, depuis cette soirée, mes lèvres semblent ne plus vouloir changer de position. Avec sa franchise, Thibault ne m'a pas seulement redonné le sourire, il m'a donné envie de plus. Plus de conversations. Plus de gestes tendres. J'ai hâte de le revoir et de passer du temps avec lui, de tout connaître de lui. Au-delà du beau gosse au physique bien fait, Thibault s'est intéressé à moi. Attentif et curieux, il m'a écoutée sans finir mes phrases à ma place – ce que j'ai apprécié – ni montrer de pitié. Il m'a aussi beaucoup parlé de lui, sans tabou. Nous partons sur des bases saines et je trouve ça rassurant pour la suite. Pourtant, il me bouscule dans mes habitudes et… j'aime ça.

Je laisse Méline savourer son petit effet quelques secondes avant de me venger. Je lui jette une poignée de farine qui atterrit au milieu de sa poitrine et retombe dans un nuage blanc. Elle s'évente, tousse en papillonnant des yeux et recrache le noyau, qui tombe sur le plan de travail.

– Tu n'as pas fait ce que je crois que tu viens de faire ?

– Mmh ?

– Pas toi, pas la gentille, douce et mignonne petite Lisa.

– Mmh, non.

Je retiens un rire à la vue de son visage blanc au milieu duquel deux billes brunes pétillent.

– Lisaaaaa…

Plusieurs noyaux de cerise atterrissent sur la bavette de mon tablier, la maculant de petites taches rouges.

Immédiatement, je plonge ma main dans le sac de farine.

– Mé-Méline…

Face à face, nous attendons la prochaine attaque de l'autre. Au premier projectile qui vole jusqu'à ma joue, je réplique par un nouveau lancer de farine.

– Qu'est-ce que c'est que ce bazar ?! s'écrie soudain la voix d'Angélique.

Surprises, nous nous tournons simultanément vers la rousse incendiaire qui hésite entre rire et nous hurler dessus.

– C'est elle, me désigne Méline de son index rosi.

Je fais de même en secouant la tête.

– Mais vous avez quel âge, bon sang !? Nettoyez-moi tout ça. Pfff, vraiment… souffle-t-elle en faisant demi-tour.

À la seconde où les portes battantes cessent de couiner, Méline et moi éclatons de rire.

Après avoir nettoyé le carnage, je me remets à la préparation de ma pâte à choux qui a eu le temps de refroidir. J'allume le robot et y incorpore les œufs battus, petit à petit. Quand la texture me paraît irréprochable, je démonte le bol du socle et le recouvre d'un film en attendant que ma garniture soit prête.

– Et alors, vous allez vous revoir ? me demande Méline en beurrant ses moules en céramique.

Je hausse les épaules et prends une inspiration. Je verse le lait dans la casserole et y ajoute du sucre et les deux gousses de vanille éventrées dont les grains noirs remontent instantanément à la surface.

– Je-je supp-p… pose.

– Tu supposes ou tu espères ?

– Les-les d-deux, ricané-je.

– C'est bien. S'il t'apporte un peu de bonheur, c'est toujours ça de pris.

– En-en f-f-fait, il v-v… veut du-du sérieux.

– Oh, carrément ? s'étonne-t-elle.

– Mmh mmh.

– Et toi, qu'est-ce que tu veux ?

Je souffle tout en fouettant mon lait qui chauffe doucement. Le parfum de la vanille qui s'en dégage me fait saliver.

– J'ai-j'aimerais qu-qu-qu… quelqu'un.

– Quelqu'un ? C'est vague, ça, ma belette.

– J'ai-j'ai b-b-besoin d'a-d'avoir confiance, Mé-line, avoué-je en expirant.

Les deux coudes posés sur son plan de travail, elle m'observe.

– Tu te sens seule, ma chérie ?

J'acquiesce d'un mouvement de tête.

– P-pa-parfois.

– Tu sais quoi ? Adopte un chat ! s'exclame-t-elle en se relevant pour reprendre la répartition des cerises dans les moules.

Je glousse à sa remarque, car l'idée m'a plusieurs fois traversé l'esprit. Au moins, un chat ne me jugerait pas et n'attendrait de moi que croquettes et affection. Une relation simple et efficace.

– Il-il m'a em-emb-b-b… brassée, murmuré-je.

– Oh.

– L'au-l'autre j-j… jour.

Méline laisse mes mots planer, tandis que je casse les œufs dans le cul-de-poule et ajoute une pincée de sel.

Le tintement du fouet contre l'inox se cale sur le rythme de la chanson qui passe à la radio. Quand mon mélange a blanchi, j'y incorpore la farine et reprends mes mouvements.

– J'espère juste qu'il sera à la hauteur, celui-là, pas comme l'autre connard qui se foutait de ta gueule dès que tu avais le dos tourné et qui se vantait partout de vos parties de jambes en l'air, crache-t-elle avec une moue de mépris déformant ses lèvres.

Aymeric, alias « l'autre connard ». Une chance pour moi que Méline et lui aient des amis en commun, sinon je ne l'aurais jamais su. Encore un beau plantage de ma part. Encore un en qui j'avais placé ma confiance et mes espoirs.

J'enrage d'être si naïve au point de me jeter à corps perdu dans les bras d'hommes qui ne me respectent pas et qui se jouent de moi. Mais elle a raison, Thibault a intérêt à être à la hauteur de ce qu'il me promet ; il n'y aura pas de deuxième chance. Ras-le-bol des déceptions qui jalonnent ma vie.

Je retire les gousses de vanille et verse le lait dans mon mélange. Mes muscles protestent contre les coups de fouet rageurs que je leur impose. Repenser à Aymeric m'agace.

Les portes battantes s'ouvrent lentement sur une Angélique prudente.

– Alors, ça y est ? Vous avez fini de vous chamailler ? Je peux rentrer sans crainte ?

– On ne se chamaillait pas, on s'amusait, réplique Méline.

– Mouais, drôles de jeux quand même, marmonne-t-elle. Bon, les filles, je vous invite à l'apéro ce soir. Vers dix-neuf heures, OK ?

– Et si j'avais quelque chose de prévu ?

– Tu as quelque chose de prévu ? s'étonne la belle rousse.

– Nan… Mais ça aurait pu.

– Donc c'est réglé, assène Angélique en retournant à l'accueil.

– Mais quelle cheftaine celle-là, grogne sa cousine.

Je ris en mettant le four en route. Elles se comportent comme chien et chat, mais s'adorent sans se le dire. Je renverse la crème dans la casserole, sous laquelle je rallume le feu et reprends mes coups de fouet en huit, le temps que la préparation épaississe. Je suis accompagnée par Méline qui adopte le même rythme pour son appareil à clafoutis.

– Musicien, donc… Il est dans un groupe ou il joue tout seul ? s'enquiert-elle.

Je hausse les épaules, ne sachant pas trop quoi répondre.

– Il-il écrit su-sur un c-c-ca… cahier.

– Il compose alors. Oh, c'est peut-être un mec qui crée des musiques de films ou un truc comme ça, s'émerveille-t-elle.

– Oui. Sans d-d-doute.

En réalité, quel que soit son boulot exact, ce qui m'intéresse à l'heure actuelle, c'est l'homme qu'il est réellement. Ses forces, ses faiblesses, ses aspérités, ses nuances. J'ai hâte de découvrir ce qui se cache derrière son physique d'Apollon, mais surtout, je sens qu'il est plein de surprises. Et son talent pour la musique est incroyable. Il sait faire passer une multitude d'émotions rien qu'avec une guitare. Je frissonne au souvenir du timbre de sa voix. Un peu cassée, un peu voilée. J'étais hypnotisée.

Lorsque nous sommes tous les deux, les étincelles crépitent. L'attirance est évidente. Près de lui, j'existe. J'ai l'impression de renaître, ou plutôt d'apparaître, comme si, pendant des années, j'étais restée invisible aux yeux des autres et que lui me voyait réellement.

Une fois la bonne consistance obtenue, je retire ma casserole du feu. Je prépare mes plaques en les recouvrant de papier sulfurisé et insère la douille dans la poche à usage unique dont je roule les bords. Après avoir remis un coup de fouet dans ma crème pâtissière pour casser la croûte qui se forme, je saisis le bol de pâte à choux et le découvre.

– Vous allez bien ensemble, je trouve.

Sortie de nulle part, sa réflexion me fait relever les yeux de la poche à douille.

– Ah ?

– Oui, vous êtes deux artistes, en somme. Lui, la musique, et toi, la pâtisserie, précise-t-elle avec sérieux.

– I-i-il m-m-m'a serv-v-vi des p-p-pr… profit-t-eroles s-su-surgelées.

– Oh l'inconscient ! Et tu ne l'as pas tué pour cette infamie ? pouffe-t-elle faussement horrifiée.

– Pfff, soufflé-je en souriant.

Un par un, je forme mes choux pendant que Méline, qui a allumé un deuxième four, saupoudre les clafoutis de sucre vanillé et y dépose une petite noisette de beurre.

Nous enfournons en même temps nos préparations dans un soupir bienheureux.

CHAPITRE 25

Secret De Polichinelle

LISA

La sonnerie de mon téléphone me réveille de ma sieste de fin d'après-midi, interrompant un baiser langoureux avec un beau brun aux yeux verts. J'ouvre un œil paresseux en grognant et agrippe l'anse de mon sac à main que j'avais laissé par terre. À l'aveugle, je tâtonne à l'intérieur et finis par mettre la main sur cet objet de malheur. Sans regarder le nom de mon correspondant, je décroche.

– Coucou, Lisa ! C'est Cassandre. Je ne te dérange pas ? demande ma belle-mère d'une voix joyeuse.

– Non.

Je me relève et m'assieds en tailleur avant de m'adosser dans le fond du canapé.

– Écoute, je t'appelle pour t'inviter à mon anniversaire.

– Oh, q-q-quand ?

– Dimanche quatorze juillet. J'organise une garden-party à la maison. Ton père devait t'appeler, mais comme je n'ai pas eu la confirmation de ta venue, je me doutais qu'il avait… oublié, termine-t-elle.

Mon père ? « Oublier » quelque chose ?

Ma gorge se serre, un boa constricteur invisible s'enroule autour de ma trachée et m'oblige à déglutir. J'inspire une grande goulée d'air avant de répondre.

– I-i-il ne m'a-m'a p-p… pas app-appelée.

– Ce n'est pas grave.

Si, ça l'est.

– Je peux compter sur toi, alors ? Tes frères seront heureux de te voir, comme d'habitude. Et moi aussi, bien sûr.

– Ou-oui. Je-je n-n-note.

– Super ! Vers midi. À plus tard, Lisa ! Bisous.

Je raccroche, puis je me lève d'un bond, le téléphone toujours à la main. Dire que je suis déçue est un faible mot. Je suis complètement abasourdie. Il a oublié. Il *m*'a oubliée. Suis-je si insignifiante, si invisible qu'on puisse m'oublier ? Je suis sa fille ! Pas une quantité négligeable qu'on remise dans un coin de son esprit en espérant s'en souvenir un jour. Il me prouve encore une fois que, à ses yeux, je ne suis rien de plus qu'une épine dans son pied qui ne vaut pas une once d'intérêt.

Dans la cuisine, je bois un grand verre d'eau et en profite pour lire mes messages. *Il* m'a répondu.

Un sourire étire mes lèvres, mais je le perds au fil de ma lecture. Ce n'est décidément pas mon jour. Déçue de son départ précipité, je tape une brève réponse :

Salut, dommage pour lundi.
Je vais rater l'occasion
de t'empoisonner aussi alors.
Bon voyage. Tu vas me manquer
également.
Bisous.

Avisant l'heure, je me secoue pour aller me doucher. J'enfile ensuite un corsaire noir et une blouse légère en mousseline turquoise. Je natte mes cheveux, puis j'attache deux créoles à mes oreilles. Il est presque l'heure du départ lorsque le tintement d'une notification retentit.

Oh mais je comptais bien te manquer,
ma petite pêche.
Par contre, je passe mon tour
pour l'empoisonnement. 😜
Et ce n'est que partie remise.
J'espère très bientôt.
Bisous. 😘

Je réfléchis quelques instants et finis par répondre.

Tu n'aimerais pas être
dans le rôle du goûteur ?
J'aime bien tester des trucs
à la maison.
Et oui, ta musique me manque.

Quand tu veux pour un nouveau rendez-vous. 😉

Je suis impatient !
Je te laisse, on m'attend.

Moi aussi, je suis attendue.
À plus tard.

Ah bon ? Tu vas où ?
Non pardon.
Je n'ai pas besoin de le savoir.
Je vais supposer que
c'est avec tes amies
et pas un rencard. 😉
Ce doit être le soir à Lille,
alors bonne soirée.

Même si je brûle de le lui dire, il n'a effectivement pas besoin de savoir ce que je fais de mes soirées. Je devine la petite pointe de jalousie dans ses mots et une part de moi voudrait lui souffler qu'il peut me faire confiance les yeux fermés. Que ce serait plutôt à moi de m'inquiéter. Mais est-ce que je peux exiger de lui ce que j'ai moi-même du mal à lui accorder ?

Si je comprends bien, il n'est pas sur le même fuseau horaire que moi. Pourquoi tant de mystères ? Mes insécurités reviennent au galop. J'inspire longuement pour me reprendre. Son travail doit le mener souvent à l'étranger. Je sais bien qu'au stade où nous en sommes de notre relation, il ne me doit aucune explication, et pourtant, il n'a pas conscience que j'ai terriblement besoin d'être rassurée. Nous n'avons manifestement pas la même vie. Moi qui ne bouge jamais d'ici, je ne suis sans doute pas à la hauteur de ses attentes. Et s'il me demandait un jour de le suivre dans ses déplacements, accepterais-je ? D'ailleurs, qu'attend-il exactement de moi ?

Au lieu de lui poser la question, je glisse mon téléphone dans mon sac à main. J'enfile des sandales, attrape une veste pour le retour et me mets en route pour l'appartement d'Angélique.

***

Deux heures plus tard, Fabien rit grassement à une blague de Méline, preuve qu'il est un peu éméché. C'est si rare de le voir comme ça que je rigole toute seule.

Vincent, un voisin et ami du couple, s'est joint à nous. Sans aucune discrétion, il observe Méline depuis qu'elle a débarqué en robe d'été courte, escarpins aux talons vertigineux et maquillage savamment travaillé. Féminine en toute occasion, elle rayonne.

Par contre, Angélique est un peu verdâtre, bien qu'elle tourne au jus d'orange depuis le début de la soirée. Mon intuition se confirme lorsqu'elle se précipite aux toilettes après un haut-le-cœur.

À son retour, elle a meilleure mine et se rassied à côté de Fabien qui lui entoure les épaules et l'embrasse sur la tempe.

Elle s'éclaircit la gorge.

– Bon, si je vous ai invités ce soir, c'est parce qu'on a une nouvelle à vous annoncer…

– Tu es enceinte, enchaîne Méline avec un sourire malicieux.

Le hoquet de stupeur d'Angélique est accompagné d'un jet de cacahuètes de ma part contre la trouble-fête en chef. Fabien glousse pendant que Vincent saute sur ses pieds pour féliciter nos amis.

Me plaçant entre les yeux noirs d'Angélique et le visage moqueur de sa cousine, je félicite à mon tour la future maman.

– Je-je… suis con-con-tente p-p-pour vous, dis-je en l'enlaçant.

– Merci, ma belle. C'était si évident ? me chuchote-t-elle à l'oreille.

Je recule et lui souris en plissant le nez.

– Un-un peu.

– Allez ! Viens dans mes bras, future baleine à bosse ! s'écrie Méline dans mon dos.

– Purée, je vais la tuer, grogne la presque maman.

– Oui, puis la ranimer, pour enfin la tuer de nouveau, récite Fabien en imitant grossièrement sa fiancée. On sait.

Une fois toutes les accolades de circonstance distribuées, nous nous rasseyons autour de la table basse.

– Je me disais bien que tu t'étais épaissie, taquine encore Méline qui reçoit une serviette en papier sur la tête.

– C’est-c’est p-p-pour qu-quand ?

– Fin décembre.

– Oh génial ! Vous allez l’appeler Jésus, du coup ? lance Méline.

– Pas si c’est une fille, contredit Fabien.

– M’enfin, même si c’est un garçon ! s’agace Angélique.

Devant nos mines surprises par sa soudaine virulence, elle s’affaisse et replace une mèche derrière son oreille.

– On plaisante, chérie.

– Désolée, les hormones, tout ça, tout ça.

– Ouais, je sens qu’elle va souvent nous la servir cette excuse, murmure Méline en se penchant vers moi.

Décidant qu’il est grand temps de changer de conversation avant que les blagues ne deviennent trop lourdes, je prends une grande inspiration.

– Cass-Cassandre m’a-m’a invitée à-à-à son a-a-a… nniv-v-versaire.

– Quand ? s’enquiert Méline.

– Qu-qua-quatorze j-j-j… juillet.

– Date pertinente. Elle organise une garden-party, je parie ?

– Oui.

– Bingo ! Tu veux que je t’accompagne ?

Je hausse les épaules en dégonflant mes joues, ne sachant pas si c’est une bonne idée. Méline est déjà venue avec moi à des événements familiaux, notamment au mariage de mon père avec Cassandre, mais je sens bien que le courant ne passe pas trop entre elle et Paul Bartoli. Et puis, on ne va pas se mentir : inviter Méline au manoir, c'est comme faire rentrer un éléphant dans un magasin de porcelaine…

– Bon, écoute. Je me bloque la date. Si jamais tu as besoin, tu me le dis et je me ferai un plaisir de revêtir ma plus belle robe campagnarde avec un chapeau de paille ringard pour profiter du parc. D'accord ?

– OK.

– Bon, et sinon, vu que tu ne vas bientôt plus passer les portes, il serait peut-être opportun de prévoir un recrutement, non ? demande-t-elle à une Angélique aux yeux plissés.

Non ! Non, non, non !

Je le pense si fort qu'elles ne peuvent pas ne pas l'avoir entendu.

– Oui, ça va urger même, rétorque la future maman avant de se tourner vers moi. Lisa, est-ce que tu comprends ce que ça implique ?

Un sourire contrit aux lèvres, j'acquiesce puis soupire avant de secouer la tête en signe de désaccord. Je ne peux m'empêcher de tordre mes doigts avant de m'arracher les petites peaux autour des ongles. C'est plus fort que moi. Mes angoisses prennent le pas sur ma raison. Je suis consciente que leur demande est justifiée et qu'il y a des années déjà que nous aurions dû recruter, mais c'est impossible. Inenvisageable.

– Non, laché-je fermement.

– Lisa ? m'interpelle Angélique d'une voix douce. Lisa, s'il te plaît…

– Bon, ça suffit ! lance Méline avec autorité, me faisant sursauter. Les garçons, vous voulez bien aller faire un p'tit tour ailleurs, s'il vous plaît ? Nous avons besoin de parler quelques minutes. Seules.

Une pierre se loge dans mon estomac lorsque je comprends que la discussion prend une tournure plus que sérieuse. Surtout quand, obéissant, Fabien emmène Vincent dans la cuisine. Le cliquetis de la porte qui se referme sur leurs silhouettes résonne comme une décharge électrique le long de mon épiderme, libérant mes émotions à fleur de peau.

– Lisa.

Le ton inhabituellement ferme de ma meilleure amie me coupe le souffle.

– Je ne vais pas y aller par quatre chemins. Il *faut* qu'on recrute. Maintenant. Nous avons été patientes avec toi. On comprend tes difficultés, on a essayé de faire au mieux le plus longtemps possible, mais là, on ne peut plus tenir l'entreprise.

Alors qu'Angélique pose sa main sur mes doigts crispés, pensant m'apaiser, Méline continue.

– Nous devons évoluer avec Pic'Assiette, sinon tout ce pour quoi nous avons sué sang et eau depuis des années va s'écrouler. Premièrement, nous avons conclu ce contrat d'ateliers de cuisine. Deuxièmement, nous avons de plus en plus de demandes de cours à domicile. Troisièmement, on refuse régulièrement…

Chaque argument est un coup de couteau qui se plante douloureusement dans ma chair. Je comprends qu'à cause de moi, on perd de l'argent. Or, contrairement à moi, elles ont emprunté auprès des banques pour pouvoir investir.

Méline continue d'énumérer sur ses doigts tout ce que je sais déjà, avant de m'asséner le coup fatal.

– Et enfin, maintenant que notre Miss Rouquine préférée a un polichinelle dans le tiroir, il faut qu'elle se ménage pour ne pas prendre de risques inutiles.

Je me tourne vers Angélique qui n'a encore rien dit. Ses traits sont légèrement tirés alors qu'elle m'adresse un sourire d'encouragement. Quelle amie serais-je si je laissais Angélique s'épuiser au travail ? Je peux toujours augmenter mon nombre d'heures en cuisine, voire peut-être apprendre à me servir de ses logiciels pour enregistrer les commandes et tenir les plannings…

– En revanche, si tu ne veux vraiment pas, alors on sera contraintes à une solution extrême.

J'écarquille les yeux.

– C-c-c'est-à-d-d-di-dire ? demandé-je, la gorge serrée, en redoutant la réponse plus que tout.

Méline fuit mon regard. Ce silence de quelques secondes est insupportable. Les larmes me montent aux yeux, alors que le couperet tombe :

– Te racheter tes parts et chercher un nouvel associé pour pouvoir développer Pic'Assiette. Sans toi, Lisa.

CHAPITRE 26
En C@sc@de

TRAY

Noah et Colas descendent en même temps de leur chambre et pénètrent dans la cuisine où je suis déjà en train de boire mon troisième café. J'ai préféré que nous nous rejoignions chez moi à Los Angeles avant de partir tous ensemble à Cascade. Le soleil n'est pas encore très haut dans le ciel californien, mais la chaleur est montée d'un seul coup. Et ce ne sont pas les longueurs matinales dans la piscine qui m'ont rafraîchi les idées.

J'éteins mon téléphone, légèrement déçu de ne pas être auprès de Lisa pour sa soirée. Un soupçon de jalousie me traverse – sentiment jusque-là inconnu qui s'installe dans un petit recoin de mon cerveau. Plus le temps passe et plus je souhaiterais accélérer les choses, tout en sachant pertinemment que ce serait contre-productif.

Bâillant à s'en décrocher la mâchoire, Colas approche de la machine à expresso et grogne un

« bonjour ». De son côté, Noah ouvre le réfrigérateur à la recherche du bidon de jus d'orange que j'ai déjà sorti, tout en se grattant avec élégance le devant du caleçon. Je secoue la tête en souriant. Aucun des deux n'est du matin, et avec le décalage horaire, nos organismes sont complètement déboussolés. Tandis que Colas et moi avons atterri en début d'après-midi, Noah est arrivé hier soir avec son énergie inépuisable et deux bouteilles de tequila pour raviver nos vieux démons.

– On part à quelle heure ? demande Colas en admirant son café couler comme si c'était la huitième merveille du monde.

– Vers treize heures. Les pilotes et l'hôtesse avaient aussi besoin de se reposer.

– Oh non, marmonne Noah. On va prendre le jet ?

Il s'affale sur une chaise haute devant le comptoir et se sert un verre du jus qu'il a enfin repéré.

– Évidemment. C'est quand même le plus pratique pour se poser sur l'aérodrome de Cascade, répliqué-je.

– Ne me dites pas qu'il y a encore Janyce, souffle-t-il en passant ses doigts dans ses cheveux bruns.

– On te le dira pas, alors. En même temps, c'est toi qui l'a embauchée, hein !

– Merde, marmonne-t-il.

Sans en avoir été témoin, j'étais certain qu'il s'était passé un truc entre eux deux, il vient juste de me le confirmer.

– Bah tu la joues poli, respectueux et distant. Et ça devrait bien se passer, conseille Colas dans un haussement d'épaules.

– Mouais, si tu le dis.

Le problème n'est pas que Noah baise à droite et à gauche pour les laisser tomber après. Le problème, c'est quand il le fait avec une femme que nous sommes amenés à côtoyer. Et même si je suis mal placé pour lui faire la leçon, je ne peux m'empêcher de le tacler.

– Va falloir arrêter les conneries un jour, mon pote. T'as plus vingt piges.

– Et quoi ? Je profite, qu'est-ce qu'il y a de mal à ça ?

– Ne me dis pas ça à moi, s'il te plaît, dis-je en le regardant droit dans les yeux.

– En attendant, moi, j'ai toujours fait attention, hein.

Me rappeler mon seul oubli de l'époque alors que je n'étais plus lucide qu'une heure par jour est bas, mais mérité. Je grince des dents, prêt à répliquer, quand Colas me coupe dans mon élan.

– On ne va pas revenir sur le sujet, treize ans après, ça ne sert à rien, assène-t-il. Et on laisse Léa tranquille.

– Ouais, désolé, mec, grogne Noah à mon attention. Tu sais que j'adore Léa. Ç'aurait été dommage que la chipie n'existe pas.

D'un signe du menton, j'accepte ses excuses.

– Par ailleurs, Janyce mérite notre respect, reprend Colas Elle est super pro, super dispo, toujours tirée à quatre épingles, même quand on la convoque à des heures pas possibles. Et elle s'entend très bien avec les pilotes. Donc, comporte-toi aussi comme un professionnel et tout ira bien.

– Vous savez, je l'ai toujours respectée, Janyce ! C'est juste qu'elle voudrait remettre le couvert alors que je n'y tiens pas trop.

Il hausse les épaules avant d'aller poser son verre sale dans l'évier.

– Vous me direz, je la comprends. Une fois qu'on a goûté à ce corps d'Apollon, on ne peut plus s'en passer, ajoute-t-il en se caressant langoureusement le torse, ce qui a le mérite de détendre l'atmosphère.

Colas éclate d'un rire moqueur tandis que je secoue la tête, dépité.

– Allez vous préparer, Apollon et toi, je nous bricole un truc rapide à manger et on décolle, lancé-je à Colas.

Trois quarts d'heure plus tard, nous profitons d'un brunch sur la terrasse avec vue sur Los Angeles, ses palmiers et ses plages. Nous discutons comme si cette tension n'avait pas eu lieu. Comme des frangins qui se prennent la tête puis se réconcilient aussi vite. Comme toutes les fois où nous nous sommes engueulés.

Attablé avec mes potes, à l'abri du soleil, je mesure ma chance. Même si j'aime les voyages de tournées et parcourir le monde, j'aime encore plus ma maison. J'aime m'y ressourcer, lézarder au bord de la piscine et gratter ma guitare à la chaleur des braseros le soir, comme dans une bulle hors du temps. Un des privilèges de ma condition de star que je n'échangerais pour rien au monde.

***

Lorsque nous arrivons sur le tarmac de LAX, le jet nous attend, prêt à décoller, avec, comme prévu, Janyce en guise d'hôtesse. Mon pote suit les conseils de Colas et fait profil bas, ce qui lui vaut quelques rires étouffés… Et un œil noir de la principale intéressée.

Installé dans le fauteuil en cuir, Noah en face de moi, Colas à côté, je sirote un doigt de whisky. Posé sur la tablette, mon portable vibre sous une énième notification. Et ce n'est certainement plus Nicolle qui, après m'avoir traité de « pauvre connard » et de « petite bite », a enfin compris les phrases « C'est fini » et « Non, il n'y a plus rien entre toi et moi ». Je suis tellement perdu dans mes pensées que je ne remarque pas tout de suite que Noah s'empare de mon téléphone.

– Oh la vache ! Sérieux ? Tu t'es réinscrit sur cette connerie de site de rencontre ?

Je me jette en avant et lui arrache des mains.

– Ça ne te regarde pas.

– Putain, qu'est-ce qu'il se passe ? T'arrives plus à draguer, mec ? T'as perdu ton *mojo* ? se moque-t-il en faisant danser ses sourcils.

– C’est pas ça.

– Alors c’est quoi ?

Je souffle d’agacement. Telle une certaine gamine de douze ans chère à mon cœur, il ne me lâchera pas la grappe.

– Laisse-le, intervient Colas.

À la lueur de malice qui s’allume dans les yeux de Noah, je sais qu’il ne tiendra pas compte de l’avertissement de notre ami.

– Impossible, mon pote. Le *serial* queutard qui va sur une appli pour baiser, c’est trop fort ! éclate-t-il de rire.

– Arrête. C’est pas pour trouver n’importe quelle nana ! rétorqué-je sèchement.

– Ah ? C’est pour quoi alors ?

Je tourne la tête vers le hublot et baisse les yeux vers le sol qui défile si lentement qu’on a du mal à croire que nous volons à plus de huit cents kilomètres heure.

– Pour trouver la bonne, marmonné-je entre mes dents.

– Quoi ? J’ai pas entendu.

– Je cherche la femme qui partagera ma vie.

– Non ? Sans blague ? Et on peut savoir comment elle s’appelle ? s’enquiert Noah, les yeux pétillants.

Colas, qui suit notre échange avec attention, finit par souffler d’exaspération devant l’insistance de Noah.

– Fous-lui la paix, bon sang !

Néanmoins, je continue à satisfaire la curiosité de mon pote.

– J'ai discuté avec quelques femmes et il y a bien une fille avec qui ça pourrait le faire, mais pour l'instant, elle ne sait pas vraiment qui est Tray. En réalité, elle ne connaît que Thibault.

Un silence accueille ma déclaration. Je me retourne vers leurs visages surpris. Qu'est-ce que j'ai dit de si exceptionnel ?

– Tu lui as menti ?

– Quoi ? Non !

– Au contraire, me défend Colas.

Lui qui a toujours fait en sorte de rester discret et de passer sous les radars peut comprendre mon point de vue. Noah fronce les sourcils avant de se pencher vers moi, les coudes en appui sur les cuisses.

– Ouais, ben vous jouez sur les mots, mais c'est tout comme. Quand elle apprendra qui tu es, que penses-tu qu'il arrivera ? Hein ?

Elle sera heureuse, nous nous marierons et nous aurons plein de mini-Tray ! Ça, c'est dans mes rêves les plus fous, mais je suis incapable de leur avouer mon désir profond. Et Lisa n'est pas encore prête à accepter totalement mes projets la concernant.

– Nous n'en sommes pas encore à cette étape-là. J'essaie encore de la convaincre qu'elle peut me faire confiance. Pour le reste, on verra au fur et à mesure. Je ne peux pas l'expliquer, mais il est possible que ce soit la bonne. Je ne dois pas tout gâcher.

– Je comprends ton envie de taire ton véritable boulot et ce que tu es aux yeux du monde, mais comment veux-tu qu'elle te fasse confiance si tu lui caches la vérité ? Ça, je ne comprends pas. Si c'est la « bonne », comme tu le dis, pourquoi lui mentir ? Tu fausses tout, mec, insiste Colas, le visage grave. Si c'est vraiment sérieux, il faut que tu lui dises pour le groupe et tout le reste.

Il ponctue son petit discours d'un claquement de langue réprobateur. Je me crispe et serre les dents.

– J'ai préféré lui cacher cet aspect de moi. Je veux qu'elle s'intéresse à moi et à moi seul. Pas à tout ça, précisé-je en désignant l'intérieur du jet luxueux. Je veux être sûr qu'elle aime l'homme que je suis avant de lui parler des SOON et de tout ce qui va avec.

– Les SOON font partie de toi. Je sais que tu n'en feras qu'à ta tête, mais tu vas droit dans le mur… soupire Noah.

– Merci, mais effectivement, je vais me passer de ton avis sur ce coup-là.

Ai-je raison de cacher à Lisa que je suis le leader des Slave Of One Night ? Je suis certain que ça changerait tout, donc oui. Je croise les doigts qu'elle ne l'apprenne pas avant que je ne le lui avoue. Ou pire encore, pour qu'elle ne l'apprenne pas par quelqu'un d'autre. Ça me fait chier que Colas et Noah n'approuvent pas, mais après tout, c'est ma décision et ça ne concerne que moi et moi seul.

Je me renfrogne et m'avachis au fond du fauteuil, frustré qu'ils ne se rangent pas à mon avis.

– C'est bien la première fois que tu fais autant de foin pour une conquête, ricane Colas.

Je lui lance un regard noir qui ne l'atteint pas plus que Noah.

– C'est pour ça, en réalité, ton nouveau look ! Pas parce que Léa te l'a demandé, ironise Noah à l'excuse que je lui ai servie hier soir. D'ailleurs, montre-moi des photos de la puce. Pfff, il y a trop longtemps que je ne l'ai pas vue !

Heureux du changement de conversation et fier comme un paon, je cherche dans ma galerie photo et lui montre les derniers clichés pris pendant mon séjour à Lille. S'il y a bien un sujet sur lequel nous tombons tous d'accord, c'est que Léa devient une jolie jeune fille. Née juste avant notre envol pour les États-Unis, ma fille est le bébé du groupe, et si certains sujets nous divisent, celui-ci, au contraire, nous lie de la meilleure des façons.

Rien n'a jamais détruit notre amitié, pas même la naissance chaotique de Léa, il n'y a donc aucune raison pour que ma décision concernant Lisa le fasse.

CHAPITRE 27

Ç@ Des Potes ?

TRAY

Si l'atterrissage sur l'aérodrome de Cascade s'est déroulé en douceur, notre arrivée au *Lynette Adams Ranch*, elle, se révèle plus tumultueuse. Sans surprise, Soul est « légèrement » contrarié par notre initiative :

– Putain ! Je peux savoir ce que vous foutez là, bande d'abrutis ?! nous accueille-t-il, un air furieux collé sur le visage.

Le cheval noir qu'il tient par la longe se cabre. Soul le calme et l'attache à la barrière en bois sur laquelle nous sommes appuyés. Un petit vent soulève la poussière de l'enclos et floute un instant le paysage champêtre. Face à nous, l'immense demeure en pierre et rondins de bois sur deux étages se fond parfaitement dans l'environnement.

– On avait besoin de respirer un peu de jus de crottin, commence Colas en se pinçant le nez.

– Vous m'emmerdez les mecs ! Je suis capable de me gérer, bon sang !

– Ne nous reproche pas de nous inquiéter pour notre ami ! argué-je.

Il se retourne vers moi et me lance un regard furieux.

– Mais merde ! Je n'ai pas besoin de baby-sitter !

– Bah, nous n'avons pas trop envie de te changer les couches non plus… tente Noah pour détendre l'atmosphère.

– Et y'a fallu que tu caftes, toi ! me reproche-t-il, les mains sur les hanches.

Soul balaie nos visages avant de soupirer.

– Fait chier… marmonne-t-il.

Il caresse distraitement le chanfrein du cheval qui tente de capter son attention tandis que les mecs retiennent leur souffle.

– Écoute, Soul, tempéré-je. Nous sommes juste là pour passer un peu de temps avec toi. C'est tout. Soph' veut savoir si tu vas bien. Tu sais qu'elle se fait un sang d'encre ?

Alors que ses mains tremblent sous la colère et le combat contre le manque de dope, il essaie de se calmer à la mention de sa sœur. Le visage encore marqué par les excès, ses cernes violacés tranchent sur son teint blafard. Pourtant, je remarque que son air hagard a disparu. Malgré ce que je craignais, la cure a eu des effets bénéfiques.

– Ouais, je sais, souffle-t-il.

Il soulève son chapeau et fouille dans sa crinière brune avant de le caler de nouveau sur sa tête à la manière d'un cow-boy.

– Je vais bien, dit-il d'une voix ferme. Mais j'ai besoin de ça.

– De quoi exactement ? s'enquiert Colas.

– De faire une coupure. De m'éloigner des tentations, commence-t-il. De réfléchir.

Noah grimpe sur la rambarde avant de s'y asseoir en coinçant ses pieds sur la barre inférieure. Il caresse le flanc du cheval, qui se laisse faire.

– Combien de temps ? demande encore Colas, anticipant ma propre question.

– Je ne sais pas. Un mois, deux… J'en sais rien.

Une main sur la nuque, Soul plonge dans une intense réflexion.

– Prends ton temps et fais ce que tu as à faire, murmure Noah dont l'attention est restée focalisée sur l'étalon à la robe sombre.

Je hoche la tête.

– Si tu as besoin de ce moment pour toi, alors prends-le. On t'attendra.

– Merci, répond mon pote dans un souffle. Putain ! Je crois que ça me fait quand même plaisir de vous voir.

Nous nous prenons tous par les épaules, tête contre tête, comme avant de monter sur scène. Soudés, nous n'avons jamais laissé l'un des nôtres sur le banc de touche, ce n'est pas aujourd'hui que nous allons commencer. Nous surplombant, Noah manque de se casser la gueule de la barrière et se redresse avant de s'exclamer :

– Et sinon, y'a des jolies *cow-girls* dans ce trou perdu ?!

***

Nous traînons avec Soul tout l'après-midi à discuter parmi les chevaux et les ballots de paille. Le lieu est apaisant, calme et le cadre se révèle magnifique. Je comprends qu'il s'y sente bien. L'inspiration naît des hasards. La création se nourrit de la nouveauté. La musique est dans chaque bruit, chaque battement de cœur, chaque souffle de vent, chaque chant d'oiseau, chaque ruisseau qui s'écoule. Soul finit donc par sortir deux guitares de son bungalow et nous chantons au beau milieu des champs et de la nature.

Avant que nous repartions, il nous invite dans un *dinner* en ville. À quatre, nous ne passons pas inaperçus. Après avoir signé plusieurs autographes et accepté quelques accolades, nous nous installons dans un coin discret qui nous offre un peu de tranquillité.

Une belle brune se présente pour prendre nos commandes.

– Salut, les gars ! Qu'est-ce que vous désirez ?

Son stylo prêt au-dessus du carnet, elle nous adresse à chacun un sourire en évitant soigneusement

Soul. Pour simplifier son travail, nous commandons tous des hamburgers et des bières.

– Et moi, ce sera un Coca avec deux glaçons, s'il te plaît, douce Cara, chantonne Soul.

– Toi, ce sera de la pisse de chameau, lui rétorque-t-elle sur le même ton.

Le coin des lèvres de mon pote se recourbe en un sourire encore trop rare. Le manque, le moral fluctuant, l'envie de quitter ce monde par la petite porte ne poussent pas à se réjouir.

– Pour être certaine que tu ne remettes plus les pieds ici ! assène-t-elle en le fusillant du regard.

Il lui répond d'un rictus avant qu'elle ne tourne les talons en levant les yeux au ciel. Pendant que les mecs discutent des activités du coin, je *checke* ma boîte mail. Une annonce de Pick Me attire mon attention.

Pour ne pas réitérer ma désillusion de l'autre fois, j'envoie aussitôt un SMS à Lisa :

Coucou !
Pick Me organise une soirée karaoké
vendredi 7, ça te dit ?
Les inscriptions sont ouvertes.
J'attends ton accord.
Je pense à toi.
Bisous

Rassurés, nous quittons Soul en promettant de nous revoir bientôt ; il semble sur la bonne voie, même si les ombres qui voilent son regard sont encore bien présentes. Je n'envisage pas que Soul ne reprenne pas sa place au sein des Slave Of One Night. Si l'un de nous décidait de quitter le groupe, celui-ci ne pourrait pas survivre. C'est nous quatre ou rien. Lorsque nous avons pris la décision de signer notre premier contrat qui nous a conduits vers la gloire de l'autre côté de l'Atlantique, nous nous sommes fait la promesse de rester ensemble, quoi qu'il arrive. Pourtant, le chant des sirènes de la tentation a résonné à nos oreilles. Soul et moi avons eu notre lot de propositions de carrière solo. Noah et Colas ont déjà été abordés pour rejoindre d'autres groupes. À part quelques *featurings* pour des amis, nous n'avons pas failli. Et ce n'est pas aujourd'hui que ça arrivera, a fortiori quand Soul remonte péniblement la pente. Solidaires contre vents et marées, les SOON affronteront cette épreuve. Ensemble.

***

Dès le lendemain de notre retour dans ma villa de Los Angeles, nous avons pris rendez-vous avec Soul. Noah et Colas ne semblant pas vouloir retourner à leurs occupations tout de suite, j'ai programmé le vol retour à Lille pour dimanche en début d'après-midi.

– Sur le deuxième temps du refrain, on devrait mettre plus de grosse caisse, propose la voix traînante de Soul à travers le haut-parleur de mon ordinateur.

– OK, consent Noah.

– On essaie. Un, deux…

Dans le studio aménagé dans le sous-sol de ma maison, nous faisons ce que nous savons faire de mieux quand nous sommes tous ensemble : jouer de la musique. Nous avons voulu profiter de l'élan de créativité ressenti à Cascade.

Face au micro, je chante ma quête d'un idéal qui tarde à venir. Je hurle ma joie de l'avoir trouvé. Je crie ma peur qu'il ne m'échappe. Je pleure ma souffrance de le voir s'envoler.

Une guitare électrique entre les mains, je me sens détendu, dans mon élément. Cette séance d'improvisation est cathartique, mais j'ai aussi l'impression qu'elle est bienvenue pour tous les gars. Notre réunion impromptue dans l'Idaho nous a redonné le goût de la musique, ensemble. Jamais nous n'avons été séparés plus d'une semaine depuis nos dix-huit ans. Toujours en tournée, en séance d'enregistrement ou les uns chez les autres à faire la fête ou un bœuf entre amis.

Les cymbales résonnent en point final à la nouvelle chanson que nous venons d'interpréter.

– Putain, elle est géniale ! s'exclame Colas.

– Ouais, mec, appuie Noah. Bonne idée, au passage, la grosse caisse.

– J'ai toujours de bonnes idées, ricane Soul qui nous a accompagnés à distance.

Le cœur battant, je prends mon élan pour leur proposer ma dernière création. Cette chanson qui m'a été inspirée par une magnifique blonde aux grands yeux bleus et au sourire timide.

– J'en ai… une autre, hésité-je en me passant la main dans les cheveux.

Les gars me regardent, attendant la suite. Je ne sais pas s'ils vont approuver une ballade. Je jette un œil à Colas qui avait entendu quelques accords à Lille. Il hoche la tête.

– Vas-y, Tray, m'encourage-t-il. C'est un joli morceau. On pourrait clore un concert avec cette chanson.

– Ouais, elle n'est pas tout à fait finie, mais elle est très personnelle.

– Je me doute un peu. Les gars, c'est une ballade, annonce-t-il plus fort.

– Ouais, bah vas-y.

Je pose ma Gibson, rapproche une chaise et règle la hauteur des deux micros. J'attrape une guitare sèche et m'assieds en croisant les genoux avant de la caler contre moi. J'inspire lentement à fond et ferme les yeux.

C'est con, mais j'ai le trac.

Quand mes doigts pincent la première corde, j'entrouvre les paupières et, tout en retenue, déverse ces paroles qui me tiennent à cœur. Après le premier couplet, Noah ajoute quelques coups de baguette mesurés. Colas s'est assis dans un fauteuil et m'écoute religieusement, tandis que Soul, face à l'écran, les yeux clos, semble dormir.

Je laisse la dernière note s'envoler sans chercher à l'arrêter. Le silence qui lui répond me fait craindre le pire. Ils vont se foutre de ma gueule, c'est certain. La ballade guimauve, ce n'est pas vraiment notre tasse de thé.

– Merde, c'est joli, murmure enfin Noah. Un peu désespéré, mec, mais joli malgré tout.

Il reçoit un médiator sur le front de la part de Colas, alors que Soul s'éclaircit la gorge.

– Ouais, j'aime bien, dit-il enfin. On va la faire. Ou plutôt, tu la travailles et tu la joueras avec Noah. Pas besoin de plus. Et Colas a raison, pour terminer un concert, elle sera géniale.

Je souris, soulagé. Cette chanson est une déclaration. Moins définitif qu'un tatouage mais tout aussi intime, le message est clairement destiné à Lisa. Je rêve de la chanter sur scène alors qu'elle serait dans le public. Étoile lumineuse parmi la foule plongée dans l'obscurité. Mon étoile.

– Vous repartez quand ? demande Soul, me sortant de mes pensées.

Le teint hâlé et le sourire aux lèvres, il a joué comme s'il était avec nous dans le studio.

– Dans deux jours, lui précisé-je.

– OK. Je vais composer aussi de mon côté. J'ai quelques idées à concrétiser.

– Waouh ! Soul qui se remet à écrire. Putain, il va tomber des licornes ! Hey ! Mais merde, Nico !

Le jet de M&M's sur la batterie crée une très jolie cacophonie ponctuée par les jurons de son propriétaire.

– Bon, je vous laisse, les gars, nous lance un Soul hilare.

– Bonne soirée ! répondons-nous en chœur.

J'approche de l'écran et coupe la communication avec l'Idaho, satisfait de notre session.

***

Ce soir, nous sommes de sortie au *Troubadour*. Nous profitons de notre dernière soirée à Los Angeles pour retrouver l'ambiance unique de ce club. Même si Colas n'était pas emballé, Noah et son enthousiasme à toute épreuve l'ont convaincu de nous suivre. Écouter de la musique *live* autour d'un verre avec des potes et une chance sur deux de tomber sur des connaissances célèbres, qui peut résister ?

À la descente de mon 4x4, nous sommes assaillis par des paparazzi et des clubbers qui patientent dans la file d'attente. Pour la discrétion, on repassera. Débarquer à deux heures du matin dans notre club fétiche n'était sans doute pas l'idée du siècle.

– Traaaaaaaay ! Épouse-moi ! hurle une voix féminine derrière le cordon qui délimite la file.

Près de moi, Colas ricane tandis que Noah tente de se frayer rapidement un chemin vers l'entrée.

– Colas ! Je veux être ton esclave !

J'éclate de rire devant les yeux écarquillés de mon pote. Ce genre de message en rapport avec le nom du groupe m'amuse toujours autant. Spencer nous a appris qu'il reçoit de temps en temps des articles de bondage avec des propositions explicites à notre encontre. Bientôt, il pourra ouvrir un musée !

– Une seule nuit, poupée ! lui répond Noah d'une voix forte, déjà deux mètres devant nous.

La foule le hue et c'est sous les sifflements qu'il agrippe la taille d'une fille pour l'entraîner avec lui vers l'entrée. La jeune femme arbore un sourire éblouissant avant d'agiter la main en direction de celles que je suppose être ses amies. En voilà une qui a déjà réussi sa soirée.

Je tends difficilement mes clés au voiturier avant qu'un vigile ne se poste à côté de moi pour me protéger avec sa carrure. Nous avançons lentement. Je suis ébloui par les flashs, nous sommes bousculés, des mains attrapent ma chemise, quelqu'un me touche les cheveux. Néanmoins, je souris et adresse un signe de la main aux personnes qui nous hèlent.

Arrivés péniblement devant l'entrée, Colas et moi serrons la main du manager et remercions le vigile avant de passer le sas et de rejoindre Noah et sa nouvelle amie, en grande conversation avec une hôtesse. Alors qu'un riff de guitare électrique retentit, celle-ci relève le visage au moment où Noah désigne un point derrière lui avec son pouce. Ses yeux se mettent à pétiller en nous voyant arriver.

– Bonsoir ! Je suis Tatiana et je serai votre serveuse attitrée. Mais on se connaît déjà ! Je vous accompagne, suivez-moi messieurs, nous invite-t-elle.

Nous montons les escaliers dont l'accès est barré par un cordon. Le vigile le replace dès que je suis passé.

Au cœur du carré VIP, nous nous installons dans une alcôve autour d'une table qui nous permet d'avoir une vue privilégiée sur la scène et profitons de la musique. J'apprécie de découvrir de nouveaux groupes, mais aussi d'assister à des concerts privés. Miley Cyrus nous avait d'ailleurs régalés, il y a quelques mois, de plusieurs titres *live* sur cette même scène et nous avait rejoints après sa prestation, accompagnée de ses musiciens. Une soirée mémorable.

C'est à cinq heures du matin que je sonne le départ en arrachant Noah des bras de la jeune femme qui l'a collé toute la soirée. Je salue Tatiana à qui je laisse un billet de cent dollars en guise de pourboire. Comme d'habitude, elle a été charmante et discrète.

Avant de remonter en voiture, malgré une foule beaucoup moins dense, quelques flashs nous surprennent à la sortie du club, auxquels Colas répond par un joli doigt d'honneur par le toit ouvrant. Un Noah passablement éméché renchérit en montrant ses fesses à travers la vitre. Chassez le naturel, il revient au galop.

– Tu me nettoieras ça, mec.

– Hein ? Mais mon cul est propre !

– Comme je n'ai pas l'intention de vérifier, je vais te croire sur parole. Néanmoins, tu laveras ce carreau.

– Hey, tu fais des phrases trop longues. Tu me rediras ça demain, grogne-t-il en s'effondrant au fond de son siège.

– Ouais, quand tu auras dessoûlé…

CHAPITRE 28

Nœuds @u Cerve@u

TRAY

Il n'est pas encore huit heures du matin lorsque Colas me rejoint sur la terrasse, café à la main. Attablé devant mon petit déjeuner, je scrolle les actualités sur mon portable. Il bâille à s'en décrocher la mâchoire avant de s'affaler sur une chaise longue au bord de la piscine.

– Chouette soirée, hein ? lance-t-il avant de boire une gorgée.

– Ouais, très sympa. Le petit groupe avec la chanteuse noire était vraiment pas mal.

– J'ai préféré celui d'après.

– Les Devil's Kids ?

– Ouais. Ces gamins m'ont rappelé nous quand on est arrivés ici, soupire-t-il en désignant le paysage.

J'éclate de rire en relevant les yeux de mon écran.

– Ouais, c'est pas faux. On était aussi fous ?

– Encore pire ! s'esclaffe-t-il.

Notre arrivée sur la scène américaine a été difficile, mais tellement excitante. Nous découvrions un autre monde. Nous pensions changer de pays, nous avons changé de vie. Et si, au cours des premières semaines, j'appelais ma mère tous les soirs, j'ai fini par couper le cordon et par m'acclimater. Le *star-system* nous a avalés sans prévenir et nous avons dû apprendre à nager parmi les requins. Les agents, les producteurs, les groupies et tous ces gens qui nous veulent du bien, en apparence. On côtoie le meilleur comme le pire. On apprend le courage, le travail. On apprend à se méfier. On apprend à faire confiance. On apprend à avancer. On apprend la persévérance. On apprend à ne rien lâcher. On apprend la vie. On grandit.

En accéléré.

Jamais le temps de se poser, de réfléchir sur le sens qu'on veut donner à tout ce cirque. Est-ce que tout ça en vaut la peine ? Quand je regarde en arrière, toutes ces années pendant lesquelles nous avons trimé d'arrache-pied pour concrétiser notre rêve de célébrité, je me dis que, oui, ça valait chaque goutte de sueur versée. Pourtant, désormais, j'ai envie de plus. Comme un enfant insatisfait, je me suis créé un nouveau rêve.

– Tu réfléchis, mec.

– Ça m'arrive.

Colas éclate d'un rire rauque avant de tousser.

– Et elle s'appelle comment ta réflexion intense ? Tu ne nous as même pas donné son prénom.

– Lisa.

– Eh bien, ça a l'air compliqué avec cette Lisa.

Il se redresse avant de s'asseoir face à moi. Je me racle la gorge pendant que mes pensées s'ordonnent.

– J'ai l'impression de marcher sur des œufs avec elle.

– Comment ça ?

– Elle ne semble pas aussi enthousiaste que moi et ça me fait chier.

– Non, mec, ce qui te fait chier, c'est que pour toutes les autres, tu ne t'es jamais posé de questions, ricane-t-il.

– Jamais eu besoin. On ne peut pas dire que jusqu'à présent j'étais très… stable.

– Aucun de nous ne l'est, de toute façon. Noah finit toujours par se lasser de ses copines. Soul ne s'est probablement jamais vraiment attaché à autre chose qu'à sa came. Et moi, je rame comme jamais…

Nous formons une belle bande d'atrophiés des sentiments amoureux, incapables de nous lier à autre chose de plus excitant que notre musique ou les paradis artificiels.

Conscient que la partie n'est gagnée pour aucun d'entre nous, je mords dans mon toast, pendant qu'il sort son paquet de clopes.

– Qu'est-ce qui a changé, Tray ? m'interroge-t-il en recrachant la fumée de sa cigarette.

– L'impression de vieillir seul, réponds-je, le regard fixé sur l'horizon. L'overdose de relations superficielles.

L'envie de construire quelque chose de solide. C'est un cocktail de tout ça, je pense.

Les visages de celles qui ont traversé ma vie défilent devant mes yeux. Le bilan n'est pas glorieux, mais le dernier que je vois est celui, rayonnant, de Lisa, son sourire, mais aussi son regard fuyant, celui qui me dit que rien n'est encore acquis.

– Pourtant, reprends-je, la gorge serrée, même si Lisa est belle, douce, intelligente, passionnée, drôle…

– Ouais, j'ai compris, tu t'es trouvé une princesse Disney, quoi ! soupire Colas en levant les yeux au ciel.

Je pouffe en secouant la tête.

– Plutôt une fée, je dirais. Enfin bref, malgré toutes les qualités que je vois en elle, Lisa reste sur ses gardes. Pire, elle semble presque me craindre. Nous avons eu un rendez-vous chez moi qui a été magique et pourtant elle est toujours sur la réserve. Elle rougit dès que je m'approche d'elle et même si son bégaiement ne la rend pas particulièrement bavarde, je sais qu'elle n'a pas encore envie de tout partager avec moi, expliqué-je.

– Est-ce que tu ne t'es pas dit que ça allait peut-être ensemble ? Je veux dire : sa timidité et son bégaiement.

Effectivement, mais c'est une possibilité dont je ne pourrai être certain qu'en passant plus de temps avec elle.

– Je crois que c'est un peu plus subtil que ça. Et ça m'emmerde de ne pas savoir la déchiffrer, parce que je suis intimement persuadé que c'est la bonne. Je voudrais tant être responsable de son bonheur, tu vois ? Être à l'origine du bonheur d'une autre personne, c'est tellement enivrant.

L'image du sourire de Lisa reliant ses pommettes rougies s'impose à mon esprit et m'électrise tout entier. Je rêve de caresser sa peau enflammée par nos étreintes passionnées. J'imagine ma main remontant de sa cheville délicate jusqu'au creux de sa taille pour terminer par son cou appelant aux baisers. Je remue sur ma chaise pour masquer mon trouble sous l'œil inquisiteur de Colas qui se doute, à coup sûr, du cheminement de mes pensées.

Il se redresse et s'assied au bord de la chaise longue avant de m'adresser un rictus complice qui s'efface dès qu'il ouvre la bouche.

– Tu t'es emballé super vite pour cette « fée », constate-t-il en écrasant sa cigarette. Trop vite, non ?

L'inquiétude est visible sur son visage. Me suis-je précipité ? Pour la première fois de ma vie, je commence à douter de la marche à suivre. Pour la première fois de ma vie, j'ai peur de ne pas obtenir ce que je désire.

– Peut-être. Je ne sais plus.

Colas plisse les yeux.

– T'es sûr qu'elle ne t'a pas reconnu ? Elle joue peut-être la comédie.

Je ne peux pas lui reprocher d'insister, mais s'il y a bien quelque chose dont je suis certain, c'est que Lisa ignore encore que je suis une star de la scène rock. À moins, bien sûr, qu'elle ne soit la plus grande actrice que j'aie jamais connue. Devrais-je me méfier d'elle ? Est-elle capable de me la jouer à l'envers ?

– Non, je ne pense pas. Enfin, j'en sais rien… Tu crois ?

Cette conversation va finir par me rendre fou. Je me frotte le front en soupirant de lassitude.

– Je ne sais pas, mais si elle ne t'a pas reconnu, lui cacher qui on est, c'est pas bon, mec. Elle est timide ? Très bien. Mais je ne vois pas ce qui t'empêche d'être honnête avec elle. Commence par là pour gagner sa confiance. Elle finira bien par voir que tu es parfait, dit-il en mettant deux doigts dans sa bouche comme pour se faire vomir.

Son ton volontairement provocateur écorche ma fierté. Quand je crois en quelque chose, je vais toujours au bout. Quoi qu'il m'en coûte. Je ne renoncerai pas. Et aujourd'hui, je crois en l'avenir entre Lisa et moi, et je suis convaincu que lui révéler la vérité sur mon métier ne ferait que l'effrayer et fausser les cartes.

Décidant que cette conversation ne nous mènera à rien, je me lève pour aller me faire couler un café. Néanmoins, avant que j'atteigne la cuisine, la sonnerie de mon téléphone interrompt mes projets.

– Vous êtes de retour à Los Angeles et je ne suis même pas au courant ?! s'écrie Spencer à travers le haut-parleur.

Surpris par cette entrée en matière fracassante, je regarde à deux fois mon portable avant de le remettre à mon oreille.

– Apparemment si, puisque tu m'appelles pour ça. Bonjour à toi aussi !

– Ouais, bonjour, grogne-t-il. Vous faites la une des tabloïds, les gars.

– Ah merde ! Ouais, on a fait la fête, hier.

Colas ricane à côté de moi et mime son superbe doigt d'honneur certainement immortalisé par les photographes.

– J'avais compris. Les sites d'actu people et les réseaux sociaux en parlent depuis ce matin. Dis-moi que vous êtes là pour enregistrer.

– Calme-toi, nous avons juste fait un saut pour voir Soul. Il va bien d'ailleurs, puisque tu me le demandes si gentiment.

– C'est génial, mais ce n'était pas ma question.

– On repart demain pour la France.

Je me tourne vers mon pote qui hoche la tête en guise d'accord.

– Mais putain ! Et je leur dis quoi aux autres ?

– Ce que tu veux, c'est ton boulot, ça ! Dis-leur qu'on compose. Et ça, c'est vrai. Écoute, on a encore besoin de temps. Douze ans qu'on tourne et qu'on produit des albums non-stop. Tu nous dois un peu de répit, ajouté-je avant qu'il me coupe.

– Merde ! Bon, l'info que je retiens c'est que vous composez.

– Et que Soul va beaucoup mieux, insisté-je.

– Oui, aussi. Je te recontacte plus tard.

Il me raccroche quasiment au nez. Je ne m'étais jamais rendu compte à quel point Spencer était insensible. Il faudra que je prenne le temps de lui toucher un mot sur son attitude. Avec le fric qu'il se met dans les poches grâce à nous, il pourrait faire preuve d'un peu plus de reconnaissance, de tolérance, et surtout de respect.

Ce n'est plus d'un seul café dont je vais avoir besoin, mais d'un double en intraveineuse.

CHAPITRE 29

@pprivoiser L@ Peur

LISA

La commande d'aujourd'hui est bientôt prête. Avec les beaux jours qui ont pointé le bout de leur nez, les commandes ont explosé cette semaine et le rythme dans l'atelier est de plus en plus effréné. Après avoir étouffé un bâillement, j'étale ma pâte à sucre verte au rouleau. Quand elle me semble à la bonne épaisseur, je viens en recouvrir le biscuit garni de ganache chocolat-noisette. Je coupe ce qui dépasse et saisis ma poche à douille. Le modèle devant les yeux, je trace au glaçage blanc les lignes et les buts du terrain de football. J'ajoute un « Joyeux anniversaire Dylan ».

Les Sex Pistols en fond sonore pour meubler le silence oppressant, je continue ma création en formant un ballon avec un morceau de génoise et de la pâte à sucre, blanche, cette fois. Je le pose en guise de point sur le premier « i » d'anniversaire. J'espère que ce petit garçon sera heureux. Je suis certaine que mes deux petits frères adoreraient ce gâteau, en tout cas. Une fois ma création achevée, les muscles de mes bras protestent. La petite mise au point que j'ai subie de la part des filles tourne en boucle dans mon esprit et m'angoisse. Au pied du mur, toutes mes nuits sont donc peuplées de cauchemars où je me retrouve seule au bord d'une route en plein milieu du désert. Je me réveille alors en sueur, le cœur au bord des lèvres. Avec le nombre de commandes qui augmente, je ne peux que donner raison à Angélique et Méline, je ne tiens pas le rythme. Pire, je deviens inutile.

Irrécupérable, ma pauvre Lisa.

Avant de le mettre dans la boîte aux couleurs de Pic'Assiette, je prends une photo pour qu'Angélique puisse par la suite compléter notre catalogue.

– Lisa, Méline et moi avons quelque chose à te dire, annonce soudain mon amie d'une voix neutre.

Surprise, je me retourne vivement. Angélique se tient dans l'entrée de la cuisine, les bras croisés, sa cousine juste derrière elle. Ça y est, l'heure est arrivée. Elles attendaient de moi que je fasse preuve de courage, que je revienne vers elles pour leur dire que j'acceptais de faire des efforts pour l'avenir de l'entreprise, j'en suis incapable.

Merci et au revoir, Lisa !

Mes yeux s'embuent tellement que je ne vois plus les pliages que je dois effectuer pour fermer cette… putain de boîte ! Malgré ma volonté de paraître digne, un gémissement aigu et douloureux sort d'entre mes lèvres pincées avant que la première larme ne coule sur ma joue. Sans Pic'Assiette, sans mes amies, je ne suis plus rien. Je vais redevenir cette pauvre chose insignifiante, recluse dans son appartement en ermite.

– Bon, ça suffit ! s'écrie Angélique en tapant du plat de la main sur mon plan de travail.

Je sursaute, ne l'ayant pas entendue approcher, et relève les yeux vers elle. Je ne retiens pas mon cri devant la fureur qui déforme ses jolis traits.

– J'ai ton attention, maintenant ? demande-t-elle sans me lâcher du regard.

– Ou-oui.

J'avise alors ses cernes, ainsi que sa main libre posée sur son ventre. Un éclair de remords tord mes tripes. J'essuie mes joues avec mes doigts.

– J'ai mis une annonce pour trouver quelqu'un pour vous aider en cuisine.

Je cligne des paupières. Quoi ? J'ai peur de comprendre…

– Je-je ne…

– J'ai reçu vingt candidatures et j'en ai retenu une. C'est un jeune de seize ans qui cherche un contrat d'apprentissage en pâtisserie.

Méline fait le tour de l'îlot pour se placer à côté de sa cousine.

– Alors, Lisa, maintenant, tu vas prendre le taureau par les cornes et aller accueillir notre nouvel employé, m'encourage ma meilleure amie.

Mon cœur tressaute tandis que je me focalise sur l'occasion qu'elles viennent de m'offrir. Que faire ? C'est ma dernière chance. Je le sais.

J'inspire longuement et tente vainement d'endiguer le flot d'émotions qui m'envahit. Je me concentre sur leurs paroles : candidature, jeune de seize ans, nouvel employé. On y est… Je dois puiser au fond de moi la force de vaincre ma peur. Vais-je seulement y arriver ? J'expire lentement sous le regard débordant d'espoir de mes deux amies. Elles m'insufflent la force qui me fait défaut. Je ne veux plus me sentir comme le maillon faible de notre trio. Je souhaite plus que tout qu'elles puissent compter sur moi comme je sais que je peux me reposer sur elles.

Pour Pic'Assiette. Pour nous.

– Le-le t-t-temps de-de ranger.

Lorsque, à travers mes larmes, je vois fleurir un sourire sur leurs lèvres, mon cœur se remet à battre à un rythme normal. Mon regard navigue entre les deux meilleures choses qui me soient arrivées dans la vie. Leur confiance en moi est toujours là, omniprésente, tandis que je la croyais disparue.

– On fera ça à mon bureau, reprend Angélique sereinement. S'il est toujours OK, on lui fera visiter la cuisine. Dépêche-toi, ma belette, il arrive d'ici un quart d'heure !

J'acquiesce et la regarde repartir vers l'accueil. Toujours immobile devant le gâteau d'anniversaire du petit Dylan, je reporte mon attention sur Méline.

D’un pas, nous nous enlaçons. J’agrippe le dos de sa veste et enfouis mon visage dans son épaule. Son étreinte appuyée me remet d’aplomb.

– Tu ne nous as pas laissé le choix, Lisa, murmure Méline. C’est pour ton bien.

C’est ce qu’elle croit, mais je sais qu’une longue route m’attend et que mes peurs ne s’envoleront pas du jour au lendemain. Cette souffrance ne disparaîtra pas. Des années de brimade à l’école ne s’oublient pas. Une enfance à entendre mon père me rabaisser ne s’efface pas.

Sois fière ! Tiens-toi droite ! Redresse-toi !

Instinctivement, je me tends. Je me dois d’essayer. Il le faut. Chaque étape franchie sera un défi personnel : rencontrer ce jeune apprenti, lui apprendre le métier, lui faire confiance. En suis-je seulement capable ?

Lorsque, après avoir repris mes esprits, je me détache de Méline, je me sens légèrement plus sereine. Je nettoie et range mon poste jusqu’à ce qu’Angélique réapparaisse dans la cuisine.

– Tiens, t’as réussi à passer les portes battantes ? s’exclame Méline qui sort de la réserve avec un cageot de pêches.

– Tu radotes, ma vieille, siffle Angélique.

– Tu as raison, excuse-moi. Faut que je trouve autre chose… Tiens, parlons de tes pieds qui vont gonfler et du fait que tu devras porter ces horribles espadrilles qui puent le vieux maroilles !

– Chut ! Le jeune va arriver, gronde-t-elle. Prête, Lisa ?

Non.

– Ja-ja… j'arrive.

Le demi-tour gracieux d'Angélique est suivi par une ouverture des doubles portes dignes d'une princesse.

– C'est tellement facile de la faire enrager, glousse Méline.

Alors que la clochette de l'entrée tinte, j'enlève ma charlotte, me recoiffe rapidement devant le miroir et sors de la cuisine.

Le gamin dégingandé qui se tient face à Angélique semble sortir de son lit avec sa masse de cheveux noirs hirsutes. Un air doux sur le visage, il respire la gentillesse. Sa jambe tressaute tandis qu'il triture le bas de son sweat-shirt. Je retiens un rire ; il est aussi stressé que moi.

– Tiens, Selim, voici Lisa. Si tout se passe bien, c'est elle qui te supervisera, nous présente Angélique.

Selim se tourne vers moi avec un sourire.

– Bonjour, madame !

Pfiou le coup de vieux…

Je hoche la tête, serre sa main tendue, mais je lui renvoie difficilement son entrain. Je suis consciente de ne pas être très engageante. Le visage redevenu sérieux, il penche la tête sur le côté et fronce les sourcils. Ses yeux chocolat m'interrogent silencieusement.

Il me rappelle mes anciens camarades, ceux qui me paraissaient gentils le jour de la rentrée jusqu'à ce qu'une remarque fuse et que le cycle commence. J'ai appris à ne pas juger au premier regard. Les battements de mon cœur s'accélèrent au souvenir de la peur de me faire remarquer, moi qui cherchais par tous les moyens à me rendre invisible.

Aujourd'hui, je suis plus âgée. J'ai acquis de l'expérience. J'ai même su animer l'atelier découverte de Pick Me. En revanche, je n'étais qu'en présence d'adultes.

Il est si jeune, et pourtant, j'ai le sentiment qu'il ne me fera pas de mal. Seul le temps me prouvera si j'ai raison ou tort. Après avoir lâché sa main, je secoue la tête et laisse une expression plus chaleureuse se dessiner sur mon visage.

– On va s'asseoir, lance Angélique en désignant les chaises face à son bureau.

Dès que nous sommes installés, il lui tend tous les papiers qu'il a apportés.

Angélique lui explique le fonctionnement de Pic'Assiette et le type d'aide que nous recherchons, c'est-à-dire en job d'été à partir de début juillet, puis en contrat d'apprentissage à compter du premier septembre. Pour sa part, Selim nous explique qu'il rêve de reprendre la pâtisserie d'un de ses oncles à Marseille, mais qu'il ne veut pas descendre là-bas pour ses études et qu'il préfère rester avec sa mère et ses deux petites sœurs à Lille, le temps de terminer sa scolarité.

J'apprécie sa franchise et son attachement à la famille. Un jeune homme qui se soucie autant du bien-être de ses proches ne peut pas être foncièrement mauvais. Sa motivation et son enthousiasme semblent sincères. Après tout, il s'est renseigné sur notre activité, il nous complimente sur nos créations et ne demande qu'à apprendre nos techniques. Pour un peu, je rougirais de son intérêt.

Il m'a convaincue. Je croise mentalement les doigts de faire le bon choix, mais déterminée à lui laisser sa chance de me le prouver, je hoche la tête et fais un clin d'œil à mon amie qui acquiesce.

– Bien, nous pensons que tu seras parfait pour le poste. Alors…

– A-a… att-t-t-tends.

Selim se retourne vers moi sans se départir de son sourire poli. J'essaie de déterminer si ce dernier est moqueur, mais je ne détecte aucun amusement chez lui. C'est le moment de vérité. J'étudie son visage impassible avant de me lancer, le cœur battant.

– Se-se-Selim. Est-ce q-q-que m-m-mon bé-bé-bégaiement t-t-t… te p-po-pose un p-p-pro-problème ?

Hormis un clignement de paupière, pas de rictus, pas de grimace. Un bon point pour lui.

– Pas du tout, madame. Ma petite sœur, Djamila, bégaie aussi parfois quand elle est énervée. J'ai l'habitude.

Surprise, je ne sais comment réagir. Avec cette seule phrase, il vient de me conforter dans ma décision. Au fond de son fauteuil, Angélique, en spectatrice attentive, se délecte de notre échange. Je la soupçonne d'enregistrer chacune de mes réactions pour les rapporter à Méline plus tard.

– On-on ne t-t-te p-p-pr… prend que si t-t-tu ma-m'app-m'appelles Lisa. OK ? lui dis-je, laissant un premier sourire sincère fleurir sur mes lèvres.

– D'accord, Lisa, me rétorque-t-il.

Dans son dos, Angélique applaudit silencieusement avant de lever ses deux pouces, victorieuse.

Satisfaite et soulagée que cette épreuve soit terminée, je me lève et retourne dans la cuisine, pendant qu'Angélique lui annonce qu'elle signe les papiers immédiatement.

– Alors, il est bien ? demande Méline tout en fonçant[4] une plaque à pâtisserie avec sa pâte feuilletée.

– I-il est s-s-sympa. I-il reste q-q-quoi à-à faire ?

– Ne change pas de conversation, Miss Esquive ! Est-ce que tu as pu gérer ?

Face à moi, Méline, appuyée sur le plan de travail, attend ma réponse, suspendue à mes lèvres.

– C'ét-t-t-tait d-d-di… difficile, m-m-mais j'ai-j'ai r-r-réussi ! dis-je avec une pointe de défi.

– Génial ! Maintenant, j'ai hâte de te voir dans le rôle du professeur. Je suis sûre que tu vas être

4. En pâtisserie, il s'agit de garnir l'intérieur d'un moule ou d'un cercle d'une abaisse de pâte à la forme et à la taille du moule.

épatante ! lance-t-elle en reprenant la garniture de ses tartes aux pêches.

J'ai un mouvement de recul alors que toutes mes appréhensions me reviennent violemment en pleine face.

Moi, professeur ?

Je reste tétanisée quelques secondes avant que Méline ne relève les yeux vers moi en fronçant les sourcils.

– Qu'est-ce qu'il y a ? Tu ne te sens pas bien ?

Non. Effectivement, je ne me sens pas bien. J'ai l'impression que rien n'est résolu et d'être revenue au point de départ. Une vague glacée parcourt mon épiderme.

– T-t-tu-tu crois que-que je v-v-vais y arriv-v-v… ver ? lui demandé-je d'une voix tremblante.

Aussitôt, elle fait le tour de l'îlot et me saisit par les épaules en me regardant dans le blanc des yeux.

– J'en suis certaine, m'assure-t-elle. Tu verras, tout se passera bien.

J'aimerais être aussi confiante qu'elle. Néanmoins, j'acquiesce d'un mouvement du menton et me dirige vers l'évier pour entamer la vaisselle.

– Lisa ?

– Mmh ?

– Ça te dirait un peu de shopping, ma belette ? propose-t-elle d'un ton malicieux.

Cette invitation ressemble terriblement à un enterrement de hache de guerre en bonne et due forme et je serais ingrate de refuser. À mes yeux, mon amitié avec Méline vaut tout l'or du monde.

– Ou-oui, accepté-je sans me retourner.

– Parfait ! Dès que mes tartes sont cuites, il ne restera plus que toi, moi et les cabines d'essayage. On va s'éclater !

Je ne peux me retenir de pouffer. Celui qui n'a jamais pratiqué le shopping avec ma meilleure amie ne peut pas comprendre mon amusement, mais l'aventure qui m'attend promet de me faire radicalement oublier l'épreuve que je viens de m'imposer.

CHAPITRE 30

Les Filles À L@ V@nille

LISA

Une heure plus tard, nous arpentons la rue piétonne de Béthune, au centre de Lille. Je voue une admiration sans bornes à l'aisance avec laquelle Méline parvient à marcher avec ses escarpins à talons hauts sur ces pavés sans âge. Nos essayages, aussi rocambolesques que farfelus, font honneur à chaque magasin. Méline et moi adorons nous faire essayer les trucs les plus moches possible, au grand dam des vendeuses. Certaines comprennent vite notre manège et rient avec nous, tandis que d'autres, trop commerçantes, nous encouragent en nous complimentant sur nos choix plus que douteux.

C'est prises d'un fou rire qui ne nous quitte plus que nous entrons chez Bizzbee.

– Oh, jolie !

Méline décroche une robe bleu marine à bretelles fines, mi-longue, qui dévoile une petite bande de peau au milieu du ventre. Le décolleté est mis en valeur par une ceinture qui passe sous la poitrine.

– J'adore ! Je vais vraiment l'essayer celle-ci.

– Elle est b-b-bê… belle.

– Regarde si tu ne trouves pas pour toi. On ne sait jamais.

Alors qu'elle s'engage vers les cabines d'essayage, je fouille parmi les robes, d'un œil distrait. Je porte finalement mon choix sur une jupe verte lorsqu'une petite voix fluette m'interpelle :

– Oh Lisa, bonjour !

Je me retourne alors sur la fille de Thibault accompagnée de sa mère.

Alerte !

Je prends une longue inspiration. L'esprit monopolisé par les émotions que m'ont fait vivre les filles, je n'ai pas eu une seule pensée pour Thibault ces derniers jours. Pourtant, c'est quand j'aurais eu le plus besoin de lui qu'il a choisi de ne plus me contacter. Son dernier message date de plus d'une semaine et il n'était destiné qu'à m'inviter à une soirée karaoké. Depuis, plus rien. Dire qu'il m'avait réclamé mon numéro de portable pour m'inonder de SMS, j'attends toujours de devoir écoper… Son insistance s'est transformée en ignorance.

Désormais déçue qu'il ne se soit pas inquiété de mon absence de réponse, je suis pourtant tentée par l'invitation. J'aime chanter, c'est le seul moment où je ne bégaie pas. Seule l'idée de me retrouver face à un public qui me juge m'intimide. J'ai peur que mon trac ne m'empêche de sortir le moindre son.

Machinalement, je pose une main tremblante sur mon cou et le frotte doucement pour faire disparaître la boule qui s'y est logée depuis que sa fille est apparue devant moi. Je déglutis.

– B-b-bon… bon-jour. Léa ?

– Oui, c'est ça. Et voici ma maman, Sophie, me présente-t-elle.

Les deux sont magnifiques, leurs yeux brillent de la même lueur vive. Sophie me tend sa main que j'étreins mollement par réflexe en essayant de cacher mon malaise. Discrètement, je jette un œil vers les cabines, priant pour que Méline vienne me sauver de ce guêpier.

Ou quand tu vis un moment gênant et que tu espères en secret qu'un superhéros te fasse disparaître…

– Bonjour, Lisa. Vous êtes une amie de Thibault, c'est ça ?

Je ne peux pas lui dire que je pense être bien plus qu'une simple « amie », et pourtant, j'en meurs d'envie. Ça ne me ressemble pas du tout. Encore fragilisée par cette semaine infernale, je ravale difficilement ma remarque avant d'acquiescer.

– Ou-oui.

– Tu sais, maman, on l'a croisée l'autre soir, après ma sortie de l'hôpital, précise l'adolescente en s'adressant directement à sa mère.

– Oh, tu veux parler de ce fameux soir où ton père t'a gentiment remise à ta place ? rétorque Sophie en la fusillant du regard.

– Mouais, concède Léa avec une moue boudeuse, tête baissée.

Alors que je ne sais plus où me mettre, Sophie me lance un sourire contrit. Laquelle de nous deux est la plus embarrassée ?

– Désolée d'ailleurs, Lisa, pour cette fois-là. Je ne l'ai pas vue s'échapper de l'appartement.

– Oh. Ce-ce n'est p-pa-pas grr-grave.

– Tu vois ? Papa m'a engueulée pour rien, souffle Léa.

– Mmh, marmonne Sophie. C'est tellement rare venant de ton père que ce n'est jamais pour rien.

J'imagine que s'il vit loin la plupart du temps, Léa ne doit pas avoir l'habitude de se faire remonter les bretelles par Thibault. Je me sens coupable ; je suis certainement la raison de cette réprimande. La jeune fille hausse les épaules avant de reporter son attention sur moi.

– Quand est-ce que tu reviens chez mon papa ? me demande-t-elle, une lueur d'intérêt dans les yeux.

Mal à l'aise, je ne sais pas quoi répondre.

– Mais enfin, Léa ! On ne pose pas ce genre de questions, voyons ! la sermonne Sophie, les yeux écarquillés.

Léa plisse le front d'incompréhension devant l'expression choquée de sa mère.

– Ah ? Bah pourquoi ? Papa aime bien Lisa, donc…

Une main sur le front, Sophie interrompt sa fille en levant les yeux au ciel.

– Je suis désolée, Lisa. Léa n'a pas beaucoup de filtres. Pour ça, elle tient de son père.

Je secoue la tête en lui souriant, puis je regarde Léa qui affiche un petit rictus coquin. Je crois qu'en vérité elle sait très bien ce qu'elle fait.

– J-je n-n-ne sais p-pa-pas en-encore.

– J'espère bientôt, parce qu'il est de mauvais poil depuis qu'il est revenu des States et il est triste aussi, parfois. Y'a que quand je lui parle de toi qu'il a l'air heureux, me raconte la jeune fille, triomphante.

Punaise !

Elle ne se doute sûrement pas qu'elle vient de me balancer une bombe qui sème le chaos dans mon esprit. Alors que je pensais qu'il m'avait oubliée, sa fille m'a rappelée à son bon souvenir ? Voilà une alliée inattendue.

– Oh !

Sous le coup de l'émotion, je suis incapable d'aligner plus de mots. En revanche, l'espoir que tout n'est pas perdu refait surface. Mais alors, pourquoi Thibault ne m'a-t-il pas contactée ? Qu'attend-il ?

– Léa, Léa, Léa… Je vais finir par te bâillonner, bon sang !

Sa fille grimace en me regardant avec des yeux implorants.

– Laissez-la s'exprimer, cette petite ! Je suis sûre qu'elle a plein de trucs intéressants à dire, intervient une voix familière derrière moi.

Là, c'est moi qui lève les yeux au ciel. En voilà une autre qu'il faudrait bâillonner !

– On va vous laisser. On est en plein shopping et je vois que vous aussi, me sauve Sophie. Tu viens, Léa ?

Voilà ma superhéroïne...

– T'es une copine de Lisa ? demande la jeune fille à mon amie.

En revanche, pas assez rapide...

Dans une pose proche de celle d'un mannequin de haute couture, Méline s'avance d'un pas, les mains sur les hanches. La superbe robe bleue, dont l'étiquette dépasse dans son dos, met d'ailleurs ses courbes en avant et attire les regards.

– Absolument. Et toi ? rétorque-t-elle.

– Pas encore. Mais c'est une copine de mon papa et...

– Allez, ça suffit, ma puce, on y va. Bon après-midi ! intervient Sophie en tirant sa fille derrière elle.

Méline s'amuse pendant que nous les observons sortir du magasin en pleine discussion houleuse.

– Je l'aime bien cette gamine... « Une copine de mon papa », hein ? C'est mignon. Toi, va falloir que tu me racontes tout ce que j'ai manqué, et avec tous les détails...

– Mmh, accepté-je mollement.

La seule chose que j'ai retenue c'est qu'il est heureux quand on lui parle de moi !

– Retire ce sourire idiot de ton visage et dis-moi plutôt ce que tu penses de cette robe, me raille-t-elle.

Évidemment, elle lui va à merveille, et nous sortons du magasin chargées d'un sac supplémentaire.

***

Nous terminons notre après-midi réconciliation à la terrasse pleinement ensoleillée d'un café situé sur la Grand'Place, en face de la fontaine. Autour d'une gaufre à la chantilly et d'une bière, nous plaisantons, jusqu'à ce que Méline plisse les yeux et me pose enfin la question qui lui brûle les lèvres depuis deux bonnes heures :

– Alors… Thibault ? Ça devient sérieux, cette histoire, dis-moi.

J'ai rarement l'occasion de parler de mes histoires de cœur avec Méline. Non pas qu'elle n'écoute pas, mais plutôt par manque d'histoires à raconter. Seulement, Thibault est à part dans mon cœur et je crois que mon amie l'a bien compris. Je sais que je peux lui confier mes craintes sans être jugée.

– T-t-tu crois ? Tu-tu crois q-q-que j-j-je p-p-peux lui f-f-f-faire con-conf-f-f-fiance ?

– Pour quoi ?

– Tout.

Méline termine d'un coup de cuillère le reste de la chantilly avant de relever les yeux vers moi.

Je rougis sous le regard insistant et perçant de mon amie.

– Sincèrement ? J'en sais trop rien. Je ne reste pas assez longtemps avec un homme pour tester autre chose que son lit ou sa…

– J'ai-j'ai comp-p-p-pris ! la coupé-je en surveillant les personnes assises autour de nous.

– Oui, bon. Je ne suis pas la meilleure pour te parler de ça. Ma seule véritable longue expérience avec un mec s'est soldée par un échec, alors…

Laurent a disparu du paysage du jour au lendemain, ce qui a complètement dévasté Méline et l'a poussée à se refermer dans sa bulle pendant plusieurs mois. À l'époque, je pensais qu'il était l'homme de sa vie, mais il faut croire que je suis aussi bonne juge avec les autres qu'avec moi-même, car tout ce qu'elle a trouvé à me dire fut : « C'était pas le bon. »

Méline pose sa main sur la mienne, la mine soudain sérieuse.

– Tu sais, ma Lili, à force de dresser des murs entre toi et le reste du monde, tu vas finir par arrêter de vivre. Regarder les autres à travers un miroir sans tain, c'est comme passer son temps sur les réseaux sociaux, c'est distrayant un moment, mais pour te sentir vraiment vivante, il faut que tu ressentes toi-même ces émotions. Au plus profond de ton cœur et de tes tripes. Et pour ça, tu dois faire *tes* propres expériences.

Je hoche la tête. En avoir conscience est une chose, ne reste maintenant plus qu'à trouver la force d'abattre ces foutues barricades et d'accepter que des personnes extérieures m'approchent. Plus facile à dire qu'à faire.

– En d'autres termes, profite du beau gosse et sois toi-même !

Alors qu'elle sort son porte-monnaie, je ris, mais je décide de suivre son conseil. Je n'ai pas oublié que, aujourd'hui, c'est le dernier jour pour s'inscrire au karaoké organisé par Pick Me. Moi qui pensais faire une croix dessus, ma meilleure amie m'a finalement donné la motivation nécessaire pour reprendre contact avec lui. Je me souviens qu'on peut inviter jusqu'à trois personnes, et je ne compte pas y aller seule.

– Mé-Méline, est-est-ce que tu-tu v-v-v… veux ve-venir à-à un k-k-ka… karaoké ?

Un voile d'émotion passe furtivement dans ses yeux brillants.

– Oui, bien sûr. Quand ? s'empresse-t-elle de me demander.

– V-v-vend-d-dredi p-p-pro… prochain.

– C'est où ?

– K-K… Ka-KaraFun.

– Impeccable, c'est à côté de chez moi. Pas de souci, je le note.

J'ai vraiment une amie en or.

***

Dès mon retour chez moi, je me connecte sur Pick Me pour remplir le formulaire d'inscription. Plusieurs messages sont en attente d'une réaction de ma part. La politesse voudrait que je réponde, mais je n'en ressens pas le besoin.

Néanmoins, après ma mission effectuée, j'ouvre le premier par curiosité.

Bonjour Peach_Melba
J'ai vu sur ton profil
que tu aimais faire de la pâtisserie
et je suis très gourmand.
Ça te dirait de me faire des gâteaux
jusqu'à ce que la mort nous sépare ?
J'attends de tes nouvelles.
DominiqueD.

Une approche intéressante…

J'ouvre le deuxième en sirotant mon thé.

Peach_Melba comme la pêche Melba ?
Ton pseudo est intrigant.
Contacte-moi.
Momo

Je ne vois pas trop où Momo veut en venir, mais lui ne m'intrigue pas du tout. On ne lui reprochera pas sa perspicacité en tout cas…

J'en ouvre un troisième.

Délicieuse pêche, tu es à croquer
Tu es blonde comme les blés
Allons boire un thé

Ou siroter un café
Mickaël

Tiens, un poète. Dommage, je préfère Verlaine. Cela dit, on ne peut pas lui enlever cette qualité : Mickaël est un créatif…

Pour finir sur une jolie note, je clique sur mes favoris et contemple la photo de Music_Man. Excitée à l'idée de le revoir, je m'empresse de lui envoyer un message :

Coucou
J'espère que tu vas bien
et que tu n'as pas
de problème au travail.
Excuse-moi de te répondre
si tardivement, mais j'ai été débordée
ces derniers jours.
Enfin bref, je me suis inscrite
au karaoké avec Méline,
mais le dernier jour c'est aujourd'hui.
Donc, j'espère que tu verras
mon SMS avant la fin des inscriptions.
Bonne soirée.

Au moment de cliquer sur l'icône d'envoi, je me retiens. Lorsque je me relis, le message paraît tout de même très formel. J'ajoute un « Tu me manques » avant de le valider. Mine de rien, je m'étais habituée à échanger chaque soir avec lui. Ça me laisse désormais un petit goût de vide que je n'apprécie pas vraiment.

Par la fenêtre ouverte, le chant des oiseaux accompagne le carillon du beffroi qui joue le final de la 9e symphonie de Beethoven. Alors que le soleil amorce sa descente derrière les vieux édifices flamands, la fraîcheur que le petit vent ramène dans mon appartement me provoque des frissons. Je me lève, enfile mon gilet et mon tablier par-dessus.

J'épluche trois pommes de terre que je coupe en petits dés et casse deux œufs pour me cuire une omelette. Je me régale devant un épisode de *Brooklyn Nine-Nine* en version originale. Le seul avantage de ma scolarité huppée dans cette école internationale suisse, c'est mon apprentissage des langues étrangères. Et si parler reste difficile, j'ai une très bonne compréhension de l'anglais.

Comme quoi, papa, m'éloigner de la maison n'a pas eu que des points négatifs !

Le tintement d'une notification détourne mon attention de la télévision. J'attrape mon portable posé sur la table basse.

Salut Lisa !
Je suis heureux d'avoir
de tes nouvelles.
Je pense beaucoup à toi.
Je suis rentré à Lille
depuis quelques jours.
Je viens de m'inscrire in extremis
à la soirée karaoké avec un pote aussi.
On se retrouve là-bas. 😉
J'ai hâte.
Bisous.

Mon petit cœur bat plus fort.

Moi aussi, j'ai hâte.

Il est rentré depuis quelques jours, donc c'est que tout va bien. Alors pourquoi suis-je déçue ? Je ne devrais pas. C'est sans doute ce qu'il attendait : que je fasse un premier pas vers lui. Et si je l'avais déçu en ne lui répondant pas ?

À croire que je ne sais pas ce que je veux. Quand je suis près de lui, je me transforme en petit animal apeuré, et sans nouvelles de lui, j'ai l'impression qu'il me manque quelque chose.

Désolant, Lisa…

Bon, après tout, nous allons bientôt passer du temps ensemble. La soirée karaoké est dans quatre jours. Pourquoi ces quatre malheureux petits jours me semblent-ils une éternité ? Je ne me suis jamais sentie aussi impatiente qu'en ce moment. Ça me perturbe.

Encore quatre longs jours... et je serai fixée.

CHAPITRE 31

Les G@rs @u Chocol@t

TRAY

Plus de deux semaines que je ronge mon frein ! Je n'en peux plus. Je suis impatient de revoir Lisa. Je meurs d'envie de lui envoyer un petit mot. Cependant, après ma discussion à cœur ouvert avec Colas, je tente de mettre toutes les chances de mon côté en la faisant languir.

Dire que Sophie et Léa l'ont croisée…

Je suis presque jaloux.

– Papaaaa ! C'est moi ! crie Léa en frappant à la porte.

Tiens, quand on parle du loup…

– Le papa que vous avez demandé n'est pas joignable pour le moment, rétorqué-je depuis le couloir. Vous pouvez lui laisser un message après le bip sonore ! Biiiiiip !

– Papaaaa ! se plaint-elle. T'es pas drôle.

– Ah bon ? Moi qui croyais que tu m'aimais pour mon sens de l'humour… dis-je tout en lui ouvrant. Je suis déçu.

Léa entre dans le salon de son pas dansant. Avec ses ballerines dorées, son débardeur à strass et les volants de sa jupe qui virevoltent autour de ses cuisses musclées, elle semble plus apprêtée pour une sortie entre copines que pour un repas de famille. En effet, il s'agit d'un simple dîner chez mes parents avant que je m'échappe avec Noah pour rejoindre l'objet de mes pensées.

– Ah ah… T'as mangé du clown, ce soir ? ironise-t-elle.

– Pas encore, mais on demandera à mamie de te mettre dans sa marmite, lancé-je en retournant à la salle de bain. Je suis sûr que tu es savoureuse, ma puce.

– Pfff, c'est nul c'te blague. Entre toi et tonton Nathanaël, je crois que ça va encore être une super soirée, souffle-t-elle depuis l'encadrement de la porte, les mains sur les hanches.

Je m'asperge d'un peu d'après-rasage, puis je vérifie ma tenue une dernière fois. Nos yeux se croisent dans le reflet du miroir. Je surprends son petit sourire moqueur avant de faire volte-face.

– Tu es au courant que tu ne sors pas avec nous ? dis-je en désignant sa tenue.

– Oui, et encore heureux ! s'esclaffe-t-elle en disparaissant dans le couloir.

J'écarquille les yeux devant son aplomb, mais j'imagine que, très vite, elle préférera sortir avec ses amis plutôt qu'avec ses parents.

– Quoi ? Tu as honte de ton père ? la taquiné-je.

Je souris à mon reflet avant de la suivre.

– Écoute, je ne vais pas sortir avec des vieux, quand même !

J'éclate de rire.

– « Vieux » ?! Je ne suis pas vieux !

– Bah si, un peu…

Alors qu'elle me tire la langue, je l'attrape par la taille et la hisse sur mon épaule. Elle pousse un petit cri qui se transforme en rire.

– Tu vas voir si je suis vieux, jeune fille !

Je la chatouille au niveau des côtes tout en tournant sur moi-même. Étourdi, je la repose sur le sol et remets de l'ordre dans ma tenue.

– Bon, pas si vieux que ça, admet Léa essoufflée.

Elle resserre sa queue-de-cheval puis vient m'enlacer. Je l'embrasse sur le front avant de rompre notre étreinte. Je ramasse mon portable sur le comptoir de la cuisine en passant, décroche mon blouson en cuir du portemanteau et prends mes clés.

– On y va ?

– Bah oui, mamie m'envoie te chercher. Elle avait peur que tu sois encore en train de te pomponner, glousse-t-elle. Mais je vois qu'elle n'avait pas tort.

– Quoi ? Je ne suis pas bien comme ça ?

Un jean, une chemisette, mes bracelets en cuir, ma chevalière et mes boots aux pieds. Tout en noir : rien d'extravagant, ni classe ni trash, simple.

– Ouais, la chemise, c'est bien, le reste c'est comme d'habitude, quoi. De toute façon, t'es toujours canon, même les filles à l'école le disent, dit-elle en grimaçant. Bon, j'ai faim, moi ! Dépêche, mamie a fait une tarte au sucre en dessert.

– Tout ce que j'ai retenu, c'est « canon ».

Après avoir claqué la porte de mon appartement sur les gloussements de Léa, nous descendons d'un étage et pénétrons chez mes parents où flottent l'odeur épicée d'un couscous et le bruit d'une conversation entre mon père et mon pote sur la politique actuelle.

***

Noah et moi rejoignons le KaraFun avec dix minutes d'avance. Les températures douces nous ont motivés à y aller à pied et nous avons bien fait, un concert de jazz au théâtre Sébastopol a rendu les places de parking disponibles rares. À l'accueil de l'établissement, une charmante hôtesse aux cheveux blonds frisés nous demande nos réservations avec un sourire figé.

– Vous êtes là pour la soirée des célibataires ? s'enquiert-elle d'un air enjoué.

– Oui, s'empresse de répondre Noah d'une voix mielleuse en s'appuyant nonchalamment sur le comptoir.

– Alors, vous prenez ce couloir-là, et l'animateur vous indiquera la salle Big Stage. Bonne soirée, messieurs !

– Vous finissez à quelle heure, jolie demoiselle ? demande mon pote en se redressant.

Je me frappe le front d'exaspération alors que des étoiles se mettent à briller dans les yeux de la jeune femme.

– Noah… soufflé-je en le poussant dans le dos.

Il tourne la tête vers moi armé d'un sourire carnassier.

– Bah quoi ?

Je me mets à sa hauteur et lui donne un coup de coude dans les côtes.

– T'es incroyable, mec ! grommelé-je.

– Je sais, se rengorge-t-il.

Ricanant, nous marchons dans la direction indiquée. L'écho du bruit de nos boots rebondit entre les murs de l'étroit couloir.

– Minuit ! entendons-nous soudain dans notre dos.

– Bah, voilà, se réjouit-il. Elle est pas mal, non ?

– Je ne sais pas, je n'ai pas remarqué. Et t'as pas une copine en ce moment ?

Il hausse les épaules d'indifférence sans répondre. Malgré quelques coups d'un soir de temps à autre, il est devenu le moins butineur de nous tous. S'il y en a un qui serait susceptible de se caser, c'est bien lui.

Depuis toujours, Noah donne l'impression de s'en foutre, mais il s'attache facilement et garde certaines de ses conquêtes plusieurs mois, voire plusieurs années. Il est très attentionné avec les femmes et semble chaque fois plus amoureux que la précédente. Malheureusement, il ne peut s'empêcher de tester son pouvoir de séduction. Il cherche à plaire, tout le temps, partout, avec tout le monde. Il a besoin d'être aimé. Tant qu'il n'aura pas trouvé celle qui lui vouera un amour inconditionnel, il cherchera. A priori, Felicity, la dernière en date, n'a pas réussi à le satisfaire.

– Bref, je te rappelle que c'est une soirée pour célibataires, donc il y aura d'autres opportunités pour toi. Par contre, en tant qu'invité, si tu pouvais te la jouer discret, ce serait sympa.

À l'entrée de la salle, je précise discrètement à Noah que je nous ai inscrits sous nos véritables prénoms, juste avant que l'homme qui avait animé l'atelier culinaire nous aborde.

– Bonjour, je suis Matthias, de Pick Me. Je vais prendre vos noms pour vous donner vos badges et vos bracelets. Ah, vous, je vous ai déjà vu !

Il m'étudie d'un regard expert avant de m'adresser un sourire professionnel. Il plisse les yeux, semblant fouiller dans sa mémoire.

– Thibault, lui épargné-je des efforts inutiles.

– Oui, Thibault, et ?

– Noah.

– Non, Nathanaël, murmuré-je à mon pote en levant les yeux au ciel.

– Ah ouais, pardon. Nathanaël, se corrige-t-il en se frappant le front.

Imperturbable, Matthias ne relève pas le cafouillage et enchaîne sur son discours de bienvenue.

– Vous serez environ une cinquantaine ce soir. Vous avez droit à deux consommations, comprises dans le forfait, et vous pouvez chanter autant de chansons que vous le souhaitez, seul ou à deux. Il suffira de s'inscrire sur une des tablettes qui circulent dans la salle. Je vous souhaite une agréable soirée, nous dit-il en finissant de nouer un ruban autour du poignet de Noah.

Enfin, il nous donne les badges en plastique que nous épinglons sur nos chemises.

– Aïe ! Merde, je me suis piqué le téton, geint mon pote.

Sans répondre, je le tire derrière moi, ignorant ses lamentations. Nous pénétrons dans la salle illuminée comme une boîte de nuit. Au fond se trouve une scène où trônent une chaise haute et deux micros, surmontée d'un grand écran qui diffuse de la publicité pour le site de rencontre. Le long du mur de droite, un bar avec un comptoir en bois a déjà été assailli par les participants.

Je suis Noah jusqu'à une banquette sur laquelle nous nous affalons.

– Je crois que le but du jeu est de se mélanger aux autres et de faire connaissance, énoncé-je avec évidence.

– Oh, mais t'inquiète, me mélanger, c'est ce que je fais de mieux. Là, je suis en phase d'observation tout en m'exposant aux regards. Regarde et apprends du maître.

CHAPITRE 32

Une Gren@de Dégoupillée

TRAY

Mon rire s'éteint dès que Lisa apparaît dans l'encadrement des portes. Je ne vois plus qu'elle. Ses yeux bleus lumineux. Ses cheveux ramenés dans un chignon flou. Son sage décolleté et ses fines épaules recouvertes par les manches courtes de sa petite robe fleurie. Ses jambes galbées terminées par des sandales compensées noires.

Comme chaque fois que je la vois, elle accapare mon attention. Mon abdomen se contracte et je me sens soudain à l'étroit dans mon jean skinny.

– Putain, elles sont sexy ! s'exclame Noah avant d'émettre un sifflement appréciateur.

Je détourne un instant mes yeux de Lisa pour voir de qui il parle. Quand je comprends qu'on regarde dans la même direction, je vois rouge.

– Pas touche !

– Quoi ? Les deux ? s'étonne-t-il en arquant les sourcils.

– La blonde, précisé-je, avisant qu'une grande brune aux traits familiers se tient à côté d'elle.

– C'est elle, n'est-ce pas ? murmure-t-il en plissant les yeux.

– Ouais, dis-je en me levant. C'est Lisa.

J'ai tout juste le temps de faire trois pas qu'une main se pose sur mon bras, me stoppant net dans mon élan.

– Salut, Thibault ! Je suis contente de te revoir, me salue une voix féminine.

Grimaçant intérieurement, je me retourne vers elle.

– Mathilde, réponds-je en inclinant la tête poliment.

Perchée sur des talons aiguilles, elle porte un pantalon cigarette blanc et un petit haut brillant qui n'est pas sans me rappeler celui de Léa. Elle est vraiment jolie et beaucoup plus classe que lors de notre dernière rencontre. Néanmoins, elle ne m'attire toujours pas.

Au contraire de moi, elle a déjà un verre à la main.

– Je tenais à m'excuser pour l'autre jour à l'atelier de cuisine. Je me suis rendu compte que j'avais dépassé les bornes avec l'animatrice.

Non, sans déconner...

– Effectivement. Mais je pense que tu t'es trompée, Mathilde.

Elle m'adresse un regard ennuyé au-dessus de son verre.

– Comment ça ?

– Ce n'est pas à moi que tu dois présenter des excuses, mais à *Lisa*, précisé-je en accentuant le prénom de ma belle pâtissière.

Mathilde plisse les yeux et une lueur de colère les traverse.

– Et pourquoi ferais-je ça ? Je ne lui dois rien, grimace-t-elle.

Je soupire, exaspéré.

– Ton attitude n'est finalement pas plus respectueuse ce soir que la dernière fois… Et oui, tu dois des excuses à ma petite amie. Lisa est une femme formidable, elle ne mérite pas ton mépris ni tes remarques acerbes. Tu devrais plutôt relever le courage dont elle a fait preuve en animant cet atelier.

Devant son air ahuri, j'ai l'impression de me heurter à un mur.

– Du courage ?! s'offusque-t-elle.

– Oui, du courage.

Elle se redresse en jetant un regard autour d'elle avant d'approcher la bouche à quelques millimètres de mon oreille, un rictus mauvais aux lèvres.

– On verra bien si elle est aussi courageuse que tu le dis, me souffle-t-elle avant de se replacer face à moi en me lançant un clin d'œil.

Confus, je l'interroge du regard avant de sentir une présence près de moi.

– *Milady*, intervient Noah à ma droite en tendant la main.

– Enchantée, je m'appelle Mathilde.

Radieuse, elle semble avoir déjà oublié notre discussion et revêt une attitude aguicheuse en moins d'un quart de seconde.

– Moi, c'est Nathanaël. Tu es venue seule, Mathilde ? enchaîne-t-il en me poussant discrètement avec sa hanche.

Je profite de son manège pour m'échapper rapidement.

– À plus tard ! lancé-je pour la forme avant de fendre les différents groupes à la recherche de Lisa.

Même si ces quelques secondes d'inattention m'ont fait perdre mon objectif de vue, je la repère facilement d'un coup d'œil circulaire. Lisa et son amie sont déjà près du bar avec un homme qui a l'air de vouloir tenter sa chance. Il est temps que je me manifeste.

– Salut, tout le monde, crié-je par-dessus le bruit de la musique et des conversations.

Le trio se tourne vers moi. Je tends ma main au mec qui me la serre en retour. Le contact désagréable de sa paume moite me la fait retirer presque aussitôt.

– Bonsoir, je suis Grégory.

– Moi, c'est Thibault. Je vois que tu as fait connaissance avec mes amies.

Le célibataire face à moi est un petit blond à la calvitie naissante et au front luisant. Son regard défaitiste passe de moi à Lisa.

Pas de bol, man !

– Oh, vous êtes venus ensemble ?

– Ou-oui, répond Lisa en passant son bras autour de ma taille.

Naturellement, je lui enlace les épaules et l'embrasse sur la tempe. Je la respire en laissant traîner quelques secondes le bout de mon nez contre sa peau fraîche. Je revis. J'ai l'impression de rentrer à la maison après des mois d'absence.

– Bon bah, je vais continuer ma tournée, alors. Peut-être à plus tard, se résigne Grégory en faisant demi-tour, son verre à la main.

– Ouais, ou à jamais, grogne l'amie de Lisa. T'as vu les auréoles qu'il se paie celui-là ? Nan, ça, c'est pas possible. Oh, au fait, je suis Méline.

Je n'ai pas le temps de lui dire qu'on s'est déjà croisés chez Pic'Assiette que Noah nous rejoint, débarrassé de Mathilde.

– Ouais, c'est même inscrit sur ton badge, ricane-t-il.

Méline se tourne vers lui, surprise. Après un rapide regard appréciateur sur sa silhouette, ses yeux s'éclairent d'une lueur amusée. À mes côtés, Lisa glousse, alors que la réplique de son amie ne tarde pas à arriver :

– T'es un malin, toi. Par contre, sur le tien y'a écrit quoi ? Attends, je me rapproche. Ah c'est marqué en tout petit, petit, petit… si petit… dit-elle, la main levée en réduisant la distance entre son index et son pouce.

Elle accompagne sa taquinerie d'un regard éloquent vers sa braguette. Nullement gêné, mon pote gonfle le torse et balaie son adversaire d'un œil intéressé.

– Tu ne sais pas de quoi tu parles, tu pourrais être étonnée, se défend-il en faisant danser ses sourcils. Je m'appelle Nathanaël, mais mes amis me surnomment Noah.

Il glisse les mains dans ses poches. L'attention de Méline se reporte sur les avant-bras musclés de Noah. Captivée, elle entrouvre les lèvres et semble chercher son souffle, avant de répliquer :

– Humm… Noé ? Ah ouais, l'arche, tout ça, tout ça.

Noah écarquille les yeux avant de grimacer. Le gloussement de Lisa se transforme en ricanement.

– Pas exactement. No-ah ! insiste-t-il en approchant de son oreille. Mais Noé, ça me va. Rien que des couples avec moi sur le bateau. C'est un signe. Toi et moi, je suis sûr que c'est le début de quelque chose de génial, d'un merveilleux voyage…

– J'ai le mal de mer. C'est con, le coupe-t-elle, un sourire moqueur aux lèvres.

Les laissant s'envoyer pique sur pique, je me tourne vers Lisa qui se réjouit du spectacle du duo infernal.

– Salut, toi, lui murmuré-je à l'oreille.

Son bras glisse dans mon dos en frôlant mes fesses et ses paupières fardées de rose se relèvent vers moi, dévoilant ses iris bleus. Elle bat des cils et soupire avant de m'adresser un sourire radieux.

– J-j-je suis heu-heureuse d-d-de t-te voir, T-t-Thi… bault. M-m-m… merci p-p-pou-pour G-Grég-g… gory. Je cr-crois q-q-qu'il était un-un peu t-t-trop co-collant.

– Hum… Tu crois qu'on peut les laisser tous les deux ?

Je désigne Méline et Noah du pouce. Elle hoche la tête, puis la secoue, pour finir par hausser les épaules et dégonfler ses joues en riant. Comprenant qu'elle s'en fiche autant que moi, j'attrape doucement sa main.

– Viens, on va s'asseoir.

Nous nous installons sur une banquette libre alors que résonnent des crachotements dans les haut-parleurs. Un premier couple se présente au micro alors que leurs prénoms et le titre *Besoin de rien, envie de toi* apparaissent sur l'écran. Quand la musique démarre, quelques sifflets et des encouragements retentissent. Même s'ils chantent faux, ils prennent plaisir à chanter ensemble. Lisa et moi les écoutons jusqu'à la dernière parole et applaudissons avec le reste du public.

– Le mec est plus doué que la nana, remarqué-je tout haut.

– Ou-oui, s'amuse Lisa.

– Je t'ai entendue chanter lorsque nous avons dîné chez moi l'autre jour, lui avoué-je, noyé dans son regard azur.

Tandis que ses pommettes rosissent, elle hoche la tête en mordillant sa lèvre inférieure.

– Ou-oui. Ch-chan-chan… t-t-ter, ça v-v-va.

Je l'observe tandis qu'elle s'amuse en tapant du pied en rythme avec la musique. Lisa semble véritablement prendre plaisir à être à mes côtés. À aucun moment elle ne joue la comédie. Elle ne m'a pas encore reconnu, j'en suis certain désormais, et pour l'instant, c'est très bien comme ça.

Sur la scène, un homme seul se présente à la suite, puis un couple de jeunes femmes. Noah et Méline nous rejoignent avec des limonades que nous sirotons devant le spectacle.

Lorsqu'on me tend une tablette, je l'attrape par réflexe. Il y a déjà une petite liste d'attente. Je fais défiler les titres, même si je n'ai pas forcément envie de chanter et que cette soirée est surtout un prétexte pour revoir Lisa. Jc passe donc mon tour et la donne à ma voisine qui la tend immédiatement à sa droite. Noah l'attrape et tapote aussitôt sur l'écran tactile.

– P-p-plus t-t-tard, me dit Lisa, rougissant devant mon air interrogateur.

Méline arrache la tablette des mains de Noah en râlant.

– Mais il n'en est pas question ! Et comment tu m'as appelée, sur ce truc ?

– « Ma petite praline ». Hey, ça rime avec Méline ! Je n'ai jamais été aussi créatif.

– La vache ! Je n'ose imaginer ce que ça doit donner d'habitude, rétorque-t-elle.

Lisa éclate de rire en même temps que moi. Dans cette ambiance bon enfant, les gens plaisantent et chantent ensemble, accompagnant parfois ceux qui ont eu l'audace de se lancer derrière le micro.

Un couple sort de scène, quand soudain, le prénom de Lisa s'affiche à l'écran.

Le visage blême, un hoquet de stupeur s'échappe des lèvres de ma pâtissière alors que je la sens se tendre. Ses doigts se crispent à côté de moi, faisant couiner le cuir du fauteuil.

Lorsqu'elle se fige subitement, la respiration coupée et les sourcils froncés, je suis avec inquiétude son regard vers le bar. Je surprends alors le clin d'œil moqueur de Mathilde qui nous porte un toast avec son verre.

Quelle pourriture ! Maintenant, je comprends la signification de cette petite phrase mesquine à propos du courage de Lisa. J'ai pourtant vécu avec des manipulatrices hors pair, je devrais être rodé. Tout ça parce que je lui en ai préféré une autre…

Esquissant un mouvement pour me lever et lui dire le fond de ma pensée, je suis arrêté par la main ferme de Lisa sur mon genou. Elle a repris des couleurs et son visage souriant cherche à me rassurer. Elle inspire et expire longuement avant de se lever.

– J-j-je v-v-v… vais le f-f-faire.

– Tu veux que je t'accompagne ? lui proposé-je.

Elle secoue la tête et s'avance vers la scène, sans un regard en arrière. Elle est encouragée par tous les participants qui frappent dans leurs mains. Rougissante, elle monte sur la scène et s'approche du micro.

Elle a à peine le temps de s'éclaircir la voix que la musique démarre.

– *Hé toi*
Qu'est-ce que tu regardes ?
T'as jamais vu une femme qui se bat
Suis-moi
Dans la ville blafarde
Et je te montrerai
Comme je mords, comme j'aboie…

Sa voix est magnifiquement juste sur le premier couplet de *La Grenade* de Clara Luciani. Elle délivre son message avec une prestance incroyable et ose même défier Mathilde du regard. Son aplomb inattendu m'impressionne et me laisse sur le cul.

– Elle chante bien ma copine, hein ? souffle Méline avec une pointe de fierté.

– Putain, oui, murmure Noah.

Je hoche la tête, mais aucun son ne sort de ma bouche. Sa présence sur scène est bluffante, je suis hypnotisé comme le reste de l'assemblée. En effet, tout le monde l'écoute religieusement, pendant qu'elle bat la mesure du bout des doigts sur le micro. Elle termine la chanson, les yeux fermés. Sa voix pure et mélodieuse me provoque des frissons qui parcourent ma peau jusqu'à la dernière note. Alors que les applaudissements résonnent, je me lève pour aller à sa rencontre et la prends dans mes bras après l'avoir embrassée dans les cheveux.

Face à moi, Mathilde détourne le regard avec une moue dégoûtée, vaincue à la loyale.

– C'était magnifique, soufflé-je à l'oreille de Lisa alors qu'elle cherche à se soustraire aux regards admirateurs.

– M-m-mer-merci, marmonne-t-elle dans ma chemise.

Combien de jolis secrets me cache-t-elle encore ?

CHAPITRE 33
Pêche Rom@ntique

LISA

Coincées entre mes genoux, mes mains tremblent encore alors que j'inspire le plus profondément possible pour retrouver mon calme. Je suis fière d'avoir réussi à chanter devant un parterre d'inconnus, et un peu aussi d'avoir rabattu le caquet de Mathilde. Elle pensait que j'allais me dégonfler et, sincèrement, jusqu'à la dernière minute, moi aussi. Jusqu'à ce que la première note sorte des enceintes, j'ai pensé faire demi-tour.

Mon cœur a failli sortir de ma poitrine alors que mes doigts agrippaient le micro. Pourtant, un seul regard vers Thibault a suffi pour que je rassemble toute ma bravoure. J'ai même fini par oublier que j'avais été propulsée sur scène par défi. J'ai chanté pour moi, pour lui, pour me prouver que j'en étais capable, pour lui prouver que je n'étais pas que la fille bégayante et timide.

Challenge réussi.

Les yeux de Thibault ne me quittent pas. La petite pointe d'admiration que j'y lis flatte mon ego, trop souvent malmené.

Soudain, Noah se lève de la banquette et entraîne une Méline râleuse derrière lui. Les premières notes de synthé démarrent alors qu'ils décrochent tous les deux les micros des pieds. D'une voix claire, Méline susurre les paroles de Partenaire Particulier, en retroussant le nez.

– *Je suis un être à la recherche*
Non pas de la vérité
Mais simplement d'une aventure…

Quand c'est au tour de Noah, il s'agenouille en lui prenant la main, les yeux levés vers elle, pendant qu'elle souffle.

– *Alors je cherche et je trouverai*
Cette fille qui me manque tant
Alors je cherche et je trouverai…

Sa voix grave résonne étonnamment juste, alors qu'il se relève brusquement pour terminer le refrain collé à son épaule en faisant danser ses sourcils.

– *Partenaire particulier*
Cherche partenaire particulière
Débloquée, pas trop timide
Et une bonne dose de savoir-faire…

Elle tente de s'échapper tout en continuant à chanter le couplet suivant pendant qu'il la poursuit sur la scène. Nous rions de leur prestation qui, à défaut d'être extraordinaire, se révèle très cocasse.

– Et dire que je lui avais dit de se la jouer discret, gémit un Thibault hilare, la main sur le front.

Les sifflets et les rires qui explosent à la fin de la chanson sont salués avec des courbettes exagérées du duo de trublions. Méline s'empresse de remettre le micro en place tandis que Nathanaël reste sur la scène et fait signe à Thibault de venir le rejoindre. Leurs deux noms s'affichent alors à l'écran avec le titre *Kids In America*[5] Thibault se lève d'un bond et retrouve son ami sur la scène, les sourcils froncés. Il râle sur Noah, mais celui-ci hausse les épaules et lui tend simplement le micro. Méline, elle, se laisse tomber à côté de moi en soufflant sur la mèche qui s'est échouée sur son front.

– Mais quelle plaie, ce type ! ricane-t-elle. Il est presque aussi épuisant que moi.

J'acquiesce en riant, puis je me concentre sur Thibault, curieuse d'entendre de nouveau sa voix rauque. Quand les premières paroles franchissent ses lèvres, ses yeux se ferment, ses mains s'accrochent autour du micro comme lors d'un concert. Il vit la chanson. Parfaite, sa voix insuffle un côté très rock de ce tube interplanétaire. C'est tellement beau que la chair de poule recouvre mes bras. Ensemble, ils chantent sur les refrains, leur attention fixée sur l'autre. Nathanaël tape à la fois du pied sur la scène

5. Même si la version originale est signée de la formidable Kim Wilde, j'imagine plutôt la version enregistrée par Shaka Ponk pour la performance de Tray et Noah.

et sur sa cuisse avec sa main libre au rythme des basses. Les lumières des spots s'agitent et donnent une touche *live* très réaliste. Enfin, transporté par l'ambiance, le public qui frappe dans ses mains ajoute encore des percussions.

Lorsqu'ils quittent la scène sous les applaudissements et les cris, Méline et moi sommes comme toute l'assistance : sous le charme.

– Waouh, souffle mon amie.

Le duo suivant entame *Sous le vent* de Céline Dion et Garou, mais je n'écoute rien, captivée par cet homme magnifique qui s'approche de moi avec une démarche de prédateur. Quand il s'assied sur la banquette, je n'ai pas encore cillé. Il me sourit et dépose un léger baiser à la commissure de mes lèvres.

– Ça t'a plu ?

La gorge sèche, je demeure incapable de sortir un seul mot, alors je hoche simplement la tête, les yeux plongés dans les siens.

– Dis donc, Nathanaël, on se prend pour une rock star ? se moque Méline à côté de moi.

– Seulement si tu joues à la groupie enamourée, ma petite praline ! chantonne Noah avant de se saisir de son verre.

– Moi vivante, jamais !

– Dommage… susurre-t-il les paupières à demi fermées. Mais tu sais, je *suis* une rock star !

En grognant, Thibault lui balance un poing dans l'épaule qui propulse son ami contre Méline. Hilare, elle le rattrape des deux mains avant de le repousser vers son pote.

– Reste à ta place, sale gosse, lui lance-t-elle.

– J'aime quand tu me dis des mots cochons, ma praline.

– Couchée, Peggy !

À la fin d'une soirée riche en rires et en musique, nous décidons de rentrer ensemble. Enfin, Noah raccompagne Méline… ou plutôt, Noah suit une Méline hurlant qu'elle se passera très bien d'un chien de garde. Elle ajoute que s'il ne veut pas goûter au résultat de ses années de krav-maga, il a intérêt à s'éloigner.

Partant de notre côté, main dans la main, Thibault et moi parcourons la place du palais des Beaux-Arts, puis nous traversons le boulevard de la Liberté pour atteindre les rues piétonnes de notre quartier. À cette heure tardive, de nombreux fêtards sont encore dans les rues. Des groupes de jeunes comme des couples âgés qui viennent écouter de la musique en buvant une bière en terrasse. Les oiseaux se sont tus et dans les rues sans commerces, le calme règne. Seul le bruit des boots de Thibault résonne sur les pavés.

– C'est joli, c'est quoi ? me demande soudain Thibault en accentuant la pression sur ma main.

– Hum ?

– Ce que tu fredonnes.

Je ne m'étais même pas rendu compte que je chantonnais. Je m'arrête avant de me tourner vers lui. Nous sommes en plein milieu d'une rue piétonne et des passants nous contournent. Je chante doucement, afin qu'il soit le seul à m'entendre.

– *Alors je joins ma voix encore une fois*
Pour tenir dans l'orage
Je joins ma voix encore une fois
Pour trouver le courage[6].

Les yeux de Thibault brillent sous les reflets des lampadaires.

– C'est-c'est Lou-Louane. Que-que le r-re-re… frain. Le r-r-reste est t-t-trop d-d-dur, précisé-je.

– Tu me feras écouter la chanson un jour ?

– Un-un jour.

Il relève la tête et regarde au-dessus de mon épaule. Ses yeux se plissent et, au moment où je discerne un flash d'appareil photo, il m'attrape fermement la main, au point que je sens ses bagues s'enfoncer dans ma chair.

– Allez, on y va. Il est tard.

Il m'entraîne à sa suite et c'est presque au pas de course que j'arrive, essoufflée, devant chez moi.

– Ça-ça ne v-v-va p-pa-pas ? Q-qu'est-ce q-q-qu'il se p-p-pa… passe ? demandé-je à un Thibault crispé.

Ses yeux s'adoucissent quand il se retourne vers moi. Il pose alors ses mains sur mes joues, encadrant mon visage.

– Si, ça va, excuse-moi. Seulement, je n'aime pas qu'on me prenne en photo.

---

6. *Derrière le brouillard* (Grand Corps Malade, Louane).

Pourquoi voudrait-on le prendre en photo ? Ce n'était probablement pas nous qui étions visés par les quelques touristes qui traînent encore dans les rues à cette heure.

– J'ai passé une excellente soirée, petite pêche, élude-t-il.

– M-m… moi aussi.

Je ne cherche pas plus loin, de peur de gâcher le moment, mais je me promets de lui demander l'autorisation de le prendre en photo si l'occasion se présente. Ses doigts diffusent leur chaleur sur ma peau, réceptive au moindre de ses contacts.

– Je peux ? murmure-t-il en caressant ma lèvre de son pouce.

– Mmh, acquiescé-je.

Lentement, il se baisse vers moi, les yeux brûlants. Dès que sa bouche épouse la mienne, un soupir bienheureux m'échappe. Avant que je ne puisse profiter pleinement de la sensation, il recule sans toutefois lâcher mon visage. Je passe ma langue sur ma lèvre sur laquelle subsiste son goût. Ma main remonte alors jusqu'à sa nuque que je caresse tendrement avant de l'attirer vers moi. Sans hésiter, je pose de nouveau mes lèvres sur les siennes et approfondis immédiatement le baiser. Grondant de satisfaction, il se plie à mon désir avec entrain. Cependant, il s'arrête brusquement, ce qui me fait gémir de frustration. Essoufflé, il appuie son front contre le mien.

– On a le temps, chuchote-t-il. Tu n'es pas encore prête pour tous les projets que j'ai pour nous, petite pêche.

Il semble avoir murmuré les derniers mots pour lui, mais ils me vont droit au cœur. Nous nous détachons à regret. La chaleur de ses mains me manque déjà.

– Est-ce que tu as des jours de libres ?

– Le l-l-lun-lundi et t-t-tous les a-a-ap-p-près-midi a-après q-q-quinze heures. Et p-p-pa-parfois le d-d-dimanche.

Il me sourit malicieusement.

– Tu sais faire du vélo ?

Houlà, moi et le sport, ça fait deux !

Je mets quelques secondes à répondre.

– Ou-oui.

Mais comment résister à cet homme ? Que ne ferais-je pas pour le revoir…

Un air ravi sur le visage, il attrape ma main avant de caresser ma paume de son pouce.

– Vendredi, ça te dit ?

Je hoche la tête vigoureusement.

– Bien. J'ai tellement hâte de passer du temps avec toi…

Il dépose un baiser d'une infinie tendresse sur mes lèvres. Il s'éternise quelques secondes et me provoque des frissons dans le dos.

– Bonne nuit, ma douce pêche, murmure-t-il en me lâchant.

– B-b-bo-bonne n-n-nuit, réponds-je en m'accrochant inconsciemment à lui.

C'est seulement quand il fait lentement demi-tour en m'adressant un petit coucou de la main que je me réveille de ma transe et pénètre dans mon immeuble.

Je suis déjà impatiente de le revoir. Soirée ou journée, qu'importe quand, qu'importe où, pourvu que ce soit ensemble…

CHAPITRE 34
À Bicyclette

LISA

Malgré la faible vitesse à laquelle nous pédalons, l'air rafraîchit mes joues devenues brûlantes. Sous mon casque, je transpire tellement que mes fringues vont être bonnes à essorer. Heureusement, nous ralentissons dès que nous pénétrons dans l'enceinte du parc Matisse, un véritable cœur de nature en plein milieu du quartier moderne d'Euralille. Il y a peu de monde un jour de semaine, si bien que nous trouvons rapidement un banc libre à l'ombre des arbres. Au moment de mettre pied à terre, je vacille, déséquilibrée. Je remonte mes lunettes de soleil qui ont encore glissé de mon nez.

– Houlà, ça va ?

Que ce soit sur son vélo ou debout à côté, il a fière allure. Alors que je dois ressembler à un chien à poil long qui revient d'un plongeon dans un étang, lui a seulement les pommettes rougies. Pas un seul cheveu ne dépasse de son casque et ses lunettes sont bien en place. Il pose son vélo contre le banc et s'approche de moi.

– Ou-oui. J-j-j'ai m-m-m… mal aux-aux cuisses, grimacé-je.

– Tu risques même d'avoir quelques courbatures demain, rit-il.

Je lui abandonne de bonne grâce mon vélo, dont il s'empare pour le ranger contre le sien.

– Oh, j-j-j'au-j'aurai b-b-be-besoin d-d-d'un m-masseur a-alors, le taquiné-je tout en m'asseyant sur le banc chauffé par le soleil.

Je soupire de bien-être en étirant mes jambes, sous les gloussements de Thibault qui, comme moi, doit se remémorer notre échange de messages lors de sa séance d'escalade avec sa fille. Il s'assied à côté de moi en retirant les bretelles de son sac à dos. Lui aussi arbore une belle trace de sueur sur son t-shirt noir. Néanmoins, toujours pas l'apparence d'un chien mouillé… Pourquoi tant d'injustice ?

Alors qu'il croise les mollets, mes yeux s'attardent sur les muscles de ses jambes qui roulent sous sa peau encrée. Je me retiens de tendre la main pour pouvoir suivre les lignes de ses tatouages. Sur son mollet gauche, une guitare repose sur le sommet d'un crâne. Entre ses mâchoires, je reconnais un joint allumé. Le genou, lui, est orné d'une toile d'araignée dans laquelle est piégé un papillon. Est-ce que ces dessins représentent quelque chose pour lui ? Des épisodes de sa vie, peut-être ? Je compte bien poursuivre mon inspection, mais il me sort de mes pensées.

– Pas besoin pour les cuisses.

Je relève les yeux.

– Ah ? coassé-je.

– On peut le faire soi-même, explique-t-il avec un air coquin en retirant ses lunettes de soleil.

Il les coince dans l'encolure de son t-shirt, laissant apparaître des flammes orange et jaune qui semblent lécher son cou jusqu'à sa pomme d'Adam. Je suis hypnotisée par les traits d'encre qui se dévoilent sous mes yeux. Où ces flammes prennent-elles naissance ?

Les battements de mon cœur qui s'étaient calmés reprennent leur danse folle lorsque la main de Thibault se pose sur mon genou. Il étale son autre bras le long du dossier et se rapproche de moi. Son contact électrise ma peau. Je cesse de respirer lorsque son regard balaie mon corps, puis je m'éclaircis la voix et tente de reprendre contenance :

– T-t-tu fais souv-v-vent d-du-du sp-p-p-port ?

– Pas autant que Léa, s'esclaffe-t-il. Avec mes potes, on essaie d'aller régulièrement dans une salle de muscu avant une série de concerts pour le cardio. Je fais aussi un peu de vélo, mais ça s'arrête là. Je ne suis pas très assidu.

Son pouce caresse distraitement mon genou et embrouille mes pensées. J'hésite à lui avouer que c'est la première fois depuis des années que je fais une activité sportive, mais je préfère rebondir sur l'info qu'il vient de lâcher.

– Con-con… cert ? T-t-tu joues sur s-s-scène ?

Il a un petit sursaut avant de fuir mon regard. Son doigt arrête de dessiner des arabesques sur ma peau. Est-ce qu'il est embarrassé ? C'est tout de même curieux qu'il n'aime pas parler de son métier, qui n'a rien de honteux, par ailleurs. Même handicapée par mon défaut d'élocution, je pourrais parler de pâtisserie pendant des heures.

– Euh… Parfois. Et toi, tu fais quel sport ? me retourne-t-il ma première question en reprenant ses caresses.

Bon, dès que j'aborde le sujet, il se met sur la défensive. Pourtant, dans le milieu artistique, les gens aiment se vanter, s'enorgueillir de leurs œuvres, de leur talent, et ils ont un ego surdimensionné. D'ailleurs, il est lui-même vraiment bon dans son domaine. Je l'ai entendu jouer de la guitare, chanter, et chaque fois, il m'a fascinée. Ainsi, sa réticence à m'en dire davantage n'en est que plus étrange. Cependant, je ne vais pas l'obliger à parler si ça ne lui fait pas plaisir.

Je ris donc avant de répondre.

– Auc-c-c-cun ! Ja-jamais !

– Tu n'en es pas moins magnifique.

Sous son regard gourmand, je rougis. Tel un lion devant une biche, il semble sur le point de me dévorer. Mes poumons ne se remettent à fonctionner normalement que lorsqu'il enlève sa main.

De son sac à dos, Thibault sort alors un sachet en plastique à zip et deux briquettes de jus d'orange. Il ouvre le sachet et me tend une gaufre flamande. À l'instant où je croque dedans, ce sont tous les souvenirs de mon enfance qui remontent à la surface. Le fourrage à base de beurre et de cassonade fond sous la langue et adoucit l'amertume de la levure de boulanger de la pâte à gaufre.

Je gémis de plaisir.

– M-mai-maison ?

– Bien entendu. Ma mère ne s'arrête jamais, me confie Thibault en riant. Je crois que Léa l'a aidée pour celles-ci.

Un éclat de fierté luit dans ses yeux à la mention de sa fille.

– D-dé-dé… licieux. N-n-nous v-v-voilà c-c-co-comme d-d-des en-enfants, ajouté-je en aspirant mon jus d'orange à la paille.

– Ça me rappelle ma jeunesse !

J'imagine le petit garçon qu'il devait être. Espiègle et insouciant. Je le vois bien rentrer de l'école en courant et se précipiter dans la cuisine pour chiper des biscuits tout juste sortis du four et ressortir pour aller jouer avec ses amis.

– Et toi ?

– Moi ?

– Ta mère te préparait aussi des gâteaux ?

Mon cœur se serre d'émotion. Me livrer sur ma mère reste toujours compliqué, même plus de vingt ans après. Mon regard s'égare au-dessus de l'épaule de Thibault. Derrière nous, deux enfants jouent au ballon tandis que leur maman les surveille, assise dans l'herbe, un livre à la main. Plus loin, un couple promène une poussette en riant. Sans le savoir, ces inconnus me communiquent leur joie de vivre et m'insufflent la force de replonger dans mes souvenirs. Je ferme les yeux.

Je me souviens de parfums sucrés. Du caramel, très certainement. Et de la vanille. En cherchant dans ma mémoire, sans doute une odeur de crème renversée. L'image de sablés ronds et dorés refait surface.

– J'ai-j'ai très p-p-peu de souv-v-ve… venirs, lui avoué-je, dépitée, en relevant les paupières.

Il blêmit et pose sa main sur ma joue. Je me laisse aller contre sa paume.

– Excuse-moi, je ne voulais pas être indélicat. C'est donc ton père qui t'a transmis la passion des pâtisseries ? me demande-t-il en fronçant les sourcils.

Refroidie, je tressaille et m'échappe de la caresse réconfortante de Thibault. En revanche, en ce qui le concerne, mes souvenirs sont vivaces. Du plus loin que je me souvienne, je n'ai jamais vu mon père mettre la main à la pâte puisque nous avons toujours eu une gouvernante pour faire tourner la maison.

– Il n-n-ne cui-cui… sine p-p-pas.

– Le mien non plus, s'esclaffe Thibault. Il est plutôt clé de douze, marteau et pince coupante. C'est un mécano qui a son propre garage. Je n'ai pas hérité de son don pour les travaux manuels, malheureusement.

Il fait une moue adorable.

– M-m-mon p-p-père a sa p-p-propre ent-t-tre… p-p-prise aussi.

Une entreprise pour laquelle il a sacrifié sa vie de famille…

– Un commerce, comme toi ?

Je secoue la tête. On est très loin du petit commerçant de proximité. J'entrecroise les doigts pour les empêcher de trembler. Parler de mon père reste difficile.

– T-t-transport.

– Alors, il est dans les véhicules, comme le mien, constate-t-il en riant.

Je souris en imaginant mon père en combinaison de mécanicien couché sous une voiture pour effectuer une vidange. Thibault ne sait pas qu'il est très loin de l'image de l'homme qui se salit les mains, mais je ne le contredis pas. Il n'a pas besoin de savoir que Paul Bartoli est le PDG de PBTrans, la plus grosse entreprise de transport routier du nord de la France, et qu'au lieu d'un bleu de travail, il porte chaque jour un costume trois pièces et une cravate. S'il savait que je suis issue d'un milieu bourgeois, son regard sur moi changerait-il ? Je n'ai jamais caché que j'avais de l'argent, mais je vis une vie si simple que personne ne peut se douter que le solde de mon compte en banque affiche cinq zéros.

– Mon père a repris le garage de son patron quand celui-ci est parti à la retraite, reprend Thibault. Il s'est endetté sur vingt ans, mais il ne l'a jamais regretté. Nous nous sommes serré la ceinture pendant un paquet d'années… En vérité, je crois pourtant que ces années ont été les meilleures de ma vie… On habitait les quartiers sud de Lille à cette époque-là. Noah, que tu as vu l'autre jour, et mon autre pote, Nicolas, vivaient dans le même immeuble que nous. On en a fait des conneries ensemble ! Les virées en scooter, draguer les filles et jouer de la musique avec Louis, le dernier lascar. Enfin, lui, il vivait dans les beaux quartiers.

Les deux coudes maintenant posés négligemment sur le dossier du banc, il regarde en souriant un groupe d'adolescents qui traverse le parc bruyamment. Leurs exclamations et leurs éclats de rire font s'envoler les pigeons qui picoraient près de nous. J'envie sa jeunesse insouciante et heureuse dans son quartier populaire.

– Et toi, tu as toujours habité dans le Vieux-Lille ?

– Non, gloussé-je. À V-v-v-vi… Villeneuve-d-d-d-da… d'Ascq.

Il écarquille les yeux.

– Oh ! Tu dois connaître le parc du Héron, alors ?!

Je hoche la tête. Nous y allions avec ma mère, ou après, avec ma nourrice, mais jamais mon père ne nous a accompagnées.

– On allait faire du camping sauvage là-bas, s'esclaffe Thibault en secouant la tête. Sans le dire à nos parents, bien sûr ! On partait à vélo avec seulement deux plaids dans le sac à dos. Quand j'y repense, on était inconscients, mais quels souvenirs !

Un éclair de douleur me transperce la poitrine. J'aurais tellement désiré faire partie de cette bande d'amis. Pourtant, adolescents, ces garçons auraient-ils été différents de ceux que je fréquentais durant ma scolarité ?

– Ça a l-l-l'air, m'amusé-je avec lui pour masquer mon mal-être.

Finalement, Thibault a profité d'une grande latitude dans un quartier populaire au sein d'une famille aimante et d'une bande d'amis soudés pendant que je grandissais seule dans une prison dorée avec un père toxique. Quel contraste ! Aujourd'hui, tout chez lui transpire la liberté ; de sa manière de parler à sa façon de se mouvoir. Désinvolte et audacieux, Thibault fonce tête baissée dans tout ce qu'il entreprend sans se soucier du lendemain, quand je tremble à la moindre étape de ma vie.

Il me donne envie de le suivre, de le laisser m'emmener, de goûter à l'absence de limites. Vivre à ses côtés doit être si enivrant.

***

Lorsque nous reprenons la route, mon sourire ne me quitte pas.

Nous passons par la Citadelle en longeant le canal de la Deûle, puis nous traversons le square Dutilleul et le square Foch, au bout duquel trône la statue du P'tit Quinquin. Le trajet par la rue Nationale me semble d'un seul coup trop court. J'aurais presque voulu que notre promenade se prolonge malgré la douleur dans mes mollets.

Dès que nous arrivons devant l'immeuble de Thibault, je descends de ma monture et retire mes protections.

– Ça va ? me demande-t-il tout en saisissant le casque que je lui tends après avoir ouvert la porte qui donne sur le hall.

Hésitante, je hoche la tête. Je ne dois plus ressembler à rien. J'ai chaud, je sue, je colle, et mon visage a probablement viré à l'écarlate. J'aurais préféré que notre sortie se termine sur une note plus sexy !

– Avant que tu t'en ailles…

Ah ? Il ne m'invite pas chez lui ?

– Que dirais-tu d'un ciné, dimanche après-midi ? propose-t-il tout en rangeant les vélos.

Pendant qu'il suspend les casques au guidon, je me dandine.

– P-p-pa-parfait, acquiescé-je avec une pointe de déception.

Dimanche me paraît si loin…

Je ne sais toujours pas comment me comporter avec lui. J'ai l'impression qu'il veut faire durer le plaisir ou s'assurer que nous sommes sur la même longueur d'onde. Je sais, au fond de moi, que composer avec ma timidité n'est pas chose facile.

Aurait-il peur de m'effrayer ?

J'aimerais le rassurer et lui faire comprendre que je ne suis pas si fragile, en dépit des apparences. Des années de harcèlement vous détruisent ou vous blindent ; ma carapace est solide et me protège. Mais sans doute attend-il un signe de ma part et que je lui ouvre une porte…

En revanche, je devine sous ses attitudes parfois cavalières une ambivalence, comme s'il avait deux personnalités. Est-ce qu'il se freine pour moi ? Est-ce qu'il ne me dit pas tout pour ne pas me faire fuir ? Une part de moi regrette qu'il prenne des gants lorsque nous sommes ensemble. Je voudrais qu'il se dévoile entièrement, sans retenue, et je sens que, sans en connaître la vraie raison, quelque chose l'en empêche.

Serait-ce ma faute ?

– Je t'enverrai un message pour te confirmer l'heure.

Je hoche la tête et le salue d'un geste, pas encore prête à lui montrer que je suis partante pour aller beaucoup plus loin qu'une simple sortie au cinéma. Dans ma tête, c'est le chaos. J'ai envie de le toucher, qu'il me tienne dans ses bras, de l'embrasser, qu'il me fasse l'amour. Qu'est-ce qui nous retient ? Lui ? Moi ? Dois-je partir ? Attendre ? Faire un pas vers lui ? J'hésite. Je ne sais plus. Je deviens folle. À la dernière seconde, je me dégonfle.

J'esquisse un demi-tour pour sortir de l'immeuble quand la main de Thibault attrape la mienne.

– Attends, je ne t'ai pas encore dit au revoir correctement, souffle-t-il en me ramenant vers lui.

Ses pupilles brillantes plongent alors dans les miennes. Auréolé par la semi-pénombre de la cage d'escalier, les cheveux en bataille, il dégage un charme ténébreux qui accélère les battements de mon cœur. Encore.

Je vais finir par faire de l'arythmie cardiaque à son contact.

– Ta bouche est un appel aux baisers, Lisa, murmure-t-il en posant sa main sur ma nuque.

Thibault m'attire contre lui. Sans hésitation, j'ordonne à mon corps de suivre docilement le mouvement. Collées l'une à l'autre, nos peaux déjà brûlantes s'enflamment un peu plus. Son souffle sur mon front provoque l'envol de quelques cheveux. Quand nos lèvres entrent en contact, un courant électrique me parcourt jusqu'au bout de mes orteils qui se recroquevillent dans mes baskets. Le bout de sa langue s'immisce entre mes lèvres, alors que j'émets un petit gémissement de plaisir. Je profite de l'instant, perdue dans un monde de sensations dont j'avais oublié la saveur. Son goût est sucré des gaufres que nous avons mangées. Je voudrais que ce moment ne finisse jamais. Je prends l'initiative de picorer sa mâchoire de petits baisers, mais il ne me laisse pas aller plus loin.

– Laisse-moi faire.

Il agrippe mes cheveux pour m'empêcher de bouger. Comme si j'allais me soustraire à ce baiser…

Soudain, le claquement d'une porte dans les étages me fait sursauter. Il est aussitôt suivi d'une chevauchée dans les escaliers. Le bruit s'intensifiant, je me dégage de l'étreinte de Thibault, sous son regard incandescent.

– Au-au re-re-v-v-voir, dis-je en m'échappant par la porte d'entrée alors qu'un rire enfantin résonne au-dessus de nous.

Je dois attendre de m'éloigner de plusieurs mètres avant de pouvoir me remettre à respirer normalement. Cette journée m'a complètement bouleversée.

Je suis bien avec lui. Petit à petit, je me détends en sa présence. J'aime toutes ces facettes de sa personnalité que je découvre jour après jour, même si je sais qu'il me reste encore tant de choses à apprendre. J'aime qu'il soit proche de ses amis, de sa famille, de sa fille, et même de son ex.

Et si Thibault était celui qui allait enfin me faire sortir de la coquille dans laquelle je me suis enfermée ?

CHAPITRE 35

P@r@de @moureuse

TRAY

Place Rihour, Lisa et moi nous arrêtons à la terrasse de la brasserie La Chicorée après notre séance de cinéma et passons commande à la serveuse. Ma jolie blonde se montre désormais plus détendue, après plusieurs tentatives pour m'inviter ici. Il a d'ailleurs été difficile pour moi de lui laisser le temps de prendre confiance en elle, sans faire les choses à sa place.

Si elle savait comme ses hésitations maladroites sont séduisantes et rafraîchissantes…

– C-co-com-m-m… ment v-va Léa ?

– Bien, merci. Elle voulait venir avec moi au cinéma.

– Oh, el-el-elle au-aurait p-p… pu.

Un élan d'amour me submerge devant la spontanéité de Lisa. Si j'avais encore des doutes sur notre compatibilité, ils disparaîtraient grâce à ces quelques mots. Je prends note de trouver une occasion de provoquer une rencontre officielle. Même si elles se sont déjà croisées, j'aimerais les voir interagir. Est-ce que ma fille acceptera que Lisa partage mon cœur avec elle ? Lisa saura-t-elle gérer la « tornade Léa » ?

– Pas cette fois. Je voulais être le seul à profiter de toi. Mais je t'avoue que Léa est très impatiente de te connaître.

Elle sourit doucement, les yeux brillants. La serveuse revient avec nos verres qu'elle dépose avec la note. Immédiatement, Lisa sort un porte-monnaie de son sac, mais je l'arrête de la main.

– Je te l'offre.

– N-non, dit-elle d'un ton ferme en secouant la tête. T-t-tu as p-p-p… payé le ci-ci-cin-néma. Et c'est-c'est m-m-moi qui-qui t-t-t'ai inv-v-v… vité !

Surpris, je la laisse déposer de l'argent dans la soucoupe sans insister. Même en sachant que j'ai les moyens de lui offrir toutes les bouteilles de Perrier de France, elle ne m'aurait probablement pas laissé payer. Je cogne mon verre contre le sien avant de boire une gorgée.

– Ça-ça m-m… me f-fait p-p-plaisir, affirme-t-elle en pinçant la paille entre ses lèvres.

Soulevés par un léger vent, quelques cheveux volettent autour de son visage d'ange. Alors qu'elle repose son verre, je tends mes paumes sur la table en guise d'invitation. Dès que Lisa glisse ses mains dans les miennes, je resserre ma prise. Sa peau contre la mienne est d'une douceur incroyable. Je caresse du pouce le dos de ses mains et rencontre un morceau de pâte séchée.

– J-j'ai-j'ai f-f-fait d-d… des m-ma-macarons, ce m-ma-ma-matin, explique-t-elle en grattant rapidement les miettes à l'aide son index.

– Tu aimes vraiment la pâtisserie, hein ?

– U-une p-p-pa-passion.

– La seule chose que j'apprécie vraiment dans une cuisine, c'est le réfrigérateur, plaisanté-je.

Le visage grimaçant, elle mime une crise cardiaque en récupérant une de ses mains pour la poser sur son cœur. J'éclate de rire devant sa réaction inattendue.

– Attention, ne me sous-estime pas ! Je sais me faire une omelette, cuire des pâtes ou un steak au barbecue, mais mes compétences s'arrêtent là, tenté-je de me défendre. Avouons que se faire livrer un truc tout prêt, c'est quand même bien pratique.

– C-c-c'est d-d-dé… déjà p-pas mal, se moque-t-elle avec un sourire malicieux en se redressant sur sa chaise. Je-je p-p-pou-pour… rais t-t-ta-t'apprendre.

J'ignore si elle le fait consciemment ou pas, mais Lisa vient replacer instinctivement sa main dans le creux des miennes. Un large sourire étire mes lèvres. Je regrette que nous soyons entourés d'un public tandis que le besoin de la prendre dans mes bras me dévore. À la place, je resserre ma prise avant d'amener ses mains contre mes lèvres. Sans la quitter des yeux, je retourne l'une d'elles et en profite pour embrasser l'intérieur de son poignet en dardant discrètement la langue. Je goûte sa peau encore sucrée tandis que je laisse échapper un grondement sourd. Le regard ardent focalisé sur ma bouche aventureuse, Lisa a brusquement cessé de respirer. La peau de ses bras nus se couvre de chair de poule, tandis que ses pommettes se parent de rouge.

– Respire… chuchoté-je contre sa peau brûlante.

Je lèche encore une fois sa peau fine et m'attarde. Ses iris brillants se plantent dans les miens alors qu'un désir sauvage m'étreint. La chaise en métal me semble de plus en plus inconfortable.

– Respire, Lisa…

Elle tressaille avant de prendre une courte inspiration, les lèvres légèrement écartées. Le désir entre nous est là, bien présent. Palpable. En revanche, ce n'est ni le lieu ni le moment de nous laisser aller.

– Tu sais que je ne compte pas laisser passer la chance d'explorer cette chose qu'il y a entre nous deux ? soufflé-je en me redressant lentement à contrecœur.

Elle cligne deux fois des yeux et prend une grande inspiration, semblant s'extirper avec difficulté d'un magnifique rêve.

– Je-je… commence-t-elle en secouant la tête.

Alors qu'elle reprend ses esprits, Lisa ramène ses mains sur son ventre, libérant les miennes. Je vois presque ses barrières protectrices se remettre en place entre nous pendant que la brume de tension sexuelle se dissipe. Éprouvant un désagréable sentiment d'abandon, j'en profite pour boire une gorgée de bière qui calme mes ardeurs.

– J'ai-j'ai eu q-q-quelques p-p-pe-petits a-a-amis…

Hésitante, elle inspire à fond avant de me regarder dans les yeux. Je jalouse déjà ces connards qui l'ont serrée dans leurs bras.

– M-m-mais, ça-ça n-n-n'a p-p… pas m-ma-marché, grimace-t-elle en haussant les épaules.

– Qu'est-ce qu'il s'est passé ?

En réalité, ça m'arrange qu'elle ne soit attachée à aucun de ses ex. Dois-je les remercier de ne pas avoir su la chérir comme elle le mérite ? De n'avoir pas su la retenir ?

– Je-je n-ne suis p-p… pas p-p-par-parfaite, continue-t-elle en posant un doigt sur ses lèvres. Ils av-v-v-vaient honte de-de moi.

Choqué, je mets quelques secondes à réagir. Lisa baisse la tête, le regard fuyant.

– N'importe quel homme devrait être fier de t'avoir à ses côtés, affirmé-je sans hésitation.

Une moue dubitative sur les lèvres, elle me confirme qu'elle a dû entendre des choses au mieux désagréables, au pire blessantes. Je suis à la fois peiné pour elle et en colère contre celui ou ceux qui ont osé lui reprocher ses prétendues imperfections.

– Tout ça, c'est subjectif. Nous avons tous des défauts.

– P-p-pa-pas toi ! s'esclaffe-t-elle en relevant les yeux.

– Moi comme les autres. J'ai tellement hâte que tu les découvres. Tu verras, j'en ai plein, assuré-je pour apaiser ses incertitudes. Et je me ferai un plaisir de découvrir les tiens.

Et pourtant, plongé dans son regard attentif, je doute. Alors que je veux lui transmettre mon assurance, je me pose mille questions. Suis-je assez bien pour elle ? Suis-je à la hauteur de ses attentes ? Sera-t-elle assez forte pour supporter ma vie et ses aléas ? Saura-t-elle s'intégrer dans mon environnement ?

Ces interrogations me traversent l'esprit pour la toute première fois. Et je n'ai aucune réponse, pour l'instant.

CHAPITRE 36
Goul@sh Des @mis

TRAY

Assis au sol entre le canapé et la table basse, ma guitare sur les genoux et le médiator coincé entre les lèvres, je note les dernières paroles du deuxième couplet sur mon cahier. Je souris. Écrire et composer est un excellent exutoire à ma frustration. Cette chanson parle d'une ombre qui se transforme en lumière. *From Hell*. Je ne le lui dirai pas, mais Soul comprendra rapidement qu'elle parle de lui, de moi, de nos démons passés et présents. Des combats que nous devons mener pour renaître plus forts. Mes meilleurs textes sont nés dans la souffrance pendant que je remontais la pente. J'ai hâte d'être de nouveau à Los Angeles pour la travailler avec le groupe et les ingénieurs du son. À Lille, je ne dispose que de ma sèche, de mon piano et de mon imagination. Alors que je reprends le morceau depuis le début, de grands coups sont frappés à ma porte, me faisant rater mon accord.

– Ouvrez ! C'est la police ! hurle la voix reconnaissable de Noah.

Je me lève pour lui ouvrir, le manche de ma guitare à la main. En réalité, je ne trouve pas un, mais deux potes sur le seuil, un sourire vissé sur leur visage de crétins. Avant que je n'aie le temps de les inviter à entrer, ils s'incrustent en me bousculant. Colas tient une marmite à l'allure familière dans les mains, un torchon enroulé autour des anses.

– Attention, c'est chaud !

– Je peux savoir ce que vous venez faire ? crié-je à leur intention alors qu'ils disparaissent dans mon séjour.

Je leur emboîte le pas après avoir claqué la porte.

– Marianne s'inquiète de ne pas t'avoir vu rôder autour de ses casseroles depuis plusieurs jours, alors elle nous a chargés de te nourrir, me répond Colas.

– Avouez plutôt que c'est vous qui êtes passés chez elle avant de monter parce que vous aviez faim, me moqué-je en arrivant à leur hauteur.

– Ah, tu vois ? Je t'avais dit qu'il trouverait l'excuse bidon ! s'exclame Noah.

– On s'en fout. À table ! s'écrie Colas en pénétrant dans la cuisine, un large sourire aux lèvres.

Vaincu avant d'avoir combattu, je pose ma guitare sur le canapé et suis mes potes. Assis tous les trois au comptoir de la cuisine devant un plat de goulasch, nous nous régalons. J'adore les imprévus. Être là entre nous me replonge dans nos jeunes années lorsque nous cohabitions ensemble à Los Angeles.

– Reconnaissez que je vous manquais atrocement, les p'tits chéris ! les taquiné-je. Huit jours sans me voir et vous êtes perdus.

– Mais oui, mon amour. J'attendais que tu reviennes me chercher, minaude Noah en battant des cils.

– Et moi, j'espérais des fleurs et des diamants. Tu aurais même pu te fendre d'une boîte de chocolats, beau brun, ajoute Colas.

– Bande d'abrutis, ris-je. Mangez et taisez-vous !

Au bout de quelques minutes, on n'entend plus que le bruit des fourchettes, qui tintent sur le bord des assiettes. La baguette a pris une sacrée claque, alors que Noah est encore en train de saucer.

– Mmh, putain ! Ch'est trop bon, grogne-t-il la bouche pleine. Si ta mère n'était pas déjà mariée, je l'épouserais sur-le-champ !

– Beurk, ne me dis pas des trucs pareils, grimacé-je. Argh, faut que je m'enlève cette image de la tête, maintenant.

– C'est vrai que Marianne cuisine divinement bien, renchérit Colas avec un sourire gourmand.

– Bah ta mère aussi, pourquoi vous n'êtes pas allés chez elle ?

– Jocelyne m'aime pas, explique Noah avec une moue enfantine.

– Ouais, ben si t'arrêtais de zieuter mes frangines quand tu viens, ça se passerait mieux.

– Pfff, si on ne peut plus regarder, maintenant, souffle-t-il en levant les yeux au ciel.

– Non, on ne peut pas, lui assène notre pote.

C'est exactement ce que Soul aurait dû me dire il y a treize ans...

Nous terminons notre repas et, alors que je débarrasse, les deux fouille-merdes s'installent dans mon canapé et matent ma dernière compo.

– Je sais pas si vous avez vu, mais hier soir, ils ont annoncé l'annulation de nos concerts, nous informe Noah.

– C'était prévu, ouais, confirmé-je. Spencer contient l'incendie.

Les réseaux sociaux commencent à s'enflammer et une équipe de pompiers payés rubis sur l'ongle s'en charge.

– Tiens, à propos, j'ai des nouvelles de Soul, s'exclame Colas. C'est aussi pour ça qu'on est passés.

– Ah, cool. Et ?

– Il est comme toi, il compose. Vous allez finir par nous pondre un album entier à vous deux. Enfin, faudra que tu mettes des paroles sur certaines de ses musiques, mais sinon, son séjour a l'air de lui faire du bien.

– Tant mieux…

Lisa a tellement accaparé mes pensées ces derniers jours que je n'ai même pas pris de nouvelles de lui. Il faut absolument que je l'appelle dès que les deux autres seront partis.

Même si je n'imagine plus ma vie sans les deux comiques qui me font face, je reste plus proche de Soul. Dans la classe de monsieur Pinault, professeur d'histoire du collège Saint-Sauveur, nous avons échangé un Twix contre une canette de Coca, et depuis, nous ne nous sommes plus jamais quittés. Soul m'a laissé copier sur lui pendant toute notre année de sixième – la deuxième pour moi. Comme j'étais déjà un élève irrécupérable, monsieur Pinault ne s'est pas fatigué à nous séparer. Avec sa mèche rebelle, ses fringues sombres et son côté mystérieux et torturé, Louis se faisait remarquer dans les couloirs. À l'époque, je voulais que son aura déteigne sur moi, et je l'ai donc tout naturellement suivi à ses cours de solfège. Sur mes cahiers de classe, j'écrivais des mots, des phrases, et lui créait un tempo, des notes.

Grâce à la musique, je me suis épanoui. Grâce à Soul, je suis devenu le leader des Slave Of One Night.

Pour la grande majorité de nos albums, Soul compose et j'écris. Noah et Colas nous accompagnent dans les arrangements et ajustent les basses et la rythmique. À quatre, nous nous comprenons sans avoir besoin de nous parler. C'en est parfois flippant. Il suffit que nous jouions ensemble pour être en osmose. Individuellement, nous ne sommes pas mauvais. Ensemble, nous sommes excellents.

Tandis que Colas s'allume une clope, Noah mate son téléphone en passant les doigts dans ses cheveux. Lorsque je les rejoins, nous entamons un après-midi musical. Face au piano, j'accompagne la guitare de Colas, alors que Noah tape sur tous les objets qui passent à sa portée. Je dois tout de même sauver un verre de bière et le cendrier qui n'auraient pas résisté à ses coups de fourchette énergiques.

Quand ils prennent congé, la nuit est déjà bien entamée. Je ne sens plus le bout de mes doigts.

– Dommage que tu n'aies pas eu la Gibson, mec. On aurait pu enregistrer vite fait une maquette pour la faire écouter à Soul, se désole Colas sur le seuil, la marmite de ma mère propre dans les mains.

– Ouais, c'est vrai. Je vais aller faire un tour chez Star's Music, cette semaine.

– Tiens, il y a au moins deux ans que je n'y suis pas allé. Je t'accompagnerai… commence Noah.

– Non ! le coupé-je.

Surpris par mon ton brusque, mes deux potes se figent. Noah arque les sourcils.

– Non ? s'étonne-t-il.

– J'ai déjà quelque chose de prévu.

Colas plisse les yeux tandis qu'un rictus fleurit sur les lèvres de Noah.

– Oh, la blonde… dit-il en me lançant un clin d'œil exagéré.

– Ouais, Lisa, confessé-je.

– Tu as avancé alors ? C'est devenu plus sérieux ? s'enquiert Colas avec curiosité.

Tous les signes qu'elle m'envoie vont dans le même sens que les miens. Mais c'est vrai aussi qu'elle est dans la retenue. Sa peur de se dévoiler entièrement me blesse. Et je suis un putain d'hypocrite, parce que je ne lui dis pas tout non plus. En revanche, mes raisons sont tout à fait louables.

– J'y travaille, marmonné-je. Bon, allez, je ne vous retiens pas, dis-je en poussant la porte.

– Merde, il nous jette carrément dehors, râle Noah en geignant.

Je les entends descendre les marches en gloussant. *Foutus potes !* S'ils n'existaient pas, il faudrait les inventer…

***

Mercredi après-midi, Léa et moi arrivons devant l'immeuble de Lisa. Peu formelle, l'occasion est parfaite pour lui présenter ma fille et je suis curieux de découvrir enfin son appartement que je n'ai pas encore vu.

Bien évidemment, Lisa pense que c'est Thibault Macray qui va passer la voir, simple musicos et papa en vacances à durée indéterminée à Lille. Quelle aurait été sa réaction si elle avait su quelle vie je mène en réalité ? Quelle sera-t-elle si un jour je l'emmène dans ma villa à Los Angeles ? Je commence de plus en plus à me poser ce genre de questions.

Alors que Léa sautille, excitée et impatiente, j'arrime mes pieds sur le trottoir, puis je retiens doucement ma fille par la manche de son gilet.

– Léa, attends.

Souriante, elle s'arrête dans sa lancée et me jette un regard interrogateur, en dégageant les cheveux qui balaient son visage.

– Juste pour te dire que Lisa est spéciale pour moi…

– C'est super, papa, s'enthousiasme-t-elle.

– Par contre, elle ne sait pas qui je suis, avoué-je piteusement.

J'apprends à ma fille à ne pas mentir et je ne suis pas foutu de lui montrer le bon exemple. Est-ce que mentir par omission, c'est toujours mentir ? Si je ne dis rien, alors je ne suis pas vraiment un menteur…

– Je ne comprends pas, dit-elle en fronçant les sourcils.

– Je ne lui ai pas parlé de Tray, des Slave Of One Night, tout ça…

Elle penche la tête sur le côté, en pleine réflexion. Évidemment, je ne m'adresse pas à une idiote. Impossible de berner Léa, mais elle peut comprendre. Elle-même tait que son papa est une star internationale. Avant qu'elle n'ouvre la bouche, je tente une explication foireuse :

– C'est compliqué. Si tu pouvais juste…

Je cherche mes mots ; je ne souhaite pas qu'elle mente sciemment.

– Ne pas faire de gaffe ? tente-t-elle.

– Ouais.

– Mouais, mais je trouve ça complètement nul, grimace-t-elle en retroussant son nez avant de sonner à l'interphone.

Elle peut donner le petit doigt à Colas et Noah… Pourtant, je soupire, soulagé.

Léa a raison, c'est « nul ». Il paraît que la vérité sort de la bouche des enfants… Néanmoins, j'ai bon espoir qu'au rythme où nous nous rapprochons, Lisa et moi, il n'y aura bientôt plus aucune raison de lui cacher que le chanteur des SOON a complètement et irrémédiablement craqué pour elle.

CHAPITRE 37
Les F@meuses Crêpes

LISA

J'arrange pour la troisième fois le petit bouquet de fleurs posé sur la table de mon salon lorsque la sonnette de l'interphone retentit. J'inspire un grand coup pour me détendre. Je suis hyper stressée. Vais-je plaire à sa fille ? Et si elle se moquait de moi ? Les adolescents peuvent être si cruels. Je suis bien placée pour le savoir.

Après leur avoir déverrouillé la porte, je reste fébrilement dans l'entrée. Pourtant, dès qu'ils apparaissent au détour de l'escalier, je ne peux empêcher un sourire de fleurir sur mes lèvres. Il faut dire que Thibault vient directement déposer un baiser sur ma joue, ce qui amène mon cœur à exécuter un triple salto arrière. En reculant, il m'adresse un clin d'œil discret.

Voir le père et la fille côte à côte me procure une émotion étrange. Ils ont noué une complicité évidente, tant et si bien qu'ils semblent se connaître par cœur. Dans leurs yeux, je peux lire tout l'amour qu'ils se portent. Est-ce que mon père m'a un jour regardée comme ça ? Peut-être. Il y a longtemps.

Alors que je m'apprête à les inviter dans l'appartement, le pas lourd de Robert résonne au-dessus de nous, accompagné du bruit de sa canne.

– Ma Lisa ! appelle-t-il depuis le vieil escalier.

– Bon-bon-bonjour, Bob, salué-je avec douceur.

– Tu as de la visite *min tiote*[7] ? me demande-t-il alors qu'il atteint mon palier.

Mon adorable voisin est aussi une grande commère…

– V-v-voici m-m-mon-mon ami, Ti-ti-Thi… bault, et sa-sa f-f-f-fille, Léa. Je v-v-vous p-p-pré… sente Rob-b-bert, mon v-v-voi… sin.

Tous se saluent chaleureusement et Bob adresse même une petite révérence à Léa qui rougit de plaisir. Le visage de mon vieil ami s'illumine alors.

– *Ej t'arconnôs ti z'aute*[8] ! T'es le chanteur, là. Avec *ti zôtes*, les gars du ch'Nord qu'êtes partis chez les Ricains. Ils ont parlé de vot' groupe, les gars de Soul *ch'ais nin*[9] trop quoi aux infos, hier.

J'ai beau me concentrer sur ses mots, Robert parle trop vite pour que je saisisse le sens de son discours. Depuis le décès de son épouse, mon voisin a parfois

7. Ma petite.

8. Hey ! Je te reconnais, toi.

9. Je ne sais pas.

des pertes de mémoire ou alors il me raconte des pans entiers de son enfance avec force détails.

– Il f-f-f-fait sur-t-t-tout de-de la gui-guit-t-t-tare, Bob, précisé-je, confuse.

Le regard écarquillé de Léa navigue entre Robert et son père tandis que Thibault semble pâlir à vue d'œil, sans être capable de répondre. Est-ce qu'il ne comprend pas l'accent de Robert ? Heureusement pour lui, l'attention de mon voisin se porte rapidement sur sa canne et les dernières marches qu'il doit franchir avec prudence.

– *Ch'é bin, min garchon*[10]. Sois gentil avec Lisa. Bon, j'vous laisse, j'vais chez Jean-Pierre pour faire un coup d'cartes.

Robert n'a pas atteint le palier que j'ai déjà fait rentrer mes invités.

– Dé-désolée p-p-pour Rob-b-b-bert. Il p-p-perd la t-t-tête.

– Mmh, mmh, marmonne Léa, les sourcils froncés, avant de vite retrouver son enthousiasme. Je suis trop contente d'être ici ! Bon, j'ai dû dire à madame Zukarov que je ne viendrais pas à son cours et elle n'était pas contente parce que le gala est samedi de la semaine prochaine. De toute façon…

– Léa ! la coupe Thibault.

Pas du tout impressionnée, l'adolescente cesse son babillage et lève la tête vers Thibault qui lui fait les gros yeux. Elle plisse les siens avant de soupirer,

10. C'est bien, mon garçon.

exaspérée. Je suis amusée par leur communication silencieuse.

– Je parle trop, c'est ça ?

J'éclate de rire devant la bouille contrite de Léa et l'air faussement fâché de son père.

– B-bon-bonjour, Léa.

Quand elle s'approche pour me faire la bise, son discret parfum de savon de Marseille assaille mes sens et des réminiscences de l'odeur de la peau de ma mère me reviennent comme une tempête qui dévaste tout sur son passage. Les images se percutent, s'entrechoquent et me laissent une impression désagréable, une amertume prégnante. Je vacille en papillonnant des paupières. Ça ne dure que quelques dixièmes de seconde, mais Thibault s'en aperçoit et pose la main sur ma joue, apaisant instantanément mes tourments.

– T'es sûre que tout va bien ? s'inquiète-t-il.

Je reprends pied et hoche la tête.

– Prêts pour le goûter ? demande Léa, dissipant mon trouble de manière définitive.

– J-j'ai-j'ai f-f-fait d-des crêpes, annoncé-je en leur désignant la pièce de vie.

– Ah ! Les fameuses crêpes ! s'extasie Thibault.

Je souris, complice.

– J'adore ça ! T'as du Nutella et du sucre glace ? Parce que moi, je les mange comme… commence-t-elle en regardant son père à la dérobée. Je m'emballe, je sais. Pfff…

Je glousse. Thibault souffle. Léa grimace.

– V-ve-venez, les invité-je.

– Oh, c'est joli chez toi ! s'écrie Léa en retirant son gilet vert pour le poser sur l'accoudoir du canapé. On dirait le salon de mamie !

Ne sachant pas comment le prendre, je ne réponds rien. À part mes amies et l'employé qui relève le compteur électrique, personne ne met jamais les pieds ici, donc il est difficile d'avoir une idée objective sur mes choix de décoration.

– Ce qu'elle veut dire, c'est que c'est coloré et chaleureux, précise son père.

Effectivement, comparé à son grand appartement gris et blanc, le mien est plus petit, dans les tons jaune et bleu avec plein de touches de rouge. J'adore changer la disposition des meubles de temps en temps et faire de petits travaux.

– C'est ta mère ? demande-t-il en désignant le cadre accroché au mur.

– Oui, soufflé-je.

– Elle est vraiment très belle. Vous vous ressemblez comme deux gouttes d'eau, ajoute-t-il.

Troublée par son regard chaleureux et sincère, je déglutis.

– Il est à toi ou tu loues ? s'enquiert-il en désignant la pièce dans son ensemble.

– À-à m-moi. Hé-héritage d-d-de ma-ma mère.

Je ne m'étale pas plus et, d'un geste de la main, je les invite à s'asseoir. Je ne crie pas sur tous les toits que, grâce au capital décès de ma mère et à de très bons placements de Paul Bartoli, j'ai pu m'affranchir de mon père et devenir propriétaire à la fois de cet appartement et d'un tiers de Pic'Assiette. Cette liberté reste tout de même chèrement acquise.

Dans ma cuisine, la table est prête depuis une heure. Nous avons prévu avec Thibault de prendre le goûter chez moi et d'aller nous promener ensuite tous les trois. Il doit prospecter pour une guitare dans un magasin qui n'est pas très loin. Mais c'est surtout un prétexte pour voir si le courant passe bien entre Léa et moi. Je pense qu'il veut être rassuré. J'imagine que le père et la fille sont vendus en lot, et que si je ne m'entendais pas avec elle, une relation entre Thibault et moi serait compliquée. Les quelques fois où j'ai croisé Léa, elle m'est apparue comme une jeune fille enjouée, agréable et terriblement attachante. Elle me rappelle Méline. À bien y réfléchir, je ne sais pas si c'est une bonne ou une mauvaise chose…

Le Nutella est déjà prêt. J'attrape le sucre glace dans le placard et le dépose sur la table. Alors que je sors des petites bouteilles de limonade et des verres, l'assiette de crêpes est prise d'assaut par mes invités.

– Elles chont bonnes ! s'exclame Léa la bouche pleine. Mais elles n'ont pas le même goût que celles de mamie. Tu mets quoi dedans ?

– D-d-du rhum am-ambré, dis-je en échangeant un clin d'œil avec son père.

– Elle a raison, elles sont délicieuses. Je crois que je préfère celles-là, d'ailleurs, confirme Thibault qui a joué la classique cassonade.

– Je vais le dire à mamie !

– Fais donc, jeune fille ! rétorque-t-il avec un air confiant.

Léa lui sourit alors que le Nutella lui recouvre les dents et que le sucre glace saupoudre ses lèvres. Elle rince le tout avec une gorgée de limonade. Vu la quantité de sucre qu'elle ingurgite, je ne suis pas étonnée qu'elle soit si énergique.

– Ah, et je voulais te dire que je m'en fiche que tu bégaies, m'annonce-t-elle brusquement.

– Léa…

– Bah quoi, papa ?

– P-pa-parfait, rassuré-je Thibault en souriant à la franchise de sa fille.

Au moins, ça a le mérite d'être clair. Et aussi rapidement qu'un battement de cils, le sujet est clos. J'adore les enfants pour leur faculté à dire tout ce qu'ils pensent, sans s'étaler, sans tergiverser. Pourquoi ne sais-je pas en faire autant ?

Nous terminons le goûter en écoutant Léa nous expliquer la chorégraphie qu'elle doit interpréter pour le gala de fin d'année de son école de danse. J'admire l'entrain de cette jeune fille. Elle a la liberté de réaliser ses rêves avec l'appui de ses parents. Comme j'aurais eu envie d'être comme elle à son âge…

***

Main dans la main, Thibault et moi déambulons sur les trottoirs parmi les passants, suivis de près par

Léa qui photographie quelques fringues en vitrine sur son passage pour les envoyer à ses copines. Avec les beaux jours, les promeneurs sont plus présents. J'aime ma belle ville de Lille. On y parle français, flamand, parfois anglais, néerlandais, arabe ou encore ch'timi, même si le patois se parle surtout dans les campagnes.

Sachant que nous allions marcher, j'ai enfilé un pantacourt léger et une paire de tennis. Avec Thibault à mes côtés, j'ai l'impression de rayonner, même en mesurant vingt centimètres de moins. Comme souvent, il est habillé tout en noir. Ses cheveux bruns désordonnés tombent sur son visage au teint hâlé. Des bracelets en cuir ornent ses poignets et il porte des bagues à presque tous les doigts. Ses lunettes de soleil dissimulent ses yeux clairs. Contrastant avec lui, je suis tout en blanc, et avec ma peau claire et mes cheveux blonds, je semble particulièrement fade. Mais Thibault semble si fier de me tenir la main que je fais comme lui et marche la tête haute.

Aux regards que nous lancent certaines personnes, notre couple doit dégager quelque chose qui me dépasse, mais qui fascine. À moins que ce ne soit seulement lui. À bien des égards, Thibault projette une aura qui attire l'œil et son magnétisme oblige les passants à s'écarter devant nous. Certains s'arrêtent, d'autres se retournent, perplexes. Pourtant, il ne semble pas se préoccuper des messes basses et des chuchotements qui ne cessent de gonfler dans notre dos. Souriant, il évolue dans son élément naturel.

Ayant davantage l'habitude d'être insignifiante et invisible, je suis soulagée lorsque nous entrons enfin dans le magasin d'instruments de musique. Il est vide.

Léa ne cesse de parler depuis qu'elle est arrivée chez moi, mais une fois sur le seuil de Star's Music, plus un son ne s'échappe de sa bouche. Elle regarde autour d'elle, émerveillée.

– T'éloigne pas trop, lui demande son père alors qu'elle s'engouffre dans les rayons sans se soucier de lui.

Après avoir terminé avec le seul autre client présent, un vendeur s'approche de nous d'un air méfiant. Je tente de retirer ma main de la sienne, mais Thibault raffermit sa prise.

– Bonjour ! Je peux vous aider ?

– Nous sommes là pour les guitares, répond Thibault en observant les instruments accrochés au mur et ceux qui sont soigneusement rangés dans les racks au sol.

Pendant quelques secondes, l'attention du vendeur s'attarde sur la silhouette de Thibault jusqu'à ce qu'un grand sourire admiratif illumine son visage. Je me demande un instant si son intérêt n'est pas tout sauf commercial, mais il reconsidère la demande de Thibault d'un ton très professionnel.

– Quel genre ?

– Électrique. Dans l’idéal, une Fender ou une Gibson, plutôt une Gibson, d’ailleurs.

– D’accord, réfléchit le vendeur en caressant sa barbe. Quelle fourchette de prix ?

– Qu’importe.

Je tente de lire les étiquettes de prix, mais je renonce, tant c’est écrit petit. À la place, je me désintéresse de leur discussion sur les avantages et les inconvénients de la première guitare que le vendeur propose pour chercher Léa du regard. Je la repère, sautillant autour des batteries, et croise les doigts qu’elle ne fasse pas de bêtises. Brusquement, elle se fige tandis qu’un sourire carnassier apparaît sur ses lèvres. Je reporte mon attention sur Thibault pour savoir s’il l’a vue et s’il craint, comme moi, un mauvais coup, mais ses yeux pensifs restent fixés sur le vendeur.

– J’ai rentré une belle Les Paul, ça vous irait ?

– Carrément.

À son air ébahi, on vient de lui parler du Graal.

– Venez avec moi, nous encourage-t-il, un sourire aux lèvres.

Nous le suivons jusqu’au fond du magasin où un endroit est aménagé pour pouvoir essayer les instruments. Un tabouret et un ampli n’attendent qu’à être utilisés. Le vendeur nous demande alors de patienter, le temps qu’il aille chercher la guitare.

Soudain, je me retourne, guidée par le son des notes de synthé qui emplissent l’espace. Debout au milieu d’une allée, Léa, concentrée, pianote la mélodie de *Blinding Lights* de The Weeknd. Bluffante, elle enchaîne les accords de mémoire sans la moindre difficulté. C'est magnifique.

– El-elle est d-d-dou-douée, soufflé-je.

– Elle se débrouille effectivement très bien, confirme Thibault en me prenant par les épaules.

Dans ses yeux, j'y lis toute sa fierté. J'ai un petit pincement au cœur involontaire.

Je n'ai jamais vu ça dans ceux de mon père...

Qu'aurais-je dû faire pour y parvenir ? Être différente ? Malheureusement pour lui, je ne suis pas sa fille idéale. Je ne peux rien faire pour y remédier. Je suis moi, avec mes qualités et mes défauts, tout comme Léa. Comme le prouve Thibault, les imperfections n'empêchent pas de recevoir un amour sans limites.

– Elle au-au… ssi, elle p-p-pou-pou… rrait c-c-compo-poser d-d-des m-m-mu-mu… siques.

Il tourne son visage vers moi les sourcils froncés.

– Pardon ?

– Co-comme toi, précisé-je en montrant Léa du doigt.

– Oui, c'est vrai. Mais je crois qu'elle veut faire autre chose, marmonne-t-il en caressant distraitement ma clavicule.

Pourtant, elle a vraiment un don. Ça doit être vraiment épanouissant de vivre de sa musique. C'est curieux qu'il ne l'encourage pas à poursuivre dans cette voie. Thibault reporte son attention sur sa fille.

– Elle n-n-n'aime p-p-pas ça ? cherché-je à savoir.

– Si, si, beaucoup. Mais elle l'envisage juste comme un loisir, pas comme un métier, m'explique-t-il.

– Elle t-t-t-t'a d-d-dé-déjà vu en-en con-con… concert ?

Ses doigts ralentissent leur mouvement.

– Oui.

– Et en s-s-st-t-t-tudio ? P-p-p-pour enr-r-r-regi-gi-gistrer ?

Alors que Léa entame une nouvelle chanson, la main de Thibault s'immobilise sur l'arrondi de mon épaule.

– Oui, souvent.

Afin d'en avoir le cœur net, je lui pose franchement la question. J'ai horreur de rester dans le flou.

– Et t-t-tu-tu com-comp-p-p… poses b-b-bien d-d-des m-m-mu-musiques d-de fi-films ? C'est ça ?

Alors que la porte par laquelle le vendeur est sorti claque, Thibault se crispe avant de se détendre et de m'embrasser sur la tempe. Je frémis au contact de ses lèvres fraîches sur ma peau brûlante.

– Oui, si on veut, me murmure-t-il distinctement dans le creux de l'oreille.

CHAPITRE 38

Il Y @ Jouer & Jouer

LISA

Le vendeur revient avec un étui qu'il pose avec déférence sur le comptoir.

– Voilà ! dit-il fièrement en l'ouvrant.

Lâchant ma main, Thibault siffle d'admiration et se saisit de la guitare avec délicatesse.

– Sympa…

Après l'avoir calée contre lui, il caresse le vernis, puis effleure les cordes avant d'en pincer quelques-unes tandis que sa main gauche glisse le long du manche.

Le geste est tendre. Le geste est amoureux. Le geste est érotique.

Un frisson me parcourt. Il prend naissance au creux des reins, remonte le long de ma colonne vertébrale et m'ébranle plus que de raison. Pour un peu, je serais jalouse.

Lisa, on parle d'une guitare, bon sang !

– C'est un clone de la *Golden Era*, précise le vendeur, ce qui me sort brusquement de mon fantasme. Un essai ?

– Et comment ! s'enthousiasme Thibault.

Une fois tous les branchements effectués et un larsen résolu, Thibault entame un vieil air de rock les yeux fermés, puis enchaîne sur l'intro de *Nothing Else Matters* de Metallica. Il s'interrompt pour régler quelques boutons.

Quand il se relève, Léa vient se coller à ma droite.

– Écoute bien, me dit-elle malicieuse.

Les premières notes d'un titre très connu des Slave Of One Night sortent de l'enceinte. Je reconnais immédiatement *Exhalation of Darkness,* un tube que j'adore. Je suis complètement bluffée par sa maîtrise des accords, et sous le charme du personnage.

– Ce type, à la guitare, ici, c'est magique, souffle le vendeur à ma gauche.

– Oh, v-vous-vous le-le c-co-connaissez ? chuchoté-je pour ne pas perturber Thibault.

– Qui ne le connaît pas ? Je suis tellement flatté qu'il soit venu dans mon magasin, dit-il les yeux brillants.

Beaucoup de monde, je suppose. Comme la plupart des gens, j'écoute beaucoup de musique. En revanche, je ne connais pas le nom des compositeurs ni des paroliers. C'est à peine si je peux mettre un visage sur les chanteurs et les chanteuses que j'écoute.

– Je-je n-n-n'ai ja-ja… mais ent-t-tendu ce t-t-ti… titre d-d-dans un f-fi-film.

– Un film ? Ah non, ça pour sûr ! s'esclaffe le vendeur, un brin moqueur.

Quand la musique s'arrête, j'applaudis par réflexe, encore interloquée par cet échange. Je me sens idiote au milieu de ces passionnés, mais Léa détourne vite mon attention et m'accompagne avec des acclamations nourries à base de « Papa t'es le plus fort ! » et « Papa, t'es le meilleur ! » Mon ridicule envolé, j'éclate de rire avec elle.

Thibault repose la guitare dans son étui en nous souriant, avant de se tourner vers le vendeur.

– Je la prends. Vous me mettrez également un ampli et les câbles.

– D'accord, pas de problème, s'empresse-t-il de répondre.

– Vous pouvez me livrer ?

– Absolument ! Samedi.

Tout en lui signifiant son désaccord d'un léger mouvement du menton, Thibault crispe la mâchoire et lui adresse un regard dur.

– Non, avant, exige-t-il.

Son ton autoritaire de celui qui obtient toujours tout ce qu'il veut me surprend. En quoi acheter une guitare est une urgence ?

– Demain ? Je demanderai à…

– Impeccable, le coupe-t-il avec fermeté alors que le pauvre vendeur se plie en quatre pour le satisfaire.

Qu'est-ce qu'il lui prend ? Il gratte sur une guitare, deux personnes l'applaudissent et il se prend pour une star ?

Sous mes yeux ébahis, ils se serrent la main alors que le vendeur ne s'est pas départi de sa bonne humeur malgré l'attitude de diva capricieuse de Thibault.

Pendant qu'ils règlent les détails, je manque de faire une crise cardiaque lorsque le prix s'affiche sur l'ordinateur. Plus de dix mille euros la guitare, sans compter le reste ! Quand Thibault sort une carte noire de son portefeuille, je vacille. Certes, il est musicien, il est doué, et il en vit, mais tout de même ! Qui peut bien sortir une somme pareille pour une simple guitare comme s'il allait acheter une faluche[11] ? Qui peut se permettre une telle folie parmi le commun des mortels ?

Sentant mon trouble, Thibault se retourne, me sourit en haussant les épaules, puis m'embrasse sur la joue. Il ressemble à un petit garçon qui a reçu son cadeau de Noël en avance. Je n'ose dire quoi que ce soit. Après tout, ce n'est pas mon argent, et on ne se connaît pas assez pour en discuter. En revanche, je comprends mieux le sourire béat du vendeur.

– On y va ?

Je hoche la tête, puis nous sortons tous les trois dans la rue.

---

11. Pain blanc, dense et irrégulier qui ressemble à s'y méprendre à un ballon de foot écrasé et qu'on peut garnir de salé (salade de crabe, etc.) comme de sucré (Nutella, par exemple…).

– Papa, on peut passer chez Rocambole ? demande Léa avec une moue enfantine.

Agrippée au bras de son père comme un petit singe, elle le regarde avec des yeux implorants auxquels il doit être bien difficile de résister.

– Je ne sais pas. Tu as encore le temps ? demande-t-il en se tournant vers moi.

– Ou-oui.

– Alors, c'est parti !

Je ne sais pas ce que propose Rocambole, mais en tout cas, c'est sur notre trajet du retour. Mine de rien, on aura bien crapahuté. Soudain, Léa, qui marche devant nous, rentre dans un magasin en sautillant.

– Si on ne rentre pas avec elle, elle en a pour des heures.

Ça se voit qu'il n'a jamais fait les boutiques avec Méline !

Nous entrons à la suite de Léa et je découvre une boutique de jeux. Une multitude de boîtes aux couleurs de l'arc-en-ciel s'alignent sur des étagères sur toute la longueur du magasin.

– C'est-c'est q-q-quoi ?

– Des jeux de stratégie, des jeux de rôle, des jeux de société, pour les enfants, mais aussi pour les adultes. Léa adore ça. Elle vient souvent ici avec sa mère. Viens, je vais te montrer.

Nous passons effectivement presque une heure sur place en compagnie d'un charmant vendeur passionné qui connaît bien Léa et lui montre les nouveautés. Moi qui n'ai jamais joué à un seul jeu de société avec mon père, je constate que Thibault et sa fille ont l'air de bien s'y connaître. Ils se taquinent sur le thème « Qui est le meilleur à ce jeu ? », ce qui fait fleurir un sourire sur mes lèvres.

– Et pourquoi je te l'achèterais ? demande Thibault à sa fille qui lui montre une boîte.

Il claque dix mille euros dans une guitare et il fait la fine bouche pour un jeu ? Sérieusement ?

– Parce que j'ai eu un vingt en maths ?

– T'as eu un vingt en maths ? rétorque son père, sceptique.

– Non, un dix-huit et demi, mais c'est presque pareil… tente-t-elle avec une petite moue.

Thibault hésite, torture sa fille pendant presque deux minutes, avant de céder pour son plus grand bonheur. Je comprends alors qu'il tente de faire passer ce cadeau pour une récompense.

Lorsque j'étais petite, mon père m'offrait souvent des cadeaux, sans occasion particulière. Des livres, des robes, des peluches, des poupées, qu'il me donnait juste après le dîner. Jamais il ne revenait d'un déplacement les mains vides. En revanche, jamais ces cadeaux n'étaient accompagnés d'un câlin ou d'un bisou. Jamais il ne s'enquérait de savoir s'ils me plaisaient. Jamais il ne me demandait ce que j'en faisais. Jamais il n'entrait dans ma chambre pour voir où je les rangeais. Sur la bibliothèque. Face à mon lit. Là où je pouvais voir ses infimes traces d'amour chaque soir avant de m'endormir.

Quand nous passons à la caisse, je découvre que Léa a choisi un puzzle particulièrement complexe. Tandis qu'elle virevolte et sautille partout, je ne peux m'empêcher de demander :

– El-elle a-a la p-p-pa… patience ?

– Aussi curieux que ça puisse paraître, oui, souffle Thibault. Et plus c'est difficile, plus elle aime ça.

Nous quittons la boutique après la fermeture. À peine sortie, je boutonne mon gilet jusqu'au dernier bouton.

– Tu as froid ? s'inquiète Thibault.

Je lui montre un léger écart entre mon index et mon pouce, et immédiatement, il passe son bras au-dessus de mes épaules.

Sur le chemin du retour, nous ne croisons que les gens qui rentrent chez eux après une journée de travail et ceux qui commencent à regarder les menus des restaurants ou entrent dans les cafés.

Main dans la main, nous suivons Léa qui ne sait pas rester à notre hauteur. Thibault profite d'un trottoir étroit pour me serrer plus fort. Je me love contre lui et le respire. Les épices de son parfum me donnent envie de lécher sa peau. Il m'embrasse sur la tempe avant de soupirer de bien-être.

– J'aime ça.

– Q-quoi ?

– Ça. Me balader avec toi et ma fille, me confie-t-il. Je suis heureux. C'est con, hein ?

– P-p-pa… pas d-du-du tout.

Comme lui, je suis heureuse. Cette sortie ressemble à un simple après-midi passé en famille, mais pour moi, elle signifie beaucoup. La bonne humeur et la curiosité de Léa sont communicatives. Léa semble avoir accepté ma présence auprès de son père. À aucun moment je ne me suis sentie mal à l'aise. Au contraire, je me sens à ma place avec eux.

L'odeur de friture qui s'échappe par une porte fait gronder mon estomac, bruyamment.

– J'en connais une qui a faim, s'amuse Thibault.

Contrite, je lui assène une légère claque sur le bras.

– On peut s'arrêter grignoter quelque part, propose Léa.

– Bien tenté, sourit son père, mais non. Maman t'attend pour manger.

– Mmh, grogne-t-elle.

Arrivés devant chez moi, Léa et Thibault me font la bise pour me dire au revoir, Thibault un peu plus longuement.

Je me sens idiote et empruntée. Je n'ai pas envie de les quitter. Comme Léa, j'aimerais prolonger ce moment. Passer du temps avec eux m'a semblé si naturel que c'en est déstabilisant. Je prends conscience de mon désir de m'investir réellement dans cette relation. J'amorce le premier pas, le cœur battant, mes doigts encore entremêlés aux siens.

– La p-p-pro-chaine fois, je-je v-v-veux t-t-t'inviter au-au- r-r-r-rest-t-t-taurant.

Voilà, je l'ai dit.

– Un restaurant ?

Je hoche la tête en lui souriant. Son regard doux plonge dans le mien. Je crois qu'il a compris que la nourriture était le truc infaillible chez moi.

– D'accord, mais c'est moi qui choisis ! J'avais déjà prévu de t'emmener dans un endroit sympa, se justifie-t-il en prenant ma joue en coupe.

– B-bi-bien sûr.

Il jette un œil au-dessus de son épaule et profite que Léa a le dos tourné pour m'embrasser.

– Surveille tes SMS, murmure-t-il avant de reprendre mes lèvres pour un baiser torride.

CHAPITRE 39

M@tin Câlin

TRAY

– Qu'est-ce que tu en penses ?

– Ouais, tu progresses, mais je trouve la rythmique en décalé pas terrible. Un deux temps serait mieux, je pense, suggère Soul d'une voix fatiguée.

– OK, je vais voir. Je n'aime pas trop les deux derniers accords non plus… Je pourrais faire un essai avec Colas pour voir ce qui colle le mieux et s'il a une idée, dis-je en éteignant l'ampli.

– Par contre, les paroles sont top.

Je savais qu'il allait accrocher. *From Hell* représente parfaitement notre histoire et les émotions que nous avons traversées. Je me réinstalle sur le canapé et allume une clope.

– Merci. Bon, et à part ça, comment tu te sens ?

– Ça va… répond-il d'un ton las en retirant la sangle de sa guitare.

– C'est-à-dire ?

– Je profite du bon air, je me balade à cheval, je joue de la guitare… C'est putain de dur, mec !

Je frémis à son cri du cœur déchirant. Pudique, il se prend la tête dans les mains pour dissimuler son mal-être.

– Je sais ce que c'est.

Même si j'adopte un ton compatissant, son aveu reste difficile à entendre. Je me revois au même stade, alors que je tentais de garder la tête hors de l'eau. Durant ces mois de combat difficile, chaque jour passé représentait une victoire. Chaque nuit, un calvaire. Sans parler des regrets qui tournent sans fin dans la tête, jusqu'à ce que tout explose.

– Dis, Soul ? demandé-je en m'approchant de l'écran.

Après avoir fouillé dans ses cheveux quelques secondes, il relève son visage en affichant un masque faussement serein.

– Ouais ?

Dans l'optique de tourner définitivement la page, je me lance.

– Je sais qu'on n'en a plus trop reparlé après, mais… tu m'en veux toujours pour Sophie ?

Il se passe la main sur le visage et souffle. Propulsés dans un *star-system* dévastateur du jour au lendemain, nous n'avons jamais eu le temps de nous épancher. Concentrés sur la carrière du groupe, emportés dans un tourbillon, nous avons laissé le temps passer, et avec lui, les regrets, et peut-être les non-dits.

– Oui et non. Vous étiez deux dans cette histoire. Vous étiez jeunes. Trop jeunes. On ne va pas se mentir, tu n'as pas assuré du tout, mais… tu n'as pas tous les torts. Bref, je ne t'en veux plus trop. Seulement, je ne sais pas si Sophie a réussi à passer à autre chose.

Tiens... Elle ne lui a pas encore parlé de Colas ?

– Tu sais qu'il n'y aura plus jamais rien entre Sophie et moi ? À part Léa, bien sûr.

– Oui, oui. Je suis au courant. Et c'est aussi bien comme ça. Je ne sais d'ailleurs pas comment la gamine peut être aussi équilibrée avec des parents comme vous, s'esclaffe-t-il, moqueur.

Je préfère le voir comme ça, taquin. Par ailleurs, obtenir son pardon malgré tous les regrets qui subsistent, ça n'a pas de prix.

– Pauvre con !

– En attendant, le pauvre con va te laisser, souffle Soul. Il est crevé, soupire-t-il d'un ton sarcastique avant de couper la communication.

J'espère de tout mon cœur qu'il va se sortir de cette merde. Je finis par me demander s'il n'aurait pas mieux valu qu'il reste dans son établissement de cure.

Ici, en France, c'est l'heure du petit déjeuner. J'enfile donc une paire de baskets, tire un billet de dix euros de mon portefeuille et descends les trois étages. Il y a une boulangerie juste en face de mon immeuble dont l'odeur des viennoiseries vient régulièrement chatouiller mes narines quand les fenêtres sont ouvertes.

Cependant, une fois devant la vitrine, je suis pris d'une envie subite de voir Lisa. Les tartes aux pêches m'ont fait penser à elle. Je fais volte-face et continue de marcher. J'avais prévu de lui envoyer un SMS dans la matinée, mais finalement lui délivrer de vive voix me semble, à cet instant, la meilleure chose à faire.

Elle me manque.

Ma traversée cavalière d'une rue est ponctuée par un coup d'avertisseur rageur, puis je trottine jusqu'à la fameuse devanture rose et vert. Lorsque je pousse la porte, une petite sonnerie tinte pour annoncer mon arrivée.

La copine de Lisa, au téléphone derrière son bureau, relève les yeux et me reconnaît aussitôt. Un petit rictus s'invite sur ses lèvres. Ne voulant pas rentrer directement dans la cuisine, de peur de déranger, j'attends.

– Oui, madame Vanhooven…

Une musique rock s'échappe des portes battantes. À travers le hublot, je distingue la tête de Méline qui s'agite dans tous les sens.

– Vous pouvez venir chercher votre commande en début d'après-midi. Vers quatorze heures ? Je le note.

Angélique ne me quitte pas des yeux alors qu'elle achève sa discussion avec sa cliente. Son regard sombre me scrute, comme si elle essayait de lire dans mes pensées. Entre les deux copines de Lisa, je ne sais pas laquelle est la plus flippante.

Pour me soustraire à son regard, je feuillette le classeur qui présente toutes leurs créations. Les photos sont magnifiques. Du plateau de mignardises à la pièce montée pour un mariage, en passant par des gâteaux d'anniversaire. Tout est appétissant, coloré, bluffant.

– Elle sera prête. Oui, absolument, à tout à l'heure !

Quand Angélique raccroche, j'ai l'impression d'avoir passé un examen particulièrement désagréable. Et je ne rentrerai pas dans les détails pour expliquer à quel examen je pense…

– Bonjour, Thibault ! Que nous vaut ta visite de bon matin ?

– Je suis venu voir Lisa. Est-ce que je peux lui parler ?

– Attends là, je vais voir si elle est disponible, dit-elle en se levant.

Alors qu'elle s'apprête à entrer dans la cuisine, elle se ravise et se tourne vers moi avec un sérieux qui me décontenance.

– Tu sais, commence-t-elle, une main sur la porte, Lisa ne parle que de toi depuis quelques jours. De toi, de ta fille…

Alors que j'attends de savoir où elle veut en venir, Angélique devient curieusement silencieuse.

– Et c'est une mauvaise chose ? la provoqué-je.

Va-t-elle me demander de lâcher l'affaire ? De renoncer à Lisa ?

– Non, sans aucun doute, une bonne chose, affirme-t-elle. Lisa a tendance à s'isoler. Méline et moi essayons toujours de la pousser à sortir de sa zone de confort pour l'aider. Dernièrement, on l'a beaucoup bousculée. Ça nous a coûté. Vraiment. Mais nous étions obligées de le faire. Au moins, avec toi, elle se libère de son plein gré. Parce qu'elle le décide. Depuis votre rencontre, elle semble réagir, elle a retrouvé le sourire, elle… chantonne. Beaucoup. Tu es le premier à lui faire autant de bien.

Je ne m'attendais pas à ça. Angélique me surprend, mais surtout elle me confirme que Lisa évolue à mon contact. Je me détends, alors qu'inconsciemment, je m'étais crispé.

– Je l'ai entendue chanter, lui confié-je.

– Oui, je sais, elles m'ont raconté votre soirée à KaraFun. Juste… hésite-t-elle, le regard fuyant.

– Oui ? insisté-je, désireux de savoir ce qu'elle peut bien penser de moi. Si tu veux me dire quelque chose, vas-y.

– Tu es sérieux avec elle ? Que veux-tu d'elle ?

– Pourquoi toutes ces questions ?

Je sais que je devrais lui répondre, mais cet interrogatoire m'irrite. Angélique est véritablement la plus protectrice des amies de Lisa. Une véritable louve…

– Lisa est fragile. Est-ce que tu es certain de bien la connaître et de l'accepter telle qu'elle est ?

Elle ne me quitte pas des yeux, si bien que mon cœur s'emballe. Alors que je devrais sûrement montrer patte blanche, l'insistance d'Angélique me pousse à me rebeller. Je repousse dans un coin de mon esprit tous les arguments qui trouveraient grâce à ses yeux et préfère la confronter.

– C'est quoi le but de ton petit discours ? Me décourager de la voir, c'est ça ? haussé-je un peu le ton.

Entre la protéger et l'empêcher de vivre, il n'y a qu'un pas…

– Non, ce n'est pas ça, soupire-t-elle en levant les yeux au ciel. Elle est majeure et vaccinée. Elle fait ce qu'elle veut, seulement… Seulement, ce n'est pas toi qui devras ramasser les pots cassés quand tu l'abandonneras.

Je me doute que, d'après ce que Lisa m'a raconté, ses amies ont dû essuyer les discussions post-ruptures.

– Qui te dit que c'est ce que je vais faire ?

– Ils le font tous, un jour ou l'autre, me répond-elle du tac au tac. Parce qu'elle ne gère pas bien ses émotions, parce qu'elle est toujours à fleur de peau, parce qu'elle a un lourd passé émotionnel, parce qu'elle ne communique pas comme tout le monde et parce qu'elle manque de confiance en elle. Lisa a eu son lot de connards, tu sais. Je la connais mieux que toi, et toi, je ne te connais pas, m'assène-t-elle, tranchante.

Vexant, mais justifié. Et oui, apprivoiser Lisa est compliqué, mais n'est-ce pas ce que je voulais ? La fin de la facilité ?

– C'est vrai, mais je ne suis pas comme les autres…

Elle ricane, une moue désapprobatrice aux lèvres.

– Mouais… Tu lui donnes beaucoup d'espoir. Ne joue pas avec elle. Ne te joue pas d'elle. Elle a déjà assez subi pour toute une vie, conclut-elle en poussant enfin les portes battantes.

Ébranlé, je laisse ses paroles infiltrer la part rationnelle de mon cerveau.

Si on n'y prête pas attention, Lisa tente de se fondre dans le décor, quitte à paraître invisible, parce qu'elle se sent différente. Or, moi, je l'ai remarquée parce qu'elle est remarquable. Et je ne connais pas encore toutes ses facettes.

Quelques secondes plus tard, c'est soulagé que je découvre Lisa, souriante, apparaître à la place d'Angélique. Empressé, je vais à sa rencontre, lui encadre le visage de mes mains et dépose un léger baiser sur ses lèvres sucrées. Je refrène mon envie néandertalienne de dévorer sa bouche pour prouver à sa copine qu'elle se trompe et que Lisa et moi, c'est sérieux.

– Tu m'as manqué, soufflé-je.

Sa peau chaude irradie sous mes doigts impatients. Je sonde ses yeux qui ne regardent que moi. Très expressifs, j'y lis du désir. Ni méfiance ni hésitation. Néanmoins, nous sommes encore sur son lieu de travail, donc je m'empêche de penser à toutes les choses qui me traversent l'esprit et que j'aimerais lui faire.

– T-tu v-vou… voulais q-q-quelque ch-chose ? me demande-t-elle en me sortant de ma transe.

– Te voir, ma petite pêche.

– Oh, s'exclame-t-elle en rougissant.

– Et aussi t'inviter au restaurant. Comme promis.

La petite lueur qui traverse ses iris me confirme que j'ai piqué son intérêt.

– Q-q-q… quand ?

– Est-ce que vendredi soir, ça t'irait ?

Et là, je prie de toutes mes forces qu'elle n'ait rien de prévu, sinon je suis dans la merde. J'ai eu tellement de mal à négocier cette réservation. C'est quand j'ai fini par donner mon nom de scène que la situation s'est débloquée, comme par magie. Être une star a tout de même des putains d'avantages !

– O-o-oui, répond-elle, dissipant mes craintes.

– Génial, je passe te chercher vers vingt heures. Tenue correcte exigée. On ira à pied, ce n'est pas très loin.

– Où ?

– C'est une surprise, dis-je en lui lançant un clin d'œil.

Je recule, mais je fixe toujours son visage d'ange, puis je prends une grande inspiration.

– Ça sent bon, qu'est-ce que tu prépares ?

– F-f-fon… d-d-dant ch-cho-chocolat et t-t-tarte aux-aux p-p-poires.

Mon estomac gronde en retour, ce qui la fait éclater de rire. Tandis que j'embrasse son front, je respire son parfum si proche de celui des pâtisseries qu'elle fabrique.

Quand Angélique repasse la porte prudemment, je la relâche, leur souhaite une bonne journée et m'éclipse en rappelant à Lisa notre rendez-vous.

Arrivé dans ma cuisine, je percute que, comme un con, j'ai oublié d'acheter mon petit déjeuner. En maugréant sur ma connerie, je me verse un bol des Frosties de Léa.

CHAPITRE 40
@vec Ou S@ns Melb@ ?

TRAY

Lorsque la musique résonne à travers le beffroi pour annoncer vingt heures, j'appuie sur l'interphone de l'appartement de Lisa. Elle descend moins d'une minute plus tard, à croire qu'elle guettait mon arrivée derrière sa porte. Je mentirais si je disais que ça ne me fait pas plaisir.

Dès qu'elle sort de son immeuble, je me fige. Époustouflante. Elle porte une robe turquoise fluide qui arrive juste au-dessus du genou, sur laquelle elle a passé une veste noire cintrée qui marque sa taille fine et souligne ses hanches de pin-up. Néanmoins, les escarpins à talons aiguilles noirs se démarquent tout particulièrement. Mon fantasme absolu : elle, nue et portant uniquement cet accessoire absolument sexy. Je retiens un gémissement de justesse.

Je m'approche d'elle et pose mes mains sur ses joues. Elle a ramené ses cheveux dans un chignon banane, dévoilant les deux petits diamants qui brillent à ses oreilles. Je n'ose toucher ses lèvres des miennes, de peur de lui retirer le rose discret qu'elle a soigneusement appliqué. J'embrasse donc sa pommette et respire son parfum fleuri.

– Tu es absolument magnifique ce soir, ma douce pêche.

Ma voix rauque semble revenir de loin.

– M-m-merci. T-tu-tu n'es p-pa… pas m-mal non p-p-plus, murmure-t-elle.

Pour correspondre aux attentes du restaurant, je me suis fendu d'une chemise rayée noire assortie à mon pantalon de costume et d'une paire de Richelieu. J'ai retiré les bagues avec des têtes de mort pour conserver uniquement ma chevalière.

– Merci, ma douce. On y va ?

Elle retrousse le nez puis hoche la tête en souriant, son signe habituel pour signifier qu'elle est d'accord. Je prends sa main qui s'imbrique dans la mienne à la perfection. Elle n'a même pas conscience de l'effet qu'elle a sur moi. J'ai envie de la protéger et de me mettre entre elle et ses démons, de la voir sourire en permanence, de la savoir heureuse.

Nous partons en direction de la Grand'Place. La fontaine en ébullition crache ses jets vers la déesse qui nous regarde de son piédestal. Nous contournons la Vieille Bourse et passons devant l'Opéra. Les talons de Lisa cliquettent sur les pavés. Prudente, elle resserre parfois ses doigts afin que je la soutienne. Nous traversons la route semi-piétonne entre deux voitures et je m'arrête à l'entrée de la rue Pierre-Mauroy. Les yeux de Lisa s'éclairent devant la façade de Monsieur Jean, une architecture typiquement flamande du XVIIe siècle.

Dans le bistrot, un serveur souriant s'empresse de nous accueillir pour nous conduire à notre table.

– Monsieur et madame Macray, je vous en prie.

Je ne le corrige pas, préférant échanger un regard complice avec Lisa. À l'étage, la moquette bariolée étouffe le bruit de nos pas. Nous atteignons une alcôve près de la fenêtre, au-dessus de laquelle pend un lustre aux petits abat-jour discrets. Les fauteuils en velours bleu ajoutent du cachet au lieu, qui en a déjà abondamment. En effet, les murs de brique sont ornés de sculptures, de dorures, de miroirs, voire d'anciennes cheminées travaillées qui ont été conservées.

– P-p-pou-pourquoi il n-n-n'y a personne d-d-d'autre ? demande Lisa en observant les tables vides autour de nous.

– J'ai privatisé cette salle.

– P-p-pardon ?!

Merde ! Les réflexes ont la vie dure...

– Euh... Oui, enfin, j'ai demandé si c'était possible que nous soyons seuls.

– Ah ? On p-p-peut faire ça ? Incro-cro-croyable...

Le serveur me sourit malicieusement avant de nous laisser les menus.

Une dizaine de minutes plus tard, nous nous régalons en discutant de cuisine et de pâtisserie, le sujet de prédilection de Lisa. J'apprends qu'elle a étudié dans une école hôtelière en Suisse, au bord du lac Léman, où elle a connu Méline. Moi qui ai été incapable d'aller jusqu'au bac… Elle force mon admiration. Elle s'est donné les moyens de réussir malgré son problème d'élocution, sa timidité et son manque de confiance en elle.

Les larmes aux yeux, elle évoque d'ailleurs ses défauts qui ont failli lui coûter l'amitié de Méline et Angélique récemment. Un différend qui aurait pu avoir des conséquences dramatiques pour elle.

– Tu es heureuse, à présent ?

– Oui, b-b-bien sûr, répond-elle en balayant la salle d'un regard pétillant.

– Je ne parle pas de cette sortie, je parle dans ta vie en général.

– Oh. Eh b-b-bien, je c-cr-cr… crois, oui. J-j'ai m-mes amies, m-mon… mon t-tr-tr… travail, mes f-f-frères et… t-t-toi.

Elle m'adresse un sourire timide avant de baisser la tête. Je tends la main pour lui relever le menton et plonge dans ses yeux.

– Je suis heureux aussi. Heureux de faire le métier dont je rêvais, heureux d'avoir une fille en bonne santé, des parents géniaux, des potes sur lesquels je peux toujours compter, et maintenant, toi.

Si c'était encore possible, ses joues deviennent cramoisies. Je caresse sa mâchoire avant de laisser retomber ma main.

– Ne rougis pas, je ne fais qu'énoncer une vérité.

Radieuse, elle remet quelques cheveux, échappés de son chignon, derrière son oreille. J'ai du mal à croire à tout ce que m'a raconté Angélique. Quel homme serait assez fou pour l'abandonner ?

– Elles te protègent beaucoup tes amies, tu sais.

Lisa fronce les sourcils avant de marmonner.

– P-p-pou… pourquoi ? Elles t-t-t'ont d-d-dit d-d-des t-t-t-rucs ?

– Angélique pense que tu n'es qu'une passade pour moi et que je vais te laisser tomber comme une vieille chaussette à la première occasion. Elle s'est sentie obligée de me mettre en garde.

Lisa recule sur sa chaise, les yeux écarquillés.

– Q-q-quoi ?

– Moi, je crois que tu es plus forte qu'Angélique ne le pense. Tu es plus forte que tu ne le crois toi-même. Je ne te connais pas depuis aussi longtemps qu'elle, c'est vrai, mais je suis convaincu que tu peux dépasser tes peurs et ta timidité si tu veux vraiment quelque chose. Déjà, tu t'es inscrite sur Pick Me, tu as échangé des messages avec moi, tu as accepté nos rendez-vous, tu as embauché ce jeune pour ton entreprise. Je suis certain que tu peux obtenir encore plus en croyant simplement en toi. Fais-toi confiance, Lisa.

Attentive, elle grimace avant de soupirer. Mon petit discours semble faire son effet et progressivement son visage se durcit.

– J-j'essaie. Je-je f-f-fais d-d-des ef-f-f-fforts, m-m-mais c'est d-d-du… dur, p-p-pa-pa… parfois.

– Je sais. Combattre ses peurs, c'est aussi s'ouvrir à de nouvelles perspectives. Vois-moi comme une nouvelle perspective, terminé-je en lui adressant un clin d'œil taquin.

Son sourire étincelant est la plus belle réponse qu'elle pouvait m'apporter.

Au moment où Lisa découvre le dessert que j'ai fait commander spécialement pour elle, je peux presque voir des étoiles de gourmandise briller dans ses yeux. Elle ne s'en cache pas et dévore la pêche Melba avec appétit.

Nous quittons le restaurant, main dans la main, rassasiés et heureux. Le fond de l'air est encore très doux car l'été vient de commencer. Nous rentrons d'un pas tranquille à travers les rues pavées où quelques promeneurs traînent encore.

À l'approche de mon immeuble, je l'invite à prendre un dernier verre chez moi. Sans lui lâcher la main, je la guide donc dans les premières marches du vieil escalier. Ses talons claquent sur le bois. Au milieu du chemin, elle me tire en arrière, puis elle s'accroche à moi pour ne pas perdre l'équilibre. Elle retire alors ses chaussures avec un soupir de soulagement.

Tant pis pour mon fantasme…

– T-t-trop d-d-de b-bruit, s'excuse-t-elle en grimaçant.

– Tu sais, j'ai le droit de ramener quelqu'un chez moi. Je suis majeur, je n'ai plus de comptes à rendre à mes parents, plaisanté-je.

Elle glousse encore lorsque je déverrouille la porte de mon appartement. Je me sens inhabituellement nerveux.

– Le restaurant t'a vraiment plu, alors ? demandé-je en me raclant la gorge.

Souriante, elle me rejoint sur le canapé après avoir déposé ses affaires.

Je suis fébrile. Incompréhensible.

– Ou-oui, cé-c'était t-t-très b-bon. M-m-merci b-b-beau… beaucoup.

À la lueur des flammes, sa beauté me submerge et je ne peux m'empêcher de me rapprocher d'elle. Toutes les femmes qui ont traversé un jour ma vie ont voulu quelque chose de moi. Des bijoux hors de prix. Des robes de grands couturiers. Un voyage sur une île tropicale en plein mois de décembre. Même Sophie désirait ce que je ne pouvais pas lui offrir, la seule chose que je n'ai jamais donnée à quiconque : mon cœur.

Lisa, elle, n'attend aucune faveur. Pas de caprice. Pas de bouderie.

Je tends la main et décale une mèche blonde qui s'aventure devant ses yeux. Mes doigts s'attardent contre sa peau. Son souffle s'accélère alors qu'elle papillonne des yeux. Je progresse le long de son cou et de sa mâchoire. Elle tourne enfin son visage troublé vers moi.

À cet instant, rien, à part elle, ne pourrait m'empêcher de l'embrasser.

CHAPITRE 41
J'@ime T@ Sensu@lité

LISA

Je me liquéfie de l'intérieur, littéralement. À chaque geste qu'il entreprend, mon cœur bat un peu plus vite. Déferlant du plus profond de mes entrailles, une violente vague de désir me submerge et annihile ma retenue.

– Petite pêche, je vais t'embrasser, murmure-t-il en s'approchant encore.

Oh mon Dieu, oui, oui, oui...

Thibault n'est plus l'homme de notre première rencontre. Il fournit énormément d'efforts pour se dévoiler, pour m'apprivoiser. Je serais vraiment de mauvaise foi si je disais que ça ne me fait pas d'effet. Et de l'effet, là tout de suite, il m'en fait.

Beaucoup.

Tentant de réguler les battements de mon cœur, je sens mon corps basculer légèrement en avant, traversé par une force magnétique. Il agrippe ma nuque en douceur et m'attire contre lui. Quand ses lèvres chaudes se posent sur les miennes, j'arrête de réfléchir et retiens mon souffle. Lorsque le bout de sa langue vient caresser mes lèvres, notre baiser passe de tendre à fiévreux. Le goût de l'armagnac qu'il vient de boire m'enivre. Dans le même temps, il m'attrape les hanches et me bascule sur lui. À califourchon sur ses cuisses, j'enroule mes bras autour de son cou et me laisse aller.

Chamboulée, je recule un instant pour reprendre ma respiration.

– Nous irons à ton rythme. Si tu veux arrêter, tu dois me le dire, Lisa, chuchote-t-il au creux de mon cou. J'ai très envie de toi, mais je peux encore attendre.

Nooooon !

– N-non.

– Non ? demande-t-il en relevant la tête.

– Je-je-je n-n-ne-ne, rhaaaa ! m'énervé-je devant son visage perplexe.

Je serre les poings dans son dos, prends une grande inspiration et force ma gorge à se détendre.

– Je. Te. Veux…

Mon dernier mot est avalé par les lèvres avides de Thibault. Collée à son corps, je m'enflamme.

– Moi aussi, souffle-t-il.

D'une main dans le dos, il me retient contre lui, mais l'autre s'égare dans mes cheveux. Le chignon dans lequel ils sont encore emprisonnés est en passe d'être défait. Les épingles ne résisteront pas très longtemps au passage de ses doigts impatients.

– Je peux t'emmener dans ma chambre ? demande-t-il contre ma bouche.

– Ou-oui.

– Dieu merci, grogne-t-il.

Sans plus attendre, il agrippe l'arrière de mes cuisses. Je resserre ma prise autour de son cou pendant qu'il me transporte à travers le couloir. Il pousse une porte entrouverte du bout du pied, puis la referme violemment avec son talon. Le battant claque alors que nous nous retrouvons dans la pénombre. Il n'a pas allumé, seule la lueur de la lune éclaire sa chambre.

Mon cœur bat tellement fort que j'ai l'impression qu'il va sortir de ma cage thoracique. Sans me quitter des yeux, Thibault relâche sa prise et me laisse glisser contre son corps ferme. Une fois mes pieds au sol, il enserre ma taille et m'embrasse une nouvelle fois. Son parfum épicé surcharge mes sens. Jamais je n'ai ressenti ça. Avec aucun homme.

Je suffoque quand sa main remonte le long de mes côtes et se dirige indubitablement vers ma poitrine. Taquin, il mordille mes lèvres, puis y passe la langue.

– Trop vite ?

Je secoue la tête et prends l'initiative de retirer le premier bouton de sa chemise pour lui faire comprendre que j'ai bien l'intention de continuer. Dans une caresse de la douceur d'une plume, les doigts de Thibault font alors glisser les larges bretelles de ma robe le long de mes épaules.

Je m'immobilise.

La robe s'échoue en corolle à mes pieds et me laisse en sous-vêtements devant un Thibault visiblement avide d'en découvrir davantage.

– Magnifique, chuchote-t-il.

Mon ego se gonfle à cette simple phrase. La crainte de ne pas lui plaire était finalement restée ancrée en moi, malgré toutes ses jolies déclarations. Elle s'envole aujourd'hui alors qu'il caresse la dentelle de mon soutien-gorge. Mes tétons durcissent sous ses doigts.

Frissonnante de désir, je finis de déboutonner sa chemise et lui découvre les épaules. Aussi fébrile que moi, il m'aide en s'en débarrassant d'un geste impatient quand les manches résistent au passage des poignets. Alors que j'avais déjà aperçu quelques tatouages sur ses bras, je distingue de nombreux dessins sombres sur la totalité de son torse jusqu'en bas de son ventre, sur lequel je passe mes mains. J'explore les creux et les bosses, éprouve la douceur de sa peau, découvre son corps ferme.

Son souffle fait voler les mèches sur mon front. Pendant qu'il effleure ma poitrine, je passe les doigts dans ma coiffure et retire les épingles que je jette sur le parquet au fur et à mesure. Mes cheveux retombent alors en cascade dans mon dos. Thibault en saisit une mèche qu'il laisse glisser entre ses doigts.

– Si belle… souffle-t-il.

Sourire aux lèvres, je m'approche de la ceinture de son pantalon, mais il m'arrête d'une main et se déshabille lui-même en quelques secondes. Dès qu'il est nu, il passe les bras dans mon dos, enlève les agrafes de mon soutien-gorge et me le retire lentement. Il accroche ensuite les côtés de ma culotte pour la glisser langoureusement le long de mes jambes.

Nus, nous échangeons alors un baiser enfiévré, dont il profite, petit à petit, pour m'obliger à reculer. Lorsque mes jambes entrent en contact avec le tissu du drap, je m'allonge sur le dos. Son corps, tendu et vibrant, m'accompagne en douceur.

Thibault se retient de m'écraser en posant son avant-bras près de ma tête. Sa main libre descend vers mon intimité qui palpite. Je halète. Avant de l'atteindre, il se redresse et m'indique de m'installer au centre de son lit, au creux de la douceur des draps. Impatiente, je recule sans élégance.

Beau et charismatique, charmant et si sûr de lui, séducteur et tendre, Thibault me rend fébrile, et je ne suis sûrement pas la seule sur qui il fait cet effet. Un quart de seconde, je me surprends à ressentir un pincement au cœur, une petite pointe de jalousie envers ces femmes, sans doute nombreuses, qui l'ont connu intimement. Je chasse cette pensée parasite et me concentre sur lui. Nu.

Il fouille dans le tiroir de sa table de chevet et en retire un petit carré qui brille sous la lumière de la lune. Après avoir enfilé le préservatif, il revient s'allonger près de moi pour assouvir enfin notre désir.

– Tu peux encore me dire d'arrêter, me dit-il alors que ses doigts se posent sur ma peau sensible.

Je gémis un gargouillis quand, d'un doigt, il caresse mon intimité. Pour lui faire comprendre que je n'ai pas l'intention de fuir, j'accroche ses épaules, ramène sa bouche contre la mienne et l'embrasse, avide et impatiente. Traversée par un éclair de plaisir, je crie.

Son baiser s'intensifie et part en exploration jusqu'à mes seins dont il suçote vivement les tétons. Je me cambre, réclamant plus.

Il descend encore et appose sa langue contre mon intimité brûlante avant de s'attarder sur mon bouton névralgique. Quelques secondes de ce traitement délicieux et je jouis bruyamment avant de m'affaler, pantelante et cotonneuse.

Doucement, il revient contre moi et m'embrasse encore. Dans ses yeux fiévreux, je lis sa demande d'autorisation, encore. Comme s'il voulait s'assurer de ma totale capitulation. Je hoche imperceptiblement la tête.

Au moment où il me pénètre, l'accord est sans fausse note. Nos corps à l'unisson jouent une mélodie céleste.

– Lisa… souffle-t-il.

La magie de l'instant est remplie de gémissements, de râles, de murmures et de corps brûlants. Je bascule dans l'extase lorsqu'il jouit. Épuisée et à bout de souffle, je m'endors contre sa peau après un dernier baiser d'une rare douceur.

CHAPITRE 42

D@nsez M@inten@nt !

TRAY

Après cette nuit pleine de surprises, je me réveille avec le roucoulement du pigeon qui a élu domicile devant ma fenêtre. La tête dans l'oreiller, je tâtonne à ma droite, mais je ne rencontre que la fraîcheur du drap froissé. J'ouvre les yeux. La chambre n'est éclairée que par un timide rayon de soleil, il doit donc être encore tôt.

Je sors du lit et constate que les affaires de Lisa ne traînent plus sur le sol aux côtés des miennes. J'enfile mon caleçon et balance rageusement le reste sur le lit en grognant. Alors que je me dirige vers la porte, une épingle à cheveux s'enfonce dans la plante de mon pied, me faisant sautiller.

– Merde ! crié-je en la jetant contre le mur.

Elle est partie.

Elle n'a même pas pris la peine de me réveiller et de me dire au revoir avant de s'enfuir comme une voleuse. Si c'est comme ça qu'elle décide de se battre…

J'aurais pourtant juré que cette nuit avait autant compté pour elle que pour moi. Dans mes bras, je l'ai sentie sereine. Et pourtant… Ce matin, je me réveille seul. Encore une fois.

La pendule de la cuisine indique neuf heures et quart. Pas si tôt que ça. Lisa doit déjà être en plein travail dans la cuisine de Pic'Assiette. Je vérifie autour de moi, au cas où elle aurait laissé une petite note. Rien sur le comptoir. J'allume tout de même la machine à expresso. Dans le salon, la lampe est éteinte et la cire des bougies a coulé sur le plateau de la table basse. En revanche, toujours pas de petit mot de Lisa. Par curiosité, je marche jusqu'à l'entrée, mais je n'y trouve que mes chaussures.

Quand j'étais plus jeune, avec mes coups d'un soir, je ne restais jamais le matin, ni la nuit d'ailleurs. Bien souvent, je disparaissais avant même le câlin d'après sexe. Une limite que j'imposais comme une évidence. Or, Lisa n'est pas un coup d'un soir et je ne veux pas être le sien.

Je fouille la poche intérieure de mon blouson pour récupérer mon portable. Une fois affalé dans mon canapé, je déverrouille mon écran et manque de m'étrangler avec mon café lorsque je vois qu'un unique SMS apparaît.

Je le lis… et le relis une deuxième fois.

7 h 06

Bonjour Thibault
J'ai vraiment passé
une soirée merveilleuse.
J'ai dû partir tôt pour aller travailler
et je n'ai pas voulu te réveiller,
tu ronflais tellement bien. 😁
Je suis impatiente de te revoir…
Passe un bon week-end. 😉
Lisa
PS : Attention aux épingles à cheveux
qui sont sur le sol de ta chambre…

Dans la seconde, plusieurs pensées se bousculent dans mon esprit et explosent comme un feu d'artifice.

Elle m'a envoyé un message, elle n'est donc pas partie en traître.

Elle a passé une super nuit et elle veut me revoir.

Elle se moque de mes ronflements et ne perd rien pour attendre…

Soulagé, le sourire qui se dessine sur mes lèvres doit sûrement se voir jusqu'à Bordeaux. J'aurais presque envie de faire une petite danse de la joie en plein milieu de mon salon, mais je me contente de serrer le poing en signe de victoire.

9 h 28

Bonjour ma petite Peach_Melba
Je suis déçu de ne pas t'avoir
embrassée avant ton départ.

Je te promets de me rattraper
plus tard.
PS : Je te rendrai tes épingles,
même si je préfère
tes cheveux détachés.
Bonne journée.

– Papaaa !

Si je n'étais pas encore réveillé, ce serait chose faite avec la charmante voix de ma fille qui dissipe mes pensées coquines. Je réprime un bâillement et ouvre à Léa.

– Coucou, ma puce, tu es bien matinale.

– Quoi ? Mais tu n'es pas encore prêt ?! s'écrie-t-elle en entrant telle une tornade, les yeux affolés.

Elle fait volte-face, ce qui me laisse à peine le temps d'apercevoir que son nom est floqué sur son survêtement blanc. Après avoir arrimé ses pieds au sol, elle met ses mains sur ses hanches, cherchant clairement à me montrer son impatience.

– Pour ?

Son visage perd ses couleurs.

– Me dis pas que tu as déjà oublié ! s'exaspère-t-elle en balançant ses bras en l'air.

– Bien sûr que non, grimacé-je.

Je cherche un instant dans la brume de mes souvenirs, mais je m'avoue vaincu assez rapidement.

– Euh… en fait, si, j'ai oublié. Désolé.

– Gala ? Danse ? Répétitions ? Valenciennes ? Ça ne te rappelle rien ? couine-t-elle.

Ça y est ! Elle m'a demandé de l'accompagner aux répétitions parce que Sophie n'a pas pu annuler ses rendez-vous. Ainsi, je joue les taxis pour ma fille adorée, et sa mère nous rejoindra pour le spectacle avec Colas.

– Oh, pardon, ma puce. Oui, bien sûr que je le savais. Mais… si tôt ? m'inquiété-je en regardant mon téléphone.

– Comme j'ai raté une répétition et que Sabrina aussi, on doit en refaire une tous ensemble avant de partir, dit-elle en levant les yeux au ciel. Je te l'ai dit hier, papaaaaa…

– OK.

Son attitude de diva m'amuse.

– Tu sais dire que « OK » ?

– OK, ricané-je.

– Pfff. Bon, hop, à la douche, papa ! Tu ne sens pas bon du tout, marmonne-t-elle en grimaçant.

– Ah ? J'y vais, alors.

Je renifle mes aisselles tout en me dirigeant vers la salle de bain toujours muni de mon portable. Mon téléphone sonne alors que je viens de tourner le robinet d'eau chaude. Dès que je suis sec, je prends connaissance du message de Lisa, heureux de notre complicité.

9 h 58

Coucou
Je fais une pause-café.
Méline menace de me mettre
un scotch sur la bouche si je n'arrête

pas de chanter.
Elle dit que c'est ta faute. 😁
PS : Tu peux garder les épingles.

– Ça y est ? T'es prêt ?

– Presque. Faut passer chez papy prendre les clés et les papiers de la voi… commencé-je avant que Léa n'agite lesdites clés devant mon nez. Bon… Je mets mes chaussures et c'est parti !

10 h 35

Dis-lui qu'elle n'a qu'à se trouver
sa propre pilule de bonne humeur. 😛
Je vais à une répétition de danse.
Souhaite-moi bon courage…
Bisous.
PS : J'ai rangé les épingles
dans un tiroir de ma salle de bain.
Tu devras revenir
pour les récupérer. 😉

Dans la petite salle de répétition du studio de danse, assis sur une chaise en plastique parmi d'autres parents, je regarde avec admiration une troupe de gamins suivre les ordres d'une madame Zukarov exigeante, sur une musique de Vivaldi. Léa semble avoir un rôle important dans cette chorégraphie. Elle effectue des mouvements si gracieux et parfaitement en rythme que je ne peux m'empêcher de l'applaudir à chaque arrêt.

– Monsieur Macray ? m'interpelle une voix doucereuse dans mon dos.

Alors qu'on me tapote l'épaule, je me retourne. Le visage amical de cette femme brune ne m'est pas inconnu.

– Oui ?

– Vous allez au spectacle de ce soir ? me demande-t-elle en avançant les fesses au bord de sa chaise.

– Oui, bien sûr.

Son sourire s'agrandit.

– Je sais que je m'y prends à la dernière minute, mais est-ce que vous avez de la place dans votre voiture ? La mienne est tombée en panne hier, mon fils et moi cherchons un parent qui pourrait nous emmener.

– Oui, pas de problème, accepté-je de bonne grâce.

12 h 32

Je crois que Méline est jalouse.
Toujours en train de danser ?
Bisous.
PS : Ce sera avec plaisir. 😉

– Et moi, je vais prendre le poulet avec des frites, s'il vous plaît.

– Très bien. Je vous apporte tout ça.

Dès que le serveur quitte la table, je sors mon portable et jette un œil sur ma messagerie.

– Qu'est-ce qui te fait sourire comme ça ? demande Léa en tentant d'espionner mon écran.

– Hein ? Rien, ma puce.

Alors que je penche un peu plus mon téléphone pour lui dissimuler l'écran, Léa soupire.

– Bah, ça doit pas être rien, parce que tu souris bêtement depuis ce matin et c'est encore pire quand tu regardes ton téléphone, me taquine-t-elle.

– Je regarde des vidéos de chatons tout mignons, tenté-je.

– Ouais, c'est ça, glousse-t-elle, pas dupe pour deux sous.

15 h 45

Cet après-midi me paraît interminable.
Nous sommes arrivés à Valenciennes.
Les groupes répètent
les uns après les autres.
Tu rates la vision de moi
en joli tutu violet…
PS : Une promesse ?

– Je peux m'asseoir à côté de vous ? me demande Caroline, la femme qui a fait la route avec nous.

– Euh…

Je n'ai pas le temps de réagir qu'elle est déjà installée. Le temps du trajet, j'ai eu le droit à un résumé de sa vie. Elle est divorcée avec un fils à charge et elle travaille dans le service des ressources humaines du groupe Auchan. Indifférente à mon désarroi, Léa, d'habitude très curieuse, est restée le nez plongé dans son portable, imitée par son compagnon de route. Comme si ça ne suffisait pas, j'ai eu le droit à tout un laïus sur l'inconstance des hommes qui, passé trente ans, avaient tendance à tromper leur femme et à sauter sur tout ce qui bouge.

Pour une entrée en matière, elle n'a pas fait dans la demi-mesure.

19 h 28

Bon spectacle !
Fais un bisou de ma part à Léa. ♡
Je sais que c'est elle
qui danse et pas toi !
Moi je vais me regarder une série
sur Netflix en essayant
de ne pas penser à toi…
PS : Mmh. Peut-être…

Je sirote un soda en regardant ma boîte mail pour ne pas avoir à tenir une conversation avec ma voisine, mais c'est peine perdue. Miraculeusement, son monologue agaçant cesse lorsque Sophie débarque avec Colas et qu'ils s'installent à ma gauche. Un répit bienvenu. Après m'avoir salué, ils se lâchent la main et Colas l'embrasse sur le front avant de s'asseoir. Les voir tous les deux aussi souriants et détendus me fait plaisir.

– Oh, je vous connais, affirme Caroline en avisant notre bassiste, démentant immédiatement ma théorie.

Son regard pétille lorsque Colas retire son blouson, dévoilant les nombreux tatouages qui dépassent de son t-shirt. Je lève les yeux au ciel. Mon pote a pourtant laissé pousser ses cheveux blonds et sa barbe, ce qui change son image de gentil garçon propre sur lui.

– Oh, vous êtes la nouvelle amie de Thibault ? demande-t-il en tendant la main à Caroline.

– Non ! Juste la mère d'un copain de Léa, tempéré-je après avoir été un peu sec.

– Oui, et vous, vous êtes Colas des Slave Of One Night. C'est diiiiingue ! s'écrie-t-elle en dégainant son portable. Ils avaient raison aux infos : vous êtes en vacances en France !

Merde, mais elle ne peut pas se taire ? On va finir par se faire remarquer ! Tout ce que je déteste, tout ce que Léa déteste. Le flash de l'appareil photo de son téléphone capture nos regards noirs. Sophie détourne la tête rapidement tandis que Colas me lance un clin d'œil à la dérobée.

– On me dit souvent que je lui ressemble, mais non, désolé. Je m'appelle Romain et je suis le beau-père de Léa, ment-il en riant faussement.

Je roule des yeux dans sa direction. Caroline, presque penchée au-dessus de mes genoux, recule en soufflant.

– Ah… dommage. Vous lui ressemblez vraiment beaucoup. Incroyable.

Les sourcils froncés, elle continue de nous dévisager.

– Ouais, incroyable… maugréé-je en m'enfonçant un peu plus dans mon fauteuil.

Je grimace au ricanement moqueur de Sophie, mais nous sommes sauvés par le rideau qui s'ouvre.

Que le spectacle commence !

23 h 43

Enfin de retour à Lille.
Léa a été merveilleuse.
C'était un joli gala.
Je pense à toi avant de regagner
mon lit qui porte encore ton odeur.
Appelle-moi quand tu as
un moment de libre demain.
PS : Ça m'intéresse, dis-m'en plus…

CHAPITRE 43

Le Di@ble S'H@bille En Cost@rd

LISA

Une semaine après notre nuit magique, j'ai toujours l'impression d'être en plein rêve et ce n'est pas près de s'arrêter, car ce week-end, nous partons à la mer. Même si nous avons eu quelques rendez-vous ces derniers jours, je suis impatiente de retrouver Thibault.

Je suis curieuse de voir comment nous allons arriver à composer avec d'autres personnes. Est-ce que ses amis vont m'accepter ? Suis-je la bienvenue dans ce groupe qui se connaît de longue date ? Thibault m'assure que oui. Malgré tout, je stresse un peu.

À part Léa, j'ai déjà croisé Nathanaël, qu'ils appellent tous Noah. Sophie m'a l'air sympathique, malgré le fait qu'elle est tout de même une de ses ex, et pas la moindre, puisque c'est la mère de sa fille. En revanche, je n'ai encore jamais vu Nicolas.

Angélique m'a obligée à prendre des congés. J'abandonne donc les rênes de la cuisine de

Pic'Assiette à Méline et Selim. En seulement huit jours, le jeune homme s'est rapidement acclimaté au rythme de travail et il n'est absolument pas fainéant.

Au moment de quitter Pic'Assiette, Méline me fourre une boîte dans la main en me faisant la bise.

– Profite bien, hein, ma belette ! chuchote-t-elle à mon oreille.

– Q-q-qu'est-ce q-q-que c'est ?

– Une autorisation de tata Méline à t'envoyer en l'air, ma chérie !

Je retourne la boîte de préservatifs dans tous les sens.

– Je n-n-n'ai p-p-pas at-t-t-tendu ton aut-t-torisation. D-d-do… dommage, ils-ils-ils sont t-t-trop p-p-pe-pe… tits… ajouté-je avec un rictus moqueur.

Je prends un plaisir évident à observer l'expression choquée de mes amies. Tout en rangeant ce cadeau dans mon sac, je sors sous les éclats de rire des deux nanas les plus chères à mon cœur.

***

Quand la sonnette de l'interphone de mon appartement retentit, je suis prête, valise dans l'entrée. J'appuie pour déverrouiller, impatiente.

Alors que j'ouvre la porte d'entrée à la volée, je me fige. Ma bonne humeur s'évanouit aussitôt. Je m'accroche avec force à la poignée, au point de m'en faire mal aux doigts.

– Bonjour, Lisa.

Le cœur battant, je réponds d'un ton désespéré.

– B-b-b-bon…

Je déglutis et prends une grande inspiration.

J'ai souvent rêvé du jour où il débarquerait chez moi pour me prendre dans ses bras et me demander pardon de toutes ces années de persécution. J'espère toujours, au fond de moi, qu'il ouvre les yeux sur notre relation et qu'il réalise être passé à côté du bonheur d'avoir une fille.

– Bon-bonjour.

– Tu ne m'invites pas à entrer ? me demande-t-il sèchement.

Paul Bartoli, toujours aussi austère, se tient fièrement sur le seuil de mon appartement dans son immuable costume-cravate gris. Il ne vient jamais. Même lorsque j'ai emménagé après mon diplôme, j'ai fait appel à mes amies. À aucun moment il ne m'a proposé son aide ou ne s'est intéressé à mon nouveau lieu de vie, dont il connaît pourtant l'existence, à l'évidence…

Ses yeux inquisiteurs balaient les lieux par-dessus mon épaule et se plissent. La décoration ne doit pas être à son goût.

J'hésite un instant, puis…

– Non, dis-je en secouant la tête.

Il écarquille les yeux une seconde, pendant que je soutiens son regard et conserve ma position. Mon audace me surprend moi-même.

Tu es plus forte que tu ne le crois…

Tu peux dépasser tes peurs…

Fais-toi confiance, Lisa.

Le souvenir de la voix de Thibault m'aide à tenir mes positions.

– Non ? Je passais dans le quartier pour déjeuner avec un client, j'en profite pour passer voir ma fille, et elle ose me dire « non » ?

– C'est ça : non.

Mon ton ne faiblit pas, et je n'ai pas hésité une seule seconde. Je suis fière de ne pas avoir bégayé. Pour un peu, je ferais une petite danse de la joie.

Le masque de mon père vacille. Paul Bartoli n'a pas l'habitude qu'on lui refuse quoi que ce soit.

Fronçant les sourcils, il ouvre la bouche lorsque l'interphone émet de nouveau son grésillement caractéristique. De ma main libre, j'appuie sur le bouton.

– Tu attends quelqu'un ?

Je hausse un sourcil pour lui signifier que ça ne le regarde absolument pas. Il n'est pas chez lui ici. Chez lui, il fait ce qu'il veut. Ici, c'est chez moi. Cet appartement est le mien, l'héritage de ma mère. Si je ne veux pas qu'il y entre, j'en ai tout à fait le droit.

Combattre ses peurs, c'est aussi s'ouvrir à de nouvelles perspectives.

Je n'ai même pas envie de savoir ce qu'il est venu faire. Or, je pressens qu'il ne partira pas sans me l'avoir dit.

Le bruit des lourdes chaussures de Thibault résonne sur les marches. Instinctivement, je pousse un léger soupir de soulagement. Quand il apparaît en haut de l'escalier, mon cœur palpite plus fort. Ses yeux se plissent à la vue de mon visiteur.

– Lisa, tout va bien ?

Mon père se retourne sur Thibault, et je n'ai pas besoin de le voir pour savoir qu'une grimace déforme son visage sévère. Mon beau musicien arbore un t-shirt à manches courtes près du corps qui dévoile les tatouages de ses bras et dans son encolure. Par les trous de son jean, on distingue encore quelques morceaux de peau encrée. Ses bagues, ses bracelets de cuir, le piercing à son sourcil et ses cheveux en bataille sont autant d'éléments qui en font le genre d'homme que mon père déteste, alors que depuis peu, c'est tout ce que j'adore.

– Ou-oui. I-il p-p-pa-partait.

Au son de ma voix, l'attention de mon père revient sur moi, une moue de dégoût imprimée sur ses lèvres crispées.

– Je vois que tu sais les choisir, crache-t-il, puant le sarcasme. Bref, tout ça me confirme que si tu ne viens pas la semaine prochaine, ce n'est pas grave. Cassandre comprendrait très bien que tu aies mieux à faire avec ce… ce… cet individu.

Désigné de la main par Paul Bartoli, Thibault ne bouge pas, mais il se tend subitement. À la veine qui palpite dans son cou, je le sens prêt à répliquer, voire pire… Une lueur à la fois meurtrière et protectrice brille au fond de ses yeux verts.

Le ton volontairement blessant employé par mon père me donne la nausée, mais forte de ma petite rébellion et rassurée par la présence de Thibault, je n'hésite pas une seule seconde.

– Je-je s-s-serai là, exprimé-je fermement.

– Bien.

C'est sur cet unique mot assené d'un ton désapprobateur qu'il fait demi-tour, frôle Thibault et descend de sa démarche pleine d'assurance arrogante. Je n'arrive pas à détacher mon regard de l'escalier.

Je me réveille de ma transe quand deux bras puissants viennent m'enlacer et qu'une main ferme m'enserre la nuque pour enfouir ma tête contre un t-shirt à la chaleur réconfortante. Et Dieu sait que j'ai besoin de réconfort en cet instant. Je relâche alors le souffle que je ne me souviens pas avoir retenu et agrippe des deux mains le tissu en coton dans le dos de Thibault qui murmure à mon oreille.

– Tout va bien ? Réponds-moi, s'il te plaît. Lisa.

– Mmh.

Je relève les yeux vers lui. Les sourcils froncés, il scrute mon visage avec inquiétude.

– Qui est-ce ?

– M-mon p-p-pè… père.

Il frémit et resserre sa prise sur mon cou.

– Putain ! Et dire que j'étais à deux doigts de lui en mettre une, grogne-t-il.

Je le relâche et recule pour le laisser rentrer dans mon appartement, encore nimbé de sa colère. Me présenter à cette garden-party avec Thibault enfoncerait le clou une bonne fois pour toutes. Imaginer Paul Bartoli vert de rage me procure plus de joie que je ne l'aurais pensé.

– Qu'est-ce qu'il voulait ?

– M-m-me pa-par-ler d-d-de la-l'ann-n-niversaire de-de m-m-ma b-belle-m-m… mère.

Je reprends ma respiration avant d'ajouter :

– T-t-tu v-v-veux venir a-avec m-moi ? l'invité-je en souriant en coin.

Une lueur de défi éclaire soudain les yeux de Thibault.

– Pour le déjeuner ?

Je le corrige en prenant un ton pompeux.

– G-gar-gar… den-p-p-par-t-t-ty.

Ricanant, Thibault exécute une courbette.

– Mon rêve, s'enthousiasme-t-il exagérément avant de me dévisager, soucieux. Il n'était pas là pour t'inviter, n'est-ce pas ?

Je pince les lèvres, contrariée.

– Tu veux en parler ?

Je secoue la tête tout en allant vérifier que la fenêtre du salon est bien fermée.

– P-p-plus t-t-ta… tard.

En silence, je fais le tour de toutes les pièces, attrape mes clés, ma veste en cuir et mon sac à main. Thibault a déjà saisi ma petite valise et me suit du regard, comme s'il sentait qu'à tout instant je pouvais me briser.

Au moment de sortir, la nausée est plus forte.

CHAPITRE 44

P@ris Pl@ge

LISA

Nous faisons le trajet dans la voiture de Noah, que Léa appelle constamment par son prénom complet, ce qui le fait grimacer à coup sûr. Installée à l'arrière avec la fille très volubile de Thibault, je ne vois pas passer les deux heures de route. Au moins, cette distraction m'empêche de répondre aux nombreuses questions muettes de Thibault. Si nous n'avons pas eu l'occasion de parler, son regard ne me lâche pas depuis que j'ai rendu mon déjeuner avant de quitter mon appartement.

Dieu que cette petite victoire fut douloureuse !

– On aurait été plus vite avec le jet, grogne soudain Léa. Ta vieille voiture se traîne carrément, tonton.

– Un-un jet ? m'esclaffé-je. Il ni-ni-n'y a q-q-que les r-ri-riches et les st-t-t-tars qui ont des-des t-t-trucs co-co-comme ça.

Un silence de mort s'abat dans l'habitacle, à ma plus grande surprise. Léa évite mon regard. Que se passe-t-il ? J'ai raté un truc ?

Brusquement, Thibault éclate de rire.

– Oui, c'est sûr, il n'y a que les riches qui ont des jets. James Bond, à la rigueur. C'est pour ça que ces deux-là rêvent depuis toujours de gagner au loto et partent régulièrement sur des délires extravagants, dit-il en désignant Léa et Noah de son pouce.

– Ouais, James Bond, c'est la classe ! renchérit le conducteur. T'as vu les films, Lisa ?

– Q-q-quelq-q-ques-uns.

Noah rit et me demande ensuite d'imaginer ce que serait ma vie avec des millions d'euros et des gadgets d'espion. Nous élaborons finalement tous les quatre ce rêve utopique jusqu'à notre destination. Tiens, d'ailleurs, je ne suis toujours pas allée regarder sur Internet si Thibault était assez reconnu dans sa branche. Aurait-il composé la musique du dernier James Bond ? Si c'est ça, je comprends mieux son train de vie !

À travers la vitre, le soleil a eu le temps de réchauffer mes muscles, et c'est plus détendue qu'au moment de notre départ que je descends de la voiture.

La maison est superbe. Si j'ai bien compris, elle appartient à la famille de Sophie et ne sert que de résidence secondaire. Cet ancien corps de ferme a visiblement été rénové avec une bonne touche de modernité, si j'en juge par le jacuzzi sur la terrasse, le goudron de l'allée et les volets roulants électriques aux fenêtres.

Je suis Thibault qui fait le tour de la voiture alors que Noah est allé refermer le portail derrière nous.

– Léa ! Tu veux bien prendre ton sac et celui de ta mère, s'il te plaît, demande Thibault en sortant les bagages du coffre. Je prends celui de Colas.

– Oui, papa ! répond l'adolescente qui s'apprêtait à s'enfuir dans le jardin.

– I-ils v-v-viennent p-p-plus t-t-ta… tard ? demandé-je en attendant qu'il me tende ma valise.

– Ils sont déjà arrivés.

– Ah !?

Je tourne sur moi-même, mais je ne distingue aucun autre véhicule.

– Ils sont venus à moto. Sa précieuse monture doit déjà être bien à l'abri dans le garage, précise-t-il en désignant un hangar. J'emporte les sacs à l'intérieur. Connaissant Sophie, elle a déjà réparti les chambres.

J'essaie de lui prendre ma valise des mains, mais il s'esquive en m'invitant à le suivre dans l'immense maison de brique à deux étages. Nous passons devant le jardin où une balançoire et un trampoline encadrent un terrain de pétanque. Le parfum iodé de la petite brise qui rafraîchit l'atmosphère et les cris des mouettes nous parviennent directement depuis la mer, qui ne doit pas être très loin d'ici.

Les yeux fermés, je respire à fond avant de pénétrer dans la demeure.

– Bonjour ! lance Thibault à la cantonade en déposant son barda au pied de l'escalier.

Nous n'avons pas fait deux pas que de la musique rock résonne à en faire trembler les murs. Léa sautille déjà vers l'extérieur après avoir ouvert la baie vitrée, alors que Noah rejoint un homme aux cheveux clairs au milieu de l'immense pièce principale. Une bière à la main, il commence à lui montrer une vieille chaîne hi-fi avant de se tourner vers nous. Thibault me prend par la taille et m'invite d'une pression à avancer.

Plus imposant encore que ses deux amis, le troisième membre de leur bande arbore néanmoins un sourire chaleureux.

– Tray ! T'as tenu toute la route sans en tuer un seul ? s'étonne-t-il en désignant son compère et le jardin. Je te tire mon chapeau !

– C'est une médaille qu'il me faudrait, rétorque Thibault.

Il me lâche pour qu'ils se tapent dans le dos. Par-dessus l'épaule de Thibault, le regard de son ami me transperce. Mes intestins se nouent. Sachant ce qu'ils représentent tous pour lui, je suis dans l'angoisse de ne pas leur plaire. En effet, je sens que là, le moment est d'importance, crucial. Si je ne parviens pas à me lier avec eux, notre relation n'y survivra pas. Tout comme pour moi et les filles, il lui serait impossible de choisir entre eux et moi.

– Tu nous présentes ? demande le grand blond.

Avec un sourire, Thibault me rejoint et pose une main sur ma taille. Je triture nerveusement la lanière de mon sac à main, mais je tente de paraître le plus avenante possible.

– Colas, je te présente Lisa. Lisa, voici Colas, un des quatre acolytes de notre groupe de potes.

– La fameuse Lisa… commence-t-il avec un rictus. Enchanté Lisa !

Accueillant, il fait un pas en avant, puis se baisse pour me faire la bise. Il est vraiment très grand !

– B-bon-bon… jour.

Intimidée, je me ratatine sous son regard inquisiteur.

– T'inquiète, on ne te mangera pas, éclate-t-il de rire. Alors, comment tu as vécu ce trajet avec les deux pipelettes ?

– P-p-plutôt bien, pouffé-je, aussitôt réchauffée par son humour.

– Bah tu es courageuse ! Moi, quand je suis avec ce duo infernal, je mets mes écouteurs. Ils sont insupportables !

– C'est de ma fille dont tu parles comme ça ? intervient la voix ironique de Sophie dans notre dos.

Je découvre alors la mère de Léa, les cheveux en bataille, habillée d'un pantalon de cuir, d'un t-shirt près du corps et chaussée de bottes noires. Cette femme est magnifique. Avec ce look, elle aurait parfaitement sa place dans un club de bikers. Colas n'y semble d'ailleurs pas indifférent car lorsqu'il relève les yeux vers Sophie, une lueur coquine les enflamme.

– Avoue qu'elle n'arrête jamais, la provoque Colas en riant.

Sophie reporte son attention sur lui en lui adressant un clin d'œil fripon. L'électricité entre eux est si intense qu'elle en devient palpable.

– Pas faux, cède-t-elle avec une moue contrite.

Sous le regard brûlant de Colas, elle avance vers nous, le sourire aux lèvres.

– Salut, Lisa ! Bienvenue dans mon petit coin de paradis !

Elle oblige Thibault à me lâcher et m'attire à elle pour m'enlacer. Intimidée et stressée, je me laisse pourtant faire et accepte avec bonheur son étreinte spontanée.

– Viens, enchaîne-t-elle. Je vais te faire visiter pendant que les mecs montent les bagages et nous apportent des bières.

– J'ai pas fait larbin en troisième langue, moi, se rebelle Noah.

– Encore faudrait-il que tu en aies fait une deuxième, se moque Thibault.

– Et que tu saches utiliser correctement la première, renchérit Colas.

Ils éclatent de rire. Je souris et me détends définitivement, avant de suivre Sophie à l'étage. Je pars plus confiante sur l'ambiance de ce week-end.

***

La soirée se passe dans la bonne humeur, entre la mise en place du barbecue et la préparation des salades. Désormais, les trois lurons surveillent avec attention la cuisson de la viande, comme si leur vie en dépendait. Je leur suggérerais bien de se détendre, mais Sophie me tire par le bras.

– Laisse les hommes de Cro-Magnon, c'est à peu près le seul truc qu'ils savent cuire, souffle-t-elle en riant. Ne t'éloigne pas trop, Léa. On ne va pas tarder à manger.

– D'accord, maman !

Je suis subjuguée par la gentillesse et la douceur de Sophie, notamment avec sa fille, sur laquelle elle pose un regard bienveillant et protecteur. Depuis mon arrivée, nous discutons à bâtons rompus et mon bégaiement ne l'arrête pas.

– Je suis esthéticienne et maquilleuse. En réalité, j'ai mon propre institut, m'apprend-elle avec une pointe de fierté alors que nous descendons à la cave.

– Où ça ? À-à-à Lille ?

– Oui, rue Neuve. C'est bien placé : plein centre et près de l'appart', précise-t-elle en arrivant en bas de l'escalier. Ah ! Par là, je crois qu'il y a de bons crus.

Elle me désigne des présentoirs où s'alignent des dizaines de bouteilles de vin.

– Regarde s'il y en a une qui te tente, me propose-t-elle. Fais-toi plaisir.

– D-d-da… d'accord.

Je m'approche et en tourne prudemment quelques-unes afin de lire les étiquettes. Après avoir puisé dans mes souvenirs de l'école hôtelière, je choisis un saint-julien.

– Ce-celui-ci ?

– Parfait ! C'est l'année de naissance des garçons, ricane-t-elle. Prends-en deux, s'il y a.

J'attrape la seconde bouteille que je dépoussière grossièrement avec la main avant de la suivre dans l'escalier.

– Ça va foutre un coup de vieux à Colas, glousse-t-elle en montant. L'autre jour, on était devant le miroir et je lui ai montré un cheveu blanc sur sa tempe. Il a hurlé comme si je lui avais percé une pustule.

Nous éclatons de rire en sortant de la cave puis déposons notre précieux chargement sur la table. Pendant que je nettoie nos trouvailles sous l'eau du robinet, Sophie fouille un tiroir à la recherche du tire-bouchon.

– T-t-ti-Thibault a un an de p-p-plus, c'est ça ? demandé-je en m'essuyant les mains.

– Oui. C'est le plus vieux, me répond-elle en refermant le tiroir.

Un brin de tendresse dans la voix, Sophie ajoute :

– Et Colas, le plus jeune. Mais de pas beaucoup.

Il est évident qu'il se passe quelque chose de fort entre eux deux. Je pousse la curiosité jusqu'à lui poser la question.

– V-v-vous êtes b-b-bons a-a-amis ?

– Avec Colas, nous sommes même un peu plus que ça, se confie-t-elle avec un sourire énigmatique.

Elle m'envoie un clin d'œil en attrapant une bouteille par le goulot.

– Je-je m-m-m'en d-d-dou… doutais.

Alors qu'elle s'attaque au premier bouchon, Sophie reprend :

– Ça ne fait pas longtemps et ça durera le temps que ça durera. Je ne suis pas certaine que ce soit une bonne idée, mais c'est une jolie parenthèse.

Je suis surprise par sa confession inattendue et ne sais pas trop quoi répondre.

– A-a-alors, lai-laisse-t-t-toi p-p-po… porter, haussé-je des épaules.

Je ne la connais pas assez pour lui demander des détails.

– Et je-je v-v-vais é-é-essayer d-d-de suivre m-m-mes p-p-propres con-conseils, ajouté-je, la faisant rire.

– Ils sont addictifs ces mecs, hein ? soupire-t-elle.

J'acquiesce, quand soudain Léa surgit, sans grâce, dans la cuisine. Elle s'agite autour de nous comme une pile électrique et pose des questions sur les bouteilles de vin désormais débouchées.

– J'peux faire quelque chose ? demande-t-elle.

– Demande à Lisa. Je prends le vin et je finis de mettre la table ! s'échappe Sophie, chargée des bouteilles.

Léa pose alors sur moi un regard si suppliant que je cherche rapidement ce que je pourrais lui faire faire.

Je recule du plan de travail et l'invite à se saisir du couteau que je viens d'aiguiser pour émincer une échalote.

– R-ren-rentre b-b-bien t-t-tes d-d-do… doigts.

– Comme ça ?

– Oui.

Son geste est précis. Elle a dû m'observer manier le couteau pendant la préparation du repas.

Quand elle a fini, je lui fais signe de mettre le tout dans le saladier de pommes de terre. Puis je la laisse faire la mayonnaise, qu'elle exécute parfaitement.

– Merci.

– D-d-de q-q-quoi ?

– De me laisser faire toute seule. Maman a toujours peur que je me blesse, et moi, je voudrais cuisiner. Parfois, je monte chez mamie pour l'aider. J'aime bien, me confie-t-elle.

Son petit sourire triste me souffle que c'est un sujet qui lui tient à cœur.

– T-t-ta m-mère a-a rai-raison, ça p-p-peut être d-d-dan… dangereux.

– Je sais, mais je ne suis plus une gamine. Je vais avoir treize ans, assène-t-elle avec toute l'assurance que peut avoir une jeune fille de cet âge. Je sais faire attention. Je sais utiliser le four et la cuisinière.

– Je-je t-t-te crois.

– En fait… hésite-t-elle. En fait, je voudrais faire une école de cuisine.

Toujours concentrée sur ses gestes, elle me jette un regard en coin pour s'assurer que je l'écoute toujours. Au-dessus de mon épaule, je surprends Sophie qui discute encore avec le trio masculin.

– Je ne l'ai pas dit à papa, ni à maman, grimace nerveusement Léa.

– P-p-pou… pourquoi ?

Elle hausse les épaules et soupire. Elle me fait penser à moi, lorsque j'ai choisi cette voie par passion alors que mon père est encore persuadé aujourd'hui qu'il s'agissait d'un choix par défaut. Il n'a jamais compris que dans une cuisine où je suis seule à bord, je peux faire mes propres choix, mes propres erreurs.

Décider. Créer. *M'épanouir.*

– Je crois que papa s'en fiche, mais maman… hésite-t-elle.

– Oui ?

– Maman voudrait que je fasse des grandes études pour être avocate ou médecin, tu vois ? Mais moi, je veux pas de ça.

Elle retrousse le nez, ce qui accentue sa moue boudeuse.

– D-d-dis-leur. Sois f-f-fr-franche a-avec eux.

Je sens qu'elle a juste besoin d'un soutien. N'en ayant eu aucun à son âge, je suis heureuse de pouvoir lui apporter mon aide et lui faire profiter de mon expérience. La franchise et l'entraide sont un bon début.

– Je-je p-p-pou-pou… rrai t-t-te mont-t-trer d-d-des ast-t-t… tuces à l'occasion, ajouté-je.

– Vraiment ?

Les traits de son visage, entre l'enfance qui s'éloigne et la femme en devenir, s'illuminent. Je hoche la tête en lui souriant franchement.

– Merci beaucoup, Lisa, dit-elle les yeux pétillants.

Son regard, semblable à celui de son père, déborde tant de reconnaissance que j'en suis troublée. Pourtant, je n'en suis pas moins heureuse d'avoir quelque chose à partager avec quelqu'un.

CHAPITRE 45

Le C@lme...

TRAY

Installé sur la terrasse de la maison de vacances des Vanderhaeghen, entouré par mes potes, ma fille et la femme qui fait battre mon cœur, je suis au paradis. Les quelques bougies que Sophie a allumées et les lumières de la salle à manger ont suffi à créer une atmosphère chaleureuse. La voûte céleste est avec nous ce soir ; les étoiles brillent à côté de la pleine lune.

– Vous nous jouez quelque chose, les gars ? propose Sophie.

– Oh oui ! s'exclame Léa.

Souriante, Lisa applaudit, aussi enthousiaste que ma fille. Depuis que nous sommes arrivés, ma nouvelle compagne semble avoir fait abstraction de la mauvaise rencontre de cet après-midi. Or, moi, j'y pense constamment. Dire que j'imaginais que Sophie et Louis avaient la famille la plus dysfonctionnelle que je connaisse, je me suis planté sur toute la ligne. Néanmoins, je ronge mon frein, et je m'abstiens de lui demander comment un type pareil a pu engendrer une telle perle rare. Je ne veux simplement pas gâcher notre week-end.

– Il y a ce qu'il faut dans la chambre de Louis, si tu veux, précise Sophie à l'intention de Colas. C'est la dernière du couloir, en haut.

– Ouais, je sais.

Nous passons des vacances ici depuis l'adolescence, nous connaissons donc bien la maison et ses secrets. Il se lève en même temps que moi.

– Ah, mais je n'ai pas ma batterie !

– Comme si ça t'empêchait de taper, m'esclaffé-je en claquant l'arrière de sa tête au moment où je passe dans son dos.

Lorsque nous redescendons avec nos instruments, Noah nous attend, muni, pour l'occasion, de deux cuillères en bois et de divers récipients retournés sur la table.

– C'est pas ce qu'on appelle une batterie de cuisine ? s'écrie-t-il en interrogeant Lisa du regard.

Elle hoche la tête amusée, accompagnée par nos éclats de rire. Les liens discrets qui se nouent entre Lisa et le groupe apaisent mes craintes. Malgré mon assurance apparente, je redoutais un peu la timidité de Lisa mêlée au caractère frondeur de mes amis. En réalité, l'acclimatation se poursuit sans problème. Lisa prend peu à peu confiance alors que tout le monde comprend à quel point je tiens à elle.

Le fait de lui voler un baiser à tout bout de champ doit aider à les mettre sur la piste…

Dès que les guitares sont accordées, nous enchaînons les titres. De Hugues Aufray à Nirvana, en passant par les Beatles, le répertoire est éclectique. Sur quasiment chaque chanson, les lèvres de Lisa remuent sans qu'elle ose réellement chanter.

Ne voulant pas la mettre mal à l'aise, je ne relève pas, mais je lui souris franchement lorsqu'elle fredonne avec Léa un tube des Slave Of One Night, *Wonder*. J'avais déjà prévenu les gars que Lisa n'était pas au courant pour notre vie américaine. Quand je l'ai annoncé à Sophie, elle s'est contentée de secouer la tête en maugréant un « mauvaise idée, Tray » que j'élude volontairement. Pour le moment, je reste certain de faire le bon choix.

Il n'est pas loin de minuit lorsque nous décidons d'aller nous coucher. Étonnamment, Léa regagne sa chambre sans chouiner. Colas et Sophie montent à sa suite et disparaissent au premier étage.

– Je ne savais pas que Colas et Sophie… commence Noah.

– Si, il y a quelques semaines.

– T'étais au courant ?

– Ouais.

Il me jette un regard surpris.

– Et ça ne te dérange pas ?

– Pourquoi ça me dérangerait ? Ils sont grands, ils font ce qu'ils veulent, ricané-je.

– Ouais, bah y'en a un qui va moins rire quand il va le savoir… grimace-t-il.

Je pense, au contraire, que Soul ne veut que le bonheur de sa sœur. Il l'a longtemps protégée, sauf peut-être de moi. Néanmoins, si Sophie lui avoue qu'elle est heureuse avec Colas, Soul ne pourra qu'approuver son choix.

– Pour l'instant, Soul n'a pas besoin de savoir quoi que ce soit, et ce n'est certainement pas à nous de lui apprendre la nouvelle, déclaré-je dans une mise en garde peu subtile. Allez bonne nuit, Noah !

Alors que Noah hoche la tête, je fais signe à Lisa de me suivre.

– Bonne nuit, les amoureux, nous salue-t-il malicieusement.

Je prends la main de Lisa pour regagner notre chambre à l'étage. Une fois que nous sommes seuls, je l'attrape par la taille et me colle à son dos. Quand elle lève son visage vers moi, je plonge sur ses lèvres et redécouvre le goût de la tarte aux framboises. Elle m'accueille avec un gémissement étouffé.

– J'en crevais d'envie, petite pêche, murmuré-je contre sa bouche.

– Mmh. M-m-moi au-aussi.

Elle regarde vers la salle de bain.

– D-d-dou-douche.

– Oh, tu veux qu'on aille se doucher ensemble ? Je te préviens tout de suite, j'aurai du mal à rester sage.

– Non ! grogne-t-elle en me tapant le bras.

– Tu dis non parce que Léa sera de l'autre côté de la porte et que tu as peur que tes petits cris sexy ne la réveillent, me moqué-je.

En effet, la salle de bain communique aussi avec la chambre de ma fille.

Lisa secoue la tête en pouffant, recule et part s'enfermer après avoir extirpé de son sac une nuisette en coton toute simple. J'apprécie plus que de raison qu'elle ne cherche pas à m'impressionner avec de la lingerie fine ou une tonne de maquillage. Elle ne joue pas un rôle, elle ne trompe personne, elle reste elle-même en toute occasion. Lisa n'a besoin d'aucun artifice pour me retourner le cerveau.

Le temps qu'elle se douche, je me déshabille et attends patiemment mon tour. Je suis tenté de la rejoindre, mais me retiens. D'imaginer l'eau courir sur sa peau douce, ses mains parcourir chaque partie de son anatomie, le parfum de son gel douche et le nuage de vapeur l'envelopper, mon excitation est à son comble. Afin d'arrêter de fantasmer les yeux ouverts, je m'assieds sur le fauteuil et regarde mes mails sans vraiment les lire. Quelques-uns proviennent de Spencer, mais je ne les ouvre pas. En revanche, je supprime toutes les notifications de Pick Me et, dans la foulée, je ferme mon compte.

Au moment où je désinstalle l'application, Lisa sort, revêtue de sa nuisette, une serviette autour de ses cheveux. Magnifique.

– T-tu-tu p-p-peux y a-aller.

Je me lève, et avant de pénétrer dans la salle de bain je lui encadre le visage de mes mains, comme j'ai pris l'habitude de le faire, afin de l'embrasser avidement. La chaleur de sa peau se diffuse au creux de mes paumes. Elle lâche la serviette qui atterrit à nos pieds et passe ses bras autour de mon cou. Je prends ça pour un signal et approfondis le baiser, pendant qu'elle s'alanguit. Nos souffles courts se répondent et c'est haletant que je me recule avant de lui faire l'amour à même la moquette.

– À tout de suite, ma belle, susurré-je d'une voix rauque.

Définitivement excité, difficile de se laver dans ces conditions… Je me finis à l'eau froide pour faire retomber la pression.

À mon retour, elle est déjà allongée sous la couette, les cheveux étalés sur l'oreiller telle une mer de fils d'or. Elle a éteint le plafonnier, seule la lampe de chevet diffuse une lumière douce.

Je n'ai enfilé qu'un caleçon qui est déjà tendu par mon érection difficilement dissimulable. Entre la douceur de la nuit estivale et mon excitation, je suis déjà brûlant, mon sang remplacé par de la lave en fusion. Je me faufile sous les draps et me mets sur le flanc face à ses yeux grands ouverts. Je me racle la gorge.

– Tu as passé une bonne soirée ?

Ses yeux papillonnent avant qu'un sourire franc illumine son visage.

– Oui. T-t-t-très.

– Demain, nous irons à la plage.

– OK, chuchote-t-elle.

Fébrile, je ne peux empêcher ma main d'approcher son visage.

Je crochète une mèche, égarée sur sa joue, et la replace derrière son oreille, dégageant l'arrondi de sa mâchoire. À ses yeux qui papillonnent et à sa respiration hachée, elle est dans le même état que moi.

Je descends doucement vers son épaule, puis passe la main sous les draps pour longer ses côtes, sa taille, et enfin, le bombé de sa hanche jusqu'au milieu de sa cuisse. Au terme de mon exploration, je remonte et joue avec le liséré de sa chemise de nuit. Elle écarquille les yeux et j'en profite pour me noyer dans son regard. Immobile, j'attends qu'elle décide. Je meurs d'envie de prendre les commandes, mais je me retiens.

Lisa approche alors son visage et dépose ses lèvres sur les miennes, me donnant l'autorisation de savourer son corps, de le toucher, le caresser, l'embrasser et le lécher. Ses mains sont partout sur moi. Chaque contact m'électrise. J'ai besoin de plus.

Mon caleçon et sa nuisette s'envolent. Je me protège rapidement avant de me repaître de son parfum et de ses courbes douces. Elle gémit entre mes bras alors que je la pénètre doucement. Je fais durer le plaisir. Je voudrais que ça ne se termine jamais. Là, plaquée contre moi, elle s'expose, elle baisse la garde, elle se lâche.

En pleine jouissance, alors que je suis encore en elle, je me prends soudain une révélation de plein fouet. Lisa incarne mon rêve, je le sais, mais aujourd'hui, mes sentiments vont au-delà.

Désormais, j'en suis convaincu… je l'aime.

CHAPITRE 46

@v@nt L@ Tempête

TRAY

Allongé sur ma serviette de plage, près de Lisa, je somnole sous un soleil estival quand des gouttes d'eau glaciales atterrissent soudainement sur mon ventre.

– Oh putain !

Léa se dénonce avec un grand éclat de rire. Elle n'a pas reculé de trois pas que je suis déjà debout pour la poursuivre jusqu'à la mer. Je pénètre dans l'eau où, vu la température, mes attributs sont certainement partis se cacher.

– Oh la vache, elle est froide !

Tétanisé, je ferme les yeux jusqu'à ce que je reçoive des éclaboussures. Léa rajuste son haut de maillot de bain fleuri avant de faire volte-face sous mon regard assassin.

– Fais pas ta poule mouillée, papa ! me provoque-t-elle d'un rire joyeux en sautillant au-dessus des vagues.

– Tu vas voir ce qu'elle va te faire la poule mouillée, grondé-je en me précipitant vers elle.

Nous jouons quelques minutes à nous arroser et à nous noyer avant d'être rejoints par Colas et Sophie. Léa sur mes épaules, nous affrontons le duo formé par mon pote et mon ex dans un joyeux combat.

Encore un truc qui me manque aux États-Unis : m'amuser comme n'importe qui, en famille. Chaque sortie est un risque de se retrouver dans les tabloïds. Ce que les journaux people adorent, c'est quand tu n'es définitivement pas à ton avantage : lendemain de cuite quand tu vas chercher de quoi bouffer pour éponger tes excès, sortie de concert alors que tu es en sueur, rouge et débraillé, ou boîte de nuit à trois heures du matin après le dixième shot de vodka.

Dès que la fatigue me gagne, je retourne près de notre parasol et surprends Noah et Lisa, très concentrés sur leur discussion. Mon pote se tait dès que j'arrive à portée de voix.

– Bon, à mon tour d'essayer de noyer ta progéniture ! Tu y tiens encore beaucoup ? me demande-t-il.

– Oui, assez, rétorqué-je, faisant rire ma jolie blonde.

– Dommage, soupire-t-il en s'éloignant au petit trot.

Je le regarde parcourir quelques mètres avant de m'allonger près de Lisa qui pousse un cri à mon contact.

– T-t-tu es ge-ge-gelé !

L'expression choquée de Lisa est hilarante et je n'ai aucun scrupule à la taquiner.

– C'est pour te rafraîchir, murmuré-je en posant mes mains sur sa cuisse à la peau crémeuse.

– V-v-viens là, m'ordonne-t-elle en ouvrant les bras, dans lesquels je me réfugie.

Un délicieux frisson la couvre de chair de poule.

– De quoi vous parliez ? demandé-je, curieux.

– D-d-de salade, glousse-t-elle.

– Toujours le même dilemme : échalotes ou pas dans les pommes de terre ?

– Oui, éclate-t-elle de rire.

Au bout de quelques secondes, elle se détache de moi et suit une goutte d'eau qui longe mes abdos avec son doigt.

– C'est-c'est un d-d-drôle de-de t-t-ta… tatouage, murmure-t-elle en s'arrêtant sur la femme attachée.

Je me tends devant son intérêt.

– Hum, il est ancien celui-là. On a tous le même avec les mecs, mais à des endroits différents.

– Ah ? P-p-pou-pourquoi ? s'étonne-t-elle.

– Ça représente notre lien fraternel… Mais pourquoi autant de questions ? Tu veux essayer ? la taquiné-je pour détourner la conversation.

Ce tatouage représente notre logo depuis nos débuts, et même si l'encre s'est un peu ternie avec le temps, le dessin reste identifiable.

– Non, éclate-t-elle de rire en rougissant.

Sans plus d'explications, je me love contre elle, soulagé qu'elle n'insiste pas. J'embrasse son cou, poursuis au creux de sa clavicule puis continue le long de son épaule. Sous le chemin de mes baisers, elle gémit doucement, réceptive. Contre sa peau, mes lèvres se réchauffent tandis que d'autres parties de mon anatomie s'animent.

Dans la tendresse de son étreinte, j'ai l'impression d'avoir trouvé mon ancre. Une personne à choyer qui, comme moi, cherchait l'amour. Partager ma vie avec elle ne me fait pas peur. Je m'attache à ses sourires, à ses soupirs, à sa douceur. J'ai envie de lui décrocher la lune, de la faire danser sous les étoiles. J'ai envie de réaliser ses rêves, de lui offrir une vie de princesse. De lui faire vivre l'expérience des premières fois et de la folie qui m'entoure.

Un raclement de gorge nous interrompt.

– Désolée de vous déranger, mais je pourrais avoir un autographe, s'il vous plaît ?

Je me retourne vivement, obligeant Lisa à me lâcher. Une adolescente aux tresses rousses, vêtue d'un maillot de bain, se tient devant nous, un bloc-notes et un stylo à la main. Juste derrière elle, ses deux amies nous observent, téléphone à la main.

Merde…

– Pardon ? tenté-je innocemment.

– Je connais toutes vos chansons par cœur ! Je suis tellement heureuse de te voir en vrai, Tray. Je suis super fan ! débite-t-elle en me tendant le papier.

Double merde !

Grillé.

Naïvement, je pensais passer sous le radar des éventuelles groupies, vêtu d'un simple short de bain, les cheveux coupés et rasé de près, mais il faut croire que je suis un idiot qui a tout simplement oublié la prudence.

Deux possibilités : nier et m'enfoncer encore un peu plus dans le mensonge ou accepter et les voir déguerpir pour retrouver un peu de tranquillité. Pour l'instant, Lisa n'a pas fait le lien, et avec un peu de chance, cela restera ainsi jusqu'à ce que j'estime qu'elle est prête.

Décidant d'opter pour l'apaisement, je saisis le bloc avec nonchalance.

– Avec plaisir. C'est quoi ton petit nom ?

– Sonia.

Je gribouille une dédicace et lui rends le tout en affichant un sourire de circonstance.

– Tiens, Sonia. Bonne journée !

Respectueuses, les trois amies s'éloignent en chuchotant. Elles nous jettent plusieurs regards, par-dessus leur épaule, jusqu'à ce qu'elles rejoignent leurs serviettes de plage. Je lâche un petit soupir avant de reporter mon attention sur Lisa qui n'a toujours pas frémi.

– Tu-tu te la p-p-pètes, glousse-t-elle. Ça t-t-ta… t'arrive sou… v-vent ?

– Parfois, acquiescé-je en suivant du doigt les lignes de son maillot de bain.

– C’est-c’est d-d-dingue ! Je suis a-avec u-une st-t-t-tar, plaisante-t-elle en chassant ma main aventureuse.

Le ventre noué, je fuis son regard et tombe sur les trois amies assises plus loin en train de pianoter sur leur téléphone.

– Je suis juste un bon musicien, la corrigé-je, la gorge obstruée par une boule d’angoisse.

– Et c’est su-su-su… per imp-p-p-portant d-d-dans les f-f-films, assure-t-elle avec sérieux.

Quoi ?

J’essaie de masquer au mieux l’expression de surprise quand je comprends où elle veut en venir.

– Oui, c’est même essentiel, confirmé-je en me rappelant qu’elle me prend pour un compositeur de musiques pour le cinéma.

Au bord de la tachycardie, je prie pour qu’elle ne m’en demande pas plus.

– T-t-t’en as f-f… fait b-b-beaucoup ? me demande-t-elle d’un ton sincèrement intéressé.

Raté !

J’ai honte, mais je n’hésite pas une seconde à m’enfoncer un peu plus dans mon mensonge. Peu fier de moi, je sais pourtant que ce n’est pas le bon moment pour lever le voile. Saurai-je reconnaître ce bon moment quand il arrivera ? J’attends qu’elle s’attache suffisamment à moi pour pouvoir lui révéler toute la vérité ; je ne pourrai plus la cacher indéfiniment. Elle finira par comprendre qu’il y a anguille sous roche et je me reproche déjà assez de heurter son intelligence.

– Un certain nombre.

Vague. C'est bien ça, vague.

Lisa se redresse sur un coude et cale sa tête dans la paume de sa main en me fixant de son regard bleu azur. Sa natte glisse de son épaule.

– D-d-des co-co… connues ?

– Non, pas trop. C'est beaucoup de trucs qui ne sortent qu'en Amérique.

– Oh, d-d-do-dom… m-mage, conclut-elle avec une moue désolée.

– Le plus important, c'est que jouer de la musique me permet de vivre correctement.

Elle hoche la tête avec un sourire approbateur. Soulagé d'avoir enfin pu énoncer une vérité, je bombe le torse avant de la reprendre dans mes bras pour l'embrasser dans le cou et écouter ses petits gémissements de plaisir. Néanmoins, pour être certain de ne pas voir le sujet revenir sur le tapis, je détourne son attention en lui parlant du repas de ce soir que Léa et elle ont décidé de nous préparer.

Dès que le reste du groupe revient vers nous, je fais signe à Colas qu'on doit lever le camp. Sous les lamentations de ma fille qui estime ne pas avoir eu sa dose de plage, je promets de revenir le lendemain.

– Qu'est-ce qu'il y a ? murmure mon pote pendant que nous plions les serviettes.

Je range la bouteille de crème solaire à la noix de coco de Lisa et la glisse dans le sac en soupirant.

– Groupies.

Son grand short de bain kaki échoué en bas des hanches, Colas balaie la plage des yeux et fronce les sourcils dès que son regard se pose sur le groupe des trois amies qui n'ont pas cessé de nous mater.

– Merde…

Nous adorons nos fans et faisons tout pour leur faire plaisir quand nous sommes en séances de dédicaces, en tournée de promotion, dans un studio de radio ou sur un plateau de télévision. En revanche, nous aimerions idéalement conserver notre vie privée à l'abri des regards, comme n'importe quelle personnalité publique. Depuis nos débuts, la frontière a toujours été très mince, et en vieillissant, je crois que nous voulons tous la voir s'épaissir un peu plus.

De retour à la maison, les filles prennent les douches d'assaut pendant que nous buvons une bière sur la terrasse.

– Lisa le vit bien, alors ? demande Noah en frottant le sable resté collé sur ses bras.

– De quoi tu parles ?

Il se tourne vers moi, un sourcil arqué.

– Bah, ta célébrité.

– Pas tout à fait, grimacé-je.

– Ce qui signifie ?

Les mains sur les hanches, Noah attend que je m'explique. Derrière lui, Colas lève les bras d'exaspération. J'ai conscience qu'ils ne comprennent pas, mais ils n'ont pas vu Lisa trembler devant moi. Ils ne l'ont pas vue rougir et baisser les yeux devant trop d'attention. Ils ne la connaissent pas aussi bien que moi et ne peuvent donc pas comprendre à quel point sa réaction risque d'être extrême.

– Qu'il ne lui a encore rien dit, soupire Colas, dépité.

Laissant tomber ses bras le long de son corps, Noah secoue la tête avec une moue agacée.

– Tarde pas, mec ! Ce truc va te revenir en pleine tronche, et bientôt.

Bientôt peut-être, mais pas aujourd'hui. Ce week-end doit immerger Lisa dans mon entourage proche, pas la noyer dans mon monde impitoyable.

– Je gérerai, affirmé-je. Ce n'est pas ce qui m'effraie le plus.

Pressentant que le pire reste à venir, Colas croise les bras en me transperçant de son regard.

– Ah ? Et c'est quoi ? demande-t-il d'un ton narquois.

– Lui demander de venir vivre avec moi, annoncé-je.

Cette perspective me rend euphorique, et dans le même temps, cela m'angoisse. Lui demander d'accepter ma vie, c'est une chose, lui demander de changer la sienne pour moi en est une autre. Je me suis investi dans cette relation sans en mesurer toute la portée. Cependant, au fil du temps, je nous conçois des projets d'avenir tout seul alors que Lisa devrait avoir son mot à dire.

– Ah oui, carrément ! s'exclame Noah.

– Je te l'ai déjà dit, c'est une histoire sérieuse. Plus que sérieuse, même.

– Ouais, ben t'as intérêt à cracher le morceau parce que je crois bien que ton histoire sérieuse va rapidement se transformer en simple amourette de vacances à ce train-là.

– J'attends le bon moment, grogné-je, contrarié par ses prédictions à la con.

– Il n'y a pas de bon moment pour dire la vérité, insiste Noah.

Je secoue la tête. Il a tort, il y en a forcément un.

– Pourtant, elle reste toujours meilleure que le mensonge, même par omission, reprend-il. De toute façon, comment tu veux l'emmener vivre à L.A. sans lui dire qu'elle va être plongée dans notre vie de tarés ? C'est n'importe quoi, si tu veux mon avis. Tu vas le regretter. Tu espères lui cacher cette info pendant encore combien de temps ? C'est déjà hallucinant qu'elle n'ait rien remarqué, et ça ne te rend pas correct envers elle. Tu la prends au mieux pour quelqu'un de faible, et au pire pour une idiote. Autant tout lui dire maintenant, comme ça tu sauras si elle est capable de supporter cette vie avec toi et…

– Tu l'aimes ? intervient brusquement Colas.

– Je… Je… Ce n'est pas à vous de l'apprendre avant elle, contourné-je la question.

Mais oui, je l'aime.

Alors que Noah lève les yeux au ciel en buvant une gorgée de bière, Colas serre mon épaule, un sourire rassurant aux lèvres.

– Alors, fais ce qu'il te dit. Je ne croyais pas dire ça un jour, mais sur ce coup-là, il a raison.

Quand le bruit de pas dans l'escalier nous parvient, nous changeons habilement de conversation. Le reste de l'après-midi se déroule sur le terrain de pétanque, qui a l'honneur de voir l'équipe des filles se faire écraser par celle des mecs virils, forts et à la victoire modeste.

– On vous a atomisées ! clame Noah.

– Pulvérisées ! renchérit Colas.

– Exterminées ! conclus-je, enfonçant le clou.

– Bon, les stars à la noix, et si vous vous retroussiez les manches pour préparer le dîner, hein ? Au moins, vous arrêteriez de raconter des conneries, bougonne Sophie en parfaite mauvaise perdante.

Colas la prend par les épaules et l'embrasse sur la joue en riant, tandis que Lisa et Léa rentrent à l'intérieur, mortes de rire. Simple spectateur, je prends mon pied à voir le tableau de mon idéal de vie se dessiner clairement sous mes yeux.

Espérons que tout cela ne soit pas qu'un rêve éphémère.

***

Dimanche, comme promis à Léa, nous faisons encore un tour à la plage. Cette fois, je n'oublie pas de mettre une casquette dont j'abaisse la visière, et les mecs, afin de nous assurer une journée tranquille, font comme moi. Pour me fondre un peu plus dans le décor, je conserve même mon t-shirt et reste près de Lisa sans aller me baigner, même si elle m'incite à aller me jeter à l'eau pour pouvoir lire tranquillement.

En fin d'après-midi, Sophie et Colas repartent sur Lille à moto en nous laissant les clés de la maison et leurs bagages, car Sophie a un rendez-vous avec une cliente lundi matin.

Nous terminons donc ce week-end de détente à quatre. Ce soir, Noah a décidé d'aider Lisa en cuisine malgré les plaintes de Léa. Je me retrouve donc avec ma fille, assis à la terrasse avec vue sur les prés. Le chant apaisant des oiseaux est soudain troublé par le jeu d'un briquet.

– Fais attention, ma puce.

Léa relève les yeux et se renfrogne en reposant son nouveau passe-temps à côté des bougies. Je l'entends vaguement marmonner, puis souffler.

– Tu as un problème, Léa ?

– Non…

Mouais, un « non » qui veut dire « oui ».

Je n'ai pas l'habitude d'être dans le rôle du confident car Sophie fait habituellement face à tous ses problèmes d'ado. Ce séjour prolongé me permet donc de découvrir cet aspect de l'éducation dont j'ignore tout, et qui peut m'effrayer parfois.

– Parle-moi, ma puce.

– Y'a un truc que… hésite-t-elle.

– Oui ?

Elle se cale sur sa chaise, les coudes posés sur la table en position de discussion sérieuse.

Waouh ! Qu'est-ce que j'ai loupé ? Pourquoi ai-je peur, d'un seul coup ?

Mon esprit est en train de vriller lorsqu'elle met un terme à mes réflexions.

– Est-ce que tu sais ce que je veux faire comme métier plus tard ? demande-t-elle avec détermination.

Celle-là, je ne m'y attendais pas. Les scénarios complètement grotesques sur un petit ami qui lui aurait fait du mal, de la drogue ou une grossesse inopinée s'évaporent aussitôt. Soulagé, je le prends sur le ton de la plaisanterie.

– J'ai droit à l'appel à un ami ? Au cinquante-cinquante ?

– Papaaaa ! C'est sérieux !

Devant son air grave, je baisse la tête, cesse de glousser et range mes moqueries.

– Pardon, ma chérie. Pour répondre à ta question, non, pas vraiment. Ta mère m'a vaguement parlé de ton inscription au lycée après le collège, mais c'est tout. Et puis, tu n'es pas un peu jeune pour y réfléchir ? m'étonné-je.

– Bah, non, parce que je ne veux pas faire un lycée classique, m'explique-t-elle avec un sourire.

– Ah ?

– Je voudrais aller au lycée professionnel pour apprendre la cuisine, voilà.

Je n'y comprends pas grand-chose à l'orientation scolaire. N'ayant pas fait d'études, et étant sorti du système scolaire français depuis des années, je reconnais volontiers être complètement largué par tout ça, et donc très mal placé pour juger les choix de ma fille sur ce sujet.

– Oh. Bah… super. Si c'est ce que tu as envie de faire, pourquoi pas ?

– C'est vrai ? Tu es d'accord ?

Son visage s'éclaire et ses yeux pétillent d'espoir.

– Oui, bien sûr. Le plus important, c'est que tu fasses quelque chose qui te plaise.

Mes parents m'ont toujours soutenu. Ils ont accepté que j'arrête mes études et que je me lance dans une carrière musicale. Il est normal que j'en fasse autant pour Léa : la soutenir et l'accompagner.

– Génial, tu pourras m'aider à convaincre maman ! se réjouit-elle.

– Ah ouais… Effectivement, ce n'est pas gagné.

Je ne me suis jamais immiscé dans les choix de Sophie, à qui je fais entièrement confiance. Malgré ma promesse de ne pas intervenir dans l'éducation de Léa, Sophie me consulte pour chaque choix crucial. Il va donc falloir que nous ayons une discussion sérieuse. J'espère juste qu'elle sera ouverte aux nouvelles idées de notre fille.

– Lisa dit que, si vous êtes d'accord, elle me montrera des techniques. En plus, il y a une super école, ici, au Touquet. Je peux même être en internat et…

Pendant un quart d'heure, intarissable, elle m'explique de A à Z un plan de carrière déjà tout tracé. Léa a de qui tenir… Faire de sa passion son métier, que de bonheur ! À seize ans, je ne savais pas encore quel métier j'exercerais, mais j'étais certain que ce serait dans la musique.

Dans toute sa diatribe, je ne retiens pourtant qu'une seule chose : elle s'est confiée à Lisa. La femme timide qui avait du mal à sociabiliser et à faire confiance est en train de changer.

CHAPITRE 47

Jolie S@l@de De Fruits

LISA

Aujourd'hui, le retour dans ma cuisine se révèle plus difficile que je ne l'imaginais.

En dépit des nombreuses commandes qui m'attendent, ma tête est restée sur la plage avec mon beau musicien. Heureusement, vers six heures et demie, j'entends mon équipe de renfort frapper à la porte de la vitrine. Derrière le battant en verre, la bouille souriante de Selim me salue. Je le fais rentrer et referme à clé derrière lui en lui demandant de ses nouvelles. Sans que j'aie besoin de lui dire quoi que ce soit, il se change, se lave les mains et regarde sur le tableau ce qu'il y a à préparer.

– Je dois éplucher les pommes et les poires, c'est ça ?

Je hoche la tête.

– Et-et c'est t-t-toi q-q-qui-qui les f-f-feras sau… ter.

– D'accord, accepte-t-il en me gratifiant d'un grand sourire.

Nous travaillons pendant deux bonnes heures jusqu'à ce que Méline arrive enfin en trombe. Une fois en tenue, elle installe ses ustensiles sur le plan de travail face à moi et observe Selim, à sa gauche, qui confectionne les mini-chaussons.

– Aloooors, commence-t-elle en faisant tourner distraitement son couteau d'office. Comment s'est passé le week-end ?

Tout en modulant sa voix sirupeuse, elle s'accoude sur le plan de travail. Elle ponctue sa question par une danse frénétique de ses sourcils.

– Bien, merci, répond Selim du tac au tac. Et vous ?

Les mains sur les hanches, elle se redresse brusquement alors que le couteau continue de tournoyer.

– Alors moi, très bien, mais c'est plutôt à Miss *Je-pars-en-week-end-avec-un-mec-beau-comme-un-dieu* que je m'adressais, en fait.

– Je sais, ricane-t-il en badigeonnant la pâte feuilletée d'un mélange de jaune d'œuf et de sucre glace.

– Mais quelle insolence, jeune homme ! s'écrie-t-elle le plus sérieusement du monde.

Instantanément, le sourire de Selim disparaît sous la remarque. Sa peau habituellement mate blêmit et ses grands yeux bruns me supplient de venir à son secours. Méline s'en aperçoit et lui donne un coup de hanche en éclatant de rire.

– Je plaisante.

Je souffle devant l'humour bancal de mon amie qui a dû ébranler ce pauvre Selim. Rassuré, le jeune homme se détend et continue sa tâche avec application. Néanmoins, je note qu'il jette de temps en temps un œil inquiet à son acolyte.

– Bon, et sinon ? reprend-elle innocemment en palpant les fruits devant elle.

Feignant de ne pas l'avoir entendue, je ne bronche pas et achève d'incorporer le chocolat fondu dans mon appareil à brownie.

– Hey, Miss Lisa ! Ne fais pas ta rabat-joie et raconte un peu !

Je glousse. J'adore la faire languir. Et puis ce n'est pas tous les jours que je le peux. Ma vie monotone est rarement ponctuée de moments palpitants.

– Gé-gé-génial.

Elle attend une suite qu'égoïstement j'ai envie de garder pour moi, cachée dans mon jardin secret. Malgré moi, un sourire étire mes lèvres au souvenir de ces trois jours passés avec Thibault et sa joyeuse bande. J'adore ce groupe. Comme une parenthèse, j'ai complètement profité de ce week-end de liberté, entourée par des personnes bienveillantes, tolérantes et terriblement attachantes. En soupirant rêveusement, j'ajoute les noix de pécan caramélisées à ma pâte, puis des morceaux de nougatine concassée, fraîche de ce matin.

Un raclement de gorge me sort du replay de mon week-end. Je relève les yeux vers mon amie qui patiente les yeux avides.

– P-p-plus t-t-tard, dis-je en lui désignant Selim d'un mouvement des yeux.

Le jeune homme n'a pas besoin d'entendre le récit de nos vies intimes.

Après un hochement de tête entendu, Méline change de conversation tout en jetant les épluchures du melon :

– Ah, au fait, Angélique arrivera un peu plus tard, elle est partie chez le spéléologue des vagins.

Au temps pour l'intimité ! Si, habituellement, je ne fais pas attention au flagrant manque de filtre de mon amie, aujourd'hui, je siffle de mécontentement à son intention et lui montre Selim des yeux, dont la rougeur remonte maintenant jusqu'à la pointe de ses oreilles. Méline me regarde en fronçant les sourcils avant de capter la gêne de Selim.

– Oh ! Ah ouais. Ne m'écoute pas, Selim… Je raconte beaucoup de conneries. Mais je vais faire attention. Promis.

Je secoue la tête et ricane. *Comme si elle allait pouvoir s'en empêcher…*

– Elle est censée entendre le cœur battre aujourd'hui, nous révèle-t-elle. Elle va encore nous rebattre les oreilles avec le haricot !

Tout en beurrant le moule, j'observe avec attention Méline qui, les yeux dans le vague, débarrasse une grappe de raisin de ses grains en les rinçant sous l'eau. Pendant ce temps-là, Selim insère ses plaques dans le four au fond de la cuisine.

Je m'approche de mon amie et me penche pour capter son attention.

– Ça-ça v-v-va ? demandé-je, doucement.

– Mmh, mmh.

La réponse est aussi floue que son regard. Je vois les rouages de son cerveau se mettre en branle sans comprendre la raison de son air soucieux. Je me promets de lui demander ce qui la tracasse. Après m'être lavé les mains, je verse mon appareil à brownie dans le plat. Juste avant de le mettre à cuire, j'entends Méline souffler :

– T'inquiète, ma belette.

Si je ne dis rien, je crois bien que mon amie vient de me mentir effrontément. Quelque chose la travaille, j'en suis certaine.

Néanmoins, la cuisine de Pic'Assiette en pleine activité n'est pas le meilleur endroit pour avoir ce type de discussion. Après nos tâches respectives, nous nous retrouvons pour assembler, à la chaîne, des brochettes de fruits. Angélique fait alors irruption dans la cuisine d'un pas énergique. Apparemment, elle n'est plus sujette aux nausées matinales, ce qui a permis à son teint de retrouver de belles couleurs. Face à la bonne humeur de la future maman, Méline dégaine un œil moqueur.

– Alors combien ?

– Quoi combien ?

– Fais pas l'innocente, Angélique. Tu crois que je ne sais pas que tu seras pesée à chaque visite ? Alors combien ?

– Pfff, t'es lourde ! grimace-t-elle en caressant son ventre qui commence à poindre doucement.

– Hin, hin… Je te rappelle que c'est toi qui attends actuellement un bébé ! Et n'essaie pas d'esquiver la question.

– J'ai pris deux kilos, cède-t-elle en marmonnant tout bas.

– Ça-ça v-v-va, dis-je en haussant les épaules.

– Bah voilà ! Mais tu les portes super bien, ma poule, la complimente sa cousine en lui soufflant un baiser. Et sinon, tout va bien ?

– Oui, tout se passe bien. On a entendu le cœur. Carrément incroyable ! Vous auriez vu la tête de Fabien…

Elle poursuit avec les détails de sa visite chez le gynécologue, pendant que nous finissons nos brochettes. Je pique les morceaux de pastèque, Selim les grains de raisin et Méline les cubes de melon.

Alors que la matinée s'achève, notre apprenti prend les devants et vérifie les fours pendant que je nettoie mon plan de travail et que Méline recouvre les plats d'un film alimentaire pour les ranger dans la chambre froide.

– On a terminé. Tu peux rentrer chez toi, Selim, si tu veux, l'invite Méline.

– Merci, mais je vais attendre que les chaussons soient cuits, dit-il par-dessus son épaule, souriant.

– P-pa-pas d-d-de p-p-pro… problème.

– Qu'il est sérieux… le taquine-t-elle, les yeux rieurs.

– C-est-c'est b-b-bien, rassuré-je un Selim interrogateur.

Nous échangeons un sourire complice. Je suis ravie que Selim soit arrivé chez Pic'Assiette. Je ne remercierai jamais assez Angélique et Méline de m'avoir incitée à l'embaucher. Surmonter ses peurs donne parfois des résultats surprenants.

CHAPITRE 48

Les Fesses De L@ Discorde

LISA

Assise avec mes amies autour du bureau de Pic'Assiette, je me régale d'un kebab au poulet que je fais passer avec de la limonade artisanale. Hormis quelques gémissements de plaisir, on n'entend plus un bruit, signe que c'est bon.

– Oh, à propos ! Tu m'as oubliée, Miss ! s'écrie soudain Méline à l'intention de sa cousine en lui jetant une serviette en papier au visage.

Angélique sourit en reposant sa galette, s'essuie les mains et fouille dans son sac à main version Mary Poppins posé au sol. Elle en sort trois magazines qu'elle plaque sur le bureau, devant Méline.

– Non, je ne t'ai pas oubliée, saleté ! Tiens !

Je secoue la tête, amusée. Leur petit jeu dure depuis des années. Quand elles vont chez un médecin, c'est à celle qui rapportera le plus de magazines à l'autre. Un jeu complètement tordu, mais bon, elles ne sont plus à ça près…

– Trois ? Joli score, siffle-t-elle d'admiration. Voyons ce que tu as réussi à m'apporter… Celui-là date de trois semaines. Chapeau !

Je crois que leur record est un numéro de *VSD* datant de 2001 qui traîne maintenant dans un carton chez Angélique, parmi un tas d'autres souvenirs d'enfance.

Tout en mâchant, Méline tourne les pages du premier magazine, un *Elle*.

– Oh, t'as vu ? Ils sont sympas, non ? m'interpelle-t-elle en me désignant une page de maillots de bain colorés.

J'acquiesce et tapote sur celui qui me plaît : un modèle coupe pin-up des années cinquante avec une culotte haute en vichy rose.

– Mouais, Brigitte Bardot n'a qu'à bien se tenir, convient-elle en me jaugeant. Toi, t'as le corps pour ça, moi, par contre, j'aime bien celui-ci.

Elle me désigne un bikini bleu turquoise très échancré en crochet.

– J-jo-joli.

– Et moi, je peux regarder ? demande Angélique en se penchant vers nous.

D'un habile geste du coude, Méline fait glisser le magazine contre elle pour dissimuler les photos.

– Hein ? Non, toi, ton tour de taille est trop aléatoire, maintenant. En plus, les femmes enceintes ne peuvent pas aller au soleil pour éviter le… tu sais ? explique-t-elle en passant la main sur son visage déformé par une grimace.

Avec un sourire sardonique, Méline lèche la goutte de mayonnaise échouée sur ses doigts.

– Ouais, masque de grossesse, je sais, grogne Angélique en mordant rageusement dans sa galette. T'as vraiment aucune pitié.

– J'ai banni ce mot de mon vocabulaire, tu devrais le savoir.

Elle poursuit avec le *Paris Match* qui annonce en couverture de grosses révélations sur Kate Middleton et le prince William.

– Elle est jolie, quand même, cette fille, s'extasie Méline, pensive.

– T-t-tu lui re-ressembles.

– Même pas en rêve, pouffe-t-elle.

– Si, Lisa a raison. Tu as des faux airs.

– N'importe quoi, jamais elle n'égalera ma beauté, voyons ! déclare-t-elle d'un ton nonchalant en continuant de feuilleter le magazine.

– Ouais, évidemment, si c'est dans ce sens-là… marmonne Angélique, moqueuse.

Je glousse en buvant une gorgée de limonade, manquant de m'étouffer avec les bulles qui remontent dans mon nez.

Tout en bavassant sur le couple princier, nous passons au dessert : de petits pots de glace perse à la rose. À la limite de l'orgasmique par cette chaleur. Méline commence à feuilleter le *Voici*, dernier magazine rapporté par Angélique, quand soudain, elle rapproche dangereusement son visage du plateau du bureau, la cuillère pleine de glace stoppée à quelques centimètres de sa bouche.

– Ça y est, t'as besoin de lunettes, la vieille ? Et biiiiiiiim ! T'as vu ? Moi aussi, je peux être vilaine, s'écrie Angélique, victorieuse, en faisant passer ses cheveux au-dessus de son épaule.

Malgré la pique fièrement lancée par sa cousine, Méline ne réagit même pas au sarcasme. Inquiète, je m'approche pour regarder par-dessus son épaule, quand soudain elle abat sa cuillère sur la page du magazine, nous éclaboussant de glace au passage. Angélique et moi sursautons, à tel point que nous nous cognons contre le plateau de la table. Angélique gémit avant de frotter son genou.

– T-t-t'es p-p-pas bien ! râlé-je en constatant que mon pot de glace est désormais vide.

Alors que j'essuie quelques taches sur mon t-shirt en maugréant, Angélique essaie de faire du tri sur la table qui a manqué de voler avec nos desserts. Indifférente au chaos qui règne parmi les vestiges de notre déjeuner, Méline attrape le magazine des deux mains en tournant frénétiquement les pages.

– Qu'est-ce qui te prend ? T'as appris qu'Adam Levine était de nouveau célibataire ? demande sa cousine en passant un coup de serviette pour éponger les dégâts.

Méline pousse un cri de victoire devant les deux pages maintenant gondolées.

– Oh la vache, mieux que ça ! s'écrie-t-elle sans lâcher le magazine des yeux. Les belettes, c'est un truc de dingue…

Elle se redresse, une lueur diabolique traversant ses yeux bruns.

– Q-q-quoi ?

Méline n'est pas réputée pour sa maîtrise de soi, donc je n'ai aucune raison de m'inquiéter. Cependant, Angélique et moi sommes suspendues à ses lèvres dans l'attente du scoop du siècle.

– Vous vous rappelez quand on s'est dit que Thibault ressemblait à un acteur connu ?

Que vient-il faire dans la conversation ?

Sournoisement, un mauvais pressentiment s'insinue le long de mon échine.

– Mmmh, acquiescé-je.

– Viens-en au fait, Méline, et arrête de faire durer le suspense !

Figées, nous la fixons du regard. À moins qu'elle ne soit devenue complètement folle, Méline doit avoir une bonne raison de nous parler de Thibault. Pourtant, je ne vois pas le rapport entre un magazine sur les célébrités et l'adorable père de Léa.

Brusquement, Méline se lève de sa chaise, et d'un large geste du bras, elle dépose, en plein milieu du bureau, le *Voici* ouvert sur des photos de mecs.

– Tadam ! proclame-t-elle fièrement.

Toujours immobile, je redoute la suite. Elle se tourne vers moi, essuie vaguement les pages recouvertes de glace à la rose avec une serviette en papier, puis m'enjoint d'approcher. Il y a trois photos avec des légendes. Sur la première, on ne voit que trois silhouettes d'hommes de dos. Sur la deuxième, une voiture et une main arborant un joli doigt d'honneur qui sort par le toit. Néanmoins, sur la dernière…

– Oh mon Dieu ! s'écrie Angélique avant d'éclater de rire.

Je n'aurais pas dit mieux.

Une paire de fesses écrasée contre la vitre arrière de la voiture semble se moquer du photographe. Je me redresse et hausse les épaules à l'attention de Méline.

Où est-ce qu'elle veut en venir ? Je suis presque soulagée d'assister à une énième élucubration de ma meilleure amie.

– T'as les yeux sélectifs, toi, marmonne-t-elle. Regarde !

Elle pose son doigt sur la photo du conducteur. Et… Ouais, ça ressemble incroyablement à Thibault, mais bon…

– Lis ! insiste-t-elle. Et après, je m'occuperai du cas *Noah-montre-sa-lune-à-tout-le-monde*.

En soufflant, j'attrape le magazine et me penche pour lire les légendes.

Mon monde s'effondre. Devant moi s'étale une vérité que je refusais de voir. Il a fallu un magazine et une Méline obstinée pour que mes œillères me soient violemment arrachées.

« Hier soir, trois des membres du célèbre groupe de rock SOON ont été aperçus en très bonne compagnie au *Troubadour* à Los Angeles ! On remarque encore et toujours l'absence du charismatique guitariste, Soul. Est-ce le début de la fin pour Slave Of One Night ? Lequel lancera sa carrière solo le premier ? Les paris sont lancés. »

« Fortement alcoolisés, Tray, Colas et Noah ont quitté le club à bord d'un véhicule aux vitres teintées. Heureusement, aucun accident n'est à signaler pour cette fois ! »

« Comme nous le prouve Noah, les SOON ont encore à cœur de perpétuer le bon vieux *Sex, Drugs & Rock'n'Roll* ! À quel point la déchéance de Soul a-t-elle rejailli sur le reste du groupe ? »

La dernière légende illustre la voiture de profil assortie de fesses en gros plan.

Comment ai-je pu complètement ignorer que derrière Thibault se cache Tray, le leader des Slave Of One Night ? Comment ai-je fait pour occulter tous les indices ? Je ferme les yeux, souhaitant de toutes mes forces que ces photos ne soient que le produit de mon imagination. Mon cœur cesse de battre ou bien j'arrête de respirer. Je ne sais plus. Dans un premier temps, mon esprit a encore du mal à faire toutes les connexions, mais petit à petit, les pièces se mettent en place, tel un puzzle géant aux multiples combinaisons… Comme un de ceux dont Léa raffole.

J'ouvre péniblement les paupières et lis une deuxième fois pour être certaine de ne pas halluciner. J'examine chaque photo alors que le profil de Thibault me nargue.

Je me sens vide. Je me sens idiote.

Lentement, je relève la tête en papillonnant. J'ai l'impression d'être tombée dans le terrier du lapin. Mes oreilles bourdonnent, comme si j'avais la tête sous l'eau. Je n'entends plus rien. Un petit rire hystérique franchit la barrière de mes lèvres crispées.

Figées, mes amies me dévisagent, les yeux écarquillés. J'empêche Angélique de parler en posant l'index sur ma bouche.

– Schhhh…

Mécaniquement, je me mets debout, ramasse mes affaires sans oublier de prendre le *Voici*. Je fais signe aux filles que je rentre chez moi et sors de chez Pic'Assiette, au bord de la nausée.

J'inspire un bon coup puis change d'avis. Je décide de me rendre au seul endroit où la logique m'intime d'aller.

CHAPITRE 49
À Cœur & À Cri

LISA

Arrivée à destination, j'appuie sur le bouton de l'interphone et patiente, le cœur au bord des lèvres. Je m'oblige à respirer profondément pour ne pas vomir sur le trottoir. Mécaniquement, je resserre ma queue-de-cheval et lisse mes cheveux alors que mon apparence devrait être le cadet de mes soucis.

– Oui ?

Mon cœur se morcelle. Les dents serrées, je force ma trachée à se détendre.

– C'est-c'est L-li-Lisa.

– Je t'ouvre, monte !

La porte d'entrée passée, je lève les yeux sur cet escalier au parfum de cire et amorce la montée, déterminée. Le souvenir vivace de la toute première fois où je suis entrée dans cet immeuble m'arrache une larme. Chaque marche franchie est une pièce qui s'imbrique dans mon esprit. Tous ces indices dont je n'ai pas su voir l'évidence.

Une marche. Tray ou Thibault ?

Une marche. Un musicien très doué avec un talent pour le chant.

Une marche. Originaire de Lille.

Encore une. Vit à Los Angeles.

Une marche. Parti en déplacement…

Une autre. Au magasin de vêtements, Léa a dit qu'il revenait des States. Il y a un peu plus de trois semaines…

Une marche. Noah… Un batteur.

Une marche. Colas… Musicien aussi. Ils jouent ensemble !

Une marche. Le vendeur extatique au magasin de musique.

Une énième marche. L'argent qui ne pose pas de problème. L'achat de la guitare. La privatisation de la salle du restaurant. Bob et sa réaction, pas si délirante finalement.

Une satanée marche. La chanson au KaraFun. Le flash dans la rue.

Une foutue marche. La signature de l'autographe à la plage. Ses hésitations.

Une putain de marche. Les photos. Les légendes.

En réalité, tout ça n'est qu'une grosse mascarade. Une relation fondée sur un mensonge si énorme que j'ai la sensation d'avoir été abusée.

Il m'a confirmé faire de la musique pour le cinéma. Il m'a caché sciemment la vérité. Il m'a menti.

Je me secoue et accélère mon ascension. Dans mon esprit tournent aussi tous les petits bonheurs que nous avons vécus ensemble. Des moments simples. Des moments heureux. À deux, avec sa fille ou avec ses amis.

Qui est véritablement Thibault ? Et surtout, pourquoi m'avoir caché sa véritable identité ? Combien de fois dans une vie peut-on se tromper sur un homme ? Combien de temps me faudra-t-il pour me rentrer dans le crâne que ma naïveté est une tare dans ce monde de dupes ? Comment se fait-il que je ne me sois aperçue de rien ? Mon père a-t-il raison sur toute la ligne ?

Suis-je vraiment « inutile », « incapable » et « idiote » ?

Je suis une pauvre quiche.

Sur le seuil de son appartement, je n'hésite pas. J'ai besoin de savoir. J'ai besoin de comprendre. Et surtout… J'ai besoin de le voir.

Je frappe sèchement trois coups contre le battant, qui s'ouvre sur lui.

– T-t-Tray.

– Bonjour, ma petite pêche ! Je t'ai déjà dit de m'appeler Thibault, me reprend-il en m'attirant dans ses bras.

Malgré ma tête qui n'est pas d'accord, je m'alanguis contre son corps accueillant. Le mien vient de lâchement me trahir.

Thibault pousse la porte, qui se referme derrière moi. Il s'est rasé et a rafraîchi sa coupe de cheveux.

Il est magnifique. Son magnétisme brouille mes pensées. Je me morigène intérieurement : pas question de me laisser distraire.

– Tu as déjà fini ta journée ? Tu as mangé ?

Je me raidis et serre les poings en me rejouant la fin de mon déjeuner. Je recule d'un pas, le ventre noué. Alors que je relève la tête sur son visage, mon cœur bat la chamade. Mes lèvres peinent à s'ouvrir mais finissent par m'obéir.

– Ou-oui.

Alors que ses yeux balaient mon visage, il fronce les sourcils. Les nerfs à vif, je cherche mes mots. Mon bégaiement ne m'a jamais semblé aussi handicapant qu'à cet instant. Seulement, je ne suis plus la fille qu'il a rencontrée sur une application et qu'il intimidait d'un simple regard.

Grâce à lui, entre autres choses, je me suis endurcie.

– Ça ne va pas ? Tu sembles tendue, constate-t-il en me faisant entrer dans le salon.

Un fin psychologue...

Sans lui répondre, je plonge la main dans mon sac et en extirpe le magazine qui est encore plié à la « bonne » page. Toujours muette, je le claque sur la table basse et lui indique les photos de l'index, sans le quitter du regard. Je guette sa réaction avec un intérêt presque malsain. Ses yeux se plissent, puis son attention se reporte sur le papier glacé.

– Et merde ! s'exclame-t-il.

Vif, il se saisit du journal et se met à lire attentivement l'article. Il grince des dents, souffle et finit par relever son visage crispé vers moi.

– Que des conneries, grogne-t-il en reposant brusquement mon *Voici* sur la table.

Il se fout de ma gueule !

– Q-q-qu'est-ce q-q-qui est-est-est… Grrr.

Le serpent invisible resserre sa prise autour de ma gorge et bloque mon débit. Par réflexe, je pose la main sur mon cou et frotte ma peau, non sans le fusiller d'un œil noir.

– Des conneries tous ces trucs ! assène-t-il les mains sur les hanches et les traits tendus.

– Sla-Slave Of-Of-Of One N-n-n-ni-Night ? V-v-vrai-vraiment ?

Ma voix n'est plus qu'un coassement grinçant.

– Un s-s-s-simp-p-p-ple mu-mu-musicien d-d-d-de f-f-f-films ?!

Mes joues brûlent de colère.

– Tu-tu-tu es une s-s-s-st-t-t-tar ! B-b-bon sang ! T-t-tu n'es p-p-pa-pas n'imp-p-p-porte qui !

Furieuse, je ne retiens même pas les postillons qui sortent de ma bouche et qui me font habituellement honte.

– Jé-jé-j'ét-t-t-tais en d-d-d-droit de-de savoir ! Non ?

Ma voix part dans les aigus. J'essuie la bave sur mes lèvres d'un revers de la main.

– Vous êt-t-tes un groupe co-co-connu, c'est p-p-pa-pas rien ! Vous v-v-vous êtes b-b-bien m-m-mo-moqués d-de-de moi !

Montée sur ressorts, je fais plusieurs allers-retours entre la table basse et la fenêtre avant de me figer. Il conserve toujours le silence. Comme un aveu.

Sur son visage, plusieurs émotions défilent : surprise, colère, gêne, tristesse.

Défaite.

Dans mon esprit : humiliation, humiliation, humiliation. J'ai chaud. J'ai froid. Même mon corps ne sait plus ce qu'il en est ! Je suis détruite, il a réussi.

– Tu-tu-tu compt-t-tais me-me-me le d-d-di-dire un j-j-jour ?

Il courbe l'échine et ses épaules s'affaissent. Thibault se laisse tomber sur le canapé, les avant-bras sur les cuisses et les mains jointes sur ses genoux, il relève la tête et plante son regard perçant dans le mien.

– Oui, assène-t-il franchement.

Mon cœur implose tandis que l'amertume nappe mon palais. Je le connais à présent, je sais que c'est faux, mais il en semble si convaincu.

– T-t-tu… tu m-m-m'as m-m-men… menti !

– Non ! Non, je ne t'ai jamais menti ! Bien au contraire ! s'emporte-t-il en se redressant. Juste, je ne t'ai pas tout dit parce que j'avais de bonnes raisons de le faire.

– Il-il n-n-n-n'y a au-au… aucune b-b-b-bo-bo-bonne rai-rai-raison de m-m-ma-m'avoir t-t-t-tromp-p-p-pée sur t-t-t-tou-toute la l-l-l-li-ligne ! T-t-tu m-m-ma-m'as d-d-dit d-d-de t-t-te faire con-con… confiance !

Alors qu'il jure en grinçant de nouveau des dents, il manifeste presque plus de colère que moi. Se rendant certainement compte de l'absurdité de sa réaction, il relâche son souffle en passant les mains sur son visage.

– Excuse-moi, Lisa, laisse-moi t'expliquer, s'il te plaît, supplie-t-il. Ce n'est pas ce que tu crois. C'est tout, sauf un jeu.

Un jeu…

Naïve, mais pas complètement idiote, je décide de ne pas faire comme ces héroïnes de romance écervelées qui s'enfuient avant d'avoir écouté les explications et restent sur un malentendu.

Y a-t-il seulement un espoir que tout ça ne soit que ça… un malentendu ?

– V-v-va-vas-y, l'intimé-je.

Il se relève l'air déterminé puis se passe la main dans les cheveux.

– Tout est vrai. Enfin, pas ce truc, précise-t-il en montrant le magazine qui gît sur la table.

Après une inspiration, je retrouve devant moi l'homme sûr de lui et maître de ses émotions qu'il incarnait lors de nos premières rencontres. Il s'approche, soulève mon menton d'un doigt et accroche mon regard de ses yeux verts assombris.

Malgré l'envie de me reculer, je tombe sous son emprise magnétique. Son masque bien en place, il commence à parler d'un ton ferme :

– Je m'appelle Thibault Macray, mais dans le groupe, mon nom est Tray. J'ai changé de coiffure et rasé ma barbe pour modifier mon apparence avant d'activer mon inscription sur Pick Me. Oui, je suis un membre des Slave Of One Night, tout comme Colas, Noah et Soul, et tu connais notre musique. Nous habitons depuis plus de dix ans à Los Angeles, nous sommes connus dans le monde entier… Enfin, tu le sais, ça, soupire-t-il en se pinçant le nez. Nous gagnons très bien notre vie. Il y a trois semaines, nous avons fait un saut aux States pour voir Soul, et un soir, nous sommes sortis dans ce club. En revanche, je n'étais ni saoul, ni « bien entouré », gronde-t-il avant de continuer. Il faut me croire.

Je jette un œil au magazine avant de croiser de nouveau son regard fiévreux. Mes pensées s'embrouillent et les mots se précipitent sur ma langue sans se ranger dans le bon ordre. Qu'il ait été photographié à la sortie d'une boîte de nuit n'est pas le problème. Qu'il ait été avec d'autres femmes avant moi, je m'en doute. Qu'il gagne très bien sa vie, je m'en fous. Il n'a pas l'air de se rendre compte qu'il est en train de noyer le poisson. C'est une star, bon sang !

Devant mon mutisme, il reprend :

– Je viens d'avoir trente et un ans. Et même si ma vie peut sembler trépidante sur le papier, je me sens seul. J'ai envie de trouver le bonheur auprès de quelqu'un qui m'aime réellement. Pas quelqu'un qui veut mon argent ou profiter de ma célébrité. Je craignais de te dire la vérité, car je ne voulais pas que tu me regardes autrement. Tu ne peux pas le nier, tu me vois différemment aujourd'hui.

– T-t-tu…

– J'avais peur de te faire fuir, Lisa ! Tu es si timide et réservée, et tu le comprends maintenant, vivre avec moi n'est pas de tout repos.

Je cligne des paupières pour contrer les larmes au bord de mes cils.

– Je t'assure que tout ça, ce truc entre nous, c'est tout ce qu'il y a de plus réel, ajoute-t-il en nous désignant tour à tour. Je tiens à toi. Lisa. Pardonne-moi, je t'en supplie.

Les moins jointes, il m'implore avant d'essuyer du bout du doigt la larme finalement échappée sur ma joue. Je frémis à son contact, mon corps réagissant, comme toujours, au moindre de ses gestes.

Mon Dieu ! Comme j'ai envie de le croire !

Le silence de l'appartement pèse entre nous. Nous nous dévisageons en chiens de faïence pendant plusieurs interminables secondes. Son discours tourne en boucle dans ma tête. J'ai envie d'écouter ses arguments, mais je ne parviens pas à passer outre sa trahison. Qu'il se présente en tant que Thibault, je l'entends, mais qu'il nous laisse créer une relation de confiance sans me parler de Tray remet ses intentions en question. Pourquoi devrais-je croire qu'il en a quelque chose à faire de notre couple ? Comment pouvait-il envisager un avenir avec moi sans me parler de ce qu'il est au plus profond de lui ? Au contraire de lui, je lui ai livré mes handicaps, mes états d'âme, mon enfance difficile. J'ai été honnête. Lui, non.

Finalement, je parviens à rétorquer d'une voix basse, la gorge serrée :

– Ça-ça change t-t-t… tout p-p-pour moi.

CHAPITRE 50

R@m@sser Les Miettes

LISA

Les yeux écarquillés, il se recule dans le fond de la pièce avant de revenir vers moi, le regard fiévreux.

– Ça ne change rien. C'est toujours moi ! Ce n'est jamais que moi : Thibault !

Il ponctue sa phrase en frappant son poing contre sa poitrine.

– Je-je n-n-ne sais p-p-p… plus qui-qui t-t-tu es, T-t-t… Tray.

Je sursaute quand il me tourne soudain le dos. Il se baisse devant le buffet, ouvre le placard et sort une bouteille de whisky qu'il débouche avec les dents. Alors qu'il se serre un verre, je l'observe avec inquiétude.

Je ne l'ai encore jamais vu en colère. Contrarié, oui. Furax, non.

– Très bien. Qu'est-ce que tu veux savoir ? Que faut-il que je te dise pour te convaincre ? martèle-t-il d'une voix ferme, en avalant une gorgée du liquide ambré.

Je serre mes mains tremblantes entre elles pour me calmer. Je suis si déçue, si furieuse que je ne parviens plus à parler. J'y croyais tellement à cette histoire. Je croyais tellement en lui.

– P-p-pou… pour-quoi ?

– Pourquoi j'ai préféré garder l'anonymat ?

– Ou-oui.

– T'imagines un chanteur d'un célèbre groupe de rock qui rejoint un site de rencontre ? ricane-t-il, sarcastique. On dirait le début d'une mauvaise blague… Une heure après mon inscription, j'aurais eu le droit à des articles du genre de cette merde que tu m'as rapportée, explique-t-il dédaigneusement.

Une mauvaise blague ? C'est tout ce que notre relation lui inspire ?

Je secoue la tête et tente de freiner la douleur qui irradie ma poitrine.

– T-t-ton image est p-p-plus imp-p-port-t-t… tante que-que moi alors ? T-t-tu as p-p-pen-pensé à m-m-moi ?

Il écarquille les yeux et me répond par un sourire mélancolique.

– Tout le temps ! Je pense à toi tout le temps, Lisa. Tous les jours. Je me demande comment tu vis notre relation et ce que tu penses de moi. Je suis complètement dans le flou avec toi, je ne connais même pas tes sentiments. Tu ne me parles pas de ce que tu ressens, là ! s'écrie-t-il en pointant son cœur.

Dans un sens, ni l'un ni l'autre n'avons encore parlé à cœur ouvert. Il a raison. Nous nous sommes retenus. Tandis qu'il me cachait sa véritable personnalité, je ne me livrais pas sur mes sentiments pour lui.

Sa jambe tremble nerveusement alors qu'il martèle le sol de son talon nu, la tête baissée. Que dire ? Que je ne sois pas prête à lui parler de ce que je ressens ne légitime pas ses mensonges pour autant. Et ce n'est plus le moment de lui dire que je croyais, au plus profond de moi, qu'il était l'homme de ma vie.

Soudain, il relève la tête et plante ses iris flamboyants dans les miens.

– Sois honnête, Lisa. Si je t'avais annoncé d'emblée que j'étais Tray des SOON, est-ce que tu m'aurais donné une chance ?

Le sang quitte mon visage. Je me tords nerveusement les doigts. La question est pertinente. Lui aurais-je donné sa chance si j'avais su qu'il était un chanteur célèbre ?

– Sans d-d-dou… doute pas, avoué-je entre mes dents serrées.

Ça aurait même été inconcevable ; j'aurais pris mes jambes à mon cou.

– Tu sais ce que ça implique, une vie avec moi ?

Fébrile, je secoue la tête en attendant ses explications. Il boit une gorgée avant de se lancer :

– Ça signifie être exposée en permanence, n'avoir quasiment plus de vie privée, trouver sur Internet des photos de toi en train d'acheter une brique de lait. Ça signifie m'attendre parfois pendant des jours ou même des semaines que je revienne de tournée. Ça signifie accepter mes moments de doute quand l'inspiration ne vient pas, accepter que mes potes m'appellent à n'importe quelle heure pour me parler de leur vie ou d'un morceau sur lequel ils sont en train de travailler. Est-ce que tu es prête pour tout ça ? me demande-t-il, incisif.

Je n'ai pas de réponse à lui apporter dans l'immédiat.

Il me demande de digérer cette bombe en quelques secondes alors qu'il a eu des semaines pour m'avouer la vérité. Cette vie, je n'aurais jamais pu l'imaginer, il y a seulement une heure. Ce n'est pas un peu prématuré ?

Comment veut-il que je lui réponde alors qu'il m'a menti ?

Je me trouve face au vrai Thibault. Après avoir découvert son côté impulsif, sa volonté de ralentir la cadence et de prendre notre temps m'a naïvement séduite. En vérité, il était résolu à me cacher qui il était réellement. Maintenant qu'il se trouve au pied du mur, son naturel revient au galop. Est-ce que je suis capable de vivre une histoire avec « ce » Thibault que je ne connais pas ?

– Je-je n'en s-s-s-sais rien, T-t-t-Thi… bault, soupiré-je. Et m-m-moi d-d-dans t-t-t… tout ça ?

Son regard se voile alors qu'il ingurgite une nouvelle gorgée de whisky.

– Toi ? murmure-t-il. Toi, tu es ma lumière. Tu me rends meilleur, plus réfléchi, plus posé aussi. Bon, et plus idiot sûrement. Je veux me projeter dans l'avenir avec toi.

Un sourire amer se dessine sur ses lèvres alors que je ne cesse de le fixer. Le regarder me fait tellement mal que je ne retiens plus mes larmes. Un sanglot s'extrait alors de ma gorge nouée.

– Je-je n-n-ne sais p-p-p… plus.

Je pense comprendre son point de vue, mais est-ce que ça en valait la peine ? Quand on voit le résultat…

Je me baisse lentement, saisis l'anse de mon sac à main avant de balayer mes larmes rageusement.

– T-t-tu sais, j'ai-j'ai com-compris…

Ses yeux se radoucissent alors qu'il amorce un pas dans ma direction.

– Que-que t-t-t-tu n-n-ne m-m-me l'aurais ja-ja… m-m-mais dit.

Il se fige et laisse retomber ses bras le long du corps, les traits torturés.

– Lisa…

Tandis qu'il tend la main vers moi, je siffle entre mes dents et le regarde une dernière fois. J'imprime cette image et regrette de devoir ne conserver de lui que le souvenir d'un homme au visage défait.

J'avance vers la porte telle une condamnée à la potence. Je m'étais promis que ce serait le dernier homme à qui je donnerais une chance. Je ne m'étais pas trompée. Avec mon cœur brisé, il sera bien l'ultime mec à me faire du mal.

– Tu-tu m'as t-t-trahie.

La main sur la poignée, j'entends sa respiration saccadée et ce verre qu'il repose brutalement sur le buffet. Je ne sursaute même pas, anesthésiée.

– Tu-tu m'as p-pa-par… lé de-de con-confiance, terminé-je amèrement en secouant la tête.

Ébranler la chose qui me fait défaut depuis que je suis enfant était cruel.

J'ouvre la porte, et alors que le parfum de cire m'assaille, je quitte définitivement l'homme qui vient de mettre mon cœur en pièces.

Je tire doucement le battant, puis le petit « clic » signe la fin de ce qui aura été un bel intermède. Depuis le milieu de l'escalier, j'entends un fracas suivi d'un bris de verre qui vient du dernier étage. Je m'arrête deux secondes, puis je reprends ma descente. Un cri rauque et prolongé résonne entre les murs de l'entrée.

La douleur est partagée.

Lorsque j'atteins la rue, les rayons du soleil ne parviennent pas à me réchauffer. Je grelotte et referme les bras autour de ma poitrine avant d'amorcer difficilement le chemin du retour.

Arrivée chez moi, j'éteins mon portable qui affiche plusieurs messages et referme ma porte à clé. J'ai besoin de solitude et de calme pour panser mes plaies. Sans réfléchir, je pars donc m'allonger dans mon lit avant d'étreindre un oreiller. Le visage plongé dans les draps, je pleure. De longs sanglots de plus en plus bruyants s'échappent de ma gorge. Le temps a beau s'étirer, je ne parviens pas à endiguer le flot.

J'ai quitté Thibault.

J'ai quitté l'homme qui m'a redonné de l'espoir. Celui à qui j'avais appris à faire confiance. Celui qui m'a acceptée toute entière pour mieux me trahir.

Il ne me reste plus qu'à colmater les brèches de mon cœur fracassé.

CHAPITRE 51

M@uv@is(e) Foi(e)

TRAY

Cinq jours. Cinq jours interminables. Cinq jours et cinq nuits sans nouvelles de Lisa hormis un « Je vais bien » laconique en réponse à un SMS parmi les dizaines que je lui ai envoyés. Quand je lui avais promis de l'inonder de messages si l'occasion se présentait, je ne pensais pas que ce serait quand elle me quitterait.

Et elle m'a quitté. Voilà la triste réalité. Ce que j'avais anticipé a fini par se réaliser. Dès qu'elle a su qui j'étais, elle a pris la fuite.

Depuis, je noie ma peine et ma colère dans le whisky et la musique. Léa a bien tenté de me faire sortir de l'appartement, mais elle a rapidement abandonné face à mes grognements. Pourtant, je m'en veux de l'avoir rabrouée. Ma fille n'est en rien responsable de l'échec de ma relation avec Lisa.

Tout est ma faute. Je n'ai pas pris la pleine mesure des conséquences de mes actes. Maintenant, je le paie.

Avachi dans mon canapé, je gratte sans entrain les cordes de ma bonne vieille sèche. Avant que la cendre ne tombe sur le tapis, j'attrape ma clope pour l'écraser dans le cendrier qui déborde de mégots. Au diapason de mon humeur, le salon se trouve dans la pénombre. Cette fin de journée sonne le début d'une sixième nuit sans elle…

– Tray ? Tu es là ?

Couvrant le « toc-toc » discret, la voix légèrement rauque de Sophie traverse la porte d'entrée. Je ne l'ai pas revue depuis le week-end merveilleux que nous avons passé tous ensemble au Touquet. C'était il y a moins d'une semaine. C'était il y a une éternité. Je ne sais pas pourquoi elle vient me voir et je n'ai pas envie de me montrer sous un mauvais jour, alors je ne réponds pas. Cependant, elle frappe plus fort à la porte.

– Tray ! C'était une question rhétorique, je sais que tu es là, ricane-t-elle. Ouvre-moi, s'il te plaît. J'ai besoin de te parler. C'est à propos de Léa, précise-t-elle en vue de me faire flancher.

Je me lève pour déverrouiller la porte. Dans sa tenue de travail et parfaitement maquillée, Sophie entre en complet décalage avec mon look « post-rupture ». Elle retrousse le nez en me jaugeant de la tête aux pieds.

– Tu as une sale gueule, marmonne-t-elle. T'es malade ?

Je secoue la tête. Par flemme, je ne me suis ni rasé ni coiffé cette semaine. Et si je suis passé sous la douche tous les jours, j'ai néanmoins enfilé les mêmes fringues. Le jean doit tenir debout et le t-shirt maintenant froissé pue.

– Tu sais que j'aime beaucoup les mots doux. Entre, l'invité-je d'un geste du bras.

Avant d'aller s'asseoir, Sophie appuie sur l'interrupteur et pousse un petit cri surpris. Avisant le désordre, elle avance aussitôt jusqu'aux fenêtres qu'elle ouvre en grand. Les mains sur les hanches, elle se retourne en fronçant les sourcils.

– Mais qu'est-ce qu'il se passe, Tray ? D'abord, tu jettes ta fille mercredi, et aujourd'hui je découvre que tu habites dans une grotte. C'est quoi le projet exactement ? me provoque-t-elle en balayant le salon du regard.

Je hausse les épaules, indifférent. Je dois heurter sa maniaquerie, mais je m'en balance. En soupirant, elle me rejoint dans le canapé en prenant soin de ramasser le plaid et un coussin au passage. Une fois installée, Sophie les pose avec précaution sur l'accoudoir. Elle avise la bouteille de whisky et le cendrier avant de me jeter un coup d'œil inquiet. Repliant une jambe sous sa cuisse, elle se tourne vers moi. Une lueur de tristesse traverse ses iris émeraude tandis qu'elle oscille légèrement la tête. Je suis conscient que l'image que je renvoie aujourd'hui fait écho à celle de mes débuts dans le star-system.

– Bon, je répète : qu'est-ce qu'il se passe ? s'enquiert-elle plus fermement.

Je ne pense pas que Sophie soit la bonne personne à laquelle me confier. D'ailleurs, je ne connais personne avec qui je pourrais le faire… Mes potes me balanceraient des « On te l'avait dit, abruti ! » Léa n'a pas l'âge d'écouter mes problèmes d'adulte. Mes parents ne comprendraient sans doute pas mon attitude et me feraient culpabiliser d'avoir malmené une femme.

Je souffle et détourne le regard pour échapper à l'inspection de Sophie.

– Rien.

Les yeux plissés, la mère de ma fille me sourit tendrement en lissant négligemment son pantalon impeccable.

– Pas de ça avec moi, Tray. On se connaît depuis assez longtemps pour savoir quand il y a un truc qui cloche chez l'autre.

– Comme un vieux couple, tu veux dire ? rétorqué-je.

Elle se crispe et pousse un court soupir avant de lever furtivement les yeux au ciel.

– Comme de vieux amis. C'est ça que je veux dire, murmure-t-elle.

Sous son œil assassin, je tends la main vers mon verre à moitié plein et bois une gorgée.

– Je te sers un truc ? lui demandé-je en désignant la bouteille devant moi.

Elle grimace.

– Je ne suis pas là pour ça. Allez, raconte-moi, m'incite-t-elle. C'est Lisa ?

– Je croyais que tu venais pour Léa, éludé-je, piqué par sa perspicacité.

– C'est vrai et on en parlera, mais je crois que ton cas est bien plus préoccupant que celui de ta fille, me dit-elle d'un ton tout maternel. Léa s'inquiète pour toi, d'ailleurs, elle te trouvait une petite mine. En revanche, elle ne m'avait pas dit à quel point.

Ses paroles me font mal. Je passe la main sur mon visage et prends mon temps pour choisir mes mots. Je laisse tomber ma tête sur le dossier du canapé et contemple le plafond. Autant cracher le morceau.

– Ouais, c'est Lisa, soufflé-je, la gorge serrée.

– Que s'est-il passé ? Vous aviez l'air de si bien vous entendre tous les deux.

Sa voix légèrement rocailleuse me parvient assourdie. Je relève la tête et m'aperçois qu'elle a mis sa main devant sa bouche pour étouffer un bâillement.

– Il semblerait que j'ai merdé, Soph', ricané-je tristement.

– C'est-à-dire ? me demande-t-elle d'un ton sec, les traits tendus.

Si elle pense que je lui ai fait du mal, elle est loin du compte. Ce serait plutôt l'inverse.

– Elle a découvert pour le groupe et le reste, avoué-je, penaud.

Au petit claquement de langue désapprobateur, je sais déjà ce qu'elle va me reprocher.

– Ouais, je sais, vous me l'aviez dit, anticipé-je en soupirant de lassitude.

Elle secoue la tête et se détend.

– C'est vrai. On te l'avait tous dit, même Léa, renchérit-elle. Mais je ne comprends pas, que te reproche-t-elle exactement ? D'être célèbre ?

– Apparemment. Ce qui me fait dire que j'avais raison, elle n'est pas prête pour partager ma vie, assené-je.

Mon intuition était la bonne. Mais aurait-elle été prête un jour ?

– C'est curieux parce que j'ai beaucoup discuté avec Lisa le week-end dernier et, au contraire, je trouve que vous allez bien ensemble. C'est vraiment une fille adorable. Nous nous sommes bien amusées toutes les deux. C'est vrai qu'elle est ton opposé, mais ça équilibre votre relation, non ? Et puis, elle ne m'a pas semblé craindre Noah et Colas, termine-t-elle dans un éclat de rire.

Surpris, je me redresse et repose mon verre sur la table basse. Aucune femme que Sophie a croisée à mon bras ou chez moi n'a jamais eu l'air de trouver grâce à ses yeux. Elle les méprisait, ou au mieux, elle les ignorait.

– Tu trouves que nous allons bien ensemble ? demandé-je, plein d'espoir.

La tête tournée vers le buffet, elle se redresse et replace ses jambes droites dans une position plus sérieuse. Les doigts croisés sur son ventre, elle baisse son visage vers moi et pousse un long soupir.

– Bien sûr, et c'est pour ça que je ne comprends pas votre rupture. Elle m'a même avoué être très attachée à toi. Alors soit tu ne me dis pas tout, soit elle joue vraiment bien la comédie et m'a roulée dans la farine avec talent.

Après un mouvement de recul, je grimace.

– Il se peut que Lisa ait très mal pris mon enrobage de vérité, marmonné-je.

– Un mensonge, Tray. On appelle ça un mensonge, ricane-t-elle.

– D'accord, je lui ai menti, mais c'était pour la protéger et pour qu'elle m'aime pour moi !

Je me défends vivement. Trop vivement sans doute parce que Sophie m'adresse une moue moqueuse.

– Alors, si tu lui as parlé sur ce ton-là, je comprends qu'elle ait fui. Écoute, je ne la connais pas très bien, mais elle me semble tout à fait capable de faire ses propres choix. Elle est adulte, et assez grande pour décider elle-même de vivre une histoire avec toi, donc de savoir où sont ses limites. Seulement, sans avoir tous les éléments, je ne vois pas bien comment elle aurait pu faire un choix. En réalité, elle n'a simplement pas supporté que tu trahisses sa confiance. Et je la comprends. Une femme trompée est une femme meurtrie.

Je plonge la tête dans mes mains et déglutis. Se pourrait-il que Sophie ait raison et que Lisa soit seulement blessée par mon mensonge ?

Déterminé à prouver au monde que j'avais raison, que je la comprenais mieux que personne, je ne lui ai laissé aucune chance de me montrer qu'elle était taillée pour cette vie de fou. Sophie dit vrai, je ne lui ai pas fait confiance. J'ai manqué à ma parole. Je suis un lâche.

Lorsque je relève le visage vers elle, je la surprends à étouffer un nouveau bâillement.

– Fatiguée ?

– Comme un samedi soir. La semaine a été dure et Colas m'attend chez moi, me confie-t-elle avec un petit sourire.

Je m'en veux immédiatement de la retenir. De plus, je prends conscience que m'entendre pleurnicher sur mes histoires de cœur doit être difficile pour elle. L'incongruité de la situation me saute aux yeux.

– Je suis désolé de t'emmerder avec mes problèmes.

– Ce n'est rien, balaie-t-elle mes excuses de la main.

En appui sur le canapé, elle amorce un mouvement pour se relever lorsqu'elle se tourne brusquement vers moi.

– Je vais te donner un conseil, Tray, et tu as le droit de ne pas le suivre. Si tu l'aimes vraiment, ne lui dis pas simplement, prouve-le-lui. Fais quelque chose qui lui fera comprendre à coup sûr qu'elle peut désormais te faire confiance. Promets-lui de ne plus jamais recommencer, mais surtout, tiens tes engagements.

– Et si ça ne marche pas ?

– Tu auras essayé, rétorque-t-elle en se levant.

Une main sur le front, je réfléchis déjà à ce qui pourrait faire revenir Lisa pendant que Sophie m'annonce qu'elle prend congé.

– Attends ! Tu voulais me parler de Léa ? l'interpellé-je à la dernière seconde.

Elle grogne pour elle-même avant de se retourner.

– Oui, c'est vrai. C'est à propos de ses études. Elle m'a parlé de son projet de lycée hôtelier, je voulais savoir ce que tu en pensais.

Fier de savoir que Léa ne m'a pas attendu pour en discuter avec sa mère, je souris.

– Elle a l'air de vraiment y tenir, alors je suis d'accord. Et toi ?

– J'avais toujours espéré qu'elle ferait de belles et longues études de droit ou de médecine, mais elle m'a fait prendre conscience que le plus important, c'est de s'épanouir, admet-elle avec un grand sourire. Allez, je te laisse. Bonne soirée.

Elle ouvre la porte, et avant de s'éclipser, se retourne une dernière fois.

– Ah ! J'allais oublier. Demain, c'est le quatorze juillet ! Avec Colas et Léa, on va assister au feu d'artifice à la Citadelle. Tu es le bienvenu si tu veux… t'aérer, me propose-t-elle malicieusement.

Alors que le bruit de ses pas s'affaiblit, je suis soudain pris de tremblements. Je sais exactement ce que j'ai à faire demain.

CHAPITRE 52
Put@ins De P@pillons

LISA

Les mains serrées autour du volant, je fixe le bout de la rue à travers le pare-brise de ma voiture. Garée depuis près de dix minutes, je rassemble mon courage pour enfin mettre un pied dehors et parcourir la cinquantaine de mètres qui me séparent du manoir Bartoli. Les jours de fête, le parking devient inutilisable à cause des barnums et des tables. Forte de mon expérience, je me suis arrêtée dès que j'ai repéré une place libre.

Je suis complètement paniquée à l'idée de me présenter seule à l'anniversaire de Cassandre. Moi qui me faisais une joie de partager ce moment avec Thibault, je vais devoir affronter mon père et les dizaines d'invités, sans son soutien, et avec le cœur brisé. Je n'ai pas osé demander à Méline de m'accompagner à la dernière minute. En plus d'une soirée chez moi à pleurer sur mon sort, elle a déjà subi mon humeur morose pendant toute la semaine ; je n'ai pas voulu la lui imposer ce week-end.

Je meurs d'envie de faire demi-tour, mais ma petite voix me souffle que si j'ai eu le courage de m'opposer à Paul Bartoli lorsqu'il était sur le pas de ma porte, je suis capable de passer ce foutu portail et de lui montrer qu'il lui faudra désormais compter avec la nouvelle Lisa.

Malgré notre rupture, Thibault aura au moins eu le mérite de me rendre plus forte.

Thibault…

Penser à lui me fait instantanément monter les larmes aux yeux. Alors que je recevais une pluie torrentielle de SMS depuis mardi, il a cessé de m'en envoyer hier soir. Suis-je irrationnelle si j'ai l'impression de vivre une deuxième trahison ? Je m'étais habituée à lire ses messages, tantôt tristes, tantôt suppliants. Il lui a fallu cinq jours pour passer à autre chose, comme si notre histoire n'avait plus d'importance pour lui.

Après un dernier soupir de désespoir, je repousse mes souvenirs et me concentre sur cette journée qui est aussi l'occasion de revoir Sacha et Romuald. Les yeux fermés, j'inspire longuement par le nez avant de relâcher mon souffle par la bouche. Je répète cet exercice plusieurs fois avant de sentir une vague de sérénité m'envahir. Déterminée, je lâche le volant et récupère mon sac à main ainsi que le sachet qui renferme le cadeau de Cassandre, puis je me dirige vers le manoir.

Ma robe fluide caresse mes jambes. Complétée par ma vieille paire de talons compensés bleu turquoise, cette tenue confortable me donne confiance. Quitte à ne pas me sentir à ma place, autant me sentir bien dans mes chaussures.

En retard sur l'horaire annoncé par Cassandre, j'avance pourtant lentement sous un ciel un peu voilé. Alors que je longe les cyprès qui bordent la rue, les discussions des invités qui s'éparpillent déjà dans les jardins me parviennent dans un brouhaha dense.

Lorsque j'arrive au portail, une silhouette familière se découpe à l'entrée du domaine. Nonchalamment appuyé, une jambe repliée contre le mur de brique, son attention est tournée vers les grandes portes.

Je dois rêver. Il suffit que je pense à lui pour que son fantôme apparaisse. En revanche, un fantôme peut-il être si beau ?

Serrant la lanière du sac jusqu'à me rentrer les ongles dans la paume, j'arrime mes pieds au sol et cligne plusieurs fois des yeux avant de comprendre qu'il est réel. Que fait-il ici ? Le cœur battant la chamade, j'embrasse d'un regard neuf l'homme que j'ai appris à connaître en dehors de son environnement de rockeur mondialement connu. Il porte une chemise et une cravate satinées qui accompagnent son éternel jean noir. Ses verres fumés bien en place, il ne bouge pas et semble attendre quelque chose.

Comme d'habitude, il est à tomber. En réalité, il n'a pas changé, il est resté le Thibault que j'ai connu grâce à Pick Me. Simplement, je sais maintenant qu'il n'est pas qu'un simple musicien en vacances.

Comme un signe, le reflet d'un rayon de soleil sur une de ses bagues m'éblouit un court instant. J'inspire longuement avant de reprendre ma progression sur ce trottoir qui me paraît désormais interminable.

Alors que quelques mètres nous séparent encore, ma semelle glisse sur des graviers, attirant son attention. Thibault tourne lentement la tête vers moi avant de retirer ses lunettes. Je me fige sous l'intensité de son regard qui illumine son visage resté imperméable. Mon cerveau se remplit de coton devant le désir qui transparaît dans son attitude ; je n'entends plus les conversations à travers la haie ni les bruits de la rue, ni les oiseaux. Je ne sens même plus cette odeur d'herbe fraîchement tondue. Tous mes sens se concentrent sur lui. Il n'y a plus que lui : Thibault.

Après quelques secondes de ce duel de regards, il frémit et, les mains dans les poches, amorce un pas hésitant, puis un deuxième. Je peux encore fuir… Je pourrais passer devant lui et entrer chez mon père sans un regard en arrière, mais mes pieds refusent de bouger. Mon cœur cherche à sortir de ma poitrine, ma gorge se serre. Et ces putains de papillons envahissent mon ventre !

Dans trois secondes, il sera face à moi. Trois… Deux… Un…

– Lisa… murmure-t-il, la voix cassée.

Ce son se répercute dans mon corps ; je frissonne, envoûtée comme au premier jour. Jamais je ne pourrai oublier un homme pareil. Impossible. Chamboulée, je m'efforce d'inspirer calmement avant de prendre un ton que j'espère neutre.

– T-t-ti… Thibault. Que-que f-f-fais-t-t-tu ici ?

Il grimace puis retire la main de sa poche pour la diriger vers mon visage avant de la laisser retomber en soupirant.

– Je t'avais promis de venir pour cette garden-party, alors me voilà, avoue-t-il en faisant un geste vers le portail.

Ébranlée, je m'accroche plus fort à mon sac des deux mains.

– T-t-tu-tu es v-v-venu p-p-pour la ga-ga-garden-p-p-pa… party ?

– Pour toi. Uniquement pour toi.

Je secoue la tête devant son murmure, n'osant croire qu'il se soit souvenu de cet événement malgré notre dispute. Même si je reste persuadée qu'il garde ses torts, je ne peux m'empêcher de penser que nous deux, c'était une évidence. C'est ce qui me fait le plus mal.

– Parce que je veux te prouver que tu peux désormais me faire confiance, continue-t-il devant ma moue dubitative.

Ses yeux suppliants fouillent mon regard. Il hésite à poursuivre alors que ma retenue commence à se fendiller au seul son de sa voix.

– Et parce que notre histoire ne peut pas se terminer, Lisa.

Je reste tétanisée devant lui tandis que sa main se referme en poing. L'entendre dire que lui non plus n'a pas encore tourné la page sur notre relation attise une flamme d'espoir en moi.

– Ah n-n-non ?

Mon filet de voix s'échappe difficilement de ma gorge obstruée par une boule d'angoisse. Un doux sourire illumine ses traits lorsqu'il me répond, armé de son assurance naturelle.

– Non.

– P-p-pou-pourquoi ?

J'insuffle beaucoup d'attente dans ma question, et plus encore dans la réponse.

– Parce que je t'aime, Lisa.

Mon cœur tambourine dans ma poitrine. Je le vois vaciller lorsque je ne réponds rien. Les mots sont sur le bout de ma langue, mais ils refusent de sortir.

Les sentiments que j'ai pour lui ne me font pas hésiter, en revanche, tout le reste me retient : ses excuses non formulées, ma capacité à accepter sa vie sous les feux des projecteurs, ma confiance envers lui mise à mal. Est-ce ça, le sel de la vie de couple ? Suis-je capable de surmonter mes peurs et de me lancer pour une longue vie avec Tray en ne sachant toujours pas qui il est vraiment ?

– Je t'aime et j'ai enfin compris que je t'avais dépossédée de ton libre arbitre, reprend-il. Tu as tout à fait le droit de m'en vouloir de t'avoir caché ma véritable identité. Même si je pensais que c'était la meilleure solution, maintenant je le regrette.

Sa voix tremble.

– T-t-t-tu av-v-v-vais raison… En p-p-partie. Je-je n-n-ne-ne sais p-p-pas si j'au… j'aurais l-l-lai-laissé une ch-chance à T-t-t-Tray. P-p-pa-parce que-que…

Je déglutis et soupire avant de me rapprocher de Thibault. Je lève mes yeux embués vers son visage aux pommettes hautes et au menton volontaire.

– P-p-pa-parce que j-j-j'ai p-p-peur, chuchoté-je sans le quitter du regard.

– Je sais, me répond-il sur le même ton.

Ses lèvres se rapprochent prudemment de mon visage. Son parfum prend le pas sur celui des cyprès. Je lâche mes sacs qui s'écrasent au sol quand deux bras puissants m'entourent. Les émotions à vif, nous nous étreignons comme si notre vie en dépendait.

Je suis effrayée. Effrayée par mes sentiments pour lui. Effrayée par ses sentiments pour moi. Il vient de me parler d'amour. Et j'ai peur. Je meurs de peur.

– T-t-tu m-m-mai… m'aimes ? hoqueté-je.

Sans cesser de me regarder, ses mains se posent sur mes joues comme il adore le faire et, de ses pouces, il caresse mes pommettes, balayant mes larmes.

– Oui. Oui, Lisa, je t'aime. Je voulais te l'avouer depuis un petit moment, mais je redoutais que ce ne soit pas réciproque.

– T-t-tu es id-d-d-diot.

– Pardonne-moi. Pardonne-moi. Pardonne-moi. S'il le faut, je te demanderai de me pardonner chaque jour, durant le reste de ma vie.

Le souffle me manque. Je m'accroche à ses mains, ferme les yeux et laisse reposer mon visage contre sa paume brûlante. Des frissons de plaisir courent sur mon épiderme devenu hyper sensible à son contact.

Quand ses lèvres se posent sur les miennes, je n'ai plus la capacité de penser. Je ne peux rien faire d'autre que répondre désespérément à ce baiser, même si ma petite voix me souffle de ne pas me laisser submerger.

Sois rationnelle, bon sang !

Il m'emporte dans un tourbillon de sensations. Des sensations que je n'éprouve qu'avec lui. Seulement lui. Aucun homme ne m'avait apporté une telle plénitude. Avec lui, je me sens forte, je me sens belle, je me sens… entière.

– P-p-pas d-d-d-d'autres se-se-secrets ? soufflé-je dans son cou.

– Non. Tu sais tout de moi. Le bon comme le mauvais.

– N-ne-ne m-m-me t-t-trahis plus. Ja-jamais.

– Promis, murmure-t-il contre ma bouche.

Il reprend mes lèvres auxquelles il prodigue des trésors de tendresse. Avec douceur, je me soustrais à son baiser afin de pouvoir l'observer quand je lui avoue :

– J-je-je t-t-t'ai… me aussi.

CHAPITRE 53
Offici@liser ?

TRAY

– Bonjour, mademoiselle Bartoli !

Lisa sursaute dans mes bras, ce qui me fait glousser. Les joues rouges d'avoir été surprise par ce couple sensiblement plus âgé que nous, elle s'éloigne de moi et me tourne le dos pour les saluer.

Privée de son contact, ma main en manque se pose sur sa taille.

– A-a-arrête, soupire-t-elle en faisant volte-face quand ils franchissent le portail.

– Jamais, murmuré-je en caressant son visage.

Je suis heureux. La femme de ma vie est devant moi, elle m'a pardonné, et mieux, elle m'aime aussi. Je ne pouvais pas rêver plus belle journée.

Pourtant, inquisiteurs, ses yeux bleus fouillent mon regard.

– T-t-tes p-p-potes ? me questionne-t-elle en mordillant sa lèvre.

Notre discussion n'est pas terminée, j'en ai bien conscience. Je lui dois des explications, et j'espère qu'elles ne changeront rien à sa décision.

– Les gars m'avaient prévenu que c'était une mauvaise idée de te cacher la vérité, soupiré-je en laissant retomber ma main. Ils m'ont dit plusieurs fois de te l'avouer. Après tout, eux aussi te mentaient, je ne m'en rends compte que maintenant. Malgré tout, même aujourd'hui, je ne regrette pas de te l'avoir caché. Je regrette juste la manière dont tu l'as découvert.

– Mmh, v-v-vrai-ment ? grogne-t-elle en ramassant ses sacs tombés à ses pieds. Ça-ça n-n-ne change r-r-rien, t-t-tu aurais d-d-dû me p-p-pa-parler a-a-avant.

– Je voulais que tu connaisses l'homme avant de me comparer à l'image que je renvoie au monde. Thibault et Tray sont deux personnes différentes. S'il n'y avait pas eu cet article de merde, j'aurais pu prendre mon temps pour t'expliquer en douceur. Je commence à te connaître et je sais que tu paniques facilement.

Elle se relève, les yeux plissés.

– Ce n'est pas vrai ? Sois honnête, la provoqué-je.

Lisa retrousse le nez et pose un doigt accusateur au milieu de ma poitrine.

– T-t-tu n'au-aurais pas d-d-dû at-t-t-tendre au-aussi long-t-t-temps, proteste-t-elle.

– J'ai eu peur. Je ne savais toujours pas ce que tu ressentais pour moi, je ne savais pas si notre relation était devenue assez forte pour te retenir, malgré mes bagages.

Rieuse, elle secoue la tête.

– Co-co-comment j-j-j'aurais p-p-pu m-m-moi-même le sa-sa-sav… v-voir, p-p-puisque t-t-tu as t-t-tri… ché dès t-t-ton a… annonce s-sur P-Pick Me.

J'agrippe son index et enferme sa main dans la mienne.

– Lisa, je n'ai simplement pas précisé que j'étais membre des Slave Of One Night, tout le reste est exact.

Après quelques secondes de réflexion, elle marque sa compréhension par un hochement de tête.

– D'ailleurs, tu ne m'as pas reconnu, la taquiné-je en lui tapotant le bout du nez.

– Non, je-je n-n-ne suis p-p-pas t-t-très phy-physio… sionomiste. J-j-j'ai honte, pouffe-t-elle.

Je l'enlace et cale sa tête au creux de mon cou. Je respire son parfum frais et floral qui m'apaise. Ses bras entourent ma taille et elle pousse un soupir de soulagement qui me fait plaisir.

Alors que j'embrasse sa nuque, elle se redresse et attrape ma main, avant d'indiquer le portail d'un doigt.

– P-p-plus t-t-ta-tard, me rabroue-t-elle. On d-d-doit ent-t-t-trer.

Je me détache à contrecœur et l'écoute prendre une longue inspiration avant d'avancer d'un pas. Lorsque j'ai lancé le GPS sur mon téléphone avec l'adresse que Méline m'a donnée, je ne m'attendais pas à tomber sur ce type de résidence. J'attire son attention d'une pression des doigts. Elle me jette un œil curieux tandis qu'un rictus prend naissance sur mes lèvres.

– Toi non plus, tu n'as pas été tout à fait honnête, dis-je en désignant la maison d'un mouvement du menton. Je doute fort que ton père soit un simple chauffeur routier… Tu m'as donc menti.

Elle grimace avant de soupirer. Alors qu'elle semble gênée, je la soupçonne de ne pas m'en avoir parlé pour une raison qui n'a rien à voir avec l'opulence de cette demeure. Je suis persuadé qu'elle entretient des rapports très compliqués avec son père, mais je me promets d'attendre qu'elle se confie d'elle-même pour assouvir ma curiosité.

– Il-il est p-p-p-pa-pa… tron, murmure-t-elle. D-d-de-de sa so-sociét-t-t-té d-d-de t-t-tr… transport.

Elle hausse une épaule pour ponctuer son propos avant de fuir mon regard.

– Très bien, réponds-je sans en réclamer plus. Maintenant, je suis impatient de voir à quoi ressemble une garden-party, déclamé-je en prenant un ton précieux.

Main dans la main, nous remontons l'allée vers l'immense maison puis pénétrons dans un jar… euh… un parc qui accueille des tonnelles sous lesquelles des dizaines de personnes s'agglutinent. Une musique d'ambiance douce s'échappe d'enceintes posées à même le sol.

Nous n'avons pas encore approché la maison et Lisa s'est déjà fait alpaguer trois fois. Et nous n'avons encore vu aucun membre de sa famille.

Dans sa robe blanche à fleurs bleu turquoise, elle est magnifique. Pour l'occasion, elle arbore de nouveau ce chignon qui lui va si bien, lui faisant un port de tête altier. Il me donne tout de même une furieuse envie d'en retirer les épingles.

– Oh, je traîne toujours mes rhumatismes, rit une femme aux cheveux blancs. Enfin, ça ne m'empêche pas de retrouver mon club de bridge tous les jeudis !

À l'abri du soleil, près de ma jolie blonde qui triture nerveusement son collier, j'attrape au vol une flûte de Moët & Chandon et sirote mon champagne en écoutant la conversation d'une oreille distraite.

D'après ce que j'ai compris, Lisa est avec une amie de longue date de la famille.

– Dis-moi, mon petit ange, quand comptes-tu annoncer tes fiançailles au voisinage ? demande-t-elle en tenant les mains de ma jolie blonde dans le creux des siennes.

Alors que je souris en coin, la vieille dame me jette un œil pétillant de malice.

– Euh… p-p-pas t-t-tout de-de suite, Gene-ne-nevièv e, v-v-voyons. C'est-c'est ré-récent.

– Jeune homme, vous devriez faire votre demande rapidement, avant que cette jolie demoiselle ne se fasse cueillir par un autre prétendant plus entreprenant, me confie-t-elle.

Il faudra qu'il me passe sur le corps avant…

– Vous avez tout à fait raison, Geneviève. Je me souviendrai de votre précieux conseil, rétorqué-je avec un clin d'œil en trinquant dans le vide.

La vieille dame rit et embrasse une Lisa rouge tomate, avant de prendre congé et de rejoindre une table ronde où sont réunies des personnes d'un certain âge.

Près de la maison, plusieurs buffets attendent les convives avec une multitude de petits fours, de pains surprise et de verrines de toutes les couleurs.

– On va manger un peu ? J'ai faim, chuchoté-je contre sa tempe.

– D-d-d'ac-cord, accepte-t-elle, le souffle court.

J'adore la voir réagir au moindre de nos contacts. J'attrape sa main après avoir déposé ma flûte vide sur le plateau d'un serveur qui passe.

Avant que nous puissions atteindre la nourriture, deux petites tornades blondes en tout point identiques viennent agripper les jambes de Lisa dans un élan qui manque de la faire tomber.

– Lisa ! Lisa ! s'écrient-ils.

Elle s'abaisse à leur hauteur et les enlace tous les deux.

– B-bon-bon-jour, v-v-vous d-d-deux.

– Tu m'as manqué.

– Moi, encore plus !

– Non, c'est moi le plus !

Tandis qu'un des petits garçons tente de s'agripper à la jambe de Lisa à la manière d'un koala, le deuxième sautille sur place, des étoiles plein les yeux.

– Chhhh, essaie-t-elle de tempérer.

Elle se relève doucement et me présente, les yeux débordant d'affection.

– T-T-Thi-Thibault, v-v-v… voici Ro-Romuald et Sa-Sa-Sa… cha.

– Enchanté, les gars, salué-je.

Droits comme des « I », habillés de pantacourts bleu marine et de chemisettes blanches, les deux gamins hauts comme trois pommes m'examinent le plus sérieusement du monde. Malgré une envie de rire, j'ai l'impression de passer un test pour savoir si je suis digne de côtoyer leur sœur. Néanmoins, quand l'un d'eux tape dans mon poing, le deuxième imite rapidement son frère.

– Tu es l'amoureux de Lisa ? demande l'un.

Alors que Lisa hoquette, je réponds en lui adressant un clin d'œil :

– Oui.

– D'accord, c'est bien, rétorque l'autre.

J'accompagne le rire discret de Lisa. Aussi vite qu'ils sont arrivés, ils repartent en direction d'un groupe d'enfants qui jouent au ballon dans le fond de la propriété.

La maison familiale a beau avoir un certain charme, j'ai beaucoup de mal à imaginer Lisa, gamine, dans ce cadre où tout a l'air pensé pour être tape-à-l'œil et clinquant. Les haies taillées au millimètre. Le gazon anglais. Le petit pont en bois qui surplombe une mare où surnagent des nénuphars. Les parterres de fleurs sans aucune mauvaise herbe. Non pas que je sois allé vérifier, mais tout ça ressemble à un décor de carte postale idyllique dans lequel une petite fille devait se sentir bien seule.

Ça ne colle pas. Lisa vit très simplement dans un petit appartement à Lille. Elle ne porte aucun vêtement de marque. Ses amis ne semblent pas de ce monde. Pourquoi ne parle-t-elle pas plus souvent de sa famille ?

– Lisaaaaa ! s'écrie joyeusement une voix féminine dans notre dos.

Nous nous retournons. Vêtue d'une robe vichy rouge, une grande femme blonde au physique de mannequin arrive au pas de charge dans notre direction. Lisa reprend ma main, ce que le regard perçant de cette femme ne rate pas.

– Je suis tellement contente de te voir.

Sans me lâcher, Lisa l'enlace de son bras libre avant de lui poser un baiser sur la joue.

– B-b-bon anniv-v-v-versaire, Ca-Ca-Cassandre. T-t-t-tiens, dit-elle en lui tendant le sachet estampillé d'une enseigne de joaillier.

Ah, la belle-mère !

Pour le coup, rien à voir avec celle de Cendrillon ou de Blanche-Neige. À moins d'un super chirurgien plastique aux doigts et au scalpel miraculeux, je dirais que cette femme, à quelque chose près, a mon âge.

Lisa me présente comme son copain alors que Cassandre m'étudie d'un œil acéré, s'arrêtant sur chaque tatouage qui revêt mes avant-bras dénudés depuis que j'ai relevé les manches de ma chemise. Il est évident que je détonne dans le décor.

Pourtant, mon instinct me pousse à vouloir faire bonne impression. Je n'ai pas encore bien cerné la relation de Lisa avec sa famille, et je sais que cette rencontre peut avoir son importance.

Je tends la main qu'elle me serre en retour, la gardant un peu plus longtemps que nécessaire.

– Nous nous connaissons, non ? me demande-t-elle en me relâchant avec lenteur.

– Je ne crois pas, non.

– Curieux… J'ai la sensation de vous avoir déjà vu, dit-elle, les sourcils froncés en signe de concentration. Mais je connais quelques Thibault, ça doit être pour ça.

Lisa grommelle, puis elle me regarde en hochant la tête. Heureux qu'elle m'invite à parler de mon métier, je souris à Cassandre.

– Vous me connaissez peut-être sous le nom de Tray.

Elle fronce les sourcils.

– Tray ? Attendez, oui, ça me dit quelque chose… réfléchit-elle en posant un ongle parfaitement rose sur ses lèvres maquillées de la même couleur.

– Slave Of One Night ?

Ses yeux s'arrondissent de surprise lorsqu'elle fait le lien.

– Oh ! Mais oui, bien sûr, le groupe de rock ! Vous êtes le chanteur, c'est ça ? Mais… Vous avez changé, dit-elle en passant vaguement sa main au-dessus de son visage.

– Oui, un peu.

Pendant quelques minutes, elle me pose plusieurs questions sur le groupe et notre musique. Elle me demande même des nouvelles de Soul, dont la cure de désintox dans son centre ultra-luxueux a fuité dans les médias. Elle me confie qu'elle écoute notre musique seulement quand elle est seule dans sa voiture, car son mari, en l'occurrence, le père de Lisa, n'aime pas trop le rock.

Pourquoi cela ne m'étonne qu'à moitié ?

Après s'être enquise de la date de sortie du prochain album, elle tente de me soutirer la promesse de revenir dîner ici dans les prochaines semaines, ce qui, à la grimace discrète de Lisa, ne semble pas une super idée. Néanmoins, Cassandre ne se départ pas de son sourire et se montre adorable avec Lisa et moi jusqu'à son départ, dans un frou-frou de tissu, pour aller saluer un couple qui vient d'arriver.

Après avoir picoré quelques petites navettes fourrées au filet américain et m'avoir présenté à de vieilles connaissances, Lisa m'emmène visiter la propriété.

Derrière la maison, nous longeons une piscine autour de laquelle des invités sont assis sur des transats ou de gros poufs colorés.

Ce domaine n'a rien à envier à ma propre villa sur les hauteurs de Los Angeles...

En silence, nous continuons à nous enfoncer dans le jardin. Après avoir parcouru un chemin sableux qui serpente parmi les bosquets de fleurs, nous arrivons devant un joli kiosque en fer forgé. Quand je me retourne, je constate que, d'ici, on ne voit plus la maison et que nous sommes cernés par la verdure. Comme en dehors du temps, aucun bruit, hormis le chant des oiseaux, ne nous parvient.

– C'est m-m-mon… mon end-d-d-droit p-p-préféré. Q-q-quand j-j-jé… j'étais p-p… petite… commence Lisa.

En soupirant, elle ramasse les côtés de sa robe, puis s'assied sur un des bancs en bois ancien. Je l'imite et, sa main toujours dans la mienne, en profite pour caresser sa peau douce avec mon pouce. Songeuse, son regard s'égare sur les arbres qui doivent représenter la limite du parc.

J'aime sa volonté de se confier à moi, et je sais que je dois lui laisser le temps nécessaire pour maîtriser ses émotions. Je veux être son meilleur ami, celui vers qui elle se tourne en premier quand elle en ressent le besoin. Je veux regagner cette confiance qu'elle me vouait les yeux fermés et que j'ai brisée.

L'odeur d'humus intensifiée par la chaleur de cette journée de juillet est obsédante. Dans cette ambiance bucolique, on se croirait presque en forêt.

À tout moment, je m'attends à voir débouler un lapin ou un chevreuil.

Lisa déglutit avant de reprendre :

– J-je-je v-v-venais ici. Ma-ma m-m-mère li-lisait sur ce banc. Je-je f-f-faisais co-co-comme elle, a-a-après, souffle-t-elle d'une voix tendue.

Je devine qu'elle venait s'isoler. Peut-être rechercher cette présence maternelle trop tôt arrachée. Une petite fille, orpheline de mère, et dont le père ne semble jamais montrer la moindre once de chaleur, se cachait ici.

Un doute s'insinue en moi.

– Est-ce que ton père était… violent ?

– N-non, non ! P-pa-pas c-c-comme ça… Les m-m-mots, m'explique-t-elle mécaniquement.

J'entoure ses épaules et la ramène contre moi avant de lui embrasser les cheveux. Nous restons un petit moment silencieux dans cette position rassurante. Je ne vois pas son visage, mais sa tristesse irradie.

– Son v-v-vi-vi… sage s'efface p-p-pa-parfois. J'ai p-p-peur d-d-de-de l'oub-b-blier.

Je suis bouleversée par la peine qui affleure dans ces mots qu'elle chuchote. Je ne connais pas cette douleur. En revanche, je peux la réconforter.

– Je suis certain qu'elle t'aimait.

– Et je-je l'aim-m-m… mais b-b-beau-beaucoup, hoquette-t-elle. Mais…

Je l'étreins plus fort.

– Elle est p-p-pa-partie b-b-brut-t-t-ta-talement. Pfffiou ! dit-elle en claquant des doigts. Et de-de-depuis, j'ai un v-v-vide, là.

Elle pointe son cœur avant de relever ses yeux voilés vers moi.

– Elle m-m-ma-m'a ab-b-b… bandonnée.

Sa fragilité me secoue. J'entrevois enfin les raisons de son manque d'assurance, de sa peur d'être déçue, et je regrette tellement mon absence de franchise.

Personne ne peut remplacer cette femme pour laquelle elle avait tant d'admiration. L'absence dure et devient donc mille fois plus douloureuse que la perte. Tous les jours, Lisa vit avec ce manque impossible à combler.

Aujourd'hui, je ne peux que lui offrir une vie remplie de voyages, de musique et d'amour. Et me faire une petite place dans son cœur.

– Je ne t'abandonnerai pas. Je suis là, Lisa, avec toi. Tu es une belle personne qui porte en elle la mémoire de sa mère. N'oublie jamais qu'elle est là, quelque part en toi, et qu'elle te donne la force d'être celle que tu es aujourd'hui.

Alors qu'elle m'adresse un pâle sourire, j'essuie une larme sur sa joue rosie et l'embrasse sur le bout du nez avant de caler sa tête dans le creux de mon cou.

Après être restés plusieurs minutes enlacés, nous retournons dans les jardins. Lisa me laisse près du buffet pour aller aux toilettes et j'en profite pour me servir, véritablement affamé. On se croirait à un cocktail d'avant-première où, si tu n'es pas le premier devant les plateaux, tu meurs de faim toute la soirée. Tandis que j'attaque le pain surprise qui me fait de l'œil, je discute avec un charmant couple de sexagénaires. Cependant, quand je remarque que Lisa n'est toujours pas revenue, je m'excuse auprès de mes nouveaux fans et rentre à mon tour dans la maison.

La fraîcheur me saisit. Je découvre un intérieur moderne et chaleureux qui contraste avec la façade traditionnelle de brique. Un couloir semble mener de l'autre côté de la maison et un escalier en cèdre mène vers un étage où je n'ose m'aventurer.

– Lisa, appelé-je doucement.

Alors que j'avance dans le couloir, une voix masculine s'échappe d'une porte, à ma droite. Plus que le timbre, je reconnais le ton du père de Lisa.

Suivant mon instinct, je m'approche du bruit.

CHAPITRE 54

Mettez Du Miel !

LISA

– Tu n'as pas honte d'amener ce… ce… vaurien dans *ma* maison ! Que vont dire mes invités ? Tu n'y as évidemment pas pensé, hein ?! hurle-t-il.

Au mot « vaurien », je me crispe.

Est-ce qu'un jour Paul Bartoli m'a déjà parlé comme un père le fait avec sa fille ? Est-ce qu'un jour il n'a eu aucun reproche à me faire ? Est-ce qu'un jour je l'ai satisfait ? J'ai beau fouiller ma mémoire, aucun souvenir ne me vient.

De toute évidence, ce jour n'est pas aujourd'hui.

Face à face, près de la fenêtre avec vue sur le parc, nous nous défions du regard. Il a fait de cette pièce son territoire, un antre à son image. Triste, vieillotte et surchargée de photos de Cassandre et des garçons. La cheminée Art déco fait même peine à voir, tant elle dénote dans son environnement. Dans son habituel costume trois pièces, il bombe le torse pour m'imposer son autorité.

– Je-je…

La gorge serrée, je ne parviens pas à sortir autre chose que ce pauvre bafouillis qui a le mérite d'arracher un rictus à mon père, dont la veine palpitante à sa tempe me nargue.

– Tu quoi ? Comme d'habitude, tu ne respecteras jamais les règles. Aujourd'hui, il y a des partenaires avec qui je suis en affaires, figure-toi. Je tiens à ces contrats, ma réputation est en jeu.

Le sang me monte au visage alors que je serre les poings à faire blanchir mes phalanges. J'ai envie de cogner, de crier, de taper du pied. De le supplier d'arrêter de me rabaisser.

Bien sûr, son travail passe avant sa famille. Et quoi de mieux que l'anniversaire de sa jeune et magnifique épouse pour épater ces dirigeants d'entreprises aussi grosses et prospères que la sienne ?

Depuis le temps, je devrais savoir que tout ce que fait et dit mon père est calculé, réfléchi. Lorsqu'il s'est présenté chez moi, son seul but était de s'assurer que je ne vienne pas. Aucune politesse, aucune sollicitude, juste le désir de me rejeter. Une nouvelle fois. Si sa descendance bégayante, timide et insignifiante pouvait ne pas ternir son petit monde parfait, il en serait d'autant plus satisfait.

L'idée que ma venue avec un rockeur tatoué et bardé de bijoux bouscule cette machine bien huilée me comble. Je ne suis plus cette petite fille apeurée à la recherche de l'approbation de son père ou même simplement d'un câlin. Je suis devenue une adulte, cheffe d'entreprise, heureuse de sa vie, heureuse en amour. Je dois arrêter de me laisser marcher sur les pieds.

Les lèvres serrées, je peine à ouvrir la bouche pour le lui dire lorsque la porte du bureau s'ouvre, détournant le regard de mon père. Ses sourcils se froncent avant qu'il n'invective le nouveau venu.

– Que fabriquez-vous ici ? Vous n'avez rien à faire dans cette pièce !

– Je cherchais Lisa. Je m'inquiétais pour elle, et je vois que mon intuition était bonne, tonne la voix familière de Thibault.

Les muscles de sa mâchoire se crispent tandis qu'il avance de quelques pas pour tendre la main à mon paternel.

– Je crois que nous n'avons pas été présentés.

Ses principes bourgeois l'obligent à accepter la poignée de main, mais mon père ne se détend pas pour autant.

– Paul Bartoli, propriétaire des lieux.

– Thibault Macray, l'ami de Lisa.

Je crains que cet affrontement ne tourne au vinaigre. Ces deux caractères forts savent camper sur leurs positions et ne laisseront pas l'autre gagner du terrain.

Thibault ne semble pas du tout intimidé face à mon père et le surplombe d'une tête. Néanmoins, Paul Bartoli respire l'assurance des hommes qui ont bâti leur fortune et leur réputation à la seule force de leur travail acharné. La tête haute, il ne se laisse nullement impressionner par la carrure et l'allure de mauvais garçon de Thibault.

– Je sais, grimace le grand chef d'entreprise.

– Que me reprochez-vous exactement ? demande Thibault, le visage fermé, mais avec une volonté évidente d'ouvrir les hostilités.

Un air narquois revient instantanément sur le visage de mon père. D'instinct, je m'approche de Thibault. Son parfum m'apaise. Le savoir près de moi m'insuffle une dose de courage et j'attrape ses doigts. Au contact de sa peau, la mienne se couvre d'électricité. Je remplis mes poumons d'air lorsque la voix de mon père renchérit :

– Disons que j'espérais mieux pour ma fille.

Pour lui plutôt…

Il imaginait très certainement un chef d'entreprise, un jeune homme issu du milieu dans lequel il évolue, un garçon qui aurait fait HEC, porterait le costume-cravate et un nom à particule. Quelqu'un qui l'aime, lui, plutôt que moi.

– Développez, je vous en prie.

Je resserre ma prise sur les doigts de Thibault qui caresse ma paume de son pouce. D'un regard critique, mon père balaie mon petit ami des pieds à la pointe de ses cheveux disciplinés après m'avoir jeté un coup d'œil sévère. Son rictus disparaît pour faire place au masque de l'homme d'affaires, celui qui gère des contrats de plusieurs centaines de milliers d'euros.

– Je ne suis pas très exigeant, je me serais contenté d'un homme qui n'a pas l'allure d'un délinquant et qui exerce un métier honorable.

Foutaises !

– Je ne sais pas dans quel monde vous vivez, mais dans le mien, ça s'appelle du snobisme, lui rétorque Thibault avec un rire sans joie.

– Vous allez me dire que vous êtes avocat ou banquier, peut-être ?

– Non, je suis musicien.

Mon père ricane, sarcastique.

– De mieux en mieux… souffle-t-il en secouant la tête. Dans le métro ou dans la rue ?

Je suis sidérée. Je pourrais lui rétorquer que Thibault est célèbre dans le monde entier, sûrement dix fois plus riche que lui et adulé par des millions de personnes. Pourtant, ce que j'aimerais que mon père comprenne avant tout, c'est que l'homme que j'ai choisi est bienveillant, passionnant et passionné. Sa famille le soutient dans tous ses projets. Il est aimé autant qu'il aime, lui.

L'électricité qui se dégage de Thibault m'atteint de plein fouet. Ses mâchoires se crispent alors qu'il ferme ses mains en poings serrés. Je sais qu'il ne fera jamais rien de fou, néanmoins, par peur qu'un geste ne dépasse sa parole, je dégage ma main de sa prise et la pose sur son bras pour l'apaiser. Ses muscles bandés sont durs comme de la pierre. Si j'hésitais encore sur son état, je n'ai désormais plus aucun doute. La rage suinte par tous les pores de sa peau.

– Sur scène, marmonne-t-il dans un grognement presque animal.

Mon père hausse un sourcil, dédaigneux.

– Voyez-vous ça ! dit-il, sarcastique.

Thibault soupire, prenant sans doute conscience qu'il ne sert à rien d'argumenter. Il me jette un regard en coin et m'adresse un sourire désolé avant d'asséner à mon père :

– En tout cas, vous n'avez pas à parler à Lisa de cette façon.

– Je suis son père, je lui parle comme il me chante.

Je me raidis. Qu'il se permette de critiquer le métier de Thibault m'agace déjà fortement, mais qu'il parle de moi de cette façon, c'en est trop. Jamais je n'ai manqué de respect à mon père, quand bien même ses mots me blessent et égratignent mon cœur, chaque fois plus profondément.

– Non, je ne crois pas, commence Thibault.

J'avance d'un pas, remontée comme un coucou, les nerfs à vif. Spectatrice passive jusque-là, j'ai assisté à cet échange sans savoir quoi faire ou dire. Entre l'un qui ne me laisse jamais finir une phrase et l'autre qui se complaît à jouer les preux chevaliers, je dois m'imposer si je veux que ma voix soit entendue.

Avec difficulté, je force pourtant les mots à sortir de ma bouche.

Je suis plus forte que jamais...

– Je-je n-n-n'ai p-p-plus six ans ! T-tu-tu n-n'as p-p-plus au-aucun d-d-droit sur m-m-moi !

Ils se retournent tous les deux sur moi dans un bel ensemble.

Je peux dépasser mes peurs...

– Je-je-je f-f-fais ce-ce q-q-que je-je v-v-v... veux de-de ma v-v-vie et-et...

Pour une fois, mon père n'ose pas la ramener alors que j'ai l'impression que mon bégaiement n'a jamais été aussi prononcé qu'en cet instant. Surprise par son attitude, mais pas calmée pour autant, je prends une grande inspiration et enchaîne, tremblante :

– Si j-je v-v-veux q-q-que T-t-ti... Thibault soit mon-mon p-p-petit ami, a-alors c'est-c'est co-co-comme ça ! C'est m-m-m... mon choix ! m'écrié-je alors qu'aucun des deux ne se rend compte des efforts que je suis en train de fournir.

Je me suis toujours battue pour ce en quoi je croyais...

Thibault se place à mon côté et m'attrape par la taille pour me coller contre lui. Dès que nos corps entrent en contact, nous nous détendons simultanément.

– Lisa est, de loin, la plus belle personne que j'aie jamais rencontrée, à l'extérieur comme à l'intérieur. Elle regroupe en elle l'intelligence, la douceur et surtout une gentillesse extrême. À vingt-huit ans, elle a monté une entreprise sur sa passion, sa créativité et son talent. Qu'est-ce qu'un parent pourrait demander de plus pour son enfant ? Hein ? Dites-moi, parce que voyez-vous, si ma fille devient comme la vôtre, je serai le plus heureux des pères, s'emporte mon compagnon.

Si je ne l'aimais pas déjà, je craquerais devant ses mots. À cette seconde précise, je chavire, hypnotisée par l'incroyable conviction de son ton, par la fierté qui suinte de son discours.

– Vous avez une fille ? s'étonne mon père, comme si c'était la seule chose qui devait retenir son attention.

Sur le visage de Thibault se disputent son orgueil de père et la satisfaction de surprendre Paul Bartoli.

– Oui, j'ai une fille que j'aime, moi, et je peux vous dire que jamais je ne lui parlerai comme vous vous adressez à la vôtre, assure-t-il en saisissant ma main. Et jamais je ne démissionnerai de mon rôle de père, contrairement à vous. Vous savez quoi, monsieur Bartoli ? Vous ne la méritez pas !

Couvert d'un masque impénétrable, le visage de mon père pivote vers le jardin. Ses cheveux désormais plus gris que noirs frémissent à peine. Le regard perdu à l'horizon, il nous ignore après avoir usé de toutes ses armes. Inutile de tenter de le faire changer d'avis, je resterai un enfant non désiré, remisé dans un coin en attendant qu'un miracle veuille bien débloquer ma langue.

Pourtant, je le supplie mentalement de me considérer, de s'excuser, de me sourire. Une vague de tristesse vient noyer mes derniers espoirs en emportant avec elle les minces souvenirs d'un lien fragile entre nous. Des picotements prennent naissance dans le coin de mes yeux jusqu'à ce que l'humidité les remplace. J'abandonne.

– De-de t-t-tou-toute évid-d-dence, nous ne-ne sommes p-p-pas les b-b-bienvenus… commencé-je.

– Oh, vous êtes là ! s'exclame Cassandre derrière nous.

Nous sursautons de concert. Son enthousiasme est proportionnel à la tension qui règne dans le bureau. D'un pas gracile, elle nous rejoint puis pose la main sur le bras de son mari en lui adressant un grand sourire.

– Je vois que tu as fait connaissance avec Tray. Il est charmant, n'est-ce pas ?

Sa voix mélodieuse est sans fausse note. Néanmoins, la joie de Cassandre de nous voir tous ensemble n'adoucit pas le masque glacial que mon père porte depuis le début de cette conversation. Il se tourne vers Thibault en plissant les yeux, confus.

– Tray ?

– Mon nom de scène, précise mon petit ami avec un sourire de défi. Je fais partie d'un groupe de rock qui se produit essentiellement aux États-Unis, mais nous organisons aussi des tournées mondiales qui ont un certain succès.

Mon père fronce les sourcils, perplexe. Sans me soucier de son interrogation, je m'approche de ma belle-mère et l'embrasse pour lui signifier notre départ.

– Non, vous ne pouvez pas partir, il y a encore le gâteau et les feux d'artifice, geint-elle.

J'aime bien Cassandre. Si elle n'a jamais essayé de remplacer ma mère, elle a toujours été là pour faire le lien entre Paul et moi. Grâce à son insistance, je viens prendre une dose d'humiliation un dimanche par mois pour pouvoir voir mes petits frères. Je le fais pour eux. Je ne comprendrai jamais ce que cette femme a bien pu trouver à mon père…

– Restez. S'il vous plaît, insiste Cassandre, les yeux suppliants.

Je soupire et me tourne vers Thibault quand des cris d'enfants déchirent le silence oppressant. Par la fenêtre, je vois Sacha courir après une petite fille en robe rose pendant que la petite tête blonde de Romuald passe sous un arbre pour aller chercher son ballon.

– B-b-bi-bien.

Un sourire naît sur mes lèvres. Je le fais pour eux.

CHAPITRE 55
S@ns Nu@ges

LISA

Un mois.

Un mois pour que je digère. Un mois pour que Thibault se calme.

Aujourd'hui, quinze août, nous avons passé la journée chez mon père. J'ai cédé devant l'insistance de Cassandre. Et puis, je l'avoue volontiers, Sacha et Romuald me manquaient.

– Ça s'est bien passé, me souffle Thibault alors que nous nous écroulons dans le canapé de son appartement. Enfin, un peu bizarre, quand même.

J'acquiesce. En effet, malgré l'ambiance un tantinet glaciale, Paul Bartoli a montré de réels efforts pour amorcer les conversations qui ont tourné principalement autour de nos métiers respectifs. Il a ravalé sa fierté et son arrogance pour discuter, sans crier, sans reproche et sans jugement. Je soupçonne d'ailleurs Cassandre d'avoir eu une altercation musclée avec mon père le lendemain de son anniversaire.

– Pourquoi tu ne coupes pas définitivement les ponts avec lui ? demande alors Thibault en passant ses bras autour de moi.

Je soupire.

– D-d-deux raisons. D-d-d'ab-b-bord, m-m-mes frères. Et…

– Oui ?

J'hésite à lui avouer ma plus grande frustration : malgré nos rapports de plus en plus tendus, mes espoirs de petite fille n'ont pas disparu.

– J'ai-j'ai t-t-tou-tou… jours esp-p-p-péré qu'il m-m-m'aime un j-j-jour.

– Mmh.

Je dois lui paraître idiote.

– Non, tu n'es pas idiote.

Il lit désormais bien trop facilement dans mes pensées…

– Pas du tout, même. Ce qui est idiot, c'est que tu ne devrais pas espérer qu'il t'aime. Il devrait t'aimer. Point.

Je laisse le silence envelopper et apaiser la douleur que me provoquent ces mots alors qu'il poursuit ses caresses.

– Tu restes dormir ?

– É-év-vi-vi… évidemment, soufflé-je, les yeux déjà à moitié clos après cette journée haute en couleur.

Pour l'occasion, nous avons emmené Léa. Elle a pu jouer avec les jumeaux dans le jardin et s'extasier devant la surface du terrain avant que mes frères, en hôtes exemplaires, se chargent de lui faire faire le tour du propriétaire.

Je dors de plus en plus souvent chez Thibault. J'y ai apporté quelques affaires, pour lesquelles il a aménagé une place dans son armoire. Mes robes fleuries sont suspendues à côté de ses chemises noires.

J'ai eu le temps de noter ses petits défauts et ses habitudes : la brosse à dents qu'il laisse systématiquement au bord du lavabo au lieu de la reposer dans le gobelet, la lunette des toilettes relevée, ses chaussures qui ont tendance à rester en plein milieu de l'entrée, la bague qu'il tourne dès qu'il est préoccupé, son ronflement au cœur de la nuit. Ces petites choses le rendent moins lisse, presque imparfait, si différent de l'idée que j'en avais.

Ah ! J'oublie sa propension à traîner torse nu le matin devant la fenêtre de la cuisine, permettant à la mamie d'en face de se rincer l'œil… Je ne suis pas fondamentalement jalouse, mais bon… Thibault se marre lorsque je le tire vers moi pour le cacher à la vue de Miss Bigoudis Roses.

– T-t-tu v-v-veux que j-je-je cuisine que-quelque ch-ch-chose ? proposé-je.

– Ma mère nous a laissé une cagette pleine de légumes, précise-t-il en levant les yeux au ciel.

Il semble penser que sa mère a tendance à le couver, mais je pense qu'il n'a pas conscience de la chance qu'il a de recevoir autant d'amour.

– J-je-je v-v-vais f-f-fai-faire une sa-salade, alors.

J'ai rencontré ses parents autour du péché mignon de Thibault : les carbonnades au pain d'épice de sa mère. Son père est aussi taiseux que Marianne est volubile, et malgré tout, ils forment un couple adorable, chaleureux et accueillant. On ne s'ennuie pas une seule seconde avec eux. Je n'avais jamais assisté à un repas dominical rempli de rires et de plaisanteries. Ce fut une grande première pour moi. Alors que j'appréhendais cette officialisation, j'ai été rassurée par les coups d'œil pétillants de malice de ses parents sur nos doigts entremêlés sur la table, sur sa main sur ma cuisse, sur ses baisers volés.

Le téléphone de Thibault résonne alors entre nous. Je me dégage doucement de son étreinte, lui laissant le champ libre pour le ramasser sur la table. Je profite de ma liberté pour me rendre dans la cuisine et commencer la préparation du repas.

– Oui, Spencer…

Thibault soupire de plus en plus souvent quand il a son agent au téléphone. Colas et Noah aussi. Quelque chose les contrarie et je n'ose pas en demander plus, car j'estime que cela ne me regarde pas.

– Oui, je sais, assène Thibault d'une voix terne, mais ferme.

Je lave puis je cisaille la laitue en fines lamelles que je laisse tomber dans le saladier en verre.

Je récupère le bocal d'olives dans le réfrigérateur et en extrais quelques-unes que je détaille grossièrement.

Je n'en reviens toujours pas de sortir avec quelqu'un de célèbre. Dès que Thibault a eu le dos tourné, j'ai navigué sur Internet comme une midinette. Après avoir lu toute sa biographie sur Wikipédia, je me suis gavée de photos de lui torse nu sur scène. Je me serais donné des claques de ne pas les avoir reconnus.

Après tout, je connais plusieurs de leurs chansons par cœur ! À part moi, qui peut se vanter d'avoir trouvé une rock star sur une application de rencontre ?

– Il va effectivement mieux.

Je relève la tête de ma planche à découper. Je suppose qu'il parle de Soul, celui qui a eu des soucis de drogue. Thibault m'a avoué, avec force détails, avoir beaucoup flirté avec les excès, lui aussi. Néanmoins, il m'a assuré qu'il ne touchait plus à aucun produit depuis qu'il avait fait sa cure de désintox, plusieurs années auparavant, pour devenir un meilleur père. Quant à l'avenir, je ne peux que le croire sur parole et lui faire confiance. L'avenir… J'essaie de ne pas y penser pour le moment et de vivre au jour le jour.

Pensive, je découpe en dés deux tomates que je pique dans la cagette et les ajoute à mon mélange.

– Oui, certainement, mais je ne peux pas encore te donner de date précise, grogne-t-il en m'adressant un clin d'œil au-dessus du comptoir de la cuisine.

Rien qu'à entendre le ton de sa voix, je sens que mon homme – parce que, oui, j'aime bien dire « mon homme » – s'agace. Ils doivent parler de l'album en cours d'écriture.

En réponse, je lui souris pendant que je détaille un morceau de mozzarella. Je sors l'huile d'olive, le sel de Guérande et le moulin à poivre que je lui ai demandé d'acheter.

– Dans quinze jours ? Si tôt ?

Près de la fenêtre, j'arrache délicatement quelques feuilles de basilic du pied qui s'épanouit depuis deux semaines dans son pot en terre. Lorsque je les approche de mon nez, l'odeur douce me transporte en Provence.

Peut-être pourrait-on prévoir de partir un peu dans le Sud, d'ailleurs ? Changer d'air nous ferait du bien.

– Très bien. Je m'organise de mon côté.

J'assaisonne la salade et la mélange avant d'aller chercher deux œufs durs que j'écale.

– Si tu le dis. Mmh… Envoie-moi le planning, dans ce cas.

Je découpe les œufs en quartiers et les pose dans le saladier. Je choisis trois noix qui reposent dans une coupe et brise les coques avant de parsemer les miettes au-dessus du plat.

– Ah non, je ne suis pas allé voir. Attends deux secondes, je me connecte.

Je filme le saladier et le range dans le réfrigérateur. J'en profite pour sortir le beurre. J'attrape une gousse d'ail que j'épluche, puis je l'écrase avant de la réduire en purée.

– Ouais, je l'ai reçu. Je regarde ça demain. Non, pas ce soir, demain. Et je te dirai si ça nous convient.

Assis sur le bord du canapé, face à son ordinateur, Thibault se frotte le front et grimace. L'atmosphère devient électrique tant son stress envahit la pièce.

Je découpe la baguette et dépose les tranches sur une plaque de cuisson. Dans un bol, je mélange un morceau de beurre avec l'ail, une pincée de sel et un tour de moulin à poivre, puis j'étale ma mixture sur le pain. J'allume le four en position grill et enfourne la plaque.

– Oui, Spencer, j'ai compris. Bonne journée.

Je me lave les mains et programme l'alarme sur cinq minutes, avant de rejoindre Thibault. Toujours devant l'écran de son ordinateur, il semble pensif. Je lui masse les épaules pour le détendre.

– T-t-tout v-v-va b-b… bien ?

– Mmh ?

Il soupire avant de se renfoncer dans le fond du canapé et de me tendre les bras. Je m'assieds sur ses cuisses pour l'enlacer.

– Oui, oui, tout va bien maintenant que tu es là, dit-il en m'embrassant.

Ses yeux me disent le contraire, mais je n'ose pas en demander plus. Sa main remonte le long de ma cuisse, dévoilant ma peau qui s'est légèrement colorée grâce à nos quelques balades à vélo. Je recule en prenant appui sur sa poitrine quand la sonnerie de l'alarme retentit.

– Le-le re-re… pas est p-p-p… prêt, dis-je en m'extirpant de sa prise.

– Timing pourri, s'esclaffe-t-il.

Je ris alors qu'il grogne, mais il se lève tout de même à ma suite pour m'attraper par les hanches et nous conduire dans la cuisine. Tel un vieux couple, nous mangeons côte à côte en buvant un verre de vin et en plaisantant de tout et de rien, en parlant de Léa, de mes petits frères, de leur entente.

Une soirée de complicité à deux, comme un avant-goût d'un avenir… encore incertain.

CHAPITRE 56
L@dy M@rmel@de

LISA

Le week-end touche à sa fin, et demain matin, le travail reprend. Depuis quelque temps, lorsque je passe du temps avec Thibault, et même si j'adore mon boulot, le cœur n'y est pas. Pic'Assiette a tendance à faire éclater notre bulle de bonheur.

Hier, quand je lui ai parlé de partir un peu dans le Sud en septembre, Thibault a éludé et prétexté un emploi du temps chargé. Cette fois, je reconnais ce comportement, le même que celui qu'il avait quand il me cachait sa véritable identité. Je le soupçonne donc de chercher, une nouvelle fois, à me dissimuler quelque chose en rapport avec son boulot.

Néanmoins, sur le moment, j'ai complètement oublié d'argumenter tant ses caresses sont devenues plus aventureuses… En revanche, je garde dans un recoin de mon esprit de l'interroger sur ce qui le tracasse. Hors de question de réitérer notre débâcle d'il y a quelques semaines !

Maintenant, nous accueillons nos amis, mais aussi Léa, dans l'appartement de Thibault, pour un après-midi joyeux, et musical, si j'en crois les instruments qui les accompagnent.

– Coucou, Lisa !

L'adolescente inépuisable reprend le chemin du collège dans deux semaines avec l'esprit libéré. Elle a enfin eu la fameuse discussion avec Sophie qui, contrairement à ce que tous craignaient, a très bien accepté les projets de sa fille. Elle lui a promis de se renseigner sur l'école du Touquet et de l'emmener aux prochaines portes ouvertes. Léa est venue elle-même m'annoncer la bonne nouvelle, comme s'il s'agissait d'un plan que nous avions préparé de longue date. J'adore cette complicité entre nous !

Plus généralement, ils me donnent l'impression d'avoir réussi l'exploit de me faire une place dans leur cercle.

– Mmm, ça sent bon… s'exclame Noah en s'approchant derrière Léa qui m'a enlacée.

Un véritable estomac sur pattes, ce mec.

– Oust ! P-p-pas d-d… dans ma-ma cui-cuisine !

Il rit et repart vers le salon.

Sur un plateau, je pose quelques bières et des briquettes de jus de fruits, auxquelles je me suis habituée depuis notre toute première sortie à vélo.

– Il sera prêt à quelle heure ? me demande Noah en se passant la langue sur la lèvre d'un air gourmand.

– Q-quoi d-d-donc ? fais-je mine de ne pas comprendre.

– Le truc dans le four.

Même si j'ai envie de rire, je tente le « regard qui tue » en posant mon plateau sur la table basse avant de me redresser les mains sur les hanches.

– T-t-truc ? grondé-je, menaçante.

– Il ne tient pas à sa vie, lui, ricane Colas.

– C'est pas un « truc », tonton ! s'offense Léa. Appelle ça une pâtisserie ou un gâteau, mais pas un « truc »…

– Oh là là, OK, OK, capitule Noah, les bras levés en signe de paix. Et donc, quelle heure, le…

– Q-q-quatre-q-q-quarts aux p-p-pommes, précisé-je en m'asseyant sur le tapis, même si l'odeur qui enveloppe le salon aurait dû lui mettre la puce à l'oreille. U-une d-d-de-demi-heure.

Il se frotte les mains avec un sourire satisfait, puis décapsule une bière avant de trinquer avec un Thibault ricanant assis à côté de lui et Colas installé au sol. Grimpée sur l'accoudoir, Léa regarde déjà son téléphone, un verre de jus d'orange coincée entre les cuisses.

– Bon, en attendant que cette merveille cuise, jouons ! s'exclame Noah, sans avoir besoin de demander l'aval des autres.

Posant immédiatement sa bière, Thibault se saisit déjà de sa guitare posée contre le canapé. Plus qu'une simple passion, on sent que la musique est vraiment ancrée dans leur chair. Chaque occasion est bonne pour jouer, créer, chanter. Colas retire la housse de sa guitare sèche pendant que Thibault branche la fameuse Gibson à l'ampli. Enfin, le batteur fou pose ses fesses au bord du canapé et met ses tambours entre ses cuisses.

– C-est-c'est p-p-pour c-c-com… combler un-un com-complexe, ce-ce t-t-t… truc ? demandé-je en désignant son instrument.

Il me regarde comme s'il m'était poussé une deuxième tête. Et oui, moi aussi je peux être taquine !

– Elle t'a pas loupé, vieux ! rit Colas en lui donnant un coup de coude.

De plus en plus à l'aise avec eux, je baisse tout de même la tête, légèrement embarrassée par mon audace. Pourtant, Noah me sourit de toutes ses dents avant de me répondre :

– Alors, sachez, jolie demoiselle, que ceci n'est pas un « truc », mais un bongo traditionnel cubain de grande qualité ! Et, pour votre gouverne, je n'ai nul besoin de compenser quoi que ce soit, dit-il fièrement, ce qui provoque l'hilarité de ses amis.

– J'ai rien compris, marmonne notre insouciante adolescente.

Alors qu'elle soupire de frustration, Colas détourne son attention en lui tendant une paire de maracas.

– Bon, tu siffles en égyptien, Léa ? lui propose-t-il.

Comme par magie, les yeux de la jeune fille s'illuminent pendant qu'elle range son portable dans sa poche. Après un instant de battement où tous se préparent, la petite voix frêle donne le tempo :

– Un, deux…

Dès que l'air de *Walk Like an Egyptian* du groupe The Bangles retentit, couplé avec le sifflement rythmé de Léa, je ne retiens pas mon sourire. Portée par la musique, je me surprends à chantonner. Lorsque Colas le remarque, il fredonne un ton en dessous de ma voix, permettant aux autres de m'entendre à leur tour.

– Hey, mais tu chantes super bien ! s'exclame Léa, soutenue par les acquiescements virulents de Noah.

Heureusement, je suis sauvée de la gêne que me provoque cette soudaine attention par la sonnerie de l'interphone.

Méline, Angélique et Fabien entrent quelques minutes plus tard et prennent place autour de la table. J'observe cette réunion de nos deux… « familles », à Thibault et moi. Oui c'est ça, ces gens sont notre famille, celle que nous nous sommes choisie. Ensemble, nous formons donc une famille plus grande, composée d'individus imparfaits, mais qui nous accepte tels qu'on est, sans concession, sans jugement.

– Lisa, tu veux chanter avec moi ? me demande soudain Léa, déjà assise derrière le piano de son père.

Alors que je la rejoins, elle me montre les paroles de la chanson qu'elle a choisie sur son téléphone.

– Un, deux… claironne-t-elle en plaçant ses doigts sur le clavier.

Ses doigts commencent alors à bouger et la musique nous transporte tous. Alors qu'elle adopte un rythme un peu plus lent que l'original, je tente de la suivre avec ma voix et entonne donc le premier couplet de *What About Us* de Pink, les yeux clos. Lorsque j'entame le refrain, Thibault et Léa se joignent à moi. Des frissons me parcourent la peau alors que leurs voix se mêlent à la mienne.

– *What about us ? What about all the plans that ended in disaster ?*

What about love ? What about trust ? What about us ?[12]

Le message me parle. D'un simple regard, Thibault me transmet toutes ses émotions, ses sentiments. Il a su se faire pardonner une fois, grâce à des caresses et à de belles déclarations d'amour, il sait que, désormais, notre relation doit reposer sur la confiance. Une confiance pleine et entière.

Quand les dernières notes de piano s'égrènent, je lâche Thibault des yeux pour englober toute la bande. Silencieux, personne ne parle, avant que…

---

12. Traduction : **Qu'en est-il de nous ?/ Qu'en est-il de tous les projets qui ont fini en désastre ?/ Qu'en est-il de l'amour ?/ Qu'en est-il de la confiance ? Qu'en est-il de nous ?**

– Putain, la vache ! Tu peux te vanter d'être la seule à avoir réussi à me tirer une larme ! s'écrie Noah, brisant la magie de l'instant.

Il reçoit deux capsules de bière et trois serviettes en papier avant de se protéger de ses bras en riant. Thibault se lève pour m'embrasser et déclenche ainsi quelques sifflets d'encouragement.

– Tu es merveilleuse, me chuchote-t-il à l'oreille.

Finalement, en fin de journée, je me réjouis d'avoir sauvé une part de gâteau des grandes mains avides de Noah lorsque Sophie vient chercher Léa. Étonnée de nous voir tous réunis et apparemment peu pressée de retourner chez elle, elle s'assied au sol entre les jambes de Colas et grignote sa part en prenant plaisir à faire languir le plus gourmand de tous.

– Noah, t'as goûté cette merveille ? Ça fond dans la bouche, miam, nargue-t-elle exagérément. Et ce petit goût de caramel…

– Ça se paiera très cher, Sophie, rétorque-t-il d'une voix maléfique. Très, très cher…

***

Après une soirée riche en pizzas, en chansons et en rires, il nous faut attendre presque deux heures du matin avant de claquer la porte derrière le dernier invité. Le rire de Noah s'éloigne encore dans les escaliers alors que Thibault retire son t-shirt et s'avance vers moi, sexy en diable.

– Pas trop fatiguée ? s'enquiert-il en m'enlaçant.

– Un p-p-peu.

J'inspire le parfum de sa peau et glisse mes mains dans son dos. Soudain, un flash éclaire le salon d'une lumière bleue. La lampe du salon vacille sous la force de l'orage. Thibault agrippe délicatement ma nuque et m'embrasse. Malgré toutes les fenêtres ouvertes, la chaleur de l'atmosphère est devenue de plus en plus suffocante au fur et à mesure de la soirée. Aidées par des doigts agiles, les bretelles de ma robe tombent de mes épaules, alors que le grondement du tonnerre, comme un roulement de tambour africain, se répercute entre les murs.

Magie.

Je m'attaque aux boutons du jean de Thibault. Tonnerre. Éclair. Il retire son pantalon et entraîne son caleçon dans le même mouvement. Le vent se lève et traverse le salon, faisant voleter mes cheveux, alors que ma robe et ma culotte disparaissent à leur tour. Thibault attrape l'arrière de mes cuisses afin que mes jambes enserrent ses hanches. Encore un éclair. Le courant saute. Il fouille le vide-poches à la recherche d'un préservatif. Contre le mur, nos corps impatients se livrent à la passion. Violente. Sauvage. Sans retenue.

Seuls des gémissements et des grognements de plaisir nous échappent. Un courant d'air chaud. Les dernières bougies s'éteignent.

Alors que la pluie tombe, mon corps se donne.

Alors que la tempête se lève, mon esprit s'apaise.

Alors que les éléments se déchaînent, mon cœur se libère.

CHAPITRE 57
L'@ppel Du Cœur

TRAY

J'attends toujours votre date d'arrivée.
Soul atterrit vendredi.
Appelle-moi dès que possible.

Malgré une nuit fantastique, mon esprit tourbillonne à cent à l'heure. Les appels et les mails de Spencer se sont de plus en plus rapprochés. Une fréquence que je ressens comme des lames qui lacèrent ma conscience.

Il faut que je parle à Lisa. Je retarde l'échéance depuis trop longtemps. À croire que je n'ai pas retenu la leçon.

Je ne peux plus me passer d'elle. Elle s'est insinuée sous ma peau aussi sûrement que l'encre de mes tatouages. Plus nous passons du temps ensemble, plus mes sentiments grandissent. Jamais je n'avais connu ça. Avec aucune autre femme.

Avec Lisa, je suis moi-même. Je deviens plus réfléchi. Elle m'apaise. J'ai mûri à son contact.

Sa présence rend mon monde plus beau, rempli de mille couleurs éclatantes. Son rire, son naturel, ses petites manies, sa retenue, son enthousiasme m'inspirent.

Sans le savoir, elle est devenue ma muse. Je n'ai jamais autant écrit de chansons qui parlent d'amour que depuis que je la connais.

Mon téléphone, posé sur le comptoir de la cuisine, bipe de nouveau.

Et arrête de filtrer mes messages.

Je souffle. Trop court. Trop peu de temps pour convaincre Lisa de me suivre.

J'appréhende cette inéluctable conversation. Je sais que je dois être franc avec elle. Ne pas répéter mon erreur. Ne pas me louper. Sinon, comment pourrait-elle avoir encore confiance en moi ?

Je regarde l'heure et décide d'aller voir ma mère qui doit déjà être au taquet en ce début de journée. Après avoir claqué ma porte d'entrée, je la rejoins dans sa cuisine où une bonne odeur de café et de pain grillé parfume l'air.

– Bonjour, Thibault, tu es bien matinal ! s'étonne-t-elle après que je l'ai embrassée.

La masse brune de ses cheveux retenue par un bandeau orange, elle essuie une casserole avant de la ranger.

– Bonjour Mam's. Je ne te dérange pas ?

– Jamais, voyons ! Viens, le café est tout chaud. Installe-toi.

Alors que je m'assieds à la table du petit déjeuner, elle pose une corbeille de tartines qui sortent du grille-pain, le beurre et un pot de gelée de mûre devant moi.

– C'est madame Dubus qui va être déçue, rit-elle malicieusement en avisant ma tenue.

– Qui ?

– Jacqueline Dubus, la voisine d'en face. Celle qui mate mon fils à sa fenêtre tous les matins, s'esclaffe-t-elle.

– Ah ! Les bigoudis !

Je ricane en pensant à Lisa qui s'agace devant cette petite mamie aux penchants voyeuristes. Ma mère rapporte enfin un bol supplémentaire et la cafetière avant de s'asseoir face à moi.

– Alors, mon fils, quel est le souci ? me demande-t-elle plus sérieusement.

– Pourquoi y aurait-il un souci ?

Je me sers en café avant de m'emparer d'une tranche de pain.

– Parce que depuis que tu es rentré des États-Unis, tu n'as jamais débarqué à sept heures et demie du matin dans ma cuisine. D'ailleurs, depuis que tu as rencontré Lisa, je te vois même moins que Nathanaël et Nicolas.

– Oh… Tu n'approuves pas ? m'inquiété-je. Lisa, je veux dire.

Elle pousse le beurre et la gelée vers moi en soupirant de dépit. Elle n'a pas besoin de le dire à haute voix pour que je comprenne que j'insulte son intelligence.

– Au contraire, Thibault ! Je suis ravie que cette jeune femme soit entrée dans ta vie. Je l'aime beaucoup.

Je respire de nouveau normalement, rassuré par le sourire attendri qui a fleuri sur ses lèvres. Après avoir étalé le beurre, j'ajoute une couche de confiture et trempe ma tartine dans le café. Je croque d'un généreux coup de dents dans le pain. Le goût me propulse vingt-cinq ans en arrière, lorsque je prenais mon petit déjeuner avant d'aller à l'école, le cartable prêt à mes pieds.

– Vas-tu me dire ce qui te tracasse, bon sang ?! râle-t-elle. Il a toujours fallu te tirer les vers du nez.

Je suspends ma tartine au-dessus du bol et soupire tristement.

– Je dois repartir. À Los Angeles.

Elle relève les yeux de son café et me sourit tendrement.

– Tu le savais, Thibault, rétorque-t-elle, pragmatique. C'est d'ailleurs ce que tu voulais, tu nous l'as assez répété. Alors quel est le problème ?

– Lisa.

Un seul mot, un seul nom pour tout expliquer, pour justifier mon angoisse.

– Tu lui en as parlé ?

Je secoue la tête et, devant ses sourcils froncés, j'ajoute :

– Je voudrais qu'elle parte avec moi, maman…

Ma mère a toujours été présente pour moi, dans les bons comme dans les mauvais moments, dans les meilleures et les pires décisions de ma vie.

S'il y a bien une personne sur terre qui me dira toujours la vérité, englobée d'un amour inconditionnel, c'est elle.

***

– Bonjour Thibault !

Assises de part et d'autre du bureau, la tête penchée sur un calendrier, Angélique et Méline relèvent à peine les yeux malgré leur ton enjoué.

– Salut, les filles. Lisa est prête ?

– Elle arrive, me répond distraitement la belle brune.

– Tout va bien ?

– Oui, oui. Nous sommes en pleine planification des prochains ateliers pour les mois à venir, me répond Angélique avec un clin d'œil.

Pick Me n'est pas une affaire révolue pour tout le monde…

Alors que le téléphone de Pic'Assiette sonne, Méline profite de la conversation d'Angélique pour se lever et s'approcher de moi. Discrètement, elle me fait signe de la main pour que je me baisse à sa hauteur.

– Tout va bien entre vous deux ? chuchote-t-elle à mon oreille.

Surpris, je me redresse et hausse les sourcils d'incompréhension.

– Pourquoi ? Elle t'a dit quelque chose ?

Méline secoue légèrement la tête.

– Non, ce n'est pas ça, mais je la sens un peu préoccupée cette semaine, alors je me demandais…

Devant son front soucieux, un frisson couvre ma peau. Lisa aurait-elle entendu nos échanges avec Spencer ? Après la discussion avec ma mère, je sais que seule Lisa pourra me donner les réponses dont j'ai besoin, et que je ne peux plus fuir cette conversation. Néanmoins, je ne voudrais pas qu'elle pense que j'ai une nouvelle fois trahi sa confiance.

– Tu sais, reprend Méline, Lisa est comme une éponge. Elle absorbe toutes les émotions. Je la connais tellement bien aujourd'hui que je peux sentir quand son moral n'est pas au beau fixe. Je te rappelle qu'il y a seulement quelques semaines, je l'aidais à sécher ses larmes…

Je me passe la main sur le visage pour cacher ma contrariété, mais je ne peux rien dire à Méline avant d'en avoir d'abord discuté avec la principale intéressée.

– Ne t'inquiète pas, tout va pour le mieux entre nous deux, lui assuré-je d'une voix ferme.

– D'accord, marmonne-t-elle en reculant, les yeux soupçonneux. Tu me promets de la rendre heureuse ?

– Promis.

Je déglutis et parviens à sourire, espérant dissimuler mes craintes et dissiper les siennes.

À l'instant où elle se rassied devant Angélique qui raccroche le téléphone, Lisa apparaît par les portes battantes avec le jeune apprenti. Vu leurs joues rouges, je n'ose imaginer la chaleur qu'il doit faire dans la cuisine, entre les températures extérieures et les fours qui tournent.

Le visage radieux de ma petite amie balaie les graines de doute que Méline avait semées dans mon esprit. J'embrasse Lisa tendrement et lui prends la main. Elle m'entraîne vers la sortie, non sans saluer ses amies :

– Sa-salut les f-f-filles !

– Bonne soirée, les amoureux !

À ces mots, mon palpitant manque un battement. Je le suis, amoureux, comme jamais je ne l'ai été auparavant. Et ça me fait autant triper que flipper.

Le long des trottoirs du Vieux-Lille, ma moitié à mes côtés, dans la chaleur inhabituelle et intense de ce mois d'août, je me sens presque serein et sûr de moi. En revanche, dès que nous entrons dans la cage d'escalier de mon immeuble, la fraîcheur me glace les sangs, me filant la chair de poule, comme un mauvais présage.

À peine rentrée, Lisa va se chercher de l'eau dans le réfrigérateur dont elle descend plusieurs gorgées avant de se passer la bouteille le long du visage. Est-ce que c'est le moment ? Est-ce que je dois me lancer et tout lui dire ?

– T-t-thi-Thibault ? T-t-tout va b-b-bien ?

Lisa claque des doigts devant mes yeux, amusée. Alors que je secoue la tête pour me remettre les idées en place, elle stoppe son geste et plonge son regard dans le mien.

– Je t-t-te di-disais que ja-ja-j'allais p-p-prendre une d-d-douche. J-j-j'ai t-tr-trans-p-p-piré t-t-toute la jou-journée.

Je hoche la tête, mais je reste statufié jusqu'à ce que j'entende l'eau couler. Je relâche mon souffle. Encore au milieu du salon, comme si je ne savais pas quoi faire avec mon corps, je ne bouge pas. Jamais je n'ai eu un tel trac ! Même monter sur scène devant des milliers de fans ne m'a jamais mis dans un état pareil. J'en tremble.

Depuis ce matin, j'ai l'impression de jouer à quitte ou double.

Nerveux, je me force à me réfugier dans la cuisine pour attraper mon paquet de cigarettes. Penché à la fenêtre, je me prends une bouffée de chaleur moite avant d'allumer ma clope. Depuis que je suis avec Lisa, je n'ai quasiment plus touché à ça, exception faite quand les mecs restent tard le soir. Pourtant, en cet instant, j'en ai besoin.

Je frotte mon front en regardant dans le vide, plongé dans mes pensées. Ainsi, je frémis lorsqu'elle arrive près de moi dans une petite robe blanche en dentelle, ses cheveux encore humides relevés dans un improbable chignon.

Sa beauté presque éthérée me coupe le souffle, encore une fois.

– Thi-Thibault ?

L'inquiétude transparaît sur son visage. Je déglutis, ferme un instant les yeux, écrase mon mégot, puis je finis par prendre enfin mon courage à deux mains :

– Assieds-toi, Lisa, j'ai besoin de te parler de quelque chose.

CHAPITRE 58

Des L@rmes En C@de@u

TRAY

Un air anxieux sur le visage, Lisa s'assied les mains coincées entre les cuisses.

– Je t'aime, Lisa. Comme jamais je n'ai aimé personne. Je ne remercierai jamais assez cette application qui m'a permis de te rencontrer. M'inscrire dessus est la meilleure idée que j'aie jamais eue.

Ses lèvres s'étirent doucement et son regard se voile d'humidité. Soudain, je m'en veux de l'avoir laissée seule avec ses questionnements. Je ne lui ai pas encore assez dit que je l'aime.

À cet instant, je me promets de lui répéter ces mots plusieurs fois par jour, si elle m'en laisse l'opportunité.

– N'en doute jamais.

– Je-je t-t-t'aime au-aussi.

Tentant de calmer mon cœur qui chavire, je recule, tendu comme jamais. Je ne dois pas perdre le fil.

– Mais ce n'est pas ce que je voulais te dire.

Je déglutis difficilement, puis continue alors qu'elle m'écoute religieusement. Elle cligne plusieurs fois des yeux, puis les frotte d'un doigt hésitant avant de reposer ses mains crispées sur ses genoux.

– Tu sais que le groupe est en train de boucler le nouvel album, commencé-je tandis qu'elle acquiesce. Après l'enregistrement, nous allons devoir assurer la promotion. Nous avons des concerts prévus jusqu'en juillet de l'année prochaine. Au minimum. Spencer me harcèle depuis plusieurs semaines pour que nous donnions notre aval sur le planning. Bref, en tout cas, je ne pourrai pas revenir en France avant notre concert à Paris, en avril.

À son expression, je sais qu'elle a compris avant même que je ne le dise clairement. Cependant, tel un foutu sadique, j'ai besoin de l'exprimer.

Maintenant que je me suis lancé…

– Je dois donc repartir aux States. D'ici à la fin de la semaine.

Elle écarquille les yeux puis, après une seconde pour digérer la nouvelle, elle s'enfonce au fond du canapé et ramène ses poings fermés contre son ventre.

– Si-si v-v-vite ?

– Pour tout t'avouer, je repousse ce moment depuis quelque temps, mais oui, le groupe doit y retourner. Il y a déjà cinq mois que je suis en France, comme Colas et Noah, d'ailleurs. Soul rentre d'Idaho vendredi et l'album ne va pas se terminer tout seul…

– Oh. OK. Je… je comp-p-p-prends.

Une réponse laconique prononcée d'une voix atone. Malgré les couleurs qui désertent son visage, une lame plantée dans le dos ne me ferait pas aussi mal. Je ne crois pas l'avoir déjà vue aussi blanche. Tremblantes, ses lèvres ne forment plus qu'une ligne mince.

– Je… hésité-je. Je voudrais… je souhaiterais plutôt que… que tu m'accompagnes. Là-bas.

Voilà ! C'est dit !

Fixes, ses deux billes bleues ne me quittent toujours pas, ne cillent pas. Mon estomac se noue.

– J'aimerais vraiment que tu viennes vivre avec moi. À Los Angeles. Que tu m'accompagnes, insisté-je encore.

Pour toute réaction, elle se mord la lèvre inférieure. Alors que je suis terriblement soulagé d'avoir enfin lâché cette bombe qui pollue mon esprit depuis plusieurs jours, elle ne semble pas prendre la mesure des conséquences.

– P-pou… pourquoi ? me demande-t-elle dans un souffle de voix.

– Parce que la vie sans toi va être un enfer. Parce que tu me manqueras chaque jour. Parce que je ne pourrai pas prendre soin de toi comme j'aime le faire. Parce que sinon, on ne se verra que si tu fais un saut aux États-Unis, entre deux concerts. D'un point de vue logistique, je ne pourrai pas venir en

France sans tout désorganiser. Et je ne peux plus vivre sans toi.

À la première larme qui dévale sa joue, je me précipite vers elle et la prends dans mes bras. Docile, elle se laisse faire et enfouit son visage dans mon cou.

J'aurais pu m'attendre à des cris, des hurlements, de la vaisselle cassée, que sais-je, mais certainement pas à ça. Pourtant, je devrais savoir que Lisa n'est pas comme les autres.

– Je sais que tu as ta vie ici et je le comprends, murmuré-je. Je dois te paraître égoïste, mais j'en rêve depuis que je t'ai vue. Je t'ai imaginée chez moi, avec moi, dans ma piscine, dans toutes les pièces de ma maison, en tournée, en voyage. Et dans mon lit, finis-je en chuchotant au creux de son oreille.

Elle frissonne mais ne me regarde pas. À sa tête baissée, j'ai l'impression qu'elle a déjà abandonné, que rien de ce que je pourrais dire ne conduirait à une issue acceptable, et pourtant, je refuse d'abandonner si vite.

– On peut passer le reste de notre vie ensemble, Lisa.

Je l'embrasse dans les cheveux et relève son visage en posant mes doigts sur ses joues mouillées. Mes pouces balaient les larmes qui coulent encore. Je fouille ses yeux en espérant y lire autre chose que de la tristesse.

Mon cœur se morcelle.

La voix pleine de sagesse de ma mère résonne dans ma tête, et je poursuis selon ses précieux conseils. J'ai tendance à toujours me précipiter, mais Lisa, elle, a besoin d'autre chose.

– Je ne te demande pas de partir ce week-end, simplement de prendre le temps d'y réfléchir. Je veux, non, je souhaite que tu te projettes avec moi. Que tu nous imagines vivre et vieillir ensemble. Moi, je crois en notre histoire. Tu es ma pièce manquante, Lisa. Et mon avenir est auprès de toi. Tes pâtisseries, ma musique et nous. Une vie de rêve.

J'ose un sourire d'encouragement. Mes doigts s'aventurent dans ses cheveux et retirent la pince qui les retient encore. Ses lèvres frémissent et s'incurvent. Elle fouille mon regard sincère alors qu'une lueur émerveillée traverse fugacement ses iris bleus avant de s'éteindre aussi rapidement.

– M-mais-mais m-m-mon t-t-tra… travail ? Mon-mon a-a-ap-p-p..partement ? Tout… T-t-trop rap-p-pide, réagit-elle enfin d'une voix paniquée.

– Ma douce, rien ne t'empêche de commencer une nouvelle activité aux States en rapport avec ta passion. Je sais que tu tiens à ton indépendance, mais je t'offrirai le monde si seulement tu me laisses faire. Pour ton appartement, tu as le choix : le vendre, le garder, le louer. Tes amies et tes frères peuvent te rendre visite quand ils le veulent. Toi-même, tu pourras t'offrir des allers-retours. Seulement, nous deux, ensemble, nous construirons notre famille aux États-Unis.

Attentive, elle arrête de pleurer et se mure dans un silence qui m'effraie par sa durée. Pourtant, je patiente, attentif et anxieux. Ma jambe tressaute de nervosité. Elle recule de quelques centimètres et s'humidifie les lèvres avant de prendre une inspiration. Quand, enfin, elle ouvre la bouche, je suis plus tendu qu'un arc.

– Je-je rêve d-d-d'une vie a-avec t-t-toi, m-m-moi aussi, commence-t-elle enfin, la voix si sérieuse qu'elle me file la chair de poule. M-m-mais, j-j'ai-j'ai b-b-be… besoin d-d-de ré-réfléchir. J'ai-j'ai b-b-be-soin de-de t-t-temps.

Même si, à ces mots, le souffle me manque, je feins d'aller bien et lui souris. Pas un « oui ». Pas un « non ». J'éprouve tout de même du soulagement à savoir que mon désir de faire un bout de chemin à deux soit partagé, mais ça ne suffit peut-être pas. Que faudrait-il que je dise ou fasse pour la convaincre ?

– Je sais, chuchoté-je. J'attendrai.

– T-tu-tu me d-de-de… mandes b-b-beau-beaucoup d-d-d'un c-c-coup.

– Je sais, répété-je.

Mon âme ne s'est jamais autant sentie déchirée entre mon cœur et ma raison. La peur de la perdre est plus forte que tout ce que j'ai pu vivre et me submerge tel un raz-de-marée, dévastant sur son passage mes certitudes et mon assurance.

Désormais, je dois subir la torture de l'attente de sa décision en masquant mon angoisse pendant les quelques jours qu'il nous reste à profiter.

***

Notre avion décolle demain matin. Le chauffeur de taxi doit nous déposer à Lesquin pour sept heures, il ne me reste donc qu'une courte nuit pour profiter des bras de Lisa.

Du bout de ma cuillère, je chipote dans la part de tiramisu au spéculoos qu'elle a préparé en prévision de notre dernier dîner avant mon départ.

Assise à côté de moi, elle agit comme si toute cette situation ne l'affectait pas. Pas de larmes, pas de colère, pas de peur. À croire que je ne sais pas ce que je veux… Si elle me hurlait dessus, est-ce que je gérerais mieux ? En tout cas, j'ai été habitué à ça avec mes ex. Les hurlements, les caprices, les exigences. Devant le calme et la sérénité, je ne sais pas comment réagir.

– T-t-tu n'as p-p-plus faim ? demande-t-elle en léchant sa cuillère.

– Mmh ? Ah, non. Je crois que ce soir, je ne peux plus rien avaler. C'était délicieux.

Le sourire éblouissant qu'elle me retourne m'ébranle. Je photographie mentalement cette image d'elle. Depuis une semaine, j'enregistre chaque détail de son visage : ses traits fins, ses pommettes hautes, son teint de lait, ses grands yeux bleus expressifs et ses cheveux blonds soyeux qui reflètent le moindre rayon du soleil.

L'objet au fond de ma poche pèse soudain très lourd. Est-ce le bon moment ? Anxieux, je le sors maladroitement alors qu'elle s'apprêtait à emporter nos assiettes dans la cuisine.

– C'est pour toi.

Lisa se fige une seconde, puis elle s'empare délicatement du sachet en velours que je lui tends.

– Un-un ca-cadeau ? chuchote-t-elle.

J'acquiesce, puis je retiens mon souffle pendant qu'elle dénoue la cordelette et sors l'écrin à l'intérieur. Alors qu'elle l'ouvre, un seul regard suffit pour qu'elle comprenne l'importance du geste.

Ma chevalière en platine est accrochée à une chaîne. Sur le chaton, j'ai fait graver une guitare. À l'intérieur, mes initiales. Je me suis offert ce cadeau en souvenir de mon premier cachet avec Metal Fusion. Désormais, la bague pendra au cou de la femme que j'aime, restera en France à ses côtés, jusqu'à ce qu'elle me la rapporte. Je lui retire doucement le collier des mains, lui demande de se tourner et l'accroche autour de son cou. Mes mains tremblent. J'en profite pour l'embrasser sur la tempe et m'attarde quelques instants pour que mes lèvres impriment le souvenir de sa peau.

Instinctivement, ses doigts caressent la bague qui repose au cœur de son décolleté.

– Pour que tu ne m'oublies pas…

– M-m-merci, gémit-elle.

Quand elle se lève pour débarrasser, je la suis d'un regard anxieux.

Depuis quelques semaines, elle vaque dans l'appartement comme si elle y avait toujours vécu, marquant de son empreinte chaque pièce, chaque meuble, chaque objet. Pourtant, aucune promesse.

– Tu sais, à Los Angeles, la cuisine est aussi grande que ce salon. Tu aurais de la place pour faire de la pâtisserie, plaidé-je la gorge serrée en sortant de table. Et tu pourrais redécorer selon tes goûts.

– T-t-tu-tu ess-essaies de-de m-m'a-m'acheter ? glousse-t-elle, les yeux pétillants.

– Tout dépend, ça marche ? la sondé-je, plein d'espoir.

Elle pouffe avant de secouer la tête, mais son rire ne sonne pas comme d'habitude.

Je m'approche dans son dos alors qu'elle remplit le lave-vaisselle. Dès qu'elle se relève, je l'enlace en croisant mes mains sur son ventre. Son souffle s'altère alors que les battements de son cœur se calent sur mon propre rythme.

Comme je l'embrasse derrière l'oreille et respire son parfum, Lisa agrippe le bord de l'évier et tourne la tête pour me regarder par-dessus son épaule.

– Thi-Thibault, murmure-t-elle. Co-comment je-je v-v-vais f-f-faire sans t-t-toi ?

Je n'ai pas le temps de répondre qu'une larme dévale sa joue. Elle baisse la tête, mais je sens ses épaules tressauter. Je l'incite donc à se retourner pour la serrer contre moi. Elle attrape mon t-shirt entre ses poings serrés alors qu'un cri de souffrance brute sort de sa gorge et détruit les dernières miettes de mon souhait le plus cher.

– Tu peux tout avoir, ma douce, si tu parviens à te faire entièrement confiance. Toute ta vie, tu as cherché la sécurité et tu l'avais trouvée avec tes amies, ton métier, ton appartement. Aujourd'hui, tu as peur du changement, tu as peur de la vie encore incertaine que je te propose, et c'est normal. Je comprendrais que tu n'en veuilles pas. Je serai malheureux comme les pierres, mais je comprendrais. Par contre, j'espère que tu penseras en priorité à tes désirs avant de laisser la crainte d'affronter l'inconnu prendre le dessus. Quoi qu'il arrive, sache que je t'aime, Lisa.

Elle semble si fragile à cet instant, et pourtant, ses yeux reprennent vie tandis que ses mains s'aventurent dans mon dos, puis se glissent dans mes poches arrière.

– F-f-fais-moi l'a-l'amour, T-t-Tray.

– Tout ce que tu voudras. Toujours tout ce que tu voudras.

CHAPITRE 59

Pomme D'@mour

LISA

On décolle dans cinq minutes.
Tu me manques déjà.
Rejoins-moi vite… Un jour ?
Je t'aime. ♡

Seule dans l'appartement de Thibault, le regard perdu vers le ciel qui se voile, je serre mon téléphone jusqu'à faire blanchir mes phalanges. Que répondre ?

Lui dire que je suis malheureuse ? Il le sait déjà. Qu'il me manque depuis qu'il a quitté mes bras ce matin ? Il s'en doute. Que je ne sais pas quelle décision prendre ? Il s'en veut déjà assez comme ça de me mettre ainsi au pied du mur.

Un jour…
Je t'aime.

La seule réponse que je peux lui apporter pour l'instant. La seule certitude que j'ai.

Je n'ai jamais cru en l'amour longue distance. En laissant partir Thibault, mes vieux démons et mes insécurités réapparaissent. Puis-je faire confiance aveuglément à un homme aussi charismatique ? Il m'a dit lui-même ne pas avoir manqué de conquêtes féminines avant de venir faire une pause en France, alors…

Ne dit-on pas « Une de perdue, dix de retrouvées » ?

Mais pourquoi je pense à ça ? Je tremble violemment, consumée par le doute. La douleur me coupe le souffle. En lui offrant mon cœur sur un plateau, je lui ai donné le pouvoir de me blesser.

À la limite de la crise de panique, je pose mon téléphone sur le comptoir de la cuisine avant de le casser et entre dans la salle de bain. Devant le miroir, je découvre le désastre : cheveux en bataille, yeux rougis, teint terne et lèvres en sang de les avoir trop mordillées. Ma silhouette me renvoie à ma solitude.

Encore une fois, je suis seule. Encore une fois, quelqu'un m'abandonne. Comme ma mère avant lui. Comme d'autres hommes avant lui. Comme mon père.

Dans cet appartement qui a vu la naissance et l'épanouissement de notre amour, où son parfum est partout, où nous avons échangé des promesses d'éternité, je ne peux pas.

Je ne peux pas rester ici.

Je sors mon sac de voyage de l'armoire et le remplis de mes affaires. Une vague de colère me submerge et se dirige à la fois contre lui, contre moi, contre le monde entier. Prise de frénésie, je décroche violemment les robes des cintres et j'entasse mes vêtements dans la valise, avant de jeter mes produits de toilette dans mon vanity.

Mon téléphone bipe.

Je t'appelle en arrivant.
Passe une bonne journée ma douce.

Je soupire et me pose quelques secondes, les yeux clos. Finalement, j'essuie une larme avant de fourrer mon portable dans mon sac à main sans répondre. En sueur, après m'être comportée comme une tornade folle, j'arrache ma veste du portemanteau de l'entrée, prends les clés qu'il m'a laissées « au cas où », sors de l'appartement et verrouille derrière moi. Sacs sous le bras, je dévale les marches, mais je dépose les clés sur le paillasson de ses parents. C'est mieux ainsi. Rester ici me donnera l'impression d'être un imposteur, de profiter de quelque chose qui ne m'appartient pas et qui m'empêchera de réfléchir sereinement.

À cet instant, mon cœur et mon âme ressemblent à s'y méprendre au chemin de Traverse après le passage des mangemorts.

J'ai besoin de reprendre ma routine : travailler dans ma cuisine chez Pic'Assiette, boire un verre avec mes amies, essayer des robes vintage avec cette folledingue de Méline, lire des romances à l'eau de rose et déjeuner chez mon père un dimanche par mois.

Voilà ma vie. Chiante, diraient certains, mais pour moi, c'est tout autre chose. Tranquille, planifiée, sécurisante.

Voilà la vie dont j'ai besoin.

***

Alors que la voix d'Indila me soutire des larmes, je fouette rageusement les œufs avec le sucre et la vanille sur la mélodie de *Tourner dans le vide*.

Pourquoi écoute-t-on systématiquement des chansons tristes quand on est malheureux ?

J'ajoute le lait à mon mélange crémeux, puis j'incorpore progressivement la farine et la levure tamisées. Au fur et à mesure, la pâte épaissit et la tension dans mon bras devient douloureuse. Mon premier gâteau flamand aux pépites de chocolat repose déjà sur une grille. J'ouvre la bouteille de rhum. Celui-ci sera plus traditionnel.

Mon téléphone bipe pour la dixième fois depuis que je suis rentrée. À chaque notification, je sursaute. Je n'ai pas le cœur à lire les messages de Thibault. Remuer le couteau dans la plaie ne me fera pas de bien pour le moment.

Il me manque. Il me manque déjà beaucoup.

Je complète avec le beurre fondu, le sel, une goutte de rhum ambré, puis les zestes de citron, et je remue vigoureusement. Mes muscles protestent. Sourde à leur plainte, j'insiste jusqu'à l'épuisement. J'en gémis de frustration. Cette souffrance physique qui ensevelit la souffrance de l'esprit.

Plongée dans mes tâches, je sursaute au grésillement prolongé de l'interphone. Le malotru insiste lourdement. Je lâche mon fouet en grognant, essuie mes mains et décroche le téléphone.

Qui vient me déranger en pleine pâtisserie-thérapie ?

– Ouvre immédiatement, ma belette !

Je ne devrais pas être étonnée, et pourtant… Il n'est que midi ! Après tout, traditionnellement pour Méline, le dimanche se résume à récupérer de la fiesta de la veille, avachie dans son canapé devant une série Netflix. Une journée de fou, quoi…

Je déverrouille, entrouvre le battant et retourne me cacher dans ma cuisine. Ma playlist se poursuit et c'est au tour de Céline Dion de me faire fredonner *All By Myself*. En attendant que le cyclone arrive, je mets un dernier coup de fouet dans ma pâte et je la verse dans le moule, en raclant le bol avec la maryse. La porte du four se referme à la seconde où la porte d'entrée claque.

Les talons de Méline cliquettent sur le parquet jusqu'à ce que sa silhouette se découpe dans l'ouverture de la cuisine.

– Coucou… Bridget Jones, dit-elle d'une voix prudente.

– Sa-sa… salut.

J'inspire un grand coup et me tourne vers elle sans trembler. Lentement, elle s'assied sur une chaise et avise le gâteau qui refroidit, puis l'intérieur du four.

– Je savais que je te trouverais là, soupire-t-elle. Comment tu vas ?

Je hausse les épaules et secoue la tête en essayant de retenir ces fichues larmes. Comme une gamine à qui on a arraché sa poupée, je me transforme en vraie chouineuse depuis vingt-quatre heures. Je me déteste. Je m'en veux d'être comme ça, de ne pas réussir à contrôler mes émotions, de ne pas savoir quoi décider, de ne pas pouvoir cacher ma tristesse à mon amie.

– Je t'ai écrit plein de SMS, je t'ai appelée. Je me suis inquiétée, ma chérie, commence-t-elle. Ils sont partis…

– Oui, la coupé-je.

Je sors le sucre glace et, à l'aide de ma passette, en saupoudre le gâteau qui a refroidi. La brûlure du regard de Méline sur moi me démange, mais je me concentre pour l'ignorer.

– Ça me donne faim. Tu as fait quoi d'autre ? demande-t-elle finalement, acceptant tacitement de changer de conversation.

– U-une crème an-anglaise, dis-je en désignant le réfrigérateur. Un-un f-f-f… flan. Et-et la t-t-tarte aux p-p-pommes est d-d-dé… déjà là-là-haut.

– Y'en a au moins un qui est heureux à l'heure qu'il est, constate-t-elle. Hein, papy Bob ? s'écrie-t-elle en direction du plafond.

Je gâte régulièrement mon adorable voisin septuagénaire de douceurs. Parfois, j'en profite pour prendre le thé avec lui, et ses digressions me redonnent le sourire. Cependant, aujourd'hui, je n'ai pas le cœur à tenir une conversation.

J'allume le gaz sous la vieille bouilloire, dénichée chez un antiquaire. Mon cœur est cabossé comme elle.

– Tu l'aimes, hein ?

J'acquiesce et laisse un bref sourire tendre fleurir sur mes lèvres.

– B-b-beaucoup.

– Je parlais de Thibault, pas de Bob.

Je pouffe. *Méline et son humour pourri...*

En attendant que l'eau chauffe, je m'assieds face à mon amie et replonge dans ma morosité en grattant nerveusement les petits morceaux de pâte séchée coincés sous mes ongles.

– Je-je sa-sav-v-v-vais q-q-qu'il rep-p-partirait. J'ai-j'ai f-f-fait un d-d-déni. Co-comme d-d-d'hab'.

Les Slave Of One Night, bon sang ! Bien sûr qu'ils n'allaient pas rester à Lille, bien sûr qu'ils devaient retourner aux États-Unis, bien sûr que leur album ne s'enregistrera pas sans eux.

– C'est un moyen de défense comme un autre. Parfois, tu te sers même de ton bégaiement pour tenir les gens à distance, me balance-t-elle, sans prendre de gants.

Je relève les yeux sur Méline qui affiche un air des plus sérieux. Les coudes posés sur la table et le menton calé dans la paume de la main, elle me provoque d'un haussement de sourcils.

– Je-je sais, soufflé-je, vaincue devant sa perspicacité.

Soudain, elle couine et se retourne en fusillant mon téléphone du regard.

– Dis, tu veux pas changer de station de radio ? Non, parce qu'on va finir par avoir besoin d'une corde, à ce rythme-là.

Je coupe la musique qui passait *Lost on You* de LP, et je pousse l'appareil vers Méline. Elle s'en empare et regarde l'écran.

– Ah ouais, carrément... Une playlist qui s'appelle « Chansons tristes après une rupture ». Sérieusement ?

– Ou-ouais.

– Bon alors, Lisa... Si j'ai bien compris ce que m'a raconté Noah, ce n'est pas une rupture, hein ?

Je secoue la tête en soufflant et me lève pour préparer les tasses et la boîte en fer remplie de sachets de thé. J'apporte la bouilloire pendant que Méline grogne et cherche quoi mettre.

Quand *Surfin' U.S.A.* sort de mon téléphone, je souris.

– Rien de tel qu'une chanson des Beach Boys ! Et si tu te poses la question : oui, je l'ai choisie exprès.

– Je-je me d-d-dou… doute.

Je coupe des parts du gâteau flamand et en pose une devant la gourmande.

– Purée, on commence par le dessert ! J'adore !

Effectivement, il n'est pas encore l'heure du goûter et Méline n'a pas dû prendre le temps de manger avant de débarquer chez moi. Je prends mon élan pour lui dire qu'on peut commander une pizza, quand l'interphone retentit.

– Voilà notre repas, scande-t-elle avant d'enfourner un morceau du gâteau dans sa bouche.

Alors qu'elle va ouvrir, je ne bouge pas d'un pouce. Je n'ai vraiment pas la force de gérer le comité de soutien. Je sais qu'elles veulent bien faire, mais je ne viens pas de me faire larguer. Cette situation, j'en suis responsable, et si elle me rend triste, elle me demande aussi de réfléchir et de faire le point sur ma vie, mes attentes, mes envies et mes peurs.

– Bouge, Lisa ! m'appelle Méline. On passe dans le salon, ce sera mieux pour manger.

Comme une zombie, j'obtempère. Le plateau en équilibre, je rejoins Angélique dans le canapé, alors qu'elle déballe déjà les boîtes du traiteur asiatique du bout de la rue.

– Salut, ma chérie.

La veste en jean encore sur le dos, elle répartit les paires de baguettes et les serviettes en papier. Son ventre rebondi est mis en valeur par un t-shirt moulant blanc.

– M-m-mer-ci p-p-pour tout ça…

Armée d'un sourire bienveillant, elle lève les yeux au ciel d'un air faussement excédé.

– C'est normal, je n'allais pas te laisser te morfondre toute seule dans ton coin.

Méline agite la main entre nous.

– Hey ! Je suis là aussi, hein ?

Angélique lui jette un regard amusé avant de reprendre :

– Mmh. Je disais donc, je n'allais pas te laisser seule et sache que les amies, c'est génial quand tout va bien et c'est encore mieux quand ça va mal.

La gorge serrée, touchée par leur amitié sans limites, je pose mon plateau au bord de la table déjà envahie par le repas chinois. Méline se précipite pour aller chercher des verres tandis que sa cousine débouche une bouteille de vin blanc.

– M-m-merci les f-f-f-filles, murmuré-je, émue.

– On sera toujours là pour toi, Lisa, souffle Angélique en posant une main rassurante sur mon bras.

– Je n'ai rapporté que deux verres. Toi, t'as plus le droit de picoler jusqu'à l'expulsion du monstre ! décoche Méline, malicieuse, en pointant le ventre de sa cousine.

– Purée, je tuerais pour une tasse de café ou une coupe de champagne, grogne la future maman.

– D-du-du t-t-thé ?

– À défaut, ça va le faire, soupire-t-elle de dépit.

– Bon, maintenant que nous sommes bien installées, raconte-nous tout ! s'écrie Méline avec enthousiasme. T'as quand même couché avec une staaaaaar, coquine !

Bon, vu comme elle est partie, dans trois minutes, elle me réclame des détails… et dans trois verres, elle m'en donne !

CHAPITRE 60

Retour @u Berc@il

TRAY

– Oh putain, t'as vraiment une sale gueule !

– Bonjour à toi aussi, grogné-je.

Me bousculant d'un coup d'épaule, Colas pénètre chez moi.

Trois semaines que nous avons atterri à Los Angeles et les matins sont toujours aussi difficiles.

Malgré les journées épuisantes, je dors peu. Je crois bien n'avoir fait aucune nuit complète depuis que Lisa ne s'endort plus dans mes bras. Elle me manque. Atrocement.

– Allez, bouge tes fesses, mec. Va te doucher, les autres arrivent dans un quart d'heure, m'ordonne Colas en grimaçant.

Aujourd'hui, c'est le début de l'enregistrement de l'album. La maquette envoyée à la maison de disques a enthousiasmé les producteurs, qui se frottent déjà les mains. Quinze titres inédits et deux reprises. La musique m'a empêché de tout casser chez moi. J'ai tellement fantasmé Lisa entre ces murs que je vois son fantôme partout.

La tête vide, j'obéis machinalement à mon pote et monte prendre une douche froide. Un seul regard dans le miroir suffit pour me renvoyer mon laisser-aller en pleine gueule. Depuis mon arrivée, mon visage n'a pas vu l'ombre d'un rasoir et mes cheveux font leur vie comme ils l'entendent. Je passe les doigts dans ma tignasse brune en guise de peigne et descends après avoir enfilé un jean noir et un t-shirt à l'effigie d'Aerosmith.

– Voilà enfin Voldemort ! s'exclame Noah.

Le reste du quatuor a investi ma cuisine. Face à la machine à expresso, Colas joue les serveurs pendant que je rentre dans ma paire de boots abandonnée au pied du comptoir.

Je souris. Maniaque du rangement, Lisa aurait râlé.

– Lâche-lui la grappe, grommelle Soul d'une voix atone.

– Ouais, ben toi, t'es pas mieux. D'ailleurs, faudrait que je te trouve un surnom à toi aussi…, le provoque-t-il.

Les cernes marqués et les traits tirés, Soul a l'air d'être passé sous un train. J'ai envie de croire que ce ne sont que des signes de fatigue pour avoir repris le rythme effréné du travail.

– Et si vous arrêtiez de vous vernir les ongles, les starlettes ? intervient Colas. Un café et on y va.

– Mmh, marmonné-je avant de poser mes fesses lourdement sur un tabouret du comptoir.

– N'oublie pas de prendre ton ordi avec toi, Tray.

Alors que j'acquiesce, je sors mon téléphone pour vérifier mes messages. Quand le visage de Lisa apparaît, un soupir m'échappe. Mes poumons se vident à la pensée qu'elle pourrait trouver mieux que moi. Un mec disponible, près de chez elle. Un anonyme qui ne devrait pas composer avec tous les aléas d'une vie de rock star…

– Tout va bien, mec ?

– Ouais, réponds-je à Soul alors que ses boots et son jean troué rentrent dans mon champ de vision.

À part quelques sautes d'humeur, dans l'ensemble, notre pote va beaucoup mieux et les retrouvailles nous ont fait du bien. J'espère qu'il tiendra le coup et résistera à toutes les tentations auxquelles nous sommes soumis pendant les tournées. Le test ultime pour tous les accros à la blanche.

– Elle te manque ?

– Ouais, coassé-je, la voix râpeuse.

Je scrute chaque détail du joli minois de Lisa qui me nargue sur mon fond d'écran. Son sourire et ses yeux bleus sont autant de raisons de regretter son absence.

Toujours sous le regard compréhensif de mon pote, je range mon téléphone, termine mon café d'une gorgée et me lève en reposant la tasse brusquement.

– Allez, c'est parti !

– Yeah ! Enfin une parole sensée qui sort de cette barbe ! ricane Noah.

Alors que nous rejoignons l'entrée, Soul m'agrippe le bras, me stoppant dans mon élan.

– Tu sais, si vraiment c'est la femme de ta vie, c'est à toi de faire en sorte qu'elle s'en rende compte.

J'ai l'impression de ne faire que ça en lui décrivant ma villa, mon environnement, mes déplacements et en lui martelant que je voudrais qu'elle soit à mes côtés pour tout voir de ses propres yeux, qu'elle me manque et que je l'aime.

– C'est plus compliqué que ça. J'ai peur de sa réaction face à la médiatisation. J'ai peur qu'elle ne supporte pas mon rythme de vie. J'ai peur qu'elle ne s'habitue pas. Lisa a besoin de repères, de sécurité. À Lille, elle a tout ça. Ici, je ne sais pas…

– Mmh… marmonne Soul. Tu sais, si tu as besoin de temps pour elle, on peut aussi ralentir le rythme. Les SOON ne mourront pas si on ne fait pas trois albums et cinquante concerts par an.

Malgré son exagération, je suis touché qu'il me le propose.

– Ouais, je vais y réfléchir. J'ai l'impression que le problème est insoluble et ça me déchire, mec. Je ne peux pas me passer de la musique, du groupe, de cette vie, mais je ne peux pas me passer d'elle non plus.

– Ah… Te voir te morfondre comme ça, mec, ça commence à être chiant, s'esclaffe-t-il en sortant sous le soleil californien. On n'a pas passé l'âge de toutes ces conneries ?

Je le frappe à l'épaule et il fait semblant de trébucher.

– Tu crois que ça s'appelle la maturité ?

Il se retourne et hausse les sourcils, moqueur.

– Certainement. Ou alors, la plus grosse connerie de ta vie, va savoir, termine-t-il dans un rire.

Soul rattrape Noah alors qu'il monte dans sa Chevrolet d'occasion. Quant à moi, j'embarque Colas dans ma voiture. Je profite de son silence pour laisser mon esprit carburer à mille à l'heure et chercher un moyen d'encourager Lisa à se lancer dans la grande aventure de la vie à deux à Los Angeles. Lorsque je sens un mal de tête poindre, je pousse un soupir avant de me tourner vers mon pote qui n'a toujours pas décroché un mot, le regard perdu à travers la vitre.

– Comment va Sophie ?

Il pivote vers moi, étonné.

– Euh… Bien, elle va bien. T'as pas de news ?

– Léa ne me parle pas trop de sa mère quand je l'ai au téléphone. Là, l'école a repris, donc j'ai surtout droit aux détails sur le prof aux cheveux gras, celui qui a l'air « hyper sympa » et sur la copine qui lui tire la tronche pour une histoire de cahier.

– Ouais, Soph' m'a dit que Léa est très motivée cette année.

– Je crois que notre discussion à propos de son avenir lui a fait du bien.

Je suis rassuré de la savoir heureuse de son choix et prête à se remonter les manches pour obtenir ce qu'elle veut.

– Mmh. Et toi avec Lisa ? m'interroge-t-il.

– Elle est malheureuse. Je suis malheureux. Elle souffre. Je souffre. On échange des messages, on s'appelle, mais entre ses horaires et les miens, ça devient compliqué et terriblement… dur, putain ! assené-je en frappant le volant du plat de la main.

Je baisse le volume de la radio avant de continuer.

– Elle me manque. Ça ne fait même pas un mois et, chaque jour, elle me manque plus que la veille.

– Mouais, je sais ce que c'est. Et pour info, elle manque aussi à Léa et Sophie. Lisa n'est pas repassée par ton appartement depuis ton départ.

– Je sais. Ma mère m'en a touché deux mots.

Lorsqu'elle m'a appris que Lisa avait déposé mes clés sur son paillasson, j'ai paniqué puis je me suis souvenu de la propension de ma petite amie à réagir sous le coup d'un trop grand afflux d'émotions. J'ai alors rassuré ma mère en lui disant que Lisa repasserait sûrement plus tard. Mais ce jour n'est pas encore arrivé. Lisa s'habitue doucement à mon absence, ce qui a le don de m'agacer. Je cherche toujours ce qui pourrait la convaincre de sauter le pas et de prendre un avion.

– Il lui faut un projet pour la convaincre de traverser l'Atlantique… pensé-je tout haut en grinçant des dents. Bordel, je n'ai jamais autant ramé pour une fille.

Colas éclate de rire.

– Je veux bien te croire.

– Toute ma vie, j'ai pris, j'ai profité, puis j'ai jeté quand je m'apercevais qu'on se faisait plus de mal que de bien. Mais là…

Nous n'avons jamais été très démonstratifs au sein de la bande. Les confessions, très peu pour nous, mais grâce à l'amitié qui nous unit depuis le collège, nous nous connaissons par cœur. Comme dans une fratrie, nul besoin de beaucoup se parler pour se comprendre.

– Fonce, Tray. Fais pas comme moi. N'attends pas qu'il soit trop tard.

Je tique à son ton défaitiste et tourne un court instant les yeux vers lui. La tristesse ternit ses yeux perdus droit devant lui.

– Moi, elle m'a jeté. Voilà. Point final.

Aïe. On le savait tous les deux que vouloir vivre une histoire avec Sophie allait être compliqué.

Je culpabilise toujours pour mon attitude avec elle, déjà treize ans auparavant. Parfois, je pense qu'elle n'est pas étrangère à son comportement d'aujourd'hui. En revanche, je ne comprends pas qu'elle sacrifie son histoire avec Colas, mais après tout, cela ne me concerne pas.

– Ça ira, encouragé-je autant pour lui que pour moi. Il faut que ça aille… On ne peut pas en rester là. Impossible. Je veux ce *fucking happy end* qu'elles lisent dans leurs bouquins à la con !

***

Assis sur un tabouret, face au micro, ma guitare entre les mains et un casque sur les oreilles, j'interprète notre dernier single, ma nouvelle composition. Chaque parole arrache un morceau de mon âme. Chaque note vient vibrer contre les parois de mon cœur. Chaque accord égratigne mon épiderme à vif.

Les yeux fermés, je m'adresse à l'image de Lisa imprimée dans mon esprit, je l'appelle. Elle est là, avec moi, en pensée. Présence invisible, mais ô combien précieuse. Dans une cabine voisine, Noah fait jouer sa magie et imprime avec douceur un rythme lent, comme une caresse. Je termine seul, *a capella*.

Je mets quelques secondes à rouvrir les paupières. Derrière la vitre, l'ingénieur du son m'adresse un pouce levé, signe que l'enregistrement s'est bien passé. Je pose ma guitare sur son support avant de sortir.

Les mecs m'attendent, assis dans le canapé installé au fond du studio. Noah vide déjà une bouteille d'eau après deux heures de travail sans pause.

– Alors ? demandé-je en m'écroulant à côté d'eux.

– Topissime, mec, répond Soul avec un sourire complice.

– Ouais, c'est nickel. Elles vont toutes vouloir arracher leurs petites culottes, se réjouit Noah, en terminant sa phrase par un hurlement de loup.

Le reste de la journée, nous restons au studio, commandons des pizzas pour midi et dévalisons le petit réfrigérateur mis à notre disposition.

Spencer arrive en fin de séance pour écouter les morceaux déjà enregistrés. Nous avons dû faire au moins dix prises pour *After You*, la chanson écrite par Soul. Il voulait que je fasse passer plus de colère dans ma voix, que Colas et Noah accélèrent le rythme. À la prise suivante, il souhaitait l'inverse. Au bout du compte, la première prise était la bonne ; j'ai bien cru que Noah allait l'étriper. Au moins, leur show m'a empêché de penser à Lisa.

– Il va être génial cet album ! À propos, vous souhaitez toujours l'appeler *To Turn My Life Around* ? demande Spencer, satisfait.

On hoche la tête, tous sur la même longueur d'onde.

– Ce titre nous correspond parfaitement, précisé-je.

Spencer acquiesce, le nez déjà sur son téléphone sur lequel il pianote au rythme de la mastication de son chewing-gum mentholé.

– Ah, au fait, reprend-il en levant un œil distrait sur nous avant de tourner les talons. Je suis heureux que vous soyez tous rentrés, mais ralentissez un peu sur les sorties en club, les gars, vous avez tous des têtes de déterrés.

La porte du studio claque sur nos mines ahuries. Qu'est-ce qui me choque le plus ? Son attitude, ou bien simplement le fait que, non, aucun de nous n'a fait la fête ces derniers temps, contrairement à nos anciennes habitudes.

– Ouais, nous aussi, on est ravis de te revoir, grogne Soul certainement plus contrarié par sa réaction que nous tous réunis.

Abruti !

***

Il est vingt-trois heures lorsque je rentre chez moi avec un Colas nerveux qui, à peine descendu de ma voiture, grimpe sur sa moto et démarre en m'adressant un rapide signe de la main.

Je pénètre dans la maison, pose mes affaires sur le canapé et mets immédiatement la musique en route.

Seul dans cette grande baraque isolée de la frénésie de la ville, le calme que je recherchais quelques mois plus tôt m'est devenu insupportable.

Kashmir de Led Zeppelin s'échappe des enceintes et je respire mieux. J'augmente le son avant de me servir un doigt de *Nikka From The Barrel*. J'en bois une gorgée en m'enfonçant dans le canapé, la tête en arrière. Malgré le degré d'alcool du whisky, les dernières notes de ce nectar japonais rappellent la pêche…

J'attrape mon ordinateur et ouvre le moteur de recherche de mon navigateur. Les coordonnées de plusieurs cabinets s'affichent. Je les enregistre sur mon téléphone et mets un rappel pour les contacter demain.

CHAPITRE 61

Souffler Le Ch@ud & Le Froid

LISA

– Vous avez quel temps à Lille ?

– I-il f-fait f-f-f… froid.

– Je me doute. Ici, ça va. T'as vu ? Je suis sorti en t-shirt. Notre chauffeur nous a appris que c'était l'été indien.

« Ici », c'est New York. Aujourd'hui, les Slave Of One Night passent en direct dans une émission de télévision. Je souris au visage de Thibault qui s'affiche en gros plan sur l'écran de mon téléphone. Un duvet sombre et fourni a repris ses droits sur ses joues et ses cheveux ont repoussé. Il est beau comme un dieu.

Je soupire. Qu'est-ce que je ne donnerais pas pour être près de lui, là, tout de suite… Je rêve de passer mes doigts le long de son visage, d'apprécier la douceur de sa barbe, mon regard plongé dans ses yeux vert d'eau. Je rêve qu'il m'enlace, qu'il m'embrasse, qu'il me caresse, qu'il me chuchote des mots d'amour. Je rêve de nos discussions jusqu'au bout de la nuit, mon corps calé contre le sien. Je rêve de le respirer, sa peau contre la mienne.

Je reprends mon souffle.

– M-moi, j'ai-j'ai re-ressorti m-m-mes p-p-pulls, m'esclaffé-je.

– Si je te tenais dans mes bras, tu n'aurais pas besoin de pull. Tu n'aurais besoin d'aucun vêtement, d'ailleurs, murmure-t-il d'une voix langoureuse.

Son intonation me fait frissonner et mon bas-ventre frétille. Je passe mon index sur l'écran et tremble de frustration.

– T-t-tu m-m-me m-man-manques…

– Je sais. Et tu me manques encore plus, assène-t-il. Ah, et tes pâtisseries manquent à Noah. Il pleure presque d'envie quand tu m'envoies des photos. Hier, il a même senti le parfum à travers mon écran. Quel con, celui-là !

Je ris et ses yeux s'illuminent.

– Oui, oui, j'arrive, crie-t-il à quelqu'un. Je vais devoir y retourner, la maquilleuse m'attend.

– Oh, t-t-tu v-vas être jo-joli.

Ses yeux s'écarquillent tandis qu'il pose une main sur son cœur.

– Ah mais non ! « Joli » c'est pour un paysage, pas pour un mec canon comme moi, s'offusque-t-il faussement.

En un quart de seconde, il recouvre un air et un ton plus sérieux.

– Dans trois jours, on en aura fini avec la côte Est et on retourne à L.A., mais par contre, je ne serai pas très disponible. On enregistre un clip et après on sera en répet' pour les concerts de fin octobre et début novembre. On jouera nos nouvelles chansons en avant-première.

Son emploi du temps s'est accéléré dès que l'album a été annoncé. Depuis presque deux mois, on a beaucoup de mal à trouver des créneaux pour se parler, et ça devient de plus en plus compliqué. Et puis, faire l'amour au téléphone n'aura jamais la même saveur.

– Je vais faire chauffer la piscine dès mon retour, ça me fera du bien de nager quelques longueurs, dit-il en s'étirant.

– Ça d-d-doit être sup-p-p-per !

– Oui, mais tu n'y goûteras pas. Tant pis pour toi… dit-il, une moue aux lèvres.

Je me renfrogne, crispée. C'est la première fois qu'il me pique directement sur mon absence à ses côtés. La remarque est d'autant plus difficile à digérer que mes nuits sont de plus en plus peuplées d'images de nous deux enlacés lorsqu'il me retrouve à l'aéroport de Los Angeles.

– J'aimerais tellement que tu sois ici pour découvrir New York. C'est une ville très dynamique. On a prévu de sortir ce soir, d'ailleurs. Il y a plein de clubs géniaux ici. On retrouve des potes musiciens. Tu les adorerais.

Je n'en doute pas. Pour l'avoir pisté un peu sur les réseaux, je sais que ces sorties sont aussi l'occasion de se faire prendre en photo dans des situations bien compromettantes, du genre qui me donnent envie d'aller vérifier de mes propres yeux. Moi qui n'allais jamais sur Internet, je suis devenue la pro des alertes people.

– On va sûrement jouer un peu sur la scène. On connaît bien le patron de la boîte.

Des cris retentissent soudain, lui faisant relever les yeux de son écran. Il sourit avant de lever le bras et de saluer.

– Traaaaaay ! Traaaaaay !

– Attends deux secondes, Lisa. Salut ! s'adresse-t-il aux personnes qui hurlent.

Il se déplace. L'image bouge, des morceaux de ciel bleu apparaissent, des immeubles, puis de jolies filles en tenues légères.

– Ça va, les filles ?

– Je t'aaaaime, Tray ! Épouse-moi !

J'assiste, invisible, à la signature d'autographes sur des photos, un t-shirt, et même sur un soutien-gorge, avant qu'il ne leur souhaite une bonne journée et ne reparte en sens inverse.

– Lisa ?

Figée devant mon téléphone, je sens un frisson glacé se propager dans ma poitrine et enserrer mon cœur. Je fixe ses yeux clairs inquiets et me secoue mentalement.

– Ça va, Lisa ?

Je hoche la tête et déglutis avant de lui décrocher un sourire timide.

– C'était juste quelques fans, ma puce. Tiens ! T'as vu, c'est joli ça, non ?

Son écran balaie les murs recouverts d'une fresque lorsqu'une grande porte en métal s'ouvre sur un homme, casque sur les oreilles.

– Tray, c'est ton tour !

– J'arrive ! Je dois vraiment y aller.

Je grimace.

– OK, dis-je, déjà prête à raccrocher.

– Lisa ? m'interpelle-t-il en se positionnant de nouveau face à la caméra.

– Mmh ?

– Tu sais que ça ne pourra pas durer éternellement, hein ?

Je prends un uppercut en pleine poitrine en comprenant l'impact de ses mots.

– Je ne tiendrai pas, Lisa…

Les yeux humides, je hoche la tête. La réalité me frappe tel un train à grande vitesse.

– Il faut que je…

Tétanisée, silencieuse, je me gorge des traits de son visage avant qu'il ne mette fin à la communication.

– Tu me manques. Bisous, me dit-il d'une voix douce et le visage triste.

– B-bi-bisous.

– Je t'aime.

– Je-je t'aime, dis-je en lui envoyant un baiser.

Son image disparaît, remplacée par une photo de nous à la plage, comme un rappel de ce que j'ai laissé partir.

Angoissée, je fixe mon téléphone. Se lasse-t-il de moi ? Ça y est ? Comprend-il que je suis incapable de prendre une décision ? Que j'ai une peur viscérale de quitter mon nid ? S'il voulait mettre fin à notre relation, il ne m'appellerait pas tous les jours ou presque. Pourtant, il a raison.

Cette situation ne pourra pas être éternelle. Je vais devoir me secouer si je veux vivre ma belle histoire d'amour avec Thibault.

Et s'il rencontrait quelqu'un d'autre ? Non, il me le dirait. Il ne supporte pas l'infidélité. Encore moins depuis qu'il l'a lui-même subie. Là-dessus, je suis certaine de pouvoir lui faire confiance. Mais pour le reste…

Je rentre dans les locaux de Pic'Assiette en broyant du noir. Dès que je passe la porte, Angélique relève la tête de sa comptabilité.

– Ça va ?

– Oui. N-non.

Mon estomac se rebelle ; je suis prise d'une violente envie de vomir.

Mes amies ont tenté de me soutenir dans mes tourments. Récemment, les deux cousines ont dressé une longue liste d'arguments qui peuvent influencer ma décision, et je dois reconnaître qu'elles en ont de bons. Méline, qui vit actuellement dans un appartement insalubre et ridiculement petit, offre joyeusement de me louer le mien, quant à Angélique, elle envisage de racheter ma part de Pic'Assiette pour que je puisse ouvrir quelque chose à Los Angeles. Elles semblent avoir une solution toute trouvée, mais… Et après ?

Je leur ai expliqué que je ne savais même pas par quoi commencer. Je ne suis pas plus apte à gérer une société de l'autre côté de l'Atlantique qu'ici, à Lille. Faire des recherches, embaucher, gérer la comptabilité, promouvoir une entreprise, je ne sais pas faire. Et aux États-Unis, n'en parlons même pas. Je ne m'en sens absolument pas capable.

À l'instar de Thibault, les filles ont donc laissé tomber et ne me lancent plus sur le sujet. Comme s'il était devenu tabou.

En ruminant, je rejoins ma cuisine, mon repaire, mon chez-moi. J'inspire profondément, faisant disparaître ma nausée. L'odeur des pommes qui cuisent dans le four, associée au parfum du caramel dont Méline est en train de surveiller la cuisson, me calme instantanément. Je mets en route le fouet du robot pour transformer les blancs d'œufs en neige.

– Ils vont bien ? demande Méline sans me regarder.

Elle ne parle évidemment pas des œufs… J'ajoute le sucre glace petit à petit.

– Ouais, i-ils sont à-à-à N-New York.

Les cols de cygne formés, j'éteins et relève le fouet. Avec gourmandise, je récupère une lichette sur mon doigt avant de goûter.

– Ça doit être chouette de visiter autant de villes, quand même !

Je hausse les épaules et poursuis ma recette en enfermant mes états d'âme à double tour.

À l'aide de ma poche à douille, je dresse les meringues sur une plaque quand Angélique passe les portes battantes enfin graissées par Selim qui a craqué avant nous. Méline entrouvre la bouche avant que sa cousine ne lève la main. Elle lui intime de se taire d'un mouvement de tête, l'empêchant de dire une ânerie. Leur manière de communiquer par télépathie sans que j'en comprenne le sens les rend parfois effrayantes.

– Tu peux venir, Lisa ? C'est pour une commande.

– Oui… hésité-je en regardant ma plaque.

– Laisse, je vais terminer, m'assure Méline.

Elle tend les mains et récupère la poche en me poussant d'un coup de hanche.

– Vas-y ! m'ordonne-t-elle.

– OK, OK.

Je me lave les mains et suis Angélique dans la boutique. Lorsque je passe les portes de la cuisine, je reconnais immédiatement les deux jolies brunes.

Sophie et Léa.

Une émotion étrange me prend aux tripes alors que mes yeux s'embuent. Curieusement, elles aussi me manquent. Je m'étais habituée à les voir évoluer autour de Thibault.

– Salut, Lisa !

Souriante, Léa vient m'enlacer après avoir retiré la capuche de son manteau. Je me baisse un peu pour qu'elle puisse m'embrasser. Sophie, à son tour, me fait la bise.

– Bonjour, Lisa, je suis heureuse de te voir. Nous sommes déçues que tu ne sois pas venue nous faire un coucou depuis tout ce temps.

– Je-je suis d-d-dé-désolée. Je-je suis gr-gr-gro-grossière.

– Oui, rit-elle, mais on te pardonne. Tu nous manques, tu sais ?

– Oh. V-vous aussi.

Alors qu'elles devraient me snober, voire m'ignorer, toutes les deux m'adressent des sourires étincelants. Avec mes larmes qui se forment au coin de mes yeux, je me sens honteuse et ridicule.

Je ne les mérite pas. Ni leur sourire ni leur amitié.

– Bref, je n'avais pas ton numéro de téléphone. Du coup, on s'est dit qu'on allait venir ici, où on est sûres de te trouver, s'esclaffe-t-elle.

– Oui, et en plus, j'ai besoin d'un gâteau ! C'est bientôt mon anniversaire ! précise l'adolescente en sautillant sur place et en faisant voler sa masse de cheveux.

Sophie tente de calmer l'excitation de sa fille en lui mettant la main sur l'épaule, mais secoue, comme moi, la tête d'amusement.

– Donc, on vient te commander un gâteau d'anniversaire pour cette jeune demoiselle, précise-t-elle en caressant tendrement les cheveux de Léa. Si le cœur t'en dit, tu es la bienvenue. Tes amies aussi.

Je suis très touchée de l'intention. Elles sont vraiment adorables. Elles ont accepté ma relation avec Thibault sans jamais émettre la moindre remarque désobligeante.

Je hoche la tête en guise d'accord.

– Que-que v-v-veux-tu co-co-comme ga-ga… gâteau ?

– Un saint-honoré !

– R-r-rien q-que ça…

– Pour dix personnes, au moins, ajoute Léa.

Je ris. Il est amusant qu'elle choisisse le saint patron des boulangers et des pâtissiers.

– Pour dimanche, ça ira Lisa ? s'inquiète Sophie, le front soucieux.

Au contraire de Léa, elle doit se douter que mes journées sont déjà chargées.

– Oui, s-s-sans p-p-prob-b-b-blème.

– Génial. Merci beaucoup. On sera chez ses grands-parents à midi. Marianne sera très heureuse de vous voir toutes, murmure Sophie à mon oreille en me prenant dans les bras.

– M-m-moi au-aussi. On v-v-vous offre le g-g-gâ-gâteau !

Alors qu'elles ressortent ravies en nous saluant, Angélique s'approche de moi.

– J'ai bien compris ? Nous sommes invitées aussi ? s'étonne-t-elle.

Je hoche la tête en me réjouissant d’avance d’assister à l’anniversaire de Léa avec elles et de retrouver cette ambiance chaleureuse.

– C’est super sympa de leur part, mais est-ce qu’on veut voir de nouveau Léa et Méline dans la même pièce ? Là est toute la question… s’esclaffe Angélique.

CHAPITRE 62

Joyeux @nnivers@ire

LISA

– Joyeux anniversaire ! Joyeux anniversaire, Léa…

Toute la famille chante en chœur devant une jeune adolescente radieuse qui souffle ses bougies. Alors qu'elle vérifie qu'elle n'en a oublié aucune, ses yeux pétillants évoquent encore une enfant, alors que sa belle robe parme à larges bretelles en dentelle lui confère son statut de future jeune femme.

Émerveillée par les choux parfaitement réguliers et la chantilly nacrée du saint-honoré, Léa demande à tout le monde d'attendre pour pouvoir prendre des photos qu'elle enverra à ses copines et à son père. Elle photographie en gros plan la plaque de nougatine sur laquelle j'ai inscrit son prénom en lettres dorées.

– Rhooo, c'est trop dommage de le couper, soupire-t-elle, une moue ennuyée aux lèvres.

– Oui, il est très beau, c'est vrai, concède Marianne. Tu préfères un yaourt à la place ? J'en ai cuit hier soir, si tu veux.

– Ah non ! grimace-t-elle. J'aime beaucoup tes yaourts, mamie, mais je ne vais pas passer à côté de ce gâteau.

J'envie l'évidente complicité qu'elles partagent toutes les deux, et de manière plus générale, l'amour qui règne entre les membres de cette famille. Les filles et moi avons été accueillies avec effusion par chacun d'eux, si bien que je ne savais plus où me mettre.

Avec un regard malicieux, Marianne tend le couteau à Léa.

– À toi l'honneur alors, ma petite-fille préférée.

– Facile, je suis la seule, rétorque l'adolescente en tirant la langue.

Arme à la main, elle hésite devant la pâtisserie. Dans un effort d'application, le bout de la langue au coin des lèvres, elle prend tout son temps pour découper parfaitement chaque part et nous servir, partageant équitablement les choux caramélisés entre les invités.

À la première bouchée, les ronronnements de plaisir autour de moi sont sincères. Malgré mes années d'expérience, je suis toujours fière de procurer du bonheur avec juste quelques ingrédients.

– Tu m'apprendras à faire ça ? me supplie Léa.

– A-avec p-p-plaisir. T-t-tiens, t-ton… ton ca-ca… deau, ajouté-je en lui tendant un paquet.

Les yeux émerveillés, elle l'ouvre rapidement, les mains tremblantes d'excitation.

– Ooooh, c'est beau. Merci, Lisa, s'exclame-t-elle avec un bonheur sincère.

– Qu'est-ce que c'est ? demande sa mère.

– Un carnet pour noter mes recettes. Tu m'en donneras, Lisa ? Les tiennes, je veux dire…

Sa voix pleine d'espoir témoigne de l'admiration sans bornes que cette jeune fille me porte. Outre mes amies, personne ne m'avait admirée pour mon travail avant. Sans doute, parce que je ne sortais jamais de ma cuisine…

– B-b-bien sûr.

Alors qu'elle continue à feuilleter le carnet en expliquant à sa mère ce qu'elle y mettra, les conversations reprennent. Le cousin de Thibault discute avec Angélique et Fabien tandis que son père commence à piquer du nez dans son assiette déjà vide. Marianne tapote sa main en lui servant une tasse de café.

– Dis donc, Léa, ça te fait quel âge, déjà ? demande Méline après avoir raclé la dernière goutte de chantilly de sa part de gâteau.

– Bah, tu ne sais pas compter ? Treize ans ! rit-elle en montrant les bougies éparpillées sur la table.

– Impeccable. Bientôt, je t'emmènerai faire du shopping.

– Pas sûre que sa mère devrait te la confier, ricane Angélique derrière elle.

– Tiens, tu fais bien de te faire remarquer, toi, parce qu'on va devoir habiller la crevette. Tata Méline se fera un plaisir de lui trouver les trucs les plus…

Dès que je surprends son rictus carnassier, j'interviens :

– J-jo-jolis. Les t-t-trucs les p-p-plus j-j-j… jolis.

Méline se tourne vers moi les sourcils relevés, mais je sais d'avance qu'elle va chercher les habits les plus ringards pour ce futur bébé, rien que pour le plaisir de voir la tête d'Angélique.

– Ouais… Et sinon, Léa, comment s'appelle ton petit copain ?

Marianne sourit malicieusement tandis que Sophie grimace en levant les yeux au ciel avant de souffler. Les amours de Léa seraient-ils un sujet épineux ?

– Ethan. On fêtera nos deux mois ce mardi !

– Houla, malheureuse ! Ne dis surtout pas à ton père que tu commences à sortir avec des garçons ! s'esclaffe un cousin de Thibault.

– Non, je ne lui parle pas de ça, répond Léa rougissante, une main sur la bouche.

Alors que la conversation dévie sur le mariage d'une cousine éloignée de la famille, Marianne vient s'asseoir à côté de moi et pose tendrement sa main sur la mienne.

– À propos, Thibault va bien ? me murmure-t-elle les yeux pétillants.

– Oui. I-il n-ne v-v-vous a p-p-pas a-a-appelés ? m'étonné-je.

– Si, il y a deux semaines, mais je crois qu'il réserve ses appels quotidiens à sa charmante compagne, se justifie-t-elle avec espièglerie.

Charmante compagne ?

– N-nous… hésité-je en soufflant.

Nous sommes quoi ? Amants, amis, amoureux ? Un couple ? Sans doute, tout ça à la fois… Mes pensées s'embrouillent, mes émotions affleurent et couvrent mon épiderme de chair de poule.

D'un léger mouvement de la tête, Marianne m'invite à l'accompagner à la cuisine.

Je la suis, profitant de l'occasion pour débarrasser quelques assiettes. Dès que je dépose le tout sur le plan de travail carrelé, la mère de Thibault met la cafetière en route, puis elle me tend un torchon sans un mot et commence à laver la vaisselle dans l'évier. Fébrile, j'essuie au fur et à mesure les assiettes qu'elle me tend, mais je me souviens soudain que la chipie a un lave-vaisselle…

– Vous êtes ensemble et vous vous aimez, commence-t-elle sans réelle subtilité. Ça se voit comme le nez au milieu de la figure, Lisa. Tu sais, j'étais extrêmement déçue que tu m'aies déposé les clés de l'appartement sur le paillasson, sans entrer me parler.

– D-d-dé-désolée, m'excusé-je, contrite.

Le mot est faible, mais c'est le seul qui parvient à franchir la barrière de mes lèvres.

– Tu sais, poursuit-elle, je comprends beaucoup de choses. Je comprends ton désarroi. Je comprends que ce soit difficile de vivre avec une célébrité, surtout si ladite célébrité habite de l'autre côté de l'océan, mais…

Elle fait une pause et me regarde avec une tendresse bouleversante. Je serre l'assiette entre mes doigts pour éviter de la lâcher sous le coup de l'émotion.

– Il faut que tu saches que Thibault ne nous a jamais présenté de femme. Du moins, officiellement. Aucune n'avait assez de valeur à ses yeux pour qu'il envisage de partager sa vie avec elle. Mais avec toi, c'est différent…

– I-il m-me d-d-de… demande de chan-changer d-de vie, marmonné-je.

– Un peu, c'est vrai, mais il te propose surtout de faire partie de la sienne. Il te demande de le laisser faire partie de la tienne. Qu'est-ce qui est préférable, ma petite ? Te morfondre ici, seule, ou avoir un peu la nostalgie de tes amis et de ta famille et démarrer une nouvelle aventure avec lui ? Il faut beaucoup de courage pour se lancer, Lisa. Il en a fallu à l'époque à Thibault pour s'envoler faire carrière avec ses amis. Son père et moi pensions même que ce serait un feu de paille, qu'il reviendrait vite.

Elle replonge les mains dans l'évier.

– Mais on ne lui enlèvera jamais sa ténacité ! Quand Thibault veut quelque chose, il se bat pour l'obtenir. Et je suis certaine qu'il peut en être de même pour toi. Vois ce que tu as réalisé, ce que tu as fait de ta vie. Tu es allée au bout de tes études, tu travailles dans un milieu qui te passionne, tu as une entreprise, un appartement, des amies extrêmement fidèles. Tu dois être fière de toi, Lisa, parce que moi, je suis très fière de toi.

Marianne vient de me recadrer avec douceur et sensibilité. Comme une mère le ferait…

Troublée et les larmes aux yeux, j'essuie pour la troisième fois la même casserole, perturbée par son discours sincère. Entendre la mère de Thibault me dire ce que j'ai toujours espéré entendre de la bouche de mon père me bouleverse peut-être plus que de raison. La gorge serrée, je l'enlace tandis qu'elle me pose un baiser sur la tempe en me murmurant des encouragements. Une larme s'échappe sans que je cherche à la retenir.

Pour la première fois depuis des mois, un sentiment de sérénité m'envahit, et je me laisse la possibilité d'entrevoir un avenir différent.

CHAPITRE 63
C@r@mel Mou

LISA

– Alors ? Léa m'a dit que c'était un bel anniversaire.

– T-t-très chouette. El-elle a été t-t-très g-ga-gâtée p-p-pa-par son p-p-papa, le taquiné-je.

Assise dans mon canapé, je joue avec l'étiquette de mon plaid, profitant du son de sa voix grave à mon oreille.

– Je suis rarement avec elle pour ses anniversaires, soupire Thibault. Du coup, j'ai tendance à compenser. C'est terriblement cliché, je le reconnais, mais je ne sais pas faire autrement.

Léa ne ressemble pas à une jeune fille capricieuse. Au contraire, j'ai beaucoup apprécié la fraîcheur de ses réactions à chaque ouverture de cadeau. Et si son père lui a manqué, jamais elle ne l'a mentionné. Elle semble aguerrie à son absence.

Pendant la pause qui suit, j'essaie de prendre mon élan. J'attends ce moment depuis qu'il a décroché. Le cœur battant, je me lance :

– T-ti-Thibault ?

– Oui ?

– J-j'ai d-d-dé-décidé de-de venir.

Le silence au bout du fil se prolonge et me fait craindre que nous n'ayons été coupés au plus mauvais moment lorsque, soudain, je reçois un appel vidéo. Dès que j'appuie sur le carré vert, le visage souriant de Thibault apparaît sur mon écran. Derrière lui, les buildings new-yorkais se dessinent et le bruit de la circulation m'indique qu'il m'appelle depuis un trottoir.

– Attends, j'ai besoin de cinq minutes, mec ! crie-t-il à quelqu'un en se déplaçant.

Jusqu'au point de rupture, mon cœur accélère sa danse folle à la vue de l'homme qui a bouleversé mon monde.

– Répète-moi ça, ma chérie, s'il te plaît, me demande-t-il une fois immobile.

– J'ai d-d-décidé d-de t-t-te rejoindre, annoncé-je, sourire aux lèvres.

– Putain, Lisa ! Je suis si heureux, rit-il les yeux brillants. Putain, putain, putain… Tu ne peux pas savoir comme j'attendais ce jour. Quand ? Demain ? Cette semaine ?

J'éclate de rire devant son empressement. Je crois qu'il sautille sur place, en parfaite imitation de sa fille de treize ans.

– Je-je n-ne sais p-p-pas encore. Faut p-p-plein de-de p-p-pa… papiers, soupiré-je une main sur le front.

– Tu as besoin d'aide pour faire des démarches ?

– Je v-vais essayer t-t-tou-toute seule.

Je me dois de relever ce défi et de prouver aux autres ainsi qu'à moi-même que j'en suis capable.

– D'accord. Mais tu sais que tu n'es pas seule. N'hésite pas, d'accord ?

Je hoche la tête et tente de lui cacher les quelques traces de peur qui subsistent toujours, et qui ne disparaîtront pas avant que je ne sois définitivement installée à ses côtés et habituée à la vie à L.A.

– Une dernière chose, ajoute-t-il en faisant de nouveau signe à la personne derrière lui de patienter. Pourquoi ?

– P-p-pou-pourquoi ?

– Avant que je parte, tu m'as demandé pourquoi je voulais que tu viennes. Alors, je voudrais aujourd'hui que toi, tu me dises pourquoi tu veux venir. Allez, convaincs-moi.

Devant son air de défi, je remets mes idées en place et inspire une grande goulée d'air. Dès que le calme m'envahit, j'énonce toutes les raisons que je me suis énumérées chaque soir avant de m'endormir.

– P-p-pa-parce que je-je v-v-veux vivre a-avec t-t-toi, p-pa-parce que tu-tu me m-m-man… manques at-t-t-trocement, p-p-p-parce que-que je v-v-veux me r-ré-réveiller t-t-tous les m-m-m-ma… matins à tes co-côtés.

Je lève une main tremblante pour lui faire comprendre que je n'ai pas terminé et reprends mon souffle avant de continuer, des larmes chargées d'émotion au bord des cils.

– P-p-pa… parce q-que je v-v-veux qu'on se d-d-di-dispute p-p-pou-pour la f-f-fa… façon d-d-dont je b-b-bois mon ca-café ou p-parce que t-t-ton rasoir t-t-tr-traîne. Pa-parce que je-je veux pa-parler d-d-da-d'avenir avec t-t-toi. Et p-p-parce que j-j-je t-t-t'aime, T-ti-Thibault, conclus-je dans un soupir.

– Je t'aime aussi, ma douce, murmure-t-il, des trémolos dans la voix. J'ai tellement hâte de te serrer dans mes bras !

J'ai mal aux joues tant je souris. La décision a été difficile, mais depuis qu'elle est prise, curieusement, je suis soulagée. Ma vie semble prendre la direction vers laquelle elle était destinée depuis toujours.

***

Ce matin, arrivée à la boutique, je replonge dans ma routine : habillage, coiffure avec la charlotte, lavage des mains et mise en place de mon plan de travail, lavage des mains de nouveau. Depuis quelques jours, forte des encouragements de Marianne et avec la volonté d'écourter l'impatience de Thibault, je mets tout en place pour préparer mon déménagement.

Épuisante, mais tout aussi excitante, cette effervescence me bouleverse complètement.

Dès que Selim me rejoint, je lui montre la préparation des macarons. Avec application, il reproduit mes gestes sur sa préparation au chocolat.

– B-b-bien t-ta-tamiser la p-p-pou… poudre d-d-d'amande a-avec le sucre g-g-gla-glace.

– Pour qu'ils soient bien lisses, c'est ça ?

J'acquiesce avec un sourire fier. Je ne sais pas si je suis pédagogue ou si Selim a des facilités, mais en tout cas, il comprend vite et notre duo fonctionne à merveille. Les filles sont heureuses de me voir interagir avec lui, et moi, je leur suis reconnaissante de m'avoir bousculée jusqu'à en arriver là. Lorsque son professeur est venu contrôler son adaptation, il a été particulièrement impressionné par ses capacités. Moi qui craignais ce type d'interactions, je regrette de ne pas avoir sauté le pas avant.

Transmettre son savoir est vraiment gratifiant.

– Bonjouuuuuur !

Méline virevolte jusqu'à nous, regarde au-dessus de mon épaule et gémit de contentement en avisant ma propre préparation au caramel.

– Je sens qu'on va se faire un petit plaisir avec le café de cet après-midi…

Selim met le robot en route pour monter les blancs en neige et suit mes instructions. Il incorpore petit à petit le sucre en poudre.

– Là, c'est bon ?

– Re-regarde si ça f-f-fait d-d-des p-p-pi… piques.

– Oui.

– OK. Le-le ch-chocolat, m-m-main… t-t-tenant.

L'appareil à macaron prêt, il transfère le tout dans la poche à douille et commence à dresser les coques de dimension régulière sur les plaques recouvertes de papier sulfurisé. Je fais la même chose après avoir coloré mes blancs d'œufs avec un peu de colorant ocre.

Face à nous, Méline organise ses cagettes pour son atelier à domicile en fin de matinée. Ces petites routines vont me manquer quand je partirai.

– C'est-c'est où ? lui demandé-je.

– Marcq-en-Barœul. Ça va, c'est pas trop loin.

– Et le m-m-menu ?

– Quiche au maroilles et salade. Faut encore que je trouve quoi mettre dedans, souffle-t-elle. Je vais aller faire un tour chez Brahim pour voir ce qu'il a reçu ce matin. En dessert, la cliente veut un fondant au chocolat.

Nos coques formées, je montre à Selim comment éviter les bulles d'air en claquant les plaques sur le plan de travail, ce qui l'amuse beaucoup. Notre vacarme couvre la radio qui joue *Shape of You* d'Ed Sheeran, alors Méline en profite pour s'échapper.

En attendant que les macarons sèchent, nous élaborons nos garnitures. La sienne, une ganache au chocolat, est rapidement exécutée, sans que j'aie besoin de le seconder. La mienne, à base de Carambar, est un peu plus longue à cuire, les barres au caramel prennent leur temps pour fondre dans la crème fraîche.

Alors que nous sommes à la plonge, les portes battantes s'ouvrent sur le ventre rebondi d'une Angélique radieuse.

– Salut, les cuistots !

Nous lui répondons en chœur puis, étonnamment, au lieu de repartir vers son bureau comme à son habitude, Angélique se sert un jus de fruits. Après quelques instants de tergiversation, elle s'approche de moi. Ses lèvres s'ouvrent et se ferment en rythme. Un vrai poisson rouge…

Je vais finir par croire que la grossesse la rend marteau.

– Oui ?

– Euh… Lisa. C'est ton anniversaire bientôt…

– Ou-oui.

Encore un truc que j'ai complètement occulté. Mais qui fête ses vingt-neuf ans ? Tiens, je ne connais même pas la date de naissance de Thibault… Je vais la lui demander dès notre prochaine conversation !

– On sera fermé ce jour-là.

– Ah b-bon ? m'étonné-je.

Depuis quand ferme-t-on Pic'Assiette pour nos anniversaires ?

– P-p-pou-pourquoi ?

– Tu verras.

Je fronce les sourcils d'incompréhension, puis je devine qu'elles ont dû me préparer une surprise du type « journée spa entre copines ». Je lui adresse un sourire complice.

– Sup-p-p-per !

Satisfaite de ma réponse, elle retourne à son bureau pendant que je calcule que le deux novembre tombe un… Sans attendre, j'essuie mes mains et rattrape Angélique.

– On-on n-n-ne p-p-peut p-pas. C'est-c'est un s-s-samedi !

– Si on peut, bichette, m'assure-t-elle en relevant la tête de son ordinateur. On n'a aucune commande prévue. On sera d'ailleurs fermé le vendredi, puisque c'est férié, et dimanche. Comme ça, ça nous fera un super week-end prolongé et je pourrai me reposer !

Très bien, là, ça devient suspect…

Je capitule néanmoins et réintègre ma cuisine, mais je prévois tout de même de m'épiler la veille pour ne pas être le yéti du salon de beauté. D'ailleurs, je vais aussi appeler Cassandre pour savoir si je peux passer à Villeneuve-d'Ascq durant le week-end… Autant bien utiliser ces quelques jours !

CHAPITRE 64

Surpriiise !

LISA

– Lisa ! Lisa !

J'ai tout juste le temps d'accrocher ma veste au portemanteau. Alors que je me tiens encore dans l'entrée après avoir été accueillie par mon père, Sacha et Romuald se précipitent sur moi en riant. Je les rattrape difficilement avant de les embrasser l'un après l'autre, heureuse de les retrouver. Dans leur tenue bleue identique, seul un œil expert peut les différencier.

– Je t'ai fait un super dessin. Viens voir ! me dit Romu surexcité en me tirant par la main.

– Moi, faut que je te montre le bateau que j'ai construit en Lego, renchérit son frère en sautillant sur place.

– Laissez votre sœur arriver, les garçons, intervient mon père d'une voix ferme.

Surpris, ils se statufient. Je frémis. Est-ce en ma présence qu'il leur parle ainsi ou subissent-ils également son autorité abusive au quotidien ? Je me promets d'en savoir plus en les interrogeant subtilement.

– T-t-tout à-à l'heure, les rassuré-je néanmoins devant leur moue similaire.

– Votre mère vous attend pour le bain, les garçons. Vous l'emmènerez voir ça après. Allez !

Obéissants, les deux garnements grimpent l'escalier sans demander leur reste. Je me tiens raide devant mon père sans savoir quoi faire de mes mains que je triture nerveusement en redoutant qu'il ne reprenne ses mauvaises habitudes en laissant fuser une pique acerbe.

– J'aimerais te parler, Lisa. Tu veux venir dans mon bureau, s'il te plaît ? m'enjoint-il d'une voix affable.

Je hoche la tête et le suis, étonnée par son amabilité.

Une fois que nous sommes entrés, il referme la porte derrière moi.

– Assieds-toi, je t'en prie, m'invite-t-il en souriant.

Une pierre se loge dans mon estomac. Je me crispe, ne sachant pas à quelle sauce je vais être mangée. Lorsque j'étais petite, une convocation dans le bureau signifiait réprimandes et punitions. Pour moi, cette pièce est synonyme de pleurs retenus, de colère intériorisée et de frustration de ne pas pouvoir m'exprimer librement.

Après avoir laissé l'image de Thibault infiltrer mes pensées, le calme m'envahit. J'attrape sa chevalière dans le creux de ma main et la caresse de mon pouce. J'inspire et charge mon esprit de son assurance communicative. Enfin apaisée, je prends place sur la causeuse.

– Je voulais te parler. Je… J'ai beaucoup réfléchi depuis l'anniversaire de Cassandre, commence-t-il les mains dans les poches de son chino du dimanche assorti à un polo de golf.

Je remarque seulement maintenant qu'il ne s'est pas rasé et que des cernes sombres soulignent ses yeux gris.

– À q-q-quoi ?

– À beaucoup de choses, soupire-t-il en se laissant tomber dans le fauteuil à côté de moi.

Intriguée par son attitude, je me penche vers lui.

– Ton ami, Thibault, avait raison sur beaucoup de points, Lisa, mais il y a une chose sur laquelle il avait tort : je n'ai jamais dit que je ne t'aimais pas, ma fille.

Je me fige et dirige mon regard vers les photos qui décorent son bureau et sur lesquelles ni ma mère ni moi n'apparaissons.

– Au contraire, c'est parce que je t'aime que je veux le meilleur pour toi.

Ricanant nerveusement, je me redresse complètement face à lui.

– Tu-tu as u-u-une d-d-d… drôle de-de f-f-fa… façon d-d-de le mon-montrer, lui rétorqué-je, amère. Q-q-quand m-m-maman est m-m-morte, j-ja-j'avais b-b-be… besoin de t-t-toi et t-t-tu n'étais p-pa-pas là !

– C'est vrai, tu as raison, soupire-t-il d'un ton las.

Toujours sur la défensive, je ne bouge plus et attends qu'il reprenne. Je n'ai jamais vu cette facette de lui. Son regard se perd sur le jardin encore magnifique malgré les premières gelées matinales lorsqu'il continue d'une voix tremblante.

– Tu lui ressembles tant. Marienka… Marienka était l'amour de ma vie, murmure-t-il avec de la souffrance dans la voix. Quand elle est… décédée, j'ai très mal réagi. J'ai sombré. Je me suis noyé dans le travail. Je ne pouvais pas m'occuper de toi. J'en étais incapable. Te regarder ne faisait que remuer le couteau dans la plaie.

En cet instant, face à moi, mon père a perdu son arrogance. Alors que je prends conscience que je n'ai jamais vu mon père et Cassandre avoir de gestes tendres, le souvenir de ma mère enlacée par mon père s'impose à mon esprit. Comment réagirais-je si je perdais l'amour de ma vie ?

Je frémis à cette horrible pensée.

– P-p-pou… pourquoi ?

Il reporte son attention sur moi et hausse les épaules en soufflant. Probablement inconsciemment, il vient de reproduire une de mes attitudes naturelles.

– Je crois… je crois que je me sentais coupable. Coupable de ne pas avoir été là pendant sa maladie. Coupable de mon absence auprès d'elle et auprès de toi. Je me suis alors promis de faire tout ce qui était en mon pouvoir pour que tu sois ma parfaite héritière. Seulement…

– Je-je b-bé-bé… gaie.

Il hoche la tête en grimaçant.

– Quand l'orthophoniste m'a transmis son diagnostic, j'ai vu s'effondrer tous les rêves que je faisais pour toi. J'ai pris peur. Après la maladie de Marienka, c'était une nouvelle épreuve sur laquelle je n'avais aucun pouvoir ni aucun contrôle.

Je secoue la tête et repense aux mots de Thibault.

– T-t-tu sais q-q-que ce n-n-n'est p-pa-pas u-une excuse v-va… valable.

– Ce n'est pas une excuse, en effet, avoue-t-il. Je ne peux pas réparer ce qui a été fait, je ne peux pas te demander de me pardonner. Alors aujourd'hui, ce que je souhaite, c'est que tu continues à venir pour Sacha et Romuald. Ils t'adorent et tu leur manques.

Comment peut-il me demander ça après toutes ces années de douleur et de frustration ? Alors que je ne demandais qu'à être aimée, il s'acharnait à me dévaloriser et à me rejeter. Et maintenant, je devrais lui faire cette faveur ? Et mes désirs alors ? Se rend-il compte qu'il insulte mon intelligence ? La colère se mélange à la tristesse. Je ne sais plus si j'ai envie de hurler ou de pleurer.

Jamais je n'ai eu une conversation aussi hallucinante avec lui !

– T-t-tou-tout ce q-q-que je v-v-v-vou… lais, c'est q-q-que t-t-tu m-m'aimes.

Je ne peux pas lui pardonner toutes ces années en un claquement de doigts. Fini d'être faible et d'encaisser sans rien dire.

– Et ça, ce-ce n-n-n'est p-p-pas aimer.

– Je suis un mauvais père, hein ?

Hésitante dans un premier temps, je finis par hocher la tête. Son visage se tord.

– Et pour tes frères ?

– Ça v-v-va être b-b-bien… tôt d-d-difficile d-de-de v-v-venir t-t-tous les mois, chuchoté-je dans un sourire.

Suspicieux, il plisse les yeux.

– Ah bon ? Pourquoi ? s'enquiert-il, soudain curieux.

– J-j'ai l'int-t-t-tention d-d-de p-p-pa… partir aux Ét-t-tats-Unis, annoncé-je fièrement.

Une fois la surprise passée, il m'interroge sur mes projets et semble véritablement attentif à faire le point avec moi sur mes démarches. Plus étonnant encore, il m'encourage et me donne même les coordonnées de personnes susceptibles de m'aider. Si je reste sur la défensive, j'accueille cette nouvelle dynamique avec intérêt.

***

Lorsque je rentre chez moi, je suis toujours perturbée par cet entretien avec Paul Bartoli. Juste avant que je monte dans ma voiture pour rentrer, il m'a offert un petit paquet rectangulaire en me souhaitant un bon anniversaire. Ce geste m'a tellement déstabilisée que je crois bien ne même pas l'avoir remercié.

Cependant, désormais seule, je m'empresse d'ouvrir le cadeau et découvre un écrin à bijou en cuir bordeaux et usé par le temps. La main tremblante, je l'ouvre et me statufie.

Encore vêtue de ma veste, je me laisse submerger par quelques sanglots nostalgiques devant le bijou qui brille sous la lumière jaune. Je glisse contre la porte et, avec douceur, je prends ce cliché, coincé dans le couvercle, où ma mère rit aux éclats, jeune, heureuse et belle. Si belle… Autour de son cou, ce collier de perles que je caresse à présent du bout des doigts…

Bouleversée, je reste un moment assise au sol avant d'envoyer un SMS à Thibault pour me confier. Il m'appelle dans la foulée, et je sais que ce soir, je vais m'endormir le téléphone à l'oreille, sa voix et le son de sa guitare en guise de douce berceuse.

CHAPITRE 65

Elles & @iles

LISA

– Alors, ma belette, ça fait quoi de prendre encore un an ? Ah, je vois que tu as une nouvelle ride, se moque Méline en passant devant moi.

– Ne l'écoute pas, soupire Angélique. Bon anniversaire, ma Lisa.

– M-m-merci les f-f-filles.

Mes deux amies passent le seuil de mon appartement et, sans attendre, Méline se dirige vers ma chambre.

– Q-q-qu'est-ce q-q-que t-t-tu fais ? tenté-je de l'arrêter.

Alors que sa cousine ignore ma question, Angélique me prend par le bras et m'entraîne de force dans le salon. Elle m'assied d'autorité sur le canapé.

– Tu ne bouges pas de là ! On s'occupe de tout.

– D-de t-t-tout q-q-quoi ?

– Chut ! ordonne-t-elle en mettant son index sur ses lèvres avant de rejoindre Méline.

Je tiens encore mon sandwich à la main. Par réflexe, je croque une bouchée tout en me penchant pour les épier. Évidemment, je ne vois rien, mais j'entends qu'elles farfouillent dans ma penderie.

Il faut une tenue spéciale pour aller dans un spa ?

Je regarde mes vêtements, pensant qu'elles ont décidé de m'en faire porter d'autres. Personnellement, je trouve que le jean et le t-shirt manches longues sont adaptés à la fois à la saison et à un déshabillage rapide. J'ai même préparé un gilet qui repose sur une chaise.

Bref, j'étais prête à partir !

Quand je distingue du bruit dans ma salle de bain, je ne tiens plus et pars en reconnaissance.

M'agrippant au chambranle de la porte, j'en recrache mon morceau de pain devant le bazar qu'elles ont mis sur le sol.

– M-mais, q-q-qu'est-ce q-q-que v-v-vous fa-fa-fabriquez ? m'écrié-je en surprenant Angélique remplir mon vanity.

À genoux sur le tapis de la salle de bain, mon amie se fige, un flacon de shampoing à la main. Mes produits de soin sont étalés par terre tandis que ma brosse à dents est déjà rangée à côté du dentifrice.

– Il me semblait pourtant t'avoir dit de rester là-bas, Lisa, souffle-t-elle avec un sourire presque machiavélique.

– Surpriiiiiiise ! hurle Méline depuis ma chambre.

***

– Madame, Monsieur, en vue de notre atterrissage imminent à LAX[13], nous vous invitons à regagner vos sièges et à attacher votre ceinture. Il est vingt et une heures. La température au sol est actuellement de vingt degrés Celsius et le temps est légèrement couvert. Assurez-vous que vos bagages à main soient bien situés sous le siège devant vous ou dans les coffres à bagages. Le commandant de bord et toute l'équipe d'Air France se joignent à moi pour vous souhaiter un bon séjour à Los Angeles.

Discrètement, je me pince la cuisse pour m'assurer que je ne rêve pas… et, flûte ! C'est douloureux.

En presque douze heures, je viens de traverser l'Atlantique en passant par le pôle Nord et le Canada en classe affaires. Un truc de dingue ou, simplement, une accélération inespérée de mes projets… Je n'avais jamais voyagé aussi loin. Quelques week-ends dans de grandes capitales européennes sont les seuls moments où mon passeport m'a servi.

Quand j'ai demandé aux filles comment elles avaient procédé pour m'obtenir un visa aussi rapidement, elles ont simplement avoué avoir photocopié mon passeport à mon insu et transmis le tout à Thibault.

---

13. Autre nom de l'Aéroport international de Los Angeles.

Ben voyons… Oui, parce que j'ai très vite compris que Thibault était dans la combine lorsque j'ai reçu un SMS de sa part, alors qu'elles venaient de me déposer devant le guichet d'embarquement à destination des États-Unis.

Joyeux anniversaire ma douce
Lisa. ♡
Je te promets de faire encore mieux
pour tes 30 ans…
Je t'aime. 😘

En guise d'au revoir, j'ai eu le droit à des pleurs d'Angélique qui n'a su me dire que « Tu vas atrocement me manquer ». Quant à Méline, elle a tendu la main en me réclamant mes clés et m'a promis de prendre grand soin de mon chat.

Heureusement que je n'ai pas de chat…

Je n'arrive toujours pas à réaliser que je vais fouler le sol américain et retrouver Thibault. Mon cœur bat la chamade.

Après avoir été contrariée par l'empressement d'Angélique et de Méline, je suis maintenant surexcitée et impatiente. Tous les projets dont nous avions parlé vont se concrétiser. Et moi, je me laisse porter, en route pour ma nouvelle vie.

D'ailleurs, le plus surréaliste dans cette histoire reste pourtant le SMS reçu de mon père au moment de monter dans l'avion.

Lisa, je te souhaite d'être heureuse
auprès de Thibault et de continuer

à réaliser tes rêves comme tu sais
si bien le faire.
Ta mère serait fière de toi.
Je t'aime.
Papa

Même lui était dans la confidence…

Stressée, je sors de l'avion dans les premières. Devant le tapis roulant des bagages, je profite de l'attente pour allumer mon portable et vérifier ma messagerie.

Curieusement, rien de Thibault, mais il y a une avalanche de SMS en provenance de Méline.

Ne fais rien que je ne ferais pas. 😛
Est-ce qu'il faut arroser le truc vert
qui pue près de la fenêtre ?
J'ai changé les draps, je ne peux pas
dormir dans le rose…
Est-ce qu'il faut penser à nourrir Bob ?
Je n'ai pas trouvé ton chat. O_o
Je t'aime ma belette. ♡

Ils sont tous accompagnés de photos de sa bouille parée de différentes grimaces devant lesquelles je ne peux m'empêcher de glousser.

Quand mes deux grosses valises apparaissent devant moi, je les sors du tapis avec l'aide d'un jeune homme. Devant les douaniers, je présente mon passeport sur lequel s'est collé le petit Post-it rose en forme de cœur avec le numéro de téléphone de Thibault. Je le détache rapidement pour le glisser dans mon portefeuille entre la photo de mes frères et celle de ma mère.

Une fois les interminables formalités remplies, j'arrive dans le hall immense et cherche du regard l'homme de ma vie qui doit trépigner avec impatience. Pourtant, je ne le vois nulle part. Un peu perdue devant la multitude de sorties, une légère angoisse m'étreint. Je lui envoie un SMS qui reste malheureusement non lu. Je commence à paniquer tandis qu'une pointe de déception ternit mon excitation.

Je ne survivrai pas à un nouveau revers…

Prudemment, je continue d'avancer vers une sortie de taxi en poussant mon chariot à bagages, quand soudain, un homme en costume m'accoste.

– Miss Bartoli ? s'enquiert-il.

– Oui.

– Je suis le chauffeur de monsieur Macray. Il vous attend.

CHAPITRE 66
Monter En Pression

TRAY

Dissimulé derrière une palissade, j'espionne la marée humaine qui se presse dans le *Dodger Stadium*.

Plus de cinquante-deux mille personnes sont attendues, mais je n'en espère qu'une seule. Celle qui provoque les battements désordonnés de mon cœur chaque fois que je pense à elle.

Une main s'abat dans mon dos ; je me retourne.

– Tendu ?

J'acquiesce. Mon pantalon me semble d'un seul coup trop serré. Je fais tourner mes bagues autour de mes doigts en continu.

– T'en fais pas, elle va arriver.

Colas me prend par les épaules et m'entraîne vers les coulisses, au moment où le groupe qui assure notre première partie sort de sa loge. Nous échangeons quelques paroles et des encouragements tandis que les lumières de la scène s'éteignent, provoquant les clameurs du public.

Parvenu dans notre loge, j'allume une clope avant de m'asseoir dans le canapé en cuir. J'attrape ma guitare, m'enfonçant plus profondément dans les coussins en la posant contre mon torse. Me voilà projeté treize ans en arrière, à notre tout premier gros concert, celui de la naissance de ma fille. Une date inoubliable.

Que de chemin parcouru depuis ce jour…

Ce succès inattendu, cette vie de privilégié, cette possibilité de pouvoir vivre très correctement de sa passion. Avec le recul, je ne regrette finalement rien.

La cerise sur mon gâteau arrive d'ici peu et je me sens comme le mec le plus chanceux de la Terre, même si je ne suis pas complètement serein. J'espère que le bureau de conseil en entreprise qui m'a été chaudement recommandé saura répondre à toutes ses interrogations et pallier ses craintes. En revanche, je reste persuadé qu'une petite Frenchy, jolie comme un cœur et douée en pâtisserie, pourrait très vite devenir une coqueluche ici. Dans le cas où elle ne le voudrait pas, je ne m'en formaliserai pas. Elle fera ce qu'elle a envie. Je veux qu'elle se sente libre de ses choix. Et par-dessus tout, je veux qu'elle assume. Jusqu'au bout.

En pantalon de cuir et veste de costume blanche, Spencer rentre en coup de vent et m'interpelle.

– Tray ! Tu préfères que ton amie soit assise en VIP ou qu'elle vienne sur le côté de la scène ?

– Je ne sais pas. Pourquoi ? demandé-je, suspicieux.

Sa soudaine envie de me faire plaisir me rend méfiant. Pourtant, ses yeux ne montrent aucune malice.

– Parce que si tu veux, je l'accompagne en coulisse.

– Qu'est-ce que tu me caches ? enchaîné-je, sur la défensive.

– Rien ! Je t'assure. J'essaie juste de me rattraper pour mon attitude *borderline* de ces derniers mois, bougonne-t-il, penaud.

Avec les gars, nous avons procédé à une mise au point avec lui et lui avons clairement fait comprendre que s'il ne changeait pas, nous chercherions un autre agent.

Il nous a crus. Il a eu raison. En revanche, je ne pensais pas le voir un jour aussi prévenant.

– Admettons. Sinon, pour Lisa, je pense qu'un tour en coulisse serait préférable. Elle est assez timide et ça me permettra de la voir en sortant de scène. Merci, Spencer.

– Je t'en prie. Je retourne sur le parking. À tout à l'heure !

Éternellement sur le qui-vive, il s'échappe aussi vite qu'il est arrivé, emportant avec lui son nuage de parfum de luxe dont il se vaporise à l'excès.

Fébrile, je vérifie ma messagerie et relis le SMS de Tom.

Venons de quitter l'aéroport.
Circulation fluide.

Je souris, mais je continue d'ignorer la conversation avec Lisa pour lui laisser la surprise jusqu'au bout. Bientôt, je pourrai serrer la femme de ma vie dans mes bras et ferai tout ce qu'il faut pour qu'elle ne les quitte jamais.

Je suis tellement perdu dans mes pensées que je ne me suis même pas aperçu que le silence s'est abattu dans la loge lorsque mes doigts ont commencé à courir sur les frettes et les cordes. Inconsciemment, je joue l'air de la dernière chanson du set, celle qui s'adresse à Lisa et à elle seule. Celle qu'elle va découvrir ce soir, en même temps que des milliers de personnes.

Je stoppe et repose la guitare à côté de moi.

– Vous êtes prêts, les mecs ?

Dans un bel ensemble, ils se tournent vers moi et me sourient.

– Ouais, plus que prêts. J'ai hâte de jouer nos nouveaux titres sur scène, putain !

Alors qu'il lève le poing, Soul est presque plus enthousiaste que moi.

– C'est surtout que tu t'envoles juste après, ouais, intervient Noah qui finit d'enfiler son t-shirt sur lequel s'étale un joli *fuck*. N'accélère pas volontairement le rythme pour finir plus vite, hein…

En effet, notre dernier membre repart pour l'Idaho dès la fin du concert. Ses séjours là-bas lui font du bien. Les ombres qui ternissent son visage s'estompent petit à petit.

– Ce n'est pas toi qui instilles le tempo ? Tu sais, le batteur… le singe-t-il en bougeant ses mains exagérément et en grimaçant.

– Ouais, t'as raison, je vais même ralentir, tiens, dit-il avant de se prendre un briquet en pleine tête.

Une jeune femme qui se présente comme la maquilleuse passe la porte, accompagnée par le vigile. Noah siffle discrètement.

– Pas mal, murmure-t-il.

Je lève les yeux au ciel alors qu'il commence à lui faire la conversation. Nous nous laissons maquiller les yeux pour qu'ils ressortent, néanmoins, je refuse le fond de teint, totalement inutile après seulement quelques minutes à arpenter la scène sous les feux des projecteurs.

Elle a à peine quitté la pièce qu'un assistant entre et nous demande de nous tenir prêts. Je suis envahi par un trac démesuré. Machinalement, je fais tourner ma chevalière invisible autour de mon annulaire et bats la mesure avec mes pieds. Les Devil's Kids sont encore sur scène. Leur musique, naviguant entre pop-rock, rock et métal, est assez proche de la nôtre. Nous les avions repérés dans un club de L.A. et je suis content de leur laisser leur chance sur cette série de concerts.

Ne tenant plus en place, je me lève et commence à faire les cent pas. Je détache mes cheveux et les ébouriffe en y passant les doigts, tandis que Colas ramène les siens en bun et les noue avec un lien en cuir. Noah, toujours le plus détendu d'entre nous, boit une bière en me surveillant du coin de l'œil. Mon t-shirt noir m'oppresse, j'inspire une grande bouffée d'air.

– Tu me donnes le tournis, Tray.

Je relève les yeux vers lui et arrime mes pieds au sol. Pendant que Soul, indifférent, lace ses Doc Martens, Noah lève un sourcil interrogateur à mon attention. Je hausse les épaules.

– Du coup, tu laisses repousser ta barbe ? me demande Colas, sûrement pour me distraire.

– Ouais, marmonné-je en y passant la main pour la énième fois. Lisa aime bien. Enfin, j'espère surtout qu'elle aimera sa dernière surprise.

Alors qu'ils ricanent, une nouvelle vague de stress m'envahit.

– Le contraire serait étonnant, assure Soul d'un ton convaincu.

– Avec Lisa, je préfère attendre avant de me prononcer.

Elle n'a pas encore expérimenté cette nouvelle facette de la vie que je lui propose. En revanche, Lisa m'a choisi moi, et ça, c'est le plus beau cadeau que je pouvais espérer.

– Tu flippes, en fait ! se moque Noah. Imagine, elle n'aime pas et fait demi-tour aussi sec…

Si mon regard pouvait tuer, il serait déjà mort.

– Ta gueule, grogne Soul. T'inquiète, Tray, Lisa va adorer.

– Mais oui, je rigolais, chantonne mon pote en passant à côté de moi. Ou pas !

Il tape un sprint en sortant de la loge, anticipant ce que je pourrais lui faire. Je le poursuis, le rattrape, lui encercle la tête et frotte mon poing sur ses cheveux déjà hirsutes.

– Merde, je vais être tout décoiffé, geint-il en passant ses mains dans ses mèches.

– C'est à vous dans une minute ! s'écrie le régisseur.

Nous rejoignons les coulisses, croisons les membres des Devil's Kids et nous frappons nos poings en guise de félicitations.

– Le public est chaud, me sourit le leader.

– Merci, mec…

Deux assistants nous équipent d'oreillettes et nous proposent de l'eau. Dès que j'entends les milliers de fans scander notre nom, je rentre quasiment en transe. L'adrénaline pulse dans mes veines. Des frissons me parcourent, mélange de trac, d'excitation et d'impatience. Une énergie positive qui me stimule instantanément. Superstitieux, je sautille trois fois sur place avant de prendre mes potes par les épaules. Dans notre cercle, têtes baissées, nous nous encourageons une dernière fois.

Puis Noah se glisse dans la pénombre de la scène pour se mettre en place derrière sa batterie. Je passe la sangle de ma guitare, un roadie me la branche. Les mecs pénètrent sur la scène d'un pas lent et se placent chacun d'un côté.

Soudain, un spot éclaire le dos de Noah, ses baguettes se lèvent. Silhouette du combattant prêt à livrer bataille.

La foule pousse un rugissement.

Un. Deux. Trois.

C'est parti !

CHAPITRE 67

L@ Ch@nson

LISA

À l'énorme affiche qui se dresse devant mes yeux ébahis, je réalise que nous arrivons au stade où Slave Of One Night joue à guichets fermés ce soir. Voilà pourquoi Thibault n'a pas répondu à mon SMS ; il a autre chose à faire.

Dès la descente de la voiture, je suis accueillie par un homme d'une quarantaine d'années au sourire si blanc que je me demande si ses dents ne sont pas phosphorescentes. Si j'en crois la description que m'en a faite Thibault, je rencontre enfin le fameux Spencer.

Lorsque je m'inquiète de mes valises, le chauffeur m'explique qu'il les garde, car il nous attend jusqu'à la fin du concert pour nous ramener « à la maison ». Je suis impatiente de découvrir cette villa que Thibault m'a vendue à coup de photos et de vidéos. Un vrai petit agent immobilier…

– Bonjour, Lisa, je suis Spencer, l'agent des Slave Of One Night, se présente-t-il la main tendue.

– Je-je sais, b-bon-bonjour.

– Comment s'est passé ton voyage ?

– Long, soupiré-je en lui serrant la main en retour.

– Tiens, lance-t-il en me passant le cordon d'un *pass* autour du cou. Ne le perds pas. Suis-moi, ils rentrent sur scène dans quelques secondes.

Sans m'attendre, il se dirige vers une porte en fer. Je lui emboîte le pas dans différents couloirs encombrés de câbles, de projecteurs, de personnes qui s'affairent. Les nerfs à fleur de peau, je soupire en évitant les différents techniciens et roadies que nous croisons. Malgré la fatigue, je tremble autant d'excitation que d'appréhension. Machinalement, je touche cette grosse bague pendue entre mes seins qui ne m'a jamais quittée depuis son départ. Spencer, visiblement pressé, marmonne dans sa barbe inexistante. J'évite de justesse un jeune homme qui court avec des bouteilles d'eau dans les mains.

Soudain, le son d'une batterie résonne, aussitôt rejointe par une basse. Prenant naissance sous mes pieds, les vibrations remontent le long de mon échine et les poils de mes bras se dressent sous ma veste en cuir, m'arrachant un gémissement.

– Vite ! m'ordonne mon accompagnateur.

Je presse le pas en gardant les yeux fixés au sol pour ne pas me prendre les pieds dans ce qui traîne, si bien que je rentre littéralement en collision avec Spencer quand il s'arrête brusquement.

Je relève la tête juste avant qu'il m'attrape par les épaules et me tourne d'autorité vers la droite.

Je me fige. Là, face à moi, se tient Tray, le leader charismatique des Slave Of One Night. Il est de profil et s'accroche au micro des deux mains comme si sa vie en dépendait.

– Comment ça va L.A. ? hurle-t-il. C'est génial de jouer à la maison !

Sa voix puissante caresse ma peau et me fait frissonner. Assourdissants, des cris et des sifflements lui répondent et déchirent l'air doux du stade des Dodgers. Je suis tétanisée d'admiration. Jamais je n'aurais pu imaginer, à travers les vidéos de leurs concerts, l'ambiance qui règne ce soir.

Électrique. Volcanique.

Lâchant le micro, il saisit son instrument alors que la batterie et la basse jouent le même rythme envoûtant, encore et encore. La pression monte. Le son du premier accord de guitare électrique retentit et la foule hurle. Dès qu'il commence à chanter, ce n'est définitivement plus Thibault qui se trouve sur scène. Non, c'est Tray. Le musicien. Le chanteur. L'icône du rock. Celui qui se donne en spectacle. Celui qui s'offre à un parterre de fans. Une autre facette.

Je souris de bonheur. Contrairement aux milliers de spectateurs, j'ai le privilège de connaître l'homme derrière la célébrité. Et même si j'aime les deux, je ne peux pas nier que Tray est vraiment hyper sexy. Hum…

Soudain, il tourne la tête. Il me voit. Il me sourit. Mon cœur rate un accord.

Au bout d'une dizaine de chansons, Noah et Soul entament une battle au cours de laquelle leurs instruments se répondent. Coiffant Colas au poteau, Thibault en profite pour sortir de scène en courant, jette sa guitare dans les bras d'un pauvre roadie avant de se précipiter sur moi. Le souffle chaotique, je décolle littéralement du sol lorsqu'il m'attrape par la taille. Par réflexe, je noue mes jambes autour de ses hanches et mes mains à son cou. Quelques larmes de bonheur coulent sur mes joues alors que, sans un mot, nos lèvres se joignent dans un baiser fougueux, affamé, violent, salé. Il sent la sueur, la fumée, il est poisseux, et pourtant, je ne voudrais être nulle part ailleurs que dans ses bras. Nous gémissons. Le manque de l'autre, les semaines de frustration…

Malheureusement, notre bulle éclate lorsque Colas l'appelle depuis le bord de la scène pour la suite du spectacle.

Tray me lâche et plonge ses yeux fiévreux dans les miens.

– Oh putain, Lisa. Je suis si heureux…

– M-moi au-aussi. Je t-t-t'aime, ne puis-je m'empêcher de lancer dans un rire.

– Je t'aime, Lisa. « Un jour » est enfin arrivé.

– Le j-j-jour, murmuré-je sans le quitter du regard.

– Tray ! l’appelle-t-on encore.

Seul le charme est rompu, demeurent la tension et l’exaltation de nos retrouvailles.

– Ouais ! Spencer, trouve-lui une chaise ! crie-t-il avant de repartir au petit trot vers la scène.

Il arrache sa guitare électrique des mains du roadie et passe la sangle. D’un pas assuré, il monopolise l’attention, il accapare la scène. À cet instant précis, je sais. Je sais que jamais il ne pourra se passer de ça, de cette passion qui l’habite.

Ils reprennent *Pale Blue Eyes* des Velvet Underground sur un rythme beaucoup plus rapide que l’original.

Malgré l’insistance de leur agent, je refuse la chaise, préférant rester debout à bouger mon corps en rythme.

Alors qu’ils enchaînent les titres, je reconnais un de ceux qui figurent sur leur dernier album : *Not A Goodbye*.

Je nous revois dans le salon de Thibault autour de la table à chanter les paroles que Soul a écrites et que Tray interprète maintenant avec rage. Cette chanson va devenir un tube, je n’en doute pas une seconde.

Soudain, les lumières se tamisent et tous les membres sortent de scène en saluant, sous les hurlements affamés du public qui vient pourtant d’écouter le titre de rappel.

– Bonjour, Lisa ! Au revoir, Lisa ! me crie Soul en me frôlant d'un pas pressé.

Tray s'approche de moi tout en buvant de grandes gorgées d'eau à même la bouteille. Il m'adresse un clin d'œil avant d'échanger sa guitare contre une sèche. Noah entre de nouveau sur la scène plongée dans la pénombre et reprend place derrière sa batterie, pendant qu'un roadie installe un tabouret haut en plein milieu, derrière un micro sur pied.

J'ai droit à un baiser aussi brûlant que rapide avant que Tray ne fasse demi-tour. Le public déchaîné se calme sitôt l'unique spot braqué sur lui. Il s'assied sur le tabouret, réajuste le micro et s'adresse à la foule en s'essuyant le front avec l'avant-bras. Reconnaissant, Tray nomme les différents techniciens qui se sont démenés pour faire de ce concert un spectacle incroyable.

– J'espère que vous avez passé un bon moment avec nous !

Les cris et les sifflements reprennent, puis s'affaiblissent quand il lève la main.

– Nous aussi, on a passé une super soirée. Avant de vous quitter, je voudrais vous chanter un dernier titre. Ça vous dit ? C'est une chanson particulière qui s'adresse à une personne très chère à mon cœur.

Les hurlements féminins qui lui répondent le font sourire.

– Cette fille est là, ce soir. Elle vient de faire douze heures d'avion pour me rejoindre. Moi, annonce-t-il en frappant sa poitrine.

Un cheval au galop a pris la place de mon cœur qui ne me répond plus. Pétrifiée, quand ses yeux se braquent un bref instant sur moi, je jurerais que des arcs électriques passent entre nous. Promesse de tant de belles choses.

Une vague de désir et d'amour pour cet homme me submerge.

– Elle est mon rêve qui se réalise. Cette chanson s'appelle *Pick Me Up !* Elle est pour toi, Lisa, murmure-t-il les derniers mots.

Sans attendre que le public réagisse, il pince les cordes et entame une mélodie dont j'ai entendu les premiers accords au début de notre relation. Il ne l'a plus rejouée ensuite. Je pensais naïvement qu'elle était passée à la trappe.

Cette chanson est magnifique.

Une ballade dans laquelle il déclare à une fille aux yeux bleus qu'elle est la plus belle chose qu'il ait jamais vue, qu'elle a la plus belle âme qu'il ait jamais croisée. Qu'elle est son tout et qu'il n'est rien sans elle. Comme moi, les spectateurs l'écoutent religieusement, les flammes des briquets au-dessus de leur tête.

Lorsqu'il reprend le refrain, je chante avec lui, heureuse. Ses yeux reviennent vers moi et appuient sa déclaration. Le public nous accompagne. Je suis émue.

Pick me, babe
Pick me up !
Pick me, babe

Pick me up !
Don't be afraid, my love, that's our dream
Take my hand and let's start something real[14].

Il a raison.
Thibault et moi, c'est fort, c'est réel.

Ce n'est pas la fin.
Ce n'est que le début.
C'est maintenant que commence notre véritable histoire…

14. Traduction : **Choisis-moi, bébé/ Viens me chercher/ Choisis-moi, bébé/ Viens me chercher/ N'aie pas peur, c'est notre rêve/ Prends ma main et commençons quelque chose de réel.**

REMERCIEMENTS

Quelle aventure !

Je pourrais m'arrêter à un simple « merci »… Ah bah, tiens, c'est d'ailleurs ce que je vais faire ! J'espère n'avoir oublié personne et que chacun de vous se reconnaîtra dans un de ceux-là :

Merci d'avoir lu cette histoire.

Merci d'avoir apprécié.

Merci de me supporter.

Merci d'écouter mes vocaux sans fin.

Merci de sourire devant mon humour bancal.

Merci de m'encourager.

Merci aux fraises Tagada.

Merci de me rattraper quand je tombe.

Merci de brider mon imagination sans limites.

Merci de croire en moi.

Merci de ne pas m'en vouloir quand j'oublie de repasser les t-shirts.

Merci de me laisser rêver.

Merci de me mettre un coup de pied au cul.

Merci de m'aimer quand même.

Merci de m'avoir corrigée.

Merci de m'avoir mise au monde.

Merci de me laisser explorer des pistes.

Merci de te foutre de ma gueule.

Merci de rire à mes reparties décalées.

Merci d'être patient avec moi.

Merci de m'offrir cette chance. (dédicace à l'agent *K*)

Merci aux gardiennes de pintades.

Merci de partager ma folie.

Merci de me conseiller.

Merci de me laisser bavasser.

Merci de trier vous-même vos chaussettes.

Merci de me nourrir quand j'oublie de le faire.

Merci de ne pas essayer de corriger toutes mes imperfections.

Merci de me laisser dormir quelques heures par nuit.

Merci aux producteurs de pinot gris.

Merci d'imager mon univers.

Merci de me laisser entrevoir que je peux y arriver.

Merci d'être de géniales betâmmerdeuses.

Merci de ne pas m'enfoncer la tête sous l'eau.

Merci au chocolat.

Pour les plus courageux : Merci d'avoir lu ce grand n'importe quoi jusque-là !

J'espère que vous avez apprécié passer du temps auprès des Slave Of One Night.

Une journée sans musique est une journée sans joie.

Vous pouvez suivre mon actualité (et même parfois mes conneries) sur les réseaux, vous y êtes toujours les bienvenus :

Instagram : @fanfan_dekdes

Facebook : @fanfanddauteur

Je possède même un compte Tik Tok, mais chut…

À bientôt pour de nouvelles aventures ! Je vous aime ♡

Fanfan Dekdes

Composition et mise en pages
Nord Compo à Villeneuve-d'Ascq